中国现当代
名家散文
典藏

王充闾散文

人民文学出版社

图书在版编目（CIP）数据

王充闾散文/王充闾著. —北京：人民文学出版社，2022
（中国现当代名家散文典藏）
ISBN 978-7-02-014708-3

Ⅰ.①王… Ⅱ.①王… Ⅲ.①散文集—中国—当代 Ⅳ.①I267

中国版本图书馆 CIP 数据核字（2022）第 051606 号

责任编辑　李　磊
装帧设计　陶　雷
责任印制　宋佳月

出版发行　人民文学出版社
社　　址　北京市朝内大街 166 号
邮政编码　100705

印　　刷　河北环京美印刷有限公司
经　　销　全国新华书店等

字　　数　262 千字
开　　本　880 毫米×1230 毫米　1/32
印　　张　12.625　插页 4
印　　数　1—5000
版　　次　2007 年 3 月北京第 1 版
印　　次　2022 年 5 月第 1 次印刷

书　　号　978-7-02-014708-3
定　　价　42.00 元

如有印装质量问题,请与本社图书销售中心调换。电话:010-65233595

作者像

向汪曾祺先生求教

在伦敦拜谒马克思墓

在勃朗特三姊妹故居前

出版缘起

　　中国现代文学开启自一百多年前的一场文学革命。从此，与社会现实密切相关，普通大众可以接受、可以欣赏、可以从中得到思想启蒙和艺术享受的新文学，就如雨后春笋般生长，涌现出一篇又一篇、一部又一部影响当时、传之久远的经典作品。自"五四"新文学以来的中国现当代文学发展进程中，散文无疑是耀人眼目的明星。

　　散文既能直抒胸臆，又能描摹万物，因此被视为自由多样的文体；散文语言贴近日常，最易触动人们的情感，可以直接地陶冶人们的心灵。这也是经典散文被誉为美文、拥有广泛读者、历经岁月更迭仍让人捧读的原因。百余年来的中国现当代散文创作云蒸霞蔚，已莽莽如浩瀚的文学森林，人们若贸然闯入这片森林之中，时有乱花迷眼、茫然难辨之困扰。为了让广大喜爱散文的读者能够更迅捷地读到中国现当代散文的经典性作品，我们精心编选了这套"中国现当代名家散文典藏"丛书。本丛书编选过程中，我们邀请了文学界的专家学者组成编委会，在认真商讨的基础上，汇集、编选了 20 世纪以来中国现当代散文史上的名家、名作。目的就是方便广大读者感受散文经典的艺术魅力，有利于集中欣赏、比较阅读、收藏，以及进行相关研究。

　　在研究、讨论过程中，编委会形成了经典性的编选宗旨。卷帙浩繁的现当代散文作品中,以经典作家、经典作品的筛选为编选原则,是为读者提供阅读便利的需要,也是为百余年散文创作所做的某种回顾和总结。我们深知,任何一部文学经典都并非一蹴而就,也非任由某个权威命名而成,文学经典是经过时间的淘洗,经受了社会和读者等各个方面的考验,自然形成的。这个淘洗和考验的过程就是一部文学作品被经典化的过程。经典,是经典化过程的结晶。中国现代文学是中国当代文学的前身,当代文学是活在我们身边的文学,这是一件非常有趣的事,因为这样一来,我们也许就能亲眼看到一部文学作品是如何诞生的,又是如何引起社会的热议、得到不断深入阐释的,我们对一部当代散文的喜爱,往往也是在这一过程中不断地得以强化。经典便是在这样不断被阅读、被热议、被阐释的过程中得到人们的广泛肯定从而成为大家公认的经典。当我们要编选一套现当代散文经典的丛书时,就应该考虑到当代文学的这一特点,要意识到当代文学的经典并不是凝固不变的,它仍处在不断丰富和不断成熟的经典化过程之中。这就确定了我们的基本编辑思路,即我们自觉地将"中国现当代名家散文典藏"的编选和出版,视为参与到现当代散文的经典化过程的一次积极行动。经典化,为我们的编选打通了一条通往经典性的最佳通道。我们从经典化的角度来审视现当代散文,就要更强调发展和辩证的眼光,更需要发现和辨析那些正在茁壮生长中的新现象和新作品;这也提醒我们,在经典标准的确认上不能墨守成规。我们既要关注作为文学史的经典,同时又要更看重历经岁月变幻始终在广大读者中拥有良好口碑的作品。我们认为,读者是经典化过程中不可忽视的参与者,因此也希望这次"中国现当代名家散文典藏"的编选和出版,能够为广大读者参与到现当代散文经典化进程中来提供一次良好的机会。

经典化的编选思路,自然决定了这套丛书有另一特征:开放性。中国现当代文学作为活在我们身边的文学,这就意味着它是一种具有旺盛生命力的,仍在茁壮生长的文学。回望过去的一百余年,现当代散文已经产生了不少的经典性作品;凝视当下的现实,仍有许多正行走在经典化道路上的优秀作品;放眼未来,我们相信,将会有更多的经典脱颖而出。我们这套散文典藏丛书不光要"回望",而且还要有"凝视"和"放眼",也就是说,我们不光要推出已有定论的经典性作品,而且还要把那些正行走在经典化道路上的,以及刚刚萌芽即将脱颖而出的优秀作品也纳入丛书的视野,因此我们必须采取开放性的编选方针。我们不是一次性地编选数十本书就宣布大功告成了,我们还要在此基础上继续延伸下去,把在经典化进程中逐渐成熟了的作家和作品吸纳进来,作为系列丛书、长期工作、"长河"计划而接连不断地出版下去。

本丛书编辑过程中,坚持优中选优原则,同时也充分尊重作家意愿和相关版权要求。在编辑"中国现当代名家散文典藏"过程中,由于版权限制等因素,使得一些名家名作还没有如期纳入丛书当中,我们也将努力创造条件,争取将更多的优秀散文佳作奉献给读者,以呈现中国现当代散文创作的整体成就和总体风貌。

感谢广大作家的支持,感谢广大读者的厚爱。

人民文学出版社
"中国现当代名家散文典藏"编辑委员会

目　录

1

导　读

　　在当代散文创作领域，王充闾应当是成就突出、影响广泛的一家。笔者做出如是判断，自有坚实而充分的依据：迄今为止，充闾先后在多家出版社陆续出版散文、随笔、传记类著作 50 余部，并有在此基础上遴选集萃而成的凡 21 卷、22 册，总计 600 余万言的《充闾文集》行世。如果说有时候文学作品的数量繁多并非等同于质量上乘，那么另一组准确无误的信息和数据则更能说明问题：充闾散文中有逾百篇被收入各种选刊、选集、排行榜，50 余篇进入百余种中学和大学的语文教材或参考书，10 多篇的内容出现于数十种高考和中考试卷，多篇被译成英语和阿拉伯语；充闾的散文集《春宽梦窄》荣膺鲁迅文学奖散文奖，学术随笔集《国粹——人文传承书》获得"中国好书"称号。如此良好的文苑反馈，恐怕不是"偶然""幸运""虚名"之类的词汇可以解释的。

　　当然，要想真正理解和充分认识充闾散文的思想含量和艺术价值，还必须将其置于中国现代散文发展演进的整体进程之中，同时联系中国古代散文的观念形态与语言实际，加以细致辨析和深入阐释；换句话说，充闾散文的个性、优势和意义，只有在一个较长的历史时段中和较大的文化背景下才能得到清晰多面的呈现。

清代史学家章学诚在《文史通义》中，就历史与文学的关系提出了两个重要断制：一曰"良史莫不工文"，旨在说明优秀的历史著作必须具备出色的文学表达，即所谓"史所载者事也，事必藉文而传"；一曰"六经皆史"，意思是凡涉著作之林，史学是根本，是一切学问的本源和归宿。这两个熔裁前人相关说法而成的断制，虽然不是无可挑剔，但其强调"文史合一"和"文参史笔"的基本观点，毕竟在很大程度上揭示了人文社会科学的重要特性。然而近现代以来，由于史学科学化、学科化潮流的强势涌动，文史著述最终分道扬镳，并随之出现"反向运动"：某些疏离了文学的历史文本在术语、范畴、体系的挤压下，大面积地失去了生命与血色，沦为材料和概念的演绎；有的文学作品亦因商业意趣的诱导而放弃"史"的追求，出现了媚俗化、粗鄙化和碎片化现象。这时，历史与文学再度联姻，让历史变得好看，让文学重新厚重，成为一个时代的强力呼唤。

正是在这种背景下，充闾散文出现于文坛。由于时代和地缘的错位，充闾儿时所受的启蒙教育是长达八年的私塾。这种以古代典籍和传统文化为基本内容的教育方式，搭建起充闾有别于大多数同代人的知识结构，同时也先入为主地培养了他对传统文化尤其是对历史的浓厚兴趣。在后来接受新式教育和为社会服务的日子里，充闾的如是兴趣有增无减，逐渐演化为一种执着持久的内在情结，并最终构成其散文创作的主要题材、稳定主题和基本元素，其具体涉史策略则集中体现在两个方面：

第一，取精用宏，钩沉烛隐，努力赋予历史以新意。历史文化散文虽系文学创作，但其终极价值却时常取决于自身是否提供了新的历史认知以及相关信息。充间常年史海浸淫，自然深谙此理，为此，他的历史叙事在播撒新知新见上颇下了一番功夫。譬如：作家谈史很注意避开人们常说或熟知的话题，而坚持让目光在一些空白、夹缝或烟云模糊处搜寻拓展，他解析皇权家天下继统之难的《老皇帝的难题》，揭示帝王强权之下香妃悲剧命运的《香冢》，还有他写王勃殒命越南的《千载心香域外烧》，写小说之外真实的玄奘法师的《唐僧形象》，等等，都具有这种言他人所寡言的特点，折现出敏锐的发现意识。也有的时候，作品锁定的人和事乍看似曾相识，但作家的命意却以问题为导向，或另辟蹊径，或剑走偏锋，或补苴罅漏，或曲径通幽，如《用破一生心》透视曾国藩功名重负下的人格扭曲，《千秋名序费猜评》分析王羲之《兰亭集序》不为《文选》所贵的原因，《两个李白》诠释李白身上的心理矛盾与精神悲剧，以及《我读〈蒹葭〉》对《诗经》名篇的别样解读，均具有这种特点。诸如此类的文字同样促成了历史言说的新鲜感和陌生化。

第二，以文载史，以古鉴今，潜心营造历史画卷的艺术美和时代感。散文写历史固然需要史学层面的新知新见，但同时也离不开文学意义上的踵事增华，"故"事"新"说。对于此中奥妙，充间既有清晰的认知，更有出色的实践。譬如，作家为文总是有感而发，意在笔先。而一旦进入文本建构，又工于布局篇章，疏通脉络。其具体行文则力求有起伏，有详略，有转折，有照应，有闲笔，有趣文，做到周严而兼顾生动，畅达而不失摇曳。我们读《终古凝眉》《人生几度秋凉》《情在不能醒》等作品，均可以感受到作家于文章一途的取法高格，精益求精，以及所达到的精湛水准。同时，对于笔下的历史景观和相关话题，充间能够从时代赐予的思想高度出发，联系现实的社会发展和生活经验，给予分析、阐发和评价。关于这点，作家谈论传统文化经典的一些篇目如《生生之为易》《庄子三题》《士君子》等，表现得尤为充分。透过这些作品，我们不仅可以领略传统文化经典迄今葆有的生命力，而且能够感知作家为实现传统文化创造性转化所付出的潜心劳作。

在充间的散文世界里，历史叙事是主体和重心，但并不是全部，事实上，充间散文中亦有若干源自日常生活和经验世界的篇章。而这类篇章又以生命回望、山川记游和哲理升华构成各有特色的三类。就题材和体裁而言，这三类作品已经逸出历史文化散文的范畴，然而在它们的肌体和血液里，历史文化散文常用的来自中国传统文化的基因与元素依然充沛而活跃，依然是丰富和强化作品艺术表现力与感染力的有效手段和重要路径。在

《青灯有味忆儿时》《碗花糕》《望》这类蓦然回首、写人记事的作品中，作家一方面调动情景和细节对人物作传神的勾勒或点染，一方面将自己的无限深情注入其中，让其推动形象和记忆的不断深化，从而收到了人因情显、事随情生的效果。《读三峡》《祁连雪》《清风白水》均属模山范水之作，这些作品善于变换多种手法，生动营造富有个性的画面和意境，同时着力凸显其中的精神和人文内涵，以致让人想起古人所谓"诗中有画，画中有诗"之类的说法。哲理升华以作家早年所著的《柳荫诗话》和晚近撰写的读书小品为代表。这类作品内容上林林总总、不一而足，手法上则常常是融叙事、抒情、描写和议论于一体，因而可以给读者提供多方面的启迪和享受，同时亦透显出作家可以驾驭多种文体形式和审美要素的能力。

由"五四"确立自身的现代散文，经历了白话取代文言的巨大变革。从信息传播和文化启蒙的角度看，这带有历史的必然性，但就散文语言自身的发展建设而言，却未免失之简单绝对，以致留下了迄今尚存的后遗症。某些现代散文不时可见的词汇贫瘠、句式单调、叙事拖沓、韵味不足等等，均可作如是观。惟其如此，充闾散文的优势和价值再次呈现：私塾和院校教育的自然衔接，古代和现代经典的烂熟于心，成就了作家新旧合璧、融会贯通的语言功力。一种吸收和激活了古汉语营养的现代汉语叙事引人瞩目。不妨来看《山灵有语》中的一段：

陶醉于浓郁的生活气息之中，此刻，我竟然产生了幻觉，仿佛化身其间，成了欢乐人群中的一员，也跟着手之舞之、足之蹈之，尽情尽兴，和先民们一起发出欢腾的吼声。丛林掩映中，一些平生未曾寓目、而今多已灭绝的动物蹿跃其间。一队前额低平、眉骨粗大、目光迷惘的人群，正在咿唔呼啸着追奔射猎。回望山崖，发现那里还有几个人在紧张地劳作着，他们手持石刀、铁錾，或凿或刻，正全神贯注地制作着各种人面和动物的图像……

　　我正在忘情地观赏着这一切，不料，稍微一愣神，忽然发觉山崖上的人形已经淡出、隐没了，逐渐地幻化成山垭口处一伙凿石垒渠的人群。伴随着各种敲击的繁响，一道清溪从山坳里冲出，顺着渠道滔滔汩汩地流淌下来，顿觉遍体生凉，神清气爽。于是，我也憬然惊窹了。心头的意念一收，时间的潮水，哗——哗——哗——一下子流过了几千年，我也随之而返回到现实生活里。

　　这段文字里，有白话的"雅"用，也有文言的活用，书面语的庄重和口语的跳脱交相辉映，珠联璧合；整段叙述句式灵活，长短搭配，跌宕起伏，自然流畅；而语言本身则声调协调，轻重呼应，颇具音乐性。所有这些，让人不得不相信：白话不可逆，文言不可弃，打通了古今血脉的汉语果真魅力无穷！

　　　　　　　　　　　　　　　　　古　耜

守护着灵魂上路

一

踏上这片土地，我完全认同国际友人路易·艾黎的评语：长汀是中国最美的小城之一。在这里，我除了饱游饫看蕴涵着典型的客家文化精髓的街衢、建筑，还有幸亲炙了瞿秋白烈士的遗泽，浸染于一种浓烈的人文氛围，在满是伤痛的沉甸甸的历史记忆中，体会其独特而凄美的人生况味。

秋白同志被捕后，囚禁于国民党第三十六师师部。这里，宋、元时期是汀州试院，读书士子的考场；数百年后倒成了一位中国大知识分子的精神炼狱。而今庭院萧疏，荒草离离，唯有两株黛色斑驳的古柏傲立在苍穹下，饱绽着生命的鲜活。它们可说是阅尽沧桑了，我想，假如树木的年轮与光盘的波纹有着同样的功能，那它一定会刻录下秋白烈士的隽雅音容。

囚室设在整座建筑的最里层，是一间长方形的木屋。推开那扇油漆早已剥落、吱呀作响的房门，当年的铁窗况味宛然重现。简陋的木板床，未加漆饰的办公桌，几支毛笔、一方石砚、刻刀、烟灰缸等都原封未动地摆放着。

环境与外界隔绝，时间也似乎凝滞了，一切都恍如隔世，一切却又好像发生在昨天。刹那间竟产生了幻觉：依稀觉得这里的临时"主人"似乎刚刚离座，许是站在旁边的天井里吸烟吧？一眨眼，又仿佛瞥见那年轻、秀美的身姿，正端坐在昏黄的油灯下奋笔疾书。多么想拂去岁月的烟尘，凑上前去，对这位内心澎湃着激情，用生命感受着大苦难，灵魂中承担着大悲悯的思想巨人，做一番近距离的探访和恣意的长谈啊！然而，覆盖了半个墙壁的绝笔诗、就义地、高耸云天的纪念碑等大量图片，在分明地提示着：哲人其萎，已经永远永远地离开我们了。

当中华民族陷于存亡绝续的艰危境地，他怀着"为大家辟一条光明之路"的宏愿，走出江南小巷，纵身投入到革命洪流中去。事业是群体的，但它的种种承担却须落实于个体，这就面临一个角色定位的个人抉择问题。当时，斗争环境错综复杂，处于幼年时期的党还不够成熟，而他，在冲破黑暗、创造光明的壮举中，显示出"春来第一燕"和普罗米修斯式的播火者的卓越才能，于是，便不期然而然地被推上了党的最高领导岗位。

就气质、才具与经验而言，他也许未必是最理想的领袖人选。这在他是有足够的自知之明的。但形格势禁，身不由己，最终还是负载着理想的浩茫，"犬代牛耕"，勉为其难。他没有为一己之私而消解庄严的历史使命感。结果，"千古文章未尽才"，演出了一场庄严壮伟的时代悲剧。

天井中，当年的石榴树还在。触景生情，不由得忆起秋白写于狱中的《卜算子·咏梅》，"寂寞此人间，且喜身无主。眼底云烟过尽时，正我逍遥处。"身陷囹圄，远离革命队伍，不免感到孤独寂寞，所幸此身未受他人主宰，仍然保持着人格的独立、灵魂的圣洁。这样，当审讯、威逼、利诱、劝降等烟雾云霾纷纷过尽时，自己便可以在向往的归宿中自在逍遥了。"花落知春残，一任风和雨。信是明年春再来，应有香如故。"尽管这灿若春花的生命，在风刀雨箭般的暴力摧残下归于陨灭；但信念必胜，一如春天总会重来。

他坚信："假使他的生命溶化在大众里面，假使他天天在为这世界干些什么，那么，他总在生长，虽然生老病死仍旧是逃避不了，然而他的事业——大众的事业是不死的，他会领略到'永久的青年'。"

二

隔壁就是汀州宾馆。回到下榻处，我再次打开秋白烈士在生命的最后时刻留给我们的灵魂自白——《多余的话》，更真切地走进他的精神深处，体验那种灵海煎熬的心路历程。

秋白以"知我者谓我心忧，不知我者谓我何求"这句古诗作为开头语，揭櫫了他的浓烈的忧患意识与担当精神，这是他长期以来耿耿不能去怀的最大情意结，也是中国知识精英的共同心态。

想到为之献身的党的事业前路曲折、教训惨重，他忧心忡忡；对于血火交迸中的中华民族的重重灾难，他深切反思。他以拳拳之心"担一份中国再生时代思想发展的责任"，感到有许多话要说，如鲠在喉，不吐不快；可是，处于铁窗中不宜公开暴露党内矛盾的特殊境况，又只能采取隐晦、曲折的叙述策略。

在语言的迷雾遮蔽下，低调里滚沸着情感的热流，闪烁着充满个性色彩的坚贞。他以承荷重任未能克尽职责而深感内疚；也为自己身处困境，如同一只羸弱的马负重爬坡，退既不能，进又力不胜任而痛心疾首。这样，心中就蓄积下巨大而深沉的痛苦。

至于一己的成败得失，他从来就未曾看重，当此直面死亡、退守内心之际，更是薄似春云，无足顾惜了。即使是历来为世人所无比珍视的身后声名，他也同样看得很轻、很淡。当然，这并不意味着他无视个人名誉。他说过，人爱惜自己的历史比鸟爱惜自己的羽毛更甚。只是，他反对盗名欺世，徒有虚声，主张令名、美誉必须构筑在真实的基础上。

他是我国无产阶级文学艺术当之无愧的奠基人，可是，却自谦为"半吊子文人"。这里没有矫情，只是不愿虚饰。他认为，价值只为心灵而存在。人，纵使能骗过一切，却永远无法欺蒙自己。一瞑之后，倘被他人谬加涂饰，纵使是出于善意，也是一种伤害，更是一种悲哀。

真，是他的生命底色。他把生命的真实与历史的真实看得高于一切，重于一切，有时达到过于苛刻的程度。为着回归生命的本真，保持灵魂的净洁，不致怀着愧疚告别尘世，他"有不能自已的冲动和需要"，想要"说一些内心的话，彻底暴露内心的真相"。于是，以其独特的心灵体验和诉说方式，向世人托出了一个真实而完整的自我，对历史做出一份庄严的交代。这典型地反映出中国知识分子的本质特征，也是现时日渐式微的一种高尚品格，因而弥足珍贵。

他的信仰是坚定的，从来没有说过一句否定革命斗争的话，但也不愿挺胸振臂做烈士状，有意地拔高自己。他要敞开严闭固锁的心扉，显现自己的本来面目。当生命途程濒临终点的时候，他以足够的勇气和真诚，根绝一切犹豫，把赤裸裸、血淋淋的自我放在显微镜下，进行毫不留情的剖析和审判。

他光明磊落，坦荡无私，在我们这个还不够健全的世界上，以一篇《多余的话》和一束"狱中诗"，亮相了自己未及完全脱壳的凡胎俗骨。在敌人与死神面前，他是一条铁骨铮铮的硬汉子；而当直

4

面自己的真实内心时，他更是一个真正的强者、真正的勇士。

文人从政，在中国有着悠久传统。囿于自身的局限性，以及文人与政治不易调谐的矛盾，颠扑倾覆者屡见不鲜。可是，又有谁能够像秋白烈士那样，至诚无伪地痛切反思、拷问灵魂、鞭笞自我呢？自省这一苦果，结蒂在残酷的枝头。敌人迫害，疾病磨折，都无法同这种灵魂的熬煎、内心的碾轧相比。

"君子坦荡荡"，映现出一种难以企及的人生境界。我想，一个如此勇于赤诚忏悔的人，内在必然存有一种坚定的信仰追求和沛然莫之能御的自信力与自制力，有一种把灵魂从虚饰的包裹中拯救出来的求真品格。对于当下充满欲望、浮躁、伪饰而不知忏悔、自省为何物的时代痼疾，这未始不是一剂针砭的药石。

三

一端是当年的汀州狱所，一端是罗汉岭前的刑场——往返于这段不寻常的路上，我反复思考着这样一个问题：迂回宛转的《多余的话》与显现着劲节罡风的慷慨捐躯，不也同样构成了相映生辉的两端吗？它们所形成的色彩鲜明的反差，恰恰代表了秋白烈士的两种格调、两种风范的丰满而完整的形象，展现出这位"文人政治家"的复杂个性与充满矛盾的内心世界。

人之不同，其异如面。有的单纯，有的驳杂；有的渊深莫测，有的一汪清浅。而在复杂、内向的人群中，许多人由于深藏固闭，人格面具遮蔽过严，他人是无法洞悉底里的。作为赋性深沉的时代精英，秋白可说是一个例外。

在毕命前夕，他即使不愿做惊风雨、泣鬼神的正义嘶吼，也完

5 守护着灵魂上路

全可以选择"天地有大美而不言"的沉默。可是，他不，偏偏以稀世罕见的坦诚，毫不掩饰、一无顾忌地展露自我，和盘托出丰富的内心世界与多棱多面的个性特征——沉重的忧心与大割大舍大离大弃的超然，执着而坚定的信念与苦闷、困惑、无奈的情怀，高尚的品格与人性的弱点，夺目的光辉与潜伏的暗影……

犹如悬流、激湍是由水石相激而产生的，这种复杂而丰富的内心世界，也是主客观相互作用的产物。秋白烈士以文人身份登上政治舞台，不可避免地会遭遇到种种尖锐的内在冲突，诸如非自觉的积习与自觉的理智，一己之所长与整体需要，自我精神定向与社会责任，结构决定性与个人主体性之间所形成的内在矛盾，等等。

而他的出处、素养、个性、气质，更为这种矛盾冲突预伏下先决性因子。他是文人，却不单纯是传统的文人或现代知识分子，而是革命文化战士；他是政治家，却带有浓重的文人气质，迥异于登高一呼、叱咤风云的统帅式人物。这样，也就决定了他既能毫无保留地献身于革命事业，却又执着于批判精神、反思情结、忏悔意识、浪漫情怀等文人根性，烙印着现代知识精英的典型色彩。可以说，这是使他困扰终生的根本性矛盾。

长期以来，时代已经确认了那种义薄云天、气壮山河的豪情壮举，应该说，在这方面，他是做得足够完美的。不同之处在于，他还同时做了一番洞见肺肝的真情倾诉，并以充满理性光辉甚至惊世骇俗的话语，进行深沉的叩问和冷静的思考。——这就突破了既成的思维定势，有些不同凡响了。

特别是当他论及那些颇具风险性、挑战性的话题时，竟以十分浓重的艺术气质，注入了颇多的理想成分、感情色彩与个性特征，这样，就难免为"不知者"目为异端，最后遭到种种误读和批判。

其实，非此即彼、黑白绝对的思维逻辑，并不能真实认知事物的本质。"光明的究竟，我想决不是纯粹红光"（瞿秋白语）。《马赛曲》《国际歌》，英风豪迈中不也洋溢着动人心弦的悲壮与低回婉转的深情吗？从美学角度看，这丰富而复杂的人性，比起简单、纯粹来，更容易产生一种人格魅力和强大的张力，吸引人们去思索，去探究。

身为中国大变革时期的探索者、先行者，秋白烈士张扬了真正知识分子的人生境界，具有常说常新的人文价值和现实意义。我相信，即使再过去七十年以至七百年，他还会成为含蕴深厚的话题，令人回味无穷、盛说不衰。

同样，他的思想也具有一定的超前性。莫说当时，即使在几十年后的今天，那些关于灵魂、关于人生、关于生命价值的终极意义等世纪命题，仍然有着广阔的阐释论域和颇多的待发之覆，从而为现代思想史留下鲜活的印迹，足以抗拒时间的流逝，恒久地矗立于历史深处。

"哲人日已远，典刑在夙昔。风檐展书读，古道照颜色。"民族英雄文天祥《正气歌》中的结句，可谓实获我心：前贤已经远离开我们，可是典范长存。在短檐下展开史册来读，顿感他们的凛然正气辉映着我的面容。

四

数日勾留，我深切地感受到，革命老区长汀人民对于秋白烈士怀有极其深厚的感情，历数十年不变，父而子、子而孙地口耳相传，叙说着这座城、这条路、这一天、这个人的苍凉而壮丽的往事。在这里，我尝试着做一番复述：

历经了一场灵魂的煎熬，那郁塞于胸间的一腔积愫已全盘倾诉出来，现在，他才真正感到彻底地获得解脱，从而表现出一种从未有过的超然。

他早已超越于生死之外了。昨晚，当获知蒋介石的密令已到，刽子手即将行刑时，面容显得异常平静。停了一会儿，站起身来，示意来人走开，并说："人生有小休息，有大休息，今后我要大休息了。"然后就安然睡下，迅即发出均匀的呼吸声，"梦行小径中，夕阳明灭，寒流幽咽，如置仙境。……"

晨曦悄悄地爬上了狱所的窗棂，屋里倏然明亮起来。他心中想着：这世界对于我们仍然是非常美丽的。一切新的、斗争的、勇敢的都在前进。当然，任何美好事物的争得，都须偿付足够的代价。为此，许多人踏上了不归之路。

这样，他，也就守护着灵魂上路了。

一袭中式黑色对襟衫、齐膝的白布短裤，长筒线袜、黑色布鞋，目光里映射着理想的幽深，香烟夹在指间，一副泰然自若的神情。尽管结核病已经很重了，几个月的心力交瘁更折磨得他十分虚弱，可是，看上去，仍然是那么伟岸、洒脱。

走出大门时，他回头看了一眼空荡荡的院落，又向荷枪环伺的军人扫视了一下，嘴角微微地翘起，似乎想说：敌人的如意算盘——征服一个灵魂、砍倒一面旗帜、摧毁一种信仰，已经全然落空，得到的只是一具躯壳。可是，"如果没有灵魂的话，这个躯壳又有什么用处？"

途经中山公园，他见凉亭前已经摆好了四碟小菜和一瓮白酒，便独坐其间，自斟自饮，谈笑自若。他问行刑者："我的这个身躯

在福建长汀悼念英烈

还能由我支配吗？我愿意把它交给医学校的解剖室。"原来，就连这具躯壳，他也要奉献给人民。接着就是留影——定格了他最后的风采：背着双手，昂首直立，右腿斜出，安详、恬淡中，透露出豪爽而庄严的气概，一种悲壮、崇高的美。

路上，他以低沉、凝重的声音，用俄语唱着《国际歌》，呼喊着"中国革命胜利万岁""共产主义万岁"等口号。到了罗汉岭前，他环顾了一番山光林影，便盘膝坐在碧绿的草坪上，面对剑子手说："此地很好！"含笑饮弹，告别了这个世界。

此刻，"铁流两万五千里"的中国工农红军，正进行着一场震古烁今、名闻中外的伟大长征。而被迫离开革命集体的秋白同志，在这长仅千余米的人生最后之旅中，也同样经受着最严酷的生命与人格的考验。"咫尺应须论万里"，这是另一种形式的伟大长征。

死亡，是人生最后的也是最为严峻的试金石。他以一死完美了人格，成全了信仰，实现了超越个人有限性的追求。烈士的碧血、精魂，连同那凄婉的"独白"、激越的歌声、潇洒从容的身姿，在他短暂而壮丽的人生中，闪现着熠熠光华。

对于他，死亡不是终结，而是完成。

（2007 年）

碗 花 糕

一

小时候，一年到头，最欢乐的日子要算是旧历除夕了。

除夕是亲人欢聚的日子。行人在外，再远也要赶回家去过个团圆年。而且，不分穷家富家，到了这个晚上，都要尽其所能痛痛快快地吃上一顿。母亲常说："打一千，骂一万，丢不下三十晚上这顿饭。"老老少少，任谁都必须熬过夜半，送走了旧年、吃过了年饭之后再去睡觉。

我的大哥在外做瓦工，一年难得回家几次，但是，旧历年、中秋节却绝无例外地必然赶回来。到家后，第一件事是先给水缸满满地挑上几担水，然后再抢起斧头，劈上一小垛劈柴。到了除夕之夜，先帮嫂嫂剁好饺馅，然后就盘腿上炕，陪着祖母和父亲、母亲玩纸牌。剩下的置办夜餐的活，就由嫂嫂全包了。

一家人欢欢乐乐地说着笑着。《笑林广记》上的故事，本是寥寥数语，虽说是笑话，但"包袱"不多，笑料有限。可是，到了父亲嘴里，敷陈演绎，踵事增华，就说起来有味、听起来有趣了。原来，自幼他曾跟"说书的"练习过一招儿。他逗大家笑得前仰后合，自己却顾自在一旁"吧嗒、吧嗒"地抽着老旱烟。

我是个"自由民"，屋里屋外乱跑，片刻也停不下来。但在多数情况下，是听从嫂嫂的调遣。在我的心目中，她就是戏台上头戴花翎、横刀立马的大元帅。此刻，她正忙着擀面皮、包饺子，两手沾满了面粉，便让我把摆放饺子的盖帘拿过来。一会儿又喊着："小弟，递给我一碗水！"我也乐得跑前跑后，两手不闲。

到了亥时正点，也就是所谓"一夜连双岁，五更分二年"的时刻，哥哥领着我到外面去放鞭炮，这边饺子也包得差不多了。我们回屋一看，嫂嫂正在往锅里下饺子。估摸着已经煮熟了，母亲便在屋里大声地问上一句："煮挣了没有？"嫂嫂一定回答："挣了。"母亲听了，格外高兴，她要的就是这一句话。——"挣了"，意味着赚钱，意味着发财。如果说"煮破了"，那就不吉利了。

热腾腾的一大盘饺子端了上来，全家人一边吃一边说笑着。突然，我喊："我的饺子里有一个钱。"嫂嫂的眼睛笑成了一道缝，甜甜地说："恭喜，恭喜！我小弟的命就是好！"旧俗，谁能在大年夜里吃到铜钱，就会长年有福，一顺百顺。哥哥笑说，怎么偏偏小弟就能吃到铜钱？这里面一定有说道，咱们得检查一下。说着，就夹起了我的饺子，一看，上面有一溜花边儿，其他饺子都没有。原来，铜钱是嫂嫂悄悄放在里面的，花边也是她捏的，最后，又由她盛到了我的碗里。谜底揭开了，逗得满场哄然大笑起来。

父母膝下原有一女三男，早几年，姐姐和二哥相继去世。大哥、大嫂都长我二十岁，他们成婚时，我才一生日多。嫂嫂姓孟，是本屯的姑娘，哥哥常年在外，她就经常把我抱到她的屋里去睡。她特别喜欢我，再忙再累也忘不了逗我玩，还给我缝制了许多衣裳。其时，母亲已经年过四十了，乐得清静，便听凭我整天泡在嫂嫂的屋里胡闹。后来，嫂嫂自己生了个小女孩，也还是照样地疼我爱我亲我抱我。有时我跑过去，正赶上她给小女儿哺乳，便把我也拉到她的胸前，我们就一左一右地吸吮起来。

但我印象最深刻的，还是嫂嫂蒸的"碗花糕"。她有个舅爷，在京城某王府的膳房里混过两年手艺，别的没学会，但做一种蒸糕却是出色当行。一次，嫂嫂说她要"露一手"，不过，得准备一个大号的瓷碗。乡下僻塞，买不着，最后，还是她回家把舅爷传下来的浅花瓷碗捧了过来。

一个面团是嫂嫂事先和好的，经过发酵，再加上一些黄豆面，搅拌两个鸡蛋和一点点白糖，上锅蒸好。吃起来又甜又香，外暄里嫩。家中每人分尝一块，其余的全都由我吃了。

蒸糕做法看上去很简单，可是，母亲说，剂量配比、水分、火候都有讲究。嫂嫂也不搭言，只在一旁甜甜地浅笑着。除了做蒸糕，平素这个浅花瓷碗总是嫂嫂专用。她喜欢盛上多半碗饭，把菜夹到上面，然后，往地当央一站，一边端着碗吃饭，一边和家人谈笑着。

二

关于嫂嫂的相貌、模样，我至今也说不清楚。在孩子的心目中，似乎没有俊丑的区分，只有"笑面"或者"愁面"的感觉。小时候，我的祖母还在世，她给我的印象，是终朝愁眉不展，似乎从来也没见到过笑容；而我的嫂嫂却生成了一张笑脸，两道眉毛弯弯的，一双水冷冷的大眼睛总带着甜丝丝的盈盈笑意。

不管我遇到怎样不快活的事，比如，心爱的小鸡雏被大狸猫捕吃了，赶庙会母亲拿不出钱来为我买彩塑的小泥人，只要看到嫂嫂那一双笑眼，便一天云彩全散了，即使正在哭闹着，只要嫂嫂把我抱起来，立刻就会破涕为笑。这时，嫂嫂便爱抚地轻轻地捏着我的鼻子，念叨着："一会儿哭，一会儿笑，小鸡鸡，没人要，娶不上媳妇，瞎胡闹。"

待我长到四五岁时，嫂嫂就常常引逗我做些惹人发笑的事。记得一个大年三十晚上，嫂嫂叫我到西院去，向堂嫂借枕头。堂嫂问："谁让你来借的?"我说："我嫂。"结果，在一片哄然笑闹中被二嫂"骂"了出来。二嫂隔着小山墙，对我嫂嫂笑骂道："你这个闲×，等我给你撕烂了。"我嫂嫂又回骂了一句什么，于是，两个院落里便伴随着一阵阵爆竹的震响，腾起了"叽叽嘎嘎"的笑声。原来，旧俗：三十晚上到谁家去借枕头，等于要和人家的媳妇睡觉。这都是嫂嫂出于喜爱，让我出洋相，有意地捉弄我，拿我开心。

还有一年除夕，她正在床头案板上切着菜，忽然一迭连声地喊叫着："小弟，小弟! 快把荤油罐给我搬过来。"我便趔趔趄趄地从厨房把油罐搬到她的面前。只见嫂嫂拍手打掌地大笑起来，我却呆望着她，不知是怎么回事。过后，母亲告诉我，乡间习俗，谁要想早日"动婚"，就在年三十晚上搬动一下荤油坛子。

嫂嫂虽然没有读过书，但十分通晓事体，记忆力也非常好。父亲讲过的故事、唱过的"子弟书"，我小时在家里"发蒙"读的《三字经》《百家姓》，她听过几遍后，便能牢牢地记下来。我特别贪玩，家里靠近一个大沙岗，整天跑到那里去玩耍。早晨，父亲布置下两页书，我早就忘记背诵了，她便带上书跑到沙岗上催我快看，发现我浑身上下满是泥沙，便让我就地把衣服脱下，光着身子坐在树荫下攻读，她就跑到沙岗下面的水塘边，把脏衣服全部洗干净，然后晾在青草上。

我小时候又顽皮，又淘气，一天到晚总是惹是生非。每当闯下祸端父亲要惩治时，总是嫂嫂出面为我讲情。这年春节的前一天，我们几个小伙伴随着大人到土地庙去给"土地爷"进香上供，供桌设在外面，大人有事先回去，留下我们在一旁看守着，防止供果被猪狗扒吃了，挨过两个时辰之后，再将供品端回家去，分给我们享用。所谓"心到佛知，上供人吃"。

可是，两个时辰是很难熬的，于是，我们又免不了起歪作祸。家人走了以后，我们便悄悄地从怀里摸出几个偷偷带去的"二踢脚"（一种爆竹），分别插在神龛前的香炉上，然后用香火一点燃，只听"劈——叭"一阵轰响，小庙里面便被炸得烟尘四散，一塌糊涂。我们却若无其事地站在一旁，欣赏着自己的"杰作"。

自以为神不知鬼不觉，哪晓得，早被邻人发现了，告到了我的父亲那里。我却一无所知，坦然地溜回家去。看到嫂嫂等在门前，先是一愣，刚要向她炫耀我们的"战绩"，她却小声告诉我：一切都"露馅"了，见到父亲二话别说，立刻跪下，叩头认错。我依计而行，她则"爹长爹短"地叫个不停，赔着笑脸，又是装烟，又是递茶，父亲渐渐地消了气，叹说了一句："长大了，你能赶上嫂嫂一半，也就行了。"算是结案。

我家养了一头大黄牛，哥哥春节回家度假时，常常领着我逗它玩耍。他头上顶着一个花围巾，在大黄牛面前逗引着，大黄牛便跳起来用犄角去顶，尾巴翘得老高老高，吸引了许多人围着观看。这年秋天，我跟着母亲、嫂嫂到棉田去摘棉花，顺便也把大黄牛赶到地边去放牧。忽然发现它跑到地里来嚼棉桃，我便跑过去扬起双臂轰赶。当时，我不过三四岁，胸前只系着一个花兜肚，没有穿衣服。大黄牛看我跑过来，以为又是在逗引它，便挺起了双角去顶我，结果，牛角挂在兜肚上，我被挑起四五尺高，然后抛落在地上，肚皮上划出了两道血印子，周围的人都吓得目瞪口呆，母亲和嫂嫂"呜呜"地哭了起来。

事后，村里人都说，我捡了一条小命。晚上，嫂嫂给我做了"碗花糕"，然后，叫我睡在她的身边，夜半悄悄地给我"叫魂"，说是白天吓得灵魂出窍了。

三

每当我惹事添乱，母亲就说："人作（读如嘬）有祸，天作有雨。"果然，乐极悲生，祸从天降了。

在我五岁这年，中秋节刚过，回家休假的哥哥突然染上了疟疾，几天下来也不见好转。父亲从镇上请来一位安姓的中医，把过脉之后，说怕是已经转成了伤寒，于是，开出了一个药方，父亲随他去取了药，当天晚上哥哥就服下了，夜半出了一身透汗。

清人沈复在《浮生六记》中，记载其父病疟返里，寒索火，热索冰，竟转伤寒，病势日重，后来延请名医诊治，幸得康复。而我的哥哥遇到的却是一个"杀人不用刀"的庸医，由于错下了药，结果，第二天就死去了。人们都说，这种病即使不看医生，几天过后也会逐渐痊复的。父亲逢人就讲："人间难觅后悔药，我真是悔青了肠子。"

他根本不相信，那么健壮的一个小伙子，眼看着生命就完结了。在床上停放了两整天，他和嫂嫂不合眼地枯守着，希望能看到哥哥长舒一口气，苏醒过来。最后，由于天气还热，实在放不住了，只好入殓，父亲却双手捶打着棺材，破死命地叫喊；我也呼着号着，不许扣上棺盖，不让钉上铆钉。而后又连续几天，父亲都在深夜里到坟头去转悠，幻想能听到哥哥在坟墓里的呼救声。由于悲伤过度，母亲和嫂嫂双双地病倒了，东屋卧着一个，西屋卧着一个，屋子里死一般地静寂。原来雍雍乐乐、笑语欢腾的场面再也见不到了。我像是一个团团乱转的卷地蓬蒿，突然失去了家园，失去了根基。

冬去春来，天气还没有完全变暖，嫂嫂便换了一身月白色的衣服，衬着一副瘦弱的身躯和没有血色的面孔，似乎一下子苍老了许多。其实，这时她不过二十五六岁。父亲正筹划着送我到私塾里读书。嫂嫂一连几天，起早睡晚，忙着给我缝制新衣，还做了两次"碗花糕"。不知为什么，吃起来总觉着味道不及过去了。母亲看她一天天瘦削下来，说是太劳累了，劝她停下来歇歇。她说，等小弟再大一点，娶了媳妇，我们家就好了。

一天晚上，坐在豆油灯下，父亲问她下步有什么打算。她明确地表示，守着两位老人、守着小弟弟、带着女儿过一辈子，哪里也不去。

父亲说："我知道你说的是真心话，没有掺半句假。可是……"

嫂嫂不让父亲说下去，呜咽着说："我不想听这个'可是'。"

父亲说，你的一片心情我们都领了。无奈，你还年轻，总要有个归宿。如果有个儿子，你的意见也不是不可以考虑；可是，只守着一个女儿——早晚要出嫁的，剩下你孤苦伶仃的，怎么能行呢？

嫂嫂说："等小弟长大了，结了婚，生了儿子，我抱过来一个，不也是一样吗？"

父亲听了长叹一声："咳，真像'杨家将'的下场，七狼八虎，死的死，亡的亡，只剩下一个无拳无勇的杨六郎，谁知将来又能怎样呢?"

嫂嫂呜呜地哭个不停，翻来覆去，重复着一句话："爹，妈!就把我当作你们的女儿吧。"嫂嫂又反复亲我，问"小弟放不放嫂嫂走"，我一面摇晃着脑袋，一面号啕大哭。父亲、母亲也伤心地落下了眼泪。这场没有结果的谈话，暂时就这样收场了。

但是，嫂嫂的归宿问题，终竟成了两位老人的一块心病。一天夜间，父亲又和母亲说起了这件事。他们说，论起她的贤惠，可说是百里挑一，亲闺女也做不到这样。可是，总不能看着二十几岁的人这样守着我们。我们不能干那种伤天害理的事，我们于心难忍啊!

第二天，父亲去了嫂嫂的娘家，随后，又把嫂嫂叫过去了，同她母亲一道，软一阵硬一阵，再次做她的思想工作。终归是"胳膊拧不过大腿"，嫂嫂勉强地同意改嫁了。两个月后，嫁到二十里外的郭泡屯。

我们那一带的风俗，寡妇改嫁，叫"出水"，一般都悄没声的，不举行婚礼，也不坐婆亲轿，而是由娘家的姐妹或者嫂嫂陪伴着，送上事先等在村头的婆家的大车，往往都是由新郎亲自赶车来接。那一天，为了怕我伤心，嫂嫂是趁着我上学，悄悄地溜出大门的。

午间回家，发现嫂嫂不在了，我问母亲，母亲也不吱声，只是默默地揭开锅，说是嫂嫂留给我的，原来是一块碗花糕，盛在浅花瓷碗里。我知道，这是最后一次吃这种蒸糕了，泪水刷刷地流下，无论如何也不能下咽。

每年，嫂嫂都要回娘家一两次。一进门，就让她的侄子跑来送信，叫父亲、母亲带我过去。因为旧俗，妇女改嫁后再不能登原来婆家的门，所谓"嫁出的媳妇泼出的水"。见面后，嫂嫂先是上下打量我，说"又长高了""比上次瘦了"，坐在炕沿上，把我夹在两腿中间，亲亲热热地同父母亲拉着话，像女儿见到爹妈一样，说起来就没完，什么都想问，什么都想告诉。送走了父亲、母亲，还要留我住上两天，赶上私塾开学，早晨直接送我到校，晚上再接回家去。

后来，我进县城、省城读书，又长期在外工作，再也难以见上嫂嫂一面了。听说，过门后，她又添了四个孩子，男人大她十几岁，常年哮喘，干不了重活，全副担子落在她的肩上，缝衣、做饭，喂猪，拉扯孩子，莳弄园子，有时还要到大田里搭上一把，整天忙得"脚打后脑勺子"。由于生计困难，过分操心、劳累，她身体一直不好，头发过早地熬白，腰也直不起来了。可是，在我的梦境中、记忆里，嫂嫂依旧还是那么年轻，俊俏的脸庞上，两道眉毛弯弯的，一双水灵灵的大眼睛总带着甜丝丝的盈盈笑意……

又过了两年，我回乡探亲，母亲黯然地说，嫂嫂去世了。我感到万分地难过，连续几天睡不好觉，心窝里堵得慌。觉得从她的身上得到的太多太多，而我所给予她的又实在太少太少，真是对不起这位母亲一般地爱我、怜我的高尚女性。引用韩愈《祭十二郎文》中的话，正是"汝病吾不知时，汝殁吾不知日，生不能相养以共居，殁不能抚汝以尽哀，敛不凭其棺，窆不临其穴"，"彼苍者天，曷其有极！"

一次，我向母亲偶然问起嫂嫂留下的浅花瓷碗，母亲说："你走后，我和你父亲加倍地感到孤单，越发想念她了，想念过去那段一家团聚的日子。见物如见人。经常把碗端起来看看，可是，你父亲手哆嗦了，碗又太重……"

就这样，我再也见不到我的嫂嫂，再也见不到那个浅花瓷碗了。

（2000 年）

两个李白

在中国古代诗人中，李白确实是一个不朽的存在。他的不朽，不仅由于他是一位负有世界声誉的潇洒绝尘的诗仙，——那些雄奇、奔放、瑰丽、飘逸的千秋绝唱产生着超越时空的深远魅力；而且，因为他是一个体现着人类生命的庄严性、充满悲剧色彩的强者。他一生被登龙入仕、经国济民的渴望纠缠着，却困踬穷途，始终不能如愿，因而陷于强烈的心理矛盾和深沉的抑郁与熬煎之中。而"蚌病成珠"，这种郁结与忧煎恰恰成为那些天崩地坼、裂肺摧肝的杰作的不竭的源泉。

一方面是现实存在的李白，一方面是诗意存在的李白，两者构成了一个整体的不朽的存在。它们之间的巨大反差，形成了强烈的内在冲突，表现为试图超越却又无法超越，顽强地选择命运却又终归为命运所选择的无奈，展示着深刻的悲剧精神和人的自身的有限性。

解读李白的典型意义，在于他的心路历程及其穷通际遇所带来的苦乐酸甜，在很大程度上反映了几千年来中国文人的心态。

一

去年秋杪，我有皖南之行，半月时间，足迹遍于当涂、宣城、秋浦、泾县一带。这里恰好是李白晚年活动的中心。此行为我深入探究这位大诗人的奥蕴提供了一个开阔的视野、理想的角度。

在李白墓前

李白祖籍陇西成纪，其先祖于隋朝末年被流放到西域，李白出生在中亚的碎叶城（唐时在安西都护府辖区内），五岁前后随父亲内迁至绵州彰明县青莲乡（今属四川江油县）。这种丰富的阅历，为他形成创造性思维奠定了有利的基础，而盛唐时期繁荣、安定的社会环境，又使他有条件接受良好的传统文化教育。他"十岁观百家"，"十五观奇书"，志在"申管晏之谈，谋帝王之术"，济苍生，安社稷，"使寰区大定，海县清一"。二十五岁那年，他出蜀远游，开启了而后三十几年的漂泊生涯。先后漫游了祖国中东部大量地区，结交各方人士，向一些地方官员锐身自荐。最后移家皖南，定居于当涂，并选择"谢家青山"作为埋骨之地。

皖南一带绮丽的风光、朴厚的民情，润滋与抚慰了他的充满动荡、溢满忧愤、布满坎坷的失意生涯。诗人同这里的山山水水结下了深厚情缘，而原本就雄奇秀丽的皖南山水，一经诗人大笔淋漓的点染，更凸现了它的壮美无俦的神采。

那些天，我一直沉酣在一种幻觉里：山程水驿，雨夜霜晨，每时每地，都仿佛感到诗人李白伴随于前后左右，而且不时地发出动人的歌吟。当我站在宣城陵阳山谢公楼的遗址上，面对着晚秋的江城画色，"两水夹明镜，双桥落彩虹"的谪仙名句，油然浮荡在耳际。而当驻足采石矶头，沉浸在横江雪浪的壮观里，"惊波一起三山动"，"涛似连山喷雪来"的隽永，又使我同诗人一样跃动着猛撞心扉的惊喜，获得一种甘美无比的艺术享受。

碧山，坐落于皖南黟县西北，风景十分幽美。李白《山中问答》诗云："问余何事栖碧山？笑而不答心自闲。桃花流水窅然去，别有天地非人间。"诗人眼中的碧山，充满了清幽、纯净之美，是名利场、是非窝的"人间"所无可比拟的。寥寥数语，寓沉重于

21

闲适，寄托了诗人愤世嫉俗的万千感慨。其旨趣"可与知者道，难与俗人言"（明代李东阳语）。

我来时，秋光已晚，满怀着痴情的向往，追寻着诗仙的足迹，徜徉于五松山下、天柱峰前，漫步在桃潭、秋浦之间，寻几分天籁，握一把苍凉，在疑幻疑真的朦胧意象里，借助那一泓澄碧和万壑松吟来濯心洗耳。一时间，仿佛冲破了时空的限界，纵身千载之上，同诗人一道亲炙那"扫石待归月""倚树听流泉"的幽情雅趣。

也是在采石矶头，也是那样一个"秋月照白壁，皓如山阴雪"的夜晚，我站在拔江而起、危矶如削的峭壁上，望着涛惊浪涌的滚滚江流，眼前仿佛浮现出一幅《太白泛舟赏月图》：一舟容与，溯流而上。他身披一件华美的五云裘，端坐在船的正中。金樽邀月，倜傥风流，岸旁观者如堵，而诗仙则顾盼神飞，谈笑自若。

《侯鲭录》载：唐开元年间，诗仙进谒宰相，擎着书有"海上钓鳌客李白"的手版。

宰相问道："先生临沧海，钓巨鳌，以何物为钩线?"

答曰："以风浪逸其情，乾坤纵其志，以虹霓为丝，明月为钩。"

又问："以何物为饵?"

答曰："以天下无义丈夫为饵。"

宰相闻之悚然。

几句简单的答问，生动地展现了他的高蹈、超拔、狂肆的精神世界。

二

李白的精神风貌及其诗文的内涵，是中国文化精神哺育的结晶。清代诗人龚自珍认为，他是并庄、屈以为心，合儒、仙、侠以为气的。太白飘逸绝尘、驱遣万象的诗风，显然导源于《庄子》和《离骚》。单就人生追求与价值取向来看，屈原的憎恨黑暗邪恶势力，渴望报效国家的政治抱负，庄周的浮云富贵、藐视权豪，挣脱传统束缚、张扬主体意识的精神境界，对李白的影响都是极为深刻的。除了儒家、道家这两种主导因素，在李白身上，游侠、神仙、佛禅的影子也同时存在。

本来，唐代以前，儒家、道家、佛禅以及神仙、游侠等方面的文化，均已陆续出现，并且渐臻成熟；但是，很少有哪一位诗人能够将它们交融互汇于个人的实际生活。只有李白——这位一生主要活动于文化氛围异常活跃的唐代开元、天宝年间的伟大诗人，将它们集于一身，完成了多元文化的综合、融汇。正如嵇康、阮籍等人的精神风貌反映了"魏晋风度"一样，李白的精神世界也折射出盛唐士子所特有的丰神气度。

这里就涉及封建士子的所谓"三不朽"问题。我们固然不能因为李白写过"吟诗作赋北窗里，万言不值一杯水"的诗句，就简单地断定他并不看重立言；但比较起来，在"三不朽"中，他所奉为人生至上、兢兢以求的，确确实实首要是立功，其次是立德。既然如此，那他为了实现经邦济世、治国安民、创制垂法、惠泽无穷的宏伟抱负，就要为其创造必要的条件，亦即拥有足够的社会地位与政治权势。因此，他热切地期待着："长风破浪会

两个李白

有时，直挂云帆济沧海"，渴望着登龙门，摄魏阙，据高位。但这个愿望，对他来说，不过是甜蜜蜜的梦想，始终未曾付诸实践。他的整个一生历尽了坎坷，充满着矛盾，交织着生命的冲撞、挣扎和成败翻覆的焦灼、痛苦。从这个角度看，他又是一个道道地地的悲剧人物。

他自视极高，尝以搏击云天、气凌穹宇的大鹏自况："大鹏一日同风起，扶摇直上九万里。假令风歇时下来，犹能簸却沧溟水。"认为自己是凤凰："耻将鸡并食，长与凤为群。一击九千仞，相期凌紫氛。"与这种以其长才异质极度自负的傲气形成鲜明的对照，他对历史上那些建不世之功、创回天伟业，充分实现其自我价值的杰出人物，则拳拳服膺，倾心仰慕，特别是对他们崛起于草泽之间，风虎云龙，君臣合契，终于奇才大展的际遇，更是由衷地歆羡。

他确信，只要能够幸遇明主，身居枢要，大柄在手，则治国平天下易如反掌。在他看来，这一切作为和制作诗文并无本质的差异，同样能够"日试万言，倚马可待"。显而易见，他的这些宏誓大愿，多半是基于情感的蒸腾，无非是诗性情怀，意气用事，而缺乏设身处地、切合实际的构想；并且，对于政治斗争所要担承的风险和可能遇到的颠折，也缺乏透彻的认识，当然更谈不上有足够的思想准备。

三

李白有过两次从政的经历——

天宝元年秋天，唐玄宗接受玉真公主和道士吴筠的举荐，下诏征召李白入京。这年他四十二岁。当时他住在南陵的一个山村里，接到喜讯后，即烹鸡置酒，乐不可支，告别儿女时，写有"仰天大笑出门去，我辈岂是蓬蒿人"的诗句，可谓意气扬扬，踌躇满志。他原以为，此去定可酬其为帝王师、画经纶策的夙愿，不料现实无情地粉碎了他的幻想。进京陛见后，只安排一个翰林院供奉的闲差，并没有像他想象的那样，接之以师礼，委之以重任。原来，这时的玄宗已经在位三十年，日渐昏庸，纵情声色，信用奸佞，久疏朝政。看到这些，李白自然感到万分失望。以他的宏伟抱负和傲岸性格，怎么会接受"以俳优蓄之"的待遇，甘当一个跟在帝王、贵妃身后，赋诗纪盛、歌咏升平的"文学弄臣"角色呢？但就是这样，也还是"君王虽爱蛾眉好，无奈宫中妒杀人"，"谗言忽生，众口攒毁"。最后的下场是上疏请归，一走了事。在朝仅仅一年又八个月，此后，再没有登过朝堂。

天宝十四载冬天，李白正在江南漫游。是时安禄山起兵反唐，次年攻陷潼关，玄宗逃往四川。途中下诏，以第十六子李璘为四道节度使、江陵郡大都督。野心勃勃的永王李璘，招募将士数万人，以准备抗敌、平定"安史之乱"为号召，率师东下，实际是要乘机扩张自己的势力。对于国家颠危破败、人民流离失所的现状，李白早已感到痛苦和殷忧。恰在此时，永王李璘兵过九江，征李白为幕佐。诗人认为建功立业、报效国家的机会已到，于是，又一次激扬志气，充满了"欲仰以立事"的信心，在永王身上寄托着重大期望："诸侯不救河南地，更喜贤王远道来。"以为靖难杀敌、重整金瓯，非永王莫属。哪里料到，报国丹心换来的竟是一场灭顶之灾，糊里糊涂地卷入了最高统治层争夺皇权的斗争，结果是太子李亨即位，李璘兵败被杀，追随他的党羽多遭刑戮，李白也以附逆罪

两个李白

被窜逐夜郎，险些送了性命。这是李白第二次从政，为时不足三个月。

尽管政治上两遭惨败，但他既不认输也不甘心，总想找个机会重抵政坛，锋芒再试。六十一岁这年，他投靠族叔、当涂县令李阳冰，定居于采石矶。虽然已经处于生命的尾声，但当他听到太尉李光弼为讨伐叛将史朝义，带甲百万出征东南的消息，一时按捺不住心潮的狂涌，便又投书军中，表示"儒夫请缨，冀申一割之用"，无奈中途病还，未偿所愿。

表面上看，两番政治上的蹉跌，都是由于客观因素，颇带偶然性质；实际上，李白的性格、气质、识见，决定了他在仕途上的失败命运和悲剧角色。他是地地道道的诗人气质，情绪冲动，耽于幻想，天真幼稚，放纵不羁，习惯于按照理想化的方案来构建现实，凭借直觉的观察去把握客观世界，因而在分析形势、知人论世、运筹决策方面，常常流于一厢情愿，脱离实际。

关于李白第一次从政，论者认为，玄宗召他入京，最初很有几分看重，但很快就发现他并非"廊庙之材"，便只对他的文学才能加以赏识，所以后来李白要求离开，玄宗也并不着意挽留。就是说，李白并非摆弄政治的材料。而且，玄宗已不再是一个励精图治的开明君主了，而李白却仍然对他寄予厚望，最后，希望当然要落空了。这又说明李白缺乏政治的眼光。关于李白"从璘"的教训，核心在于对"安史之乱"中的全国政局缺乏准确的分析，就是说，他把局势的动乱看得过于严重。他在诗中写道，"颇似楚汉时，翻覆无定止"，"三川北虏乱如麻，四海南奔似永嘉"，显然是违反实际的。由于对形势做出了错误的判断，行动上必然举措失当。在他看来，当时朝廷应急之策，是退保东南半壁江山，苟延残喘；而永王正好陈兵长江下游，自然可以稳操胜券，收拾残局。这是他毅然"从璘"的真正原因所在。显然，在李璘身上，他把"宝"押错了，结果又一次犯下了知人不明的错误——他既未发觉其拥兵自重、意在割据的野心，更没有认识到这是一个刚愎自用、见识短浅、不足以成大事的庸才，把立功报国的希望寄托于这种角色，未免太孟浪了。

应该说，李白并不是一个政治家，只是一个诗人，当然是伟大的诗人。虽然在政治方面自视甚高，但他并不具备政治家应有的才能、经验与识见，不善于审时度势，疏于政治肆应能力。对此，宋人王安石、苏辙、陆游、罗大经等，都曾有所论列。这种主观与客观严重背离、实践与愿望相互脱节的悲剧现象，在中国历代文人中并不鲜见。

四

当然，客观地看，李白的官运蹭蹬，也并非完全种因于政治才识的欠缺。即以唐代诗人而论，这方面的水准远在李白之下而稳登仕进者也数不在少。要之，在旧时代，一般士子都把个人纳入社会组合之中，并逐渐养成对社会政治权势的深深依附和对习惯势力的无奈屈从。如果李白能够认同这一点，甘心泯灭自己的个性，肯于降志辱身，随俗俯仰，与世浮沉，其实，是完全能够做个富于文誉的高官的。

可是，他是一个自我意识十分突出的人，时刻把自己作为一个自由独立的个体，把人格的独立视为自我价值的最高体现。他重视生命个体的外向膨胀，建立了一种志在牢笼万有的主体意识，总要做一个能够自由选择自己命运与前途的人。他反对儒家的等级观念和虚伪道德，高扬"不屈己、不干人"的旗帜。由于渴求为世所用，进取之心至为热切，自然也要常常进表上书，锐身自荐，但大前提是不失去自由，不丧失人格，不出卖灵魂。如果用世、进取要以自我的丧失、人格的扭曲、情感的矫饰为代价，那他就会毅然决绝，毫不顾惜。他轻世肆志，荡检逾闲，总要按照自己的意志去塑造自我，从骨子里就没有对圣帝贤王诚惶诚恐的敬畏心情，更不把那些政治伦理、道德规范、社会习惯放在眼里，一直闹到这种地步——"长安市上酒家眠，天子呼来不上船，自称臣是酒中仙"（杜甫诗），痛饮狂歌，飞扬无忌。这要寄身官场，进而出将入相、飞黄腾达，岂不是南其辕而北其辙吗？

不仅此也。正由于李白以不与群鸡争食的凤凰、抟扶摇而上九万里的大鹏自居，因此，他不屑于按部就班地参加科考，走唐代士人一般的晋身之路；他也不满足于做个普通僚属，而要"为帝王师"，以一介布衣而位至卿相，做吕尚、管仲、诸葛亮、谢安一流人物。他想在得到足够尊崇与信任的前提下，实现与当朝政治势力的合作，而且要保持一种不即不离的关系，"合则留，不合则去"，有相当大的自由度。他在辞京还山时，吟出："严陵不从万乘游，归卧空山钓碧流。自是客星辞帝座，元非太白醉扬州。"从这里可以看出，他把自己与皇帝视为东汉隐士严光与汉光武帝刘秀的朋友关系，而不是君臣上下的严格的隶属关系，是可以来去自由、彼此平等的。这类诗章，没被人罗织成"乌台诗案"之类的文网，说明盛唐时期的文化环境总还十分宽松。如果生当北宋时期，那他的"辫子"可比东坡居士的粗多了。

但，环境是一回事，而认识却是另一码事。李白这种想在新的历史条件下重新争得"士"的真正社会地位，在较高层次上维护知识阶层的基本价值和独立性的期望，确是严重脱离现实的一厢情愿的幻想。他忽略了一个基本现实：处身于大一统的盛唐之世，而非王纲解纽、诸侯割据、群雄并起的春秋战国时期，同两汉之交农民起义军推翻王莽政权，未能建立起新的朝廷，南阳豪强集团首领刘秀想要利用农民军的成果，恢复汉朝统治的形势也大不一样。须知，春秋战国时期那种诸侯争养士、君主竞揽贤的局面，在盛唐时期已不复存在，也没有可能再度出现。当此之时，天下承平，宇内一统，政治上层建筑高度完备，特别是开科取士已使"天下英雄尽入彀中"（唐太宗语），大多数士子的人格与个性愈来愈为晋身仕阶和臣服于皇权的大势所雌化，"帝王师"反过来成了"天子门生"，"游士"阶层已彻底丧失其存在条件。

看得出来，李白既暗于知人，又未能明于知己，更不能审时度势，偏要"生今之世，返古之道"，自然是"大道如青天，我独不得出"，自然就免不了到处碰壁了。归根结底，李白还是脱不开他的名士派头与浪漫主义的诗人气质。

五

壮志难酬，怀才不遇，使李白陷入无边的苦闷与激愤的感情漩涡里。尽管庄子的超越意识和恬淡忘我、虚静无为的处世哲学，使李白在长安放回之后，寄情于皖南的锦山秀水，耗壮心，遣余年，徜徉其间，流连忘返，尽管他从貌似静止的世界中看出无穷的变态，把漫长的历史压缩成瞬间的过程，能够用审美的眼光和豁达的态度来看待政治上的失意，达到一种顺乎自然、宠辱皆忘的超然境

两个李白

界，使其内心的煎熬有所缓解；但他毕竟是一个豪情似火的诗人，只要遇到某种触媒，悲慨之情就会沛然倾泻。

史载，晋代袁宏少时孤贫，以运租为业。镇西将军谢尚镇守牛渚，秋夜趁月泛江，听到袁宏在运租船上咏诗述怀，大加赞赏，于是把他邀请过来细论诗文，直到天明。由于得到谢将军的赞誉，从此袁宏声名大著。李白十分羡慕袁宏以诗才受知于谢尚的幸运，联想到自己怀才不遇的遭际，因而在夜泊牛渚时，触景伤情，慷慨悲吟："登舟望秋月，空忆谢将军。余亦能高咏，斯人不可闻。"有感而发，所以格外凄婉动人。

他的心境是万分凄苦的，漫游秋浦，悲吟"白发三千丈，缘愁似个长"；登谢朓楼，慨叹"抽刀断水水更流，举杯消愁愁更愁"；眺望横江，惊呼"白浪如山那可渡，狂风愁杀峭帆人"。眼处心生，缘情状物，感慨随地触发，全都紧密结合着自己的境遇。

他通常只跟自己的内心情感对话，这种收视反听的心理活动，使他与社会现实日益隔绝起来；加上他喜好大言高调，经常发表悖俗违时的见解，难免遭致一些人的白眼与非议，正如他自己所言，"时人见我恒殊调，闻余大言皆冷笑"，这更加剧了他对社会的反感和对人际关系的失望，使他感到无边的怅惘与孤独。且看五古《月下独酌》：

> 花间一壶酒，独酌无相亲。
> 举杯邀明月，对影成三人。
> 月既不解饮，影徒随我身。
> 暂伴月将影，行乐须及春。

我歌月徘徊，我舞影零乱。

醒时同交欢，醉后各分散。

永结无情游，相期邈云汉。

"茕茕孑立，形影相吊"。孤独，到了邀约月亮和影子来共饮，其程度之深自可想见。他甚至认为，在以后的悠悠岁月中，也难于找到同怀共饮之人，以致只能与月华、身影鼎足而三，永结无情之游，并相期在那邈远的云空重见。这在孤独之上又平添了几许孤独。结末两句，写尽了诗人的侧身天地、踽踽凉凉之感，堪称描写孤独心境的千秋绝唱。

六

孤独至极，就要醉酒。"三百六十日，日日醉如泥"，"处世若大梦，胡为劳其生？所以终日醉，颓然卧前楹"。这类"夫子自道"式的描形拟态、述志达情，显示出诗人对现实的强烈愤慨与深深绝望。他要彻底地遗落世事，离开现实，回到醉梦的沉酣中忘却痛苦，求得解脱。晚清诗人丘逢甲在《题太白醉酒图》中，对这种心境作了如是解释："天宝年间万事非，禄山在外内杨妃。先生沉醉宁无意？愁看胡尘入帝畿。"

不管怎么说，佯狂痛饮总是一种排遣，一种宣泄，一种不是出路的出路，一种痛苦的选择。他要通过醉饮，来解决悠悠无尽的时空与短暂的人生、局促的活动天地之间的巨大矛盾。在他看来，醉饮就是重视生命本身，摆脱外在对于生命的羁绊，就是拥抱生命，热爱生命，充分享受生命，是生命个体意识的彻底解放与真正觉醒。

当然，作为诗仙，李白解脱苦闷、排遣压抑，宣泄情感、释放潜能，表现欲求、实现自我的最根本的渠道，还是吟诗咏怀。正如清初著名文人金圣叹所说："诗者，诗人心中之轰然一声雷也。"诗是最具个性特征的文学形式。李白的诗歌往往是主观情思支配客观景物，一切都围绕着"我"的情感转。"当其得意，斗酒百篇"，"但用胸口，一喷即是"。有人统计，在他的千余首诗歌中，出现我、吾、予、余或"李白""太白"字样的竟达半数以上，这在中国文学史上是仅见的。

诗，酒，名山大川，使他的情感能量得到成功的转移，一定程度上缓解了精神上的重压。但是，际遇的颠折和灵魂的煎熬却又是最终成就伟大诗人的必要条件。以自我为时空中心的心态，主体意识的张扬，超越现实的价值观同残酷现实的剧烈冲突，构成了他的诗歌创造力的心理基础与内在动因，给他带来了超越时代的持久的生命力和极高的视点、广阔的襟怀、悠远的境界、空前的张力。

就这个意义来说，既是时代造就了伟大的诗人，也是李白自己的性格、自己的个性造就了自己。当然，反过来也可以说，他的悲剧，既是时代悲剧、社会悲剧，也是性格悲剧。

历史很会开玩笑，生生把一个完整的李白劈成了两半：一半是，志不在于为诗为文，最后竟以诗仙、文豪名垂万古，攀上荣誉的巅峰；而另一半是，醒里梦里，时时想着登龙入仕，却坎坷一世，落拓穷途，不断地跌入谷底。

具有讽刺意味的是，李白一生中最高的官职是翰林待诏，原本没有什么值得夸耀于世的，可是，在官本位的封建社会，连他的好友魏万也不能免俗，在为他编辑诗文时仍要标上《李翰林集》。好在墓碑上没有挂上这个不足挂齿的官衔，而是直书"唐名贤李太白之墓"，据说出自诗圣杜甫之手，终竟不愧为他的知音。

当代著名诗人羊春秋度曲《折桂令》，为我们塑造了诗仙李白的高大形象：

> 谪仙更复酒仙。笔扫千军，鲸吸百川。力士脱靴，贵妃捧砚，至尊开宴。为寒儒添了颜面，给权贵打了气焰。屈贾哀怨，陶谢酸寒，磊落如公，谁堪比肩？

诗人傲睨一世，目无余子，而对于普通民众，倒显得比较可亲可近。特别是晚年，他在皖南一带结识了许多普通劳动者，像碧山的山民胡晖，五松山的田妇荀媪，宣城的酿酒工纪叟，桃花潭的隐士汪伦，不仅交情甚笃，而且都有诗相赠。通过他的生花妙笔，农夫田媪，牧竖樵苏，行役征人，孤孀弃妇，撑船汉，捕鱼郎，采菱女，冶铜工，都留下了鲜明的美好形象。同下层民众的接近，使他的达观旷朗的性格得以恣意的张扬，怀才不遇的苦闷和由仕途险恶所造成的心理负担，在一定程度上得到了缓解。

七

李白的豪气冲霄、汪洋恣肆的诗才，他的"天子不能臣，诸侯不能制，王公大人不能凌辱"的伟岸形象和独立人格，历来为人民大众所喜爱。仅在元、明、清三代上演的戏曲中，就有乔梦符的《李太白匹配金钱记》、屠隆的《彩毫记》、尤侗的《清平调》、李岳的《采石矶》、无名氏的《沉香亭》《李白捉月》等许多种。

有关他的传说与遗迹，更是遍布他足迹所至的每个地方。我在皖南一带，接触到历代许多根据李白诗意创设的人文景观。像黟县的问余亭，歙县的碎月滩，宿松的对酌亭、饯客岭，泾县的云锦堂、凌风台、绿竹亭、踏歌岸阁，采石矶的十咏亭、横江馆、醉月斋、怀谢亭，等等，数不胜数。至于太白楼、太白书堂更是随处可见。

当然，众多古迹中最令人低回无尽的还是当涂的青山。这里距县城十公里，山势盘陀，林壑幽深，溪水潺潺，风光秀美。李白"一生低首"、衷心敬服的南齐诗人谢朓任宣城太守时曾结宅于此。太白仙逝，原葬于龙山东麓。过了五十余年，他的生前好友范伦之子范传正任职当地，按照诗仙"悦谢家青山"的遗愿，迁墓至青山西麓。

那天，我沐着淡淡的秋阳，专程前来青山参谒，满怀凭吊真正的艺术生命的无比虔诚，久久地在李白墓前肃立。风摇柳线，宿草点头，仿佛踊身千载之上，亲承诗仙馨欬，同他进行着一场跨越时空的无声对话。

"莫向斜阳嗟往事，人生不朽是文章。"（许梦熊《过南陵太白酒坊》）我想，亏得李白政坛失意，所如不偶，以致远离魏阙，浪迹江湖，否则，沉香亭畔、温泉宫前，将不时地闪现着他那潇洒出尘的隽影，而千秋诗苑的青空，则会因为失去这颗朗照寰宇的明星，而变得无边地暗淡与寥落。这该是何等遗憾、多么巨大的损失啊！

当然，诗仙自己并不作如是想。他临终时的"大鹏飞兮振八裔，中天摧兮力不济"的哀吟，最鲜明不过地表现出那种双目至

桃花潭畔

死难瞑的深悲巨痛，闻之令人心酸气噎。一千二百多年过去了，三尺孤坟里面，就这样埋下了一具凄怆愤懑、郁结难平、永恒飞扬躁动的不灭的诗魂！

（1997 年）

用破一生心

一

伴随着"皇帝热""辫子热"的蒸腾，曾国藩也被"炒"得不亦乐乎。其缘由未必都是市场的驱动，很可能还出自一种膜拜心理：拜罢英明的"圣主"，再来追慕一番"中兴第一名臣"，也是满合乎逻辑的。只是我总觉得，这位曾公似乎并不像某些人说的那样可亲、可敬，倒是十足地可怜。他的生命乐章太不浏亮，在那显赫的身影后面，除了一具猥琐、畏缩的躯壳之外，看不到多少生命的活力、灵魂的光彩。——人们不禁要问：活得那么苦、那么累，值得吗？

关于苦，佛禅讲得最多，有所谓"人生八苦"的说法：生、老、病、死，与生俱来，可说是任人皆有的，只是程度不同而已；而求不得、厌憎聚、爱别离、五蕴盛，则是由欲而生，就因人各异了。古人说，人之有苦，为其有欲，如其无欲，苦从何来？曾国藩的苦，主要是来自过多、过强、过盛、过高的欲望，结果就心为形役，苦不堪言，最后不免活活地累死。

说到欲望，曾国藩原也无异于常人。经书上说："饮食男女，人之大欲存焉。"他出生在农村，少年时代也是生性活泼、情感丰富的。十多岁出外就读，浪漫不羁，倜傥风流。相传他曾狎妓，妓名春燕，于春末三月三十日病殁，他遂集句书联以悼之："未免有情，忆酒绿灯红，此日竟随春去了；似曾相识，怅梁空泥落，几时重见燕归来?"一时传为佳构。至于桎梏性灵,压抑情感,则是系统地接受了儒家思想,特别是程朱理学之后。其间自有一段改造、清洗的过程。

他原名子城,字伯涵,二十一岁肄业于湘乡书院,改号涤生,六年后中进士,更名国藩。"涤生",取涤除旧污,以期进德修业之意;"国藩",为国屏藩,显然是以"国之干城"相期许。合在一起,完整地勾画出儒家"修齐治平"的成才之路,也恰切地表明了他的立德、立功、立言"三不朽"的终极追求。目标既定,剩下来的就是如何践履、如何操作的问题了。他在这条漫漫人生之路上,做出了明确的战略选择:一方面要超越平凡,通过登龙入仕,建立赫赫事功,达到出人头地;一方面要超越"此在",通过内省功夫,跻身圣贤之域,"不忝于父母之所生,不愧为天地之完人",达到名垂万世。

这种人生鹄的,无疑是至高至上的。许多人拼搏终生,青灯皓发,碧血黄沙,直至赔上了那把老骨头,也终归不能望其项背。某些硕儒名流,德足为百世师,言可为天下法,却缺乏煌煌之业、赫赫之功;而一些建不世功、封万里侯的勋臣宿将,其道德文章又未足以副之,最后,都只能在徒唤奈何中咽下那死不甘心的一口气。求之于历代名臣,曾国藩可说是一个少见的例外。他居京十载,中进士,授翰林,拔擢内阁学士,历任礼部、兵部、刑部、工部、吏部侍郎,外放之后,创湘军,创洋务,兼署数省总督,权倾朝野,位列三公,成为清朝立国以来汉族大臣中功勋最大、权势最重、地位最高之人,应该说是超越了平凡;作为封建时代最后一位理学家,在思想、学术上造诣精深,当世及后人称之为"道德文章冠冕一代",甚至被目为"今古完人",也算得上是超越了"此

用破一生心

在"吧？

可是，人们是否晓得，为了实现这"两个超越"，他究竟耗费了多少心血，历经何等艰辛啊？只要翻开那部《曾文正公全集》浏览一过，你就不难得出结论，他是一个地地道道、不折不扣的悲剧人物，是一个终生置身炼狱、心灵备受熬煎、历经无边苦痛的可怜虫。

"功名两个字，用破一生心。"他自从背负上从儒家那里承袭下来的立功扬名的沉重包袱之后，便坠入了一张密密实实、巨细无遗的罗网，任凭你有孙悟空那样的冲天本领，也难以钻出网眼，逃逸出去；何况，他自己还要主动地参与结网，刻意去做那"缀网劳蛛"呢！随着读书渐多，理路日清，那一套"三不朽"的终极追求，便像定海神针一般把他牢牢地锁定在无形的炼狱里。

歌德老人说，性格决定命运。那么，性格又是由什么决定的呢？这恐怕不是一个"遗传基因"所能解释，主要的还应从环境和教养方面查找原因。雄厚而沉重的历史文化积淀，已经为他做好了精巧的设计，给出了一切人生的答案，不可能再作别样的选择。他在读解历史、认知时代的过程中，一天天地被塑造、被结构了，最终成为历史和时代的制成品。于是，他本人也就像历史和时代那样复杂，那样诡谲，那样充满了悖论。这样一来，他也就作为父祖辈道德观念的"人质"，作为封建祭坛上的牺牲，彻底地告别了自由，付出了自我，失去了自身固有的活力，再也无法摆脱其悲剧性的人生命运。

二

这种无形的炼狱，是由他自己一手筑成的。其中的奥蕴无穷，但一经勘破，却也十分简单：要实现"两个超越"，就必须跨越一系列的障碍，面对种种难以克服的矛盾，这也就是他进退维谷，跋前踬后，终生抑塞难舒，身后还要饱遭世人訾议的根本原因。

历代王朝一切建立奇功伟业者，都免不了遭遇忠而见疑、功成身殒的危机，曾国藩自然也不例外，而且，由于他的汉员大臣身份，在种族界隔至为分明的清朝主子面前，这种危机更像一柄"达摩克利斯之剑"时时悬在头上。这是一种无法摆脱的两难选择：如果你能够甘于寂寞，终老林泉，倒可以避开一切风险，像庄子说的，山木"以不材得终其天年"，这一点是他所不取的，——圣人早就教诲了："君子疾没世而名不称焉"；而要立功名世，就会遭谗受忌，就要日夕思考如何保身保位这个严峻的课题。明乎此，就不难理解曾国藩何以怀有那么强烈的危机感，几乎是惶惶不可终日。他对于古代盈虚祸福的哲理，功高震主、树大招风的历史教训，实在是太熟悉、太留意了，因而时时处处都在防备着颠危之虞、杀身之祸。

他一生的主要功业在镇压太平军方面。但他率兵伊始，初出茅庐第一回，就在"靖港之役"中招致灭顶的惨败，眼看着积年的心血、升腾的指望毁于一旦，一时百忧交集，痛不欲生，他两番纵身投江，都被左右救起。回到省城之后，又备受官绅、同僚奚落与攻击，愤懑之下，他声称要自杀以谢湘人，并写卜了遗嘱，还让人购置了棺材。心中惨苦万状，却又"哑子吃黄连"，有苦不能说，

　　　　　　　用破一生心

只好"打掉门牙肚里吞"。正如他所自述的："余庚戌、辛亥间，为京师权贵所唾骂，癸丑、甲寅为长沙所唾骂，乙卯、丙辰为江西所唾骂，以及滨州之败、靖港之败、湖口之败，盖打脱牙之时多矣，无一次不和血吞之。"

那么，获取胜利之后又怎样呢？扑灭太平天国，兵克金陵，是曾氏梦寐以求的胜业，也是他一生成就的辉煌顶点，一时间，声望、权位如日中天，达于极盛。按说，这时应该一释愁怀，快然于心了。可是，他反而"郁郁不自得，愁肠九回"，城破之日，竟然终夜无眠。原来，他在花团锦簇的后面看到了重重陷阱、不测深渊。同是一种苦痛，却有不同层次：过去为求胜而不得，自是困心恒虑，但那种焦苦之情常常消融于不断追求之中，里面总还透露着希望的曙光；而现在的苦痛，是在历经千难万险终于实现了胜利目标之后，却发现等待着自己的竟是一场灾祸，而并非预期的福祉，这实在是最可悲，也最令人伤心绝望的。

到现在，情况已经非常清楚了，尽管他竭忠尽智，立下了汗马功劳，但因其用兵过久，兵权太重，地盘忒大，朝廷从长远利益考虑，不能不视之为致命威胁。过去所以委之以重任，乃因东南半壁江山危如累卵，对付太平军非他莫属。而今，席卷江南、飙发电举的太平军已经灰飞烟灭，代之而起的、随时都能问鼎京师的，是以湘军为核心的精强剽悍的汉族地主政治、军事力量。在历史老人的拨弄下，他和洪秀全翻了一个烧饼，湘军和太平军调换了位置，成为最高统治者的心腹大患。

其实，早在天京陷落之前，清廷即已从中央与地方、集权与分权的总体战略出发，采取多种防范措施，一面调兵遣将，把守关津，防止湘军异动；一面蓄意扶植淮军，从内部进行瓦解，限制其势力的膨胀。破城后，清廷立即密令亲信以查阅旗营为名，探察湘军动静。当日咸丰帝曾有"克复金陵者王"的遗命，可是，庆功之日，曾氏兄弟仅分别获封一等侯、伯。尤其使他心寒胆战的是，湘军入城伊始，即有许多官员弹劾其纪律废弛，虏获无数，残民以逞。清廷下诏，令其从速呈报历年军费开支账目。打了十几年烂仗，军饷一毫不拨，七拼八凑，勉强维持到今日。现在，征袍上血渍未干，却拉下脸子来查账，实无异于颁下了十二道金牌。闻讯后，曾国藩忧愤填膺，痛心如捣。"狡兔死走狗烹，飞鸟尽良弓藏，敌国破谋臣亡"的血腥史影，立刻在眼前浮现。此时心迹，他已披露在日记中："古之得虚名而值时艰者，往往不克保其终。思此不胜大惧。"

对于清廷的转眼无恩，总有一天会"卸磨杀驴"，湘军众将领早已料得一清二楚，彷徨、困惑中，不免萌生"拥立"之念。据说，曾氏至为倚重的中兴名将胡林翼，几年前就曾专函探试："东南半壁无主，我公其有意乎?"曾国藩看后惶恐骇汗，悄悄地撕个粉碎。湘军集团第二号人物左宗棠也曾撰写一联，故意向他请教："神所凭依，将在德矣；鼎之轻重，似可问焉。"曾阅后，将下联的"似"改为"未"，原封送还。曾氏幕僚王闿运在一次闲谈中向他表明了"取彼虏而代之"的意思，他竟吓得不敢开腔，只是手蘸茶汁，在几案上有所点画。曾起立更衣，王偷着看了一眼，乃是一连串的"妄"字。

其实，曾国藩对他的主子也未必就那么死心塌地地愚忠，只是，审时度势，不敢贸然孤掷，以免断了那条得天地正气、做今古完人的圣路。于是，为了保全功名，免遭疑忌，继续取得清廷的信任，他毅然采取"断臂全身"的策略，在剪除太平军之后，主动

41

奏请将自己一手创办并赖以起家的湘军五万名主力裁撤过半，并劝说其弟国荃奏请朝廷报病开缺，回籍调养，以避开因功遭忌的锋芒。他说："处大位大权而震享大名，自古能有几人能善其末路者？总须设法将权位二字推让少许，灭去几成，则晚节渐可以收场耳。"这两项举措，正都是清廷亟欲施行却又有些碍口的，见他主动提出，当即予以批准。还赏赐曾国荃六两人参，却无一言以相慰，使曾氏兄弟伤心至极。

三

曾国藩的人生追求，是"内圣外王"，既建非凡的功业，又做天地间之完人，从内外两界实现全面的超越；那么，他的痛苦也就同样来源于内外两界：一方面是朝廷上下的威胁，用他自己的话说："处兹乱世，凡高位、大名、重权三者皆在忧危之中"，因而"畏祸之心刻刻不忘"；一方面是内在的心理压力，时时处处，一言一行，为树立高大而完美的形象，同样是如临深渊、如履薄冰般的惕惧。

去世前两年，他曾自撰一副对联："战战兢兢，即生时不忘地狱；坦坦荡荡，虽逆境亦畅天怀。"上联揭示内心的衷曲，还算写实；下联则仅仅是一种愿望而已，哪里有什么"坦坦荡荡"，恰恰相反，倒是"凄凄惨惨戚戚"，庶几近之。他完全明白，居官愈久，其阙失势必暴露得愈充分，被天下世人耻笑的把柄势必越积越多；而且，人都是有七情六欲的，种种视听言动，未必都合乎圣训，中规中矩。在这么多的"心中的魔鬼"面前，他还能活得真实而自在吗？

他对自己的一切翰墨都看得很重，不要说函札之类本来就是写给他人看的，即使每天的日记，他也绝不马虎。他知道，日记既为内心的独白，就有揭示灵魂、敞开自我的作用，生前殁后，必然为亲友、僚属所知闻，甚至会广泛流布于世间，因此，下笔至为审慎，举凡对朝廷的看法，对他人的评骘，绝少涉及，为的是不致招惹麻烦，甚至有辱清名。相反的，里面倒是记载了个人的一些过苛过细的自责。比如，当他与人谈话时，自己表示了太多的意见，或者看人下棋，从旁指点了几招，他都要痛自悔责，在日记上骂自己"好表现，简直不是人"。甚至在私房里与太太开开玩笑，过后也要自讼"房闱不敬"，觉得于自己的身份不合，有失体统。

他在日记里写道："近来焦虑过多，无一日游于坦荡之天，总由于名心太切，俗见太重二端"，"今欲去此二病，须在一'淡'字上着意"。"凡人我之际，须看得平；功名之际，须看得淡。"脉把得很准，治疗也是对症的，应该承认，他的头脑非常清醒。只是，坐而言不能起而行，无异于放了一阵空枪，最后，依旧是找不到自我。他最欣赏苏东坡的一首诗："治生不求富，读书不求官。譬如饮不醉，陶然有余欢。"可是，也就是止于欣赏而已。假如真的照着苏东坡说的做，真的能在一个"淡"字上着意，那也就没有后来的曾国藩了，自然，也就再无苦恼之可言了。由于他整天忧惧不已，遂导致长期失眠。一位友人深知他的病根所在，为他开了个药方，他打开一看，竟是十二个字："岐黄可医身病，黄老可医心病。"他一笑置之。他何尝不懂得黄老之学可疗心疾，可是，在那"三不朽"的人生目标的驱策下，他又要建不世之功，又要作万世师表，怎么可能淡泊无为呢？

世间的苦是多种多样的。曾国藩的苦，有别于古代诗人为了

用破一生心

"一语惊人"，冥心孤诣、刳肚搜肠之苦。比如唐朝的李贺，他的母亲就曾说："是儿要呕出心乃已耳！"但这种苦吟中，常常含蕴着无穷的乐趣。曾国藩的苦，和那些终日持斋受戒、面壁枯坐的"苦行僧"也不同。"苦行僧"的宗教虔诚发自一种真正的信仰，由于确信来生幸福的光芒照临着前路，因而苦亦不觉其苦，反而甘之如饴。而"中堂大人"则不然，他的灵魂是破碎的，心理是矛盾的，他的忍辱包羞、屈心抑志，俯首甘为荒淫君主、阴险太后的忠顺奴才，并非源于什么衷心的信仰，也不是寄希望于来生，而是为了实现现实人生中的一种欲望。这是一种人性的扭曲，绝无丝毫乐趣可言。从一定意义来说，他的这种痛深创巨的苦难经验，倒与旧时的贞妇守节有些相似。贞妇为了挣得一座旌表节烈的牌坊，甘心忍受人间最沉重的痛苦；而曾国藩同样也是为着那块意念中的"功德碑"而万苦不辞。

他节欲，戒烟，制怒，限制饮食，起居有常，保真养气，日食青菜若干，行数千步，夜晚不出房门，防止精神耗损，可说是最为重视养生了。但是，他却疾病缠身，体质日见衰弱，终致心力交瘁，中风不语，勉强活了六十二岁。死，对于他来说，其实倒是一种彻底的解脱。什么"超越"，什么"不朽"，统统地由他去吧！当然，那种无边的痛苦，并没有随着他的溘然长逝而扫地以尽，而是通过那些家训呀，书札呀，文集呀，言行录呀，转到了亲属、后人身上，这是一种名副其实的痛苦的传承、媒体的链接。

前几年看到一本"语录体"文字，它从曾国藩的诗文、家书、函札、日记中摘录出有关治生、用世、立身、修业等内容的大量论述，名之曰《人生苦语》。一个"苦"字将曾公的全部行藏、心迹活灵活现地概括出来，堪称点睛之笔。

四

曾国藩以匡时济世为人生的旨归，以修身进德为立身之本，采取积极进取的人生态度，这无疑是承传了孔孟之道的衣钵，但他同时，也有意识地吸收了老庄哲学的营养。他是由儒、道两种不同的传统生命智慧锻冶而成，因而能够站在更高的层次上，可以说，他是中国历史上兼收孔老、杂糅儒道最为纯熟、最见工力的一个。

由于他机敏过人，巧于应付，一生仕途基本上顺遂，加之立功求名之心极为热切，简直就是一个有进无退的"过河卒子"，因而未曾真正地退藏过；但是，出于明哲保身的机智和韬光养晦的策略上的需要，他也还是把"盛时常作衰时想，上场当念下场时"奉为终身的座右铭，把老庄之道看作是一个精神的逋逃薮，一种适生价值与自卫方式，准备随时蜷缩到这个乌龟壳里，一面咀嚼着那些"高下相生，死生相因"的哲理，以求得心灵上的抚慰；一面从"尺蠖之屈，以求伸也"的权谋中，把握其再生的策略。

同是道家，在他的眼里，老子与庄周的分量并不一样。别看他选定的奉为效法榜样的三十二位中国古代圣哲中，只有庄周而无老子，其实，这是一种"兴发于此而义归于彼"的障眼法。庄周力主保持自我，强调独立的人格；不仅无求于世，而且，还要遗身于世虑江山之外，不为世人所求。这一套浮云富贵、粪土王侯、旷达恣肆、彻悟人生的生命方式，对曾国藩来说，无异于南辕北辙；倒是作为"政治权谋之父"，欲取先予、以退为进、无为而无不为的老子，更切近他的需要，符合他的胃口。其实，儒家也是很推崇知进退、识时务，见机而作的，孟子就说过嘛："孔子，圣之时

用破一生心

者也。"

他平生笃信《淮南子》关于"功可强成，名可强立"的说法。"强"也者，勉强磨炼之谓也，就是在猎取功名上，要下一番"知其不可而为之"的强勉功夫。但他又有别于那种蛮干硬拼的武勇之徒。他的胞弟曾国荃刚愎自用，好勇斗狠，有时不免意气用事，曾国藩怕他因倨傲招来祸患，总是费尽唇舌，劝诫他要"慎修以远罪"。听说其弟要弹劾一位大臣，当即力加劝止，他说，这种官司即使侥幸获胜，众人也会对你虎视眈眈，侧目相看，遭贬的本人也许无力报复，但其他人一定会蜂拥而起，寻隙启衅。须知，楼高易倒，树高易折，我们兄弟时时处身险境，不能不考虑后果。他告诫其弟：从此以后，只从波平浪静处安身，莫向掀天揭地处着想。这并非萎靡不振，而是因为位高名重，不如此，那就处处都是危途。

清代道咸以降，世风柔靡、泄沓，盛行一种政治相对主义和圆融、混沌的处世方式，所谓"大家赞襄要和衷，好也弥缝，歹也弥缝。无灾无难到三公，妻受荣封，子荫郎中；流芳身后更无穷，不谥文忠，也谥文恭"。曾公深受儒学濡染，肩负着深重的责任感，尽管老于世故，明于趋避，但同这类"琉璃蛋""官混子"却是殊途异路的。我们也许不以他的功业为然，但是，对于他的困知敏学，精谨敬业，勇于用事的精神，还应该予以承认。

曾国藩是一个极为复杂的生命个体，是一部内容丰富的"大书"。在解读过程中，我们会发现，他的清醒、成熟、机敏之处实在令人心折，确是通体布满了灵窍，积淀着丰厚的传统文化精神，到处闪现着智者的辉芒。当然，这是从文化学、社会学、心理学的角度来研究；如果就人性批评意义上说，却又觉得多无足取。在他的身上，智谋、经验、学识、修养，可说应有尽有；所缺乏的是本色、天真，这样也便迷失了生命的出发点，泯灭了存在的本源。

五

对于阅世极深的曾国藩来说，我想，他不会看不出封建官僚政治下的人生不过是一场闹剧，而扮演角色的无非是一具具被人牵线的玩偶，原是无须那么叫真的。他自己就曾说过，大凡人中君子，率常终身黯然退藏。难道是他们有什么特异的天性？不过是因为真正看到了大的方面，而悟解一般人所追逐的是不值得计较的。秦汉以来至于今日，达官贵人何可胜数？当其高踞权要之时，自以为才智高人万万，简直是不可一世；可是，等到他们死去以后再看，跟那些"营营而生，草草而死"的厮役贱卒，原没有什么区别。那么，今天的那些处高位而猎取浮名者，竟然泰然自若地以高明自居，不晓得自己和那些贱夫杂役一样都要同归于汩没，到头来并没有什么差异，——难道这还不值得悲哀吗？

我们发现，在他身上存在一种异常现象，即所谓"分裂性格"。比如，上面那番话说得是多么动听啊，可是，做起来却恰恰相反，言论和行动形成了巨大的反差。加之，他以不同凡俗的"超人"自命，事事求全责备，处处追求圆满，般般都要"毫发无遗憾"，其结果，自是加倍地苦累，而且必然产生矫情与伪饰，以致不时露出破绽，被人识破其伪君子、假道学的真面目。明人有言："名心盛者必作伪。"对此，清廷已早有察觉，曾降谕于他，直白地加以指斥：总因"过于好名所致，甚至饰辞巧辩。好名之过尚小，违旨之罪甚大"。至于他身旁的人，那就更是洞若观火

47

了。王闿运在《湘军志》一书中，对曾氏多有微辞，主要是觉得他做人太坚忍、太矫情了；而与曾氏有"道义之交"的今文经学家邵懿辰则毫不客气，竟当面责之以虚伪，说他"对人能作几副面孔"；左宗棠更是专标一个"伪"字来戳穿他的画皮，逢人便说："曾国藩一切都是虚伪的。"

作为一位正统的理学家，曾国藩的高明之处在于，他在接受程朱理学时，能够不为其迂腐、空疏所拘缚，表现出足够的成熟与圆融。也许正是为此，我总觉得，在他身上，透过礼教的层层甲胄，散发着一种浓重的表演意识。人们往往难以分辨他究竟是在正常地生活还是逢场作戏，究竟是出自真心去做还是虚应故事；而他自己，时日既久，也就自我认同于这种人格面具的遮蔽，以致忘记了人生毕竟不是舞台，卸妆之后还须进入真实的生活。

他尝以轻世离俗自许，实际上根本不是那回事。因为如果真的轻世离俗，就说明已经彻悟人生，必然生发出一种对人世的大悲悯，就会表现得最仁慈、最宽容，自己也会最轻松、最自在。而他何尝有一日的轻松自在，有一毫的宽容、悲悯呢？他那坚忍、强勉的秉性，期在必成、老而弥笃的强烈欲求，已经冻结了、硬化了全部的爱心，剩下来的只有漠然无动于衷的冷酷与残忍，而且，还要挂出神圣的幌子。他办团练时，以利国安民为号召，主张"捕人要多，杀人要快"，"不必拘守常例"。因此，每逢团绅捉来"人犯"，总是不问情由，立即处死。一次，曾国藩路过一村，遇卖桃人与买者争吵，卖者说没有付款，买者说已经付了。经过拘讯，证明是卖者撒谎，他当即下令将其斩杀。一时街市大哗，民众惊呼："钦差杀人了！"因而得名"曾屠户"。事见《梵天庐丛录》。

他曾亲自为湘军撰写了一首《爱民歌》，让官兵们传唱："三军个个仔细听，行军先要爱百姓。贼匪害了百姓们，全靠官兵来救人。……官兵不抢贼匪抢，官兵不淫贼匪淫。若是官兵也淫抢，便同贼匪一条心。"实际执行情况又怎样呢？曾氏幕僚赵烈文记下了攻破天京后的亲眼所见："城破之日，全军掠夺，无一人顾大局"；"又见中军各勇留营者皆去搜刮，甚至各棚厮役皆去，担负相属于道"。湘军逢男人便杀，见妇女便掳，"其老弱本地人民不能挑担，又无窖可挖者，尽遭杀死，沿街死尸十之九皆老者，其幼孩未满二三岁者亦砍戳以为戏"。"哀号之声，达于四远"，"尸骸塞路，臭不可闻"。湘军将领彭玉麟写过一首《攻克九江屠城》的七律，后四句云："九派涛红翻战血，一天雨黑洗征裘。直教殄灭无遗种，尸拥长江水不流。"对照这般般记述，再回过头来读一遍那堂而皇之的《爱民歌》，岂不恰成尖锐的讽刺！

省社会科学院的一位朋友来聊天，看了我写的这份初稿。他说，选取人性阅读这个角度颇有新意。临走前，还告诉我，从他外祖父手中传下来一幅曾国藩的照片，看一看也许有助于了解其人，因为相貌总是精神的一种外现，即使不是全部，起码也能部分地反映出一个人的内在性格。我赶忙跟他到家，拿过照片来细细地端详一番：宽敞的前额上横着几道很深很深的皱纹；脸庞是瘦长的，尖下颏，高颧骨；粗粗的扫帚眉下，长着长挑挑的三角眼，双眸里闪射出两道阴冷、凌厉的毫光；浓密的胡须间隐现着一张轻易不会嘻开的薄唇阔口。留给人的印象很深，有一种心事重重、渊深莫测的感觉。

是的，我心目中的曾国藩，就是这样。

（2002 年）

人生几度秋凉

威基基海滩，初秋。

夕阳在金色霞晖中缓缓地滚动，一炉赤焰溅射着熠熠光华，染红了周边的云空、海面，又在高大的椰林间洒下斑驳的光影。沐着和煦的晚风，张学良将军坐着轮椅，从希尔顿公寓出来，穿过林木扶疏的甬路，向黄灿灿的海滨行进着。

他从大洋彼岸来到夏威夷，仅仅几个月，就被这绚丽的万顷金滩深深地吸引住了，几乎每天傍晚都要来消遣一段时间。

这里是世界著名的旅游胜地，聚集着五大洲各种肤色的游人。客路相逢，多的是礼貌、客气，少有特殊的关切。又兼老先生的传奇身世鲜为人知，而他的形象与装束也十分普通，不像世人想象中的体貌清奇、丰神潇洒，所以，即便是杂处当地居民之中，也没有成为人们注目的焦点。老人很喜欢这种红尘扰攘中的"渐远于人，渐近于神"的恬淡生活。

告别了刻着伤痕、连着脐带的关河丘陇，经过一番精神上的换血之后，他像一只挣脱网罟、藏身岩穴的龙虾，在这孤悬大洋深处的避风港湾隐遁下来。龙虾一生中多次脱壳，他也在人生舞台上不断地变换角色：先是扮演横冲直撞、冒险犯难的唐·吉诃德，后来化身为戴着紧箍咒、压在五行山下的行者悟空，收场时又成了脱离红尘紫陌、流寓孤岛的鲁滨逊。

初来海外，四顾苍茫，不免生发出一种飘零感。时间长了逐渐悟出，飘零，原本是人生的一种"根性"。古人早就说了："飘飘何所似？天地一沙鸥。"地球本身就是一粒太空中漂泊无依的弹丸嘛！

涨潮了，洋面上翻滚着滔滔的白浪，涛声奏起拍节分明的永恒天籁，仿佛从岁月的彼端传来。原本有些重听的老将军，此刻却别有会心地思忖着——这是海潮的叹息，人世间的一切宝藏、各种情感，海府龙宫中都是应有尽有啊！

这么说来，他也当能从奔涌的洪潮中听到昔日中原战马的嘶鸣，辽河岸边的乡音喁喁，还有那白山黑水间的风呼林啸吧？不然，他怎么会面对波涛起伏的青烟蓝水久久地发呆呢！看来，疲惫了的灵魂，要安顿也是暂时的，如同老树上的杈丫，一当碰上春色的撩拨，便会萌生尖尖的新叶。而清醒的日子总要比糊涂的岁月难过得多，它是一剂沁人心脾的苦味汤，往往是七分伤恸掺和着三分自惩。

人到老年，生理和心理向着两极延伸，身体一天天地老化，而情怀与心境却时时紧扣着童年。少小观潮江海上，常常是壮怀激烈，遐想着未来、天边；晚岁观潮，则大多回头谛视自己的七色人生，咀嚼着多歧而苦涩的命运。

此刻，老将军的心灵向度就被洪波推向了生命的起点。"年少万兜鍪"，炮火硝烟灼红了他的青涩岁月。在这个东北汉子的身上，始终有一种磅礴、喷涌的豪气在。他有个口头禅："死有什么了不得的？无非是搬个家罢了！"还说："我可以把天捅个大窟窿。你叫我捅一个，我非得捅两个不可。"这样，有时也不免粗狂、孟浪。用他自己的话说，是"一个莽撞的军人"。但也唯其如此，才激荡起五光十色的生命波澜，有声，有色，有光，有热，极具个性化色彩，生发出强大的张力。他的精神世界总是在放纵着，冲决着，超越着。对于他人死抱住不放的货利、声名，他视若鸿毛，弃置不顾；可是，却特别看重人格、操守。敢做敢当，不计后果，轻死生，重然诺，讲义气，用古话说是游侠，今人称之为豪气。这种饶有古风的价值观、人生观，支配了他整个一生。

"涛似连山喷雪来"。太平洋上的晚风挟着滔滔白浪，一层一层地冲刷着金黄色的滩涂，像是留声机唱盘上的丝丝螺纹。记忆中的六十年前的那场事变，再次在老人的脑海中浮现出来。那是何等的惊心动魄呀！当时，他面对着炙手可热、气势汹汹的蒋介石，义正辞严地进谏："若是再继续剿共、打内战，必然丧失民心，涣散士气，那样，将使整个国土沦于日寇之手，到那时，我们都将成为千古罪人！"蒋介石根本听不进去，怒不可遏地拍着桌子吼叫："什么千古罪人！我只知道剿灭共产党。现在，你就是拿枪打死我，我的剿共政策也不能变！"既然这样一意孤行，冥顽不灵，死硬到底，"兵谏"就成为必不可免的了。而张学良将军，也因此成了二十世纪最伟大的人物之一。他的成功，不仅基于对国家、对民族的绝对忠诚，如他自己所说的，是一个"苟利国家生死以"的"爱国狂"；而且，基于他的惊人胆魄和超群的识见。

这一年的岁尾，中国大地上接连着出现了一系列的爆炸式新闻："12·12"华清池捉蒋，震惊世界；"12·25"张学良送蒋回宁，世界再次震惊。岁序迭更，时间老人换岗，中国政治舞台上两大主角也互换了角色：先是蒋介石在西安成了阶下囚，后是张学良在南京陷身图圄；先是张扣蒋十四天，后是蒋扣张五十四年。一个人进了囚笼，四亿五千万人投入了抗日洪潮，挽救中华民族命运于折冲樽俎之间。当然，为做出这一重大抉择，将军本身付出了惨痛的代价，确是令万民垂涕而千秋怅惋的。

二

在平平淡淡、无声无臭的幽静生活中，张学良将军在夏威夷已经定居几年了。他把一身托付给海上摇篮，一如陆上无家的鸥鸟，日落后便收敛起锋棱峻峭的双翼，在茫茫烟水间怆然入梦。

这天，他参加过亲友们为他举办的祝寿会，黄昏时刻，照例以轮椅代步来到了威基基海滩，护理人员在后面推扶着，坐在另一辆轮椅上的一荻夫人陪侍在身旁。

洋面上，风轻浪软，粼粼碧波铺展开万顷蓝田，辽远的翠微似有若无。老将军怀着从容而飞扬的快感，沉浸在黄昏的诗性缠绵和温情萦绕里。不经意间，夕阳——晚景戏里的悲壮主角便下了场，天宇的标靶上抹去了滚烫的红心，余霞散绮，幻化成一条琥珀色的桥梁。

老将军深情凝视着这一场景，过了许久，忽然含混地说了一句："我们到那边去。"护理人员以为他要去对面的草坪，便推着轮椅前往，却被一荻夫人摇手制止了。她理解"那边"的特定含义——在日轮隐没的方向有家乡和祖国呀！老将军颔首致意，微笑着向夫人招了招手。

故国，已经远哉遥遥了。别来容易，可再要见她，除去梦幻，大约只能到京戏的悠扬韵调和"米家山水"、唐人诗句中去品味了。世路茫茫，前尘隔海，一切都暗转到苍黄的背景之中。人生几度秋凉，一眨眼间，五陵年少的光亮额头，就已水成岩般刻上了道道辙痕、条条沟壑。

老将军倒是安时处顺，旷怀达观。祝寿会上，应旧日挚友阎宝航的女儿阎明光之嘱，题写了一副直抵心源的联语："鹤有还巢梦，云无出岫心。"而当明光请他为《阎宝航传》题写书名时，他就开玩笑了，问是哪个"阎"，明光说："阎王爷那个阎。"老人家哈哈一笑，说："阎王爷？我不认识他，我可没见过。我们还是离他远点好。"

这天，老将军的兴致特别高涨，讲过了陈年旧事，又告诉大家："我一生有三爱：一爱打麻将，二爱说笑话，三爱唱老歌。"接下来就和年轻人一起侃大山。听人称他为"民族英雄"，他连连摆手说："什么英雄？是狗熊啊！"祝他"寿比南山"，他说："那不成老妖精了！"当有人向他请教长寿秘诀时，他说："人的生活要简单，简单的生活能够使人长寿。"还说："我的最大长处是心里不盛事。如果明天要枪毙我，今天晚上也仍然能够吃得香，睡得甜。"少小离家，乡音未改，他把"张学良"读作"张涽良"，"爱"读作"耐"，"枪毙"说成"枪瘪"，"哪儿"还是习惯地叫作"哪疙瘩"，"疙瘩"读成"嘎瘩"。

整个祝寿会上，他亦庄亦谐，谈笑风生，时而云遮雾绕，时而月朗风清，充满了生命的活力和生活的情趣。五弟张学森看他妙语连珠，乐而忘倦，提醒他早些休息，说：

"大哥，咱们回家吧！"

他听了，沉思片刻，突然问道："家在哪儿啊？我们还有家吗？"即使随便闲谈，也都充满了哲思，耐人寻味。

看大家有些发愣，为了活跃气氛，他又嘻开笑脸，像个顽皮的孩子，嘬着嘴说："我不回家。"

五弟便也同他开起了玩笑，说："你不回家，我要报告大嫂！"

他逗乐说："那我就向大嫂告状，说你不带我回家。"

五弟见他这样开心，便说："我带大哥到这里玩，大哥得给我发奖金啊！"

老将军便从衣袋里取出钱包，然后慢慢地在里面翻找着什么，人们都以为他真要掏出钞票，给老弟发放奖金，谁知，摸出来的竟是一根牙签。他笑嘻嘻地对五弟说："这牙签就当作奖金吧！"

兄弟俩就这样，言来语去，重现儿时亲情，尽享天伦之乐，给在座者带来了无限温馨。

照一般规律，历经几十载的痛苦磨折，任是金刚铸就，也早已形同槁木，心如死灰。可是，他却丝毫不现衰飒之气，胸中依旧滚动着年轻人那样鲜活的情感和清新的血液，诙谐，活泼，饶有风趣，充满了朝气。

他身处逆境之中，却像圣人之徒那样，"人不堪其忧，而回也不改其乐"。平常总是很开心的，特别喜欢逗趣，经常同人开玩笑。有时记者采访，一连串提出几个问题，他就说："咱们还是坛子喂猪——一个个来吧！"当记者请他"赐半身照一张"时，他就嬉皮笑脸地说："你得交代清楚是上半身还是下半身。"发现出版书刊所记失实或者所论非当，他会说："这真是板凳上挖洞。"什么意思？放屁还要刻板嘛！

即使面对有意回避的政治问题，他也绝不冷漠地以"无可奉告"之类外交辞令断然排拒，而是微笑着说："我是与世隔绝的人，不了解世情，更不参与政事。"有时，还会突然转换话题，把坐在身边的女士指给记者："你看，我忘了介绍，这是我的干闺女。"然后，笑着解释："我老家那疙瘩儿，称呼自己女儿为'闺女'。不知你们年轻人知不知道这些？"遇有记者穷追不舍，难于回答又不好拒绝时，他就会说："干脆给你一把镐头吧！"见对方一脸茫然，便解释道："你好去刨根儿呀！"这种打岔式的谐趣，有如一服解构"庄严"的泻药，记者在一笑之余，也就无意穷追细诘了。

老将军并非完人，更不是圣者，只是比同时代的许多人看得开一些，能够拿得起，放得下。同他在一起，人们都感到很随便、很放松。他同一般政治家的显著差别，是率真、粗犷，人情味浓；情可见心，不假雕饰，无遮拦、无保留的坦诚。这些都源于性灵，映现出一种超然物外的人生境界。大概只有赋性超拔、心无挂碍、自信自足的智者、仁人，才能修炼到这种地步吧。

在台监禁期间，原东北军十几位部属，结伴前来探望他们的少帅。尽管旁边有暗探环伺，碍口的话不能直说，但彼此心源还是灵犀互通的。"暮年相见非容易，应作生离死别看。"（陈寅恪诗）一个个老泪纵横，手紧紧地握着不放，充溢着难舍难分的依恋之情。规定的会面时间到了，张将军只好断然发出口令："成三列纵队，列队站好。向后转，开步走！"这样，才算缓和了悲凉的离愁别绪。

赴台伊始，张学良被羁押在新竹井上温泉，后来，蒋家父子为了缓解人们对其"苛待少帅"的非议，在台北北郊选了风光明媚的阳明山，安排他的住所。这里原名草山，蒋介石改为阳明山，用以纪念他所景仰的明代大哲学家王阳明。可是，张学良却全然不理会这些，竟然执意要住进半山腰靠近公墓的平房。说：

我这个人，这些年寂寞惯了，待在热闹地方反而不舒服。明朝末年有一个人就住在墓地里，还贴了一副对联："妻何聪明夫何贵，人何寥落鬼何多！"既然人人都要死去，谁也逃不出这一关，住在公墓里又有何妨。而且，墓地里的许多人我都认识，有的还是朋友，以后还会有新的朋友补充进来，我可以经常拜访他们，谈心叙旧。

　　这里说的"明朝末年那个人"名叫归庄，是一位终身野服、誓不仕清的遗民。清代文人钮琇在所著《觚賸·续编》中，记载了他的轶闻逸事：结庐于墟墓之间，萧然数椽，与孺人（妻子）相酬对。尝自题一联于其草堂：

　　两口寄安乐之窝　妻太聪明夫太怪
　　四邻接幽冥之宅　人何寥落鬼何多

　　张学良巧借明人归庄"结庐墓侧"的故实，来拒绝蒋家父子为其"改善"居住环境，绵里藏针，蕴涵着浓重的嘲讽意味，令人哭笑不得。

　　长期以来，老将军一直成为海峡两岸的热门话题。有一部纪录片题为《闲云野鹤》，用这四个字来概括他在海外这段闲居岁月，倒也贴切。一般地说，百岁光阴如梦蝶，椰风吹白了鬓发，沧波荡涤着尘襟，醒来明月，醉后清风，沧桑阅尽，顿悟前尘，认同"放卜即解脱"的哲理，所谓"英雄回首即神仙"，"百炼钢"成"绕指柔"，也是人情之常。不过，细加玩味，就会发现，对于这位世纪老人来说，问题未必如此简单。

"神仙"也者，实际上代表了一种超乎形骸物欲之上的向往，是生命的升华，精神的超越，或者说，是人的灵性净除尘垢之后，超拔于俗情系累所获得的一种"果证"。在中国，英雄与神仙原是靠得很近的。豪杰的过人之处，在于他的胸襟有如长天碧海，任何俗世功利放在它的背景之下都会缩微变小，看轻看淡；他能把石破天惊的变故以云淡风轻的姿态处之，而并非纯然割弃世情，一无挂虑。

其实，老将军的笑谑、滑稽，乃是兴于幽默而终于智慧，里面饱蕴着郁勃难舒之气和苍凉、凄苦的人生况味。养花莳草，信教读经，固然为了消遣余生，颐养天年，其间又何尝没有刘备灌园种菜的韬晦深心！"虎老雄心在"，炽烈的熔岩包上一层厚厚的硬壳，照样在地底下放纵奔流，呼呼作响。较之从前，无非是形式变换而已。

倒是清代诗人赵翼那句"英雄大抵是痴人"，深得个中三昧。"痴人"者，不失其赤子之心者也。没有满腔痴情，没有成败在我、毁誉由人的拗劲儿，不要说创建张学良那样的盖世勋劳，恐怕任何事业也难以完成。与痴情相对应的，是狡黠，世故，聪明。其表现，清者远祸全身，逃避现实，"跳出三界外，不在五行中"；浊者见风转舵，左右逢源。总之，都不会去干那"专利国家而不为身谋"的"舍身饲虎"之事。

三

威基基海滩上，又一个秋日的黄昏。

58

"无限好"的夕晖霞彩，依旧吸引着过往游人，但遮阳伞下纵情谈笑、泳装赤足的姑娘们已经寥若晨星。晚风透出丝丝的凉意，飘送过来吉他的《蓝色夏威夷》悠扬乐曲，人们沉酣在清爽、安谧的氛围之中。多日不见的百岁老人张学良将军，此刻正坐着轮椅在海滨金滩上踽踽独行。一袭灰褐色的便装，衬着浅褐色的墨镜，深褐色的便帽，加上布满脸上的黑褐色老人斑，闪现着一种沧桑感，苍凉感。

轮辙辗着落叶，缓缓地，闲闲地。没有人猜得出，老人是漫不经心地遛弯儿，还是在寻寻觅觅，忆往追怀，抑或是履行一种凄清而凝重的告别仪式。只是偶尔听见他下意识地咕哝着："太太已经走了。"随之，干涩的老眼里便溢出滴滴泪水。

"十年一觉'洋'州梦"，醒来时，竟是形影相吊，孤鹤独栖。两个月前，一荻夫人大行，一部撼人心弦的爱情交响曲最终画上了休止符。

1990 年代，老将军的亲人像经霜的败叶一样纷纷陨落，只留得他这棵参天老树，镇日间，孤零零地耸峙在那里，痛遣悲怀。先是原配夫人于凤至魂飘域外，紧接着，相继传来妹妹怀英、怀卿，弟弟学森、学铨病逝的噩耗，不久又送走了女婿陶鹏飞，而最为伤恸、令他痛不欲生的，是百岁生日过后同"小妹"一荻的惨然长别。

一荻夫人在《新生命》一书中写道："为什么才肯舍己？只有为了爱。"正是这样，她从十六岁开始，就舍弃了一切，而把整个一生奉献给心爱的人。她可说是为张学良而生，为张学良而活，为张学良而死的，她的存在似乎只为着与他相依相伴。

作为饱经病苦折磨的往生者，死亡未始不是一种惬意的解脱；

可是，留给未亡人的，却只能是撕心裂肺的伤痛、生不如死的熬煎。过去每时每刻都能感受到的海样深情，竟以如此难以承受的方式，在异国他乡戛然中断，这对于风烛残年的老人，真是再残酷不过了。一种地老天荒的苍凉，一种茫茫无际、深不见底的悲怆，掀天巨浪般地兜头涌来，说不定哪一刻就会把他轰然摧垮。

"英雄无奈是多情"，对于清代诗人吴伟业的这一慨叹，老将军引为同调。所不同的是许多英雄好汉并没有他那份艳福、那种缘分。楚霸王算是一个幸运儿，乌江刎颈时还有虞姬舍身相伴。后人有诗赞许："赢得美人心肯死，项王毕竟是英雄。"而张学良将军在这方面，该是古往今来最为圆满、最为出色当行的了。八十多年间，大姐、小妹两位风尘知己双星拱月一般，由倾心崇拜，而竭诚相爱，而万里长随，而相濡以沫，而生死不渝。她们以似水柔情纾解了千钧重负，慰藉着他的铁窗岁月、惨淡人生，以爱的甘露滋润着他的生命之树百岁常青。

写到这里，我想起老将军去世后报纸上刊载的一篇文字。字数不多，照录如下：

　　一个秋天的午后，张学良来到上帝面前报到。上帝见他眉头紧锁着，一改平日常见的开朗笑容，便问："怎么回事？"

　　他说："我和赵四是同命鸟，比目鱼。本想跟她一块走，你偏偏扣住我不放；也罢，那就再活上几年，好抽空儿回东北那疙瘩会会老少爷们儿，可你又猴急猴急地忙着把我招呼来。总是不如意，'瘸子屁股——两拧着'。"

　　一席话逗得上帝扑哧笑了，说："你还不知足啊？得到的够多了：爱情、功业、寿命，要啥有啥，称得上'英雄儿女

60

各千秋'啊!"

　　"可是,"张学良大声吼叫起来,"我一辈子缺乏自由!"

　　很形象,又很概括。确确实实,爱情、功业、寿命集中在一个人身上,中外古今,无人能够与之媲美。当然,要就失去自由这一终生憾恨来说,也是少有其匹的。这使人想起那个古老的故事《光荣的荆棘路》:一个叫作布鲁德的猎人,获得了无上的荣誉与尊严,可是,却长时期遭遇难堪的厄运与生命的危险。张学良将军一生的际遇,正是这个域外故事的中国版。

　　一般讲,传世、不朽要借助掀天事业或者道德、文章,即所谓立功、立德、立言。可是,张学良靠的是什么呢?他离所谓"圣贤的宝座"何止千里万里,而且也不以著书立说名世,所以立德、立言谈不到;至于立功,他的政治生命很短,满打满算不过十七八年,到了三十六岁就戛然而止了,以后足足沉寂了六十五年。在这种情况下,沉埋于岁月尘沙之中,完全被世人遗忘,当是情理中事。可是,在他来说,却是一个异数,一种少有的特例。不独在中国大陆,包括海峡对岸,直到世界范围内,张学良都是一位备受世人关注的人物,甚至可以说是一个明星级的当红角色,他极具传奇色彩和人格魅力,有着无限的可言说性。

　　《徐霞客游记》中有一段记述华山的文字:"未入关,百里外即见太华屹出云表;及入关,反为冈陇所蔽。"有些人物就是这样,需要在足够远的距离、相当长的时段里去考究,方能窥其堂奥。张学良将军大概就属于这种类型吧。至于这种超越价值判断与意识形态的奇特现象究竟是怎么形成的,简单几句话恐怕很难说清楚。

一般地说，剧烈的颠簸，精神的磨难，压抑的环境，都将像致命的强酸终朝地蚀损着当事者的心灵，摧残着他们的健康。因此，几十年来，人们都担心张学良将军会承受不住重重心理压力，以致过早地摧折。可是，他却奇迹般地活了一百零一岁，成了一部名副其实的可圈可点的世纪大典。

寿命长，阅历就丰富，在一个多世纪的生命历程中，他既有鲜花着锦、烈火烹油般的峥嵘岁月，也苦挨过长达两万日夜的铁窗生涯，在神州大陆和孤岛台湾，光是囚禁地就换了二十来处。他虽然未曾把牢底坐穿，却目送了许许多多政治人物走进坟墓，就中也包括那个囚禁他的独裁者及其两代儿孙。

当然，对于政治人物来说，长寿也并非都是幸事，套用一句人们常说的话：它既是一种机缘，也是严峻的挑战。历史上，许多人都没能过好这一关。八百多年前，白居易就写过这样的诗句："周公恐惧流言日，王莽谦恭未篡时。假使当年身便死，一生真伪有谁知！"早年的汪精卫，头上也曾罩过"革命志士"的光环，如果他在刺杀摄政王载沣时侥幸而死，也就不会有后来成为"大汉奸"的那段可耻的历史而遗臭万年了。当时他的《被逮口占》诗句"慷慨歌燕市，从容作楚囚。引刀成一快，不负少年头"，不是也曾倾倒过许多热血青年吗！

为此，我们不妨设想——

如果二十岁之前，张学良就溘然早逝，那他不过是一个"潇洒美少年"，挥金如土、纸醉金迷的纨绔子弟；可是，造物主偏向了他，使他拥有足够的时间，得以励志图新，从而获得了多次建功立业的机会。

如果三十岁之前，他不是顾全大局，坚持东北"易帜"，服从中央统一指挥，而是野心膨胀，迷恋名位，被日本人收买，甘当傀儡"东北王"，或者像他父亲张作霖所期待的，成为现代的"李世民"，那么，在大红大紫、风光旖旎的背后，正有一顶特大号的"汉奸"帽子等待着他。

如果四十岁之前，他没有毅然决然发动西安事变，而是甘当蒋介石"剿共"的阵前鹰犬，肯定不会有任何功业可言，即便侥幸得手，最终也难逃"烹狗""藏弓"的可悲下场。

如果五十岁之前，他在羁押途中遭遇战乱风险，被特务、看守干掉；或者在台湾"二二八"事件中，死于营救与劫持的双方"拉锯战"，国人自然不会忘记这位彪炳千秋的杨虎城一样的烈士，但却少了世纪老人那份绝古空今的炫目异彩和生命张力。

如果百岁之前，他在解除监禁、能够向世人昭示心迹的当儿，通过"口述历史"或者"答记者问"，幡然失悔，否定过去，那么，"金刚倒地一摊泥"，他的种种作为也就成了一场闹剧。事实上，出于各种心态与需求，当时正有不少"看客"静候在那里，等着"看戏"，看他在新的时空中邂逅自己的过去时，会以何种方式、何种态度、何种内涵作人生最后的交代。人们欣慰地看到，面对记者的问询，老将军一如既往，镇定而平静地回答："如果再走一遍人生路，还会做西安事变之事。"英雄无悔，终始如一，从而进一步成就了张学良的伟大，使他为自己的壮丽一生画上了圆满的句号。

伴着海雨天风，太平洋的潮汐终古奔腾喧啸，斜晖朗照下，威基基海滩也照样人影幢幢，只是，那位世纪老人的身影却再也不见了，他已经走进了永恒的历史。

作为既渡的行人，前尘回首，他早已习惯于不矜不躁，但也不会有任何愧赧，立身天地之间，可说是"俯仰无惭"。他曾以做一个中国人而感到无上荣光，并为之献出一切；他的祖国，也为拥有这个伟大的儿郎而无比自豪。他的生命，如同西塞罗所说，将长存于生者的记忆中。

（2006 年）

在东北大学与老校长合影

香 冢

　　我总觉得，她像一株冷艳的寒梅。

　　这也许是由于古人习惯以梅花来比拟心志高洁的佳人吧？再不就是受了唐人王建的诗句"天山路旁一株梅，年年花发黄云下"的感染……实在说不清楚。反正一想起她来，我的脑海里就浮现出"暗香浮动""疏影横斜"的意象，渐渐地，这种意象竟活灵活现，袅袅婷婷地走过来了，"想佩环月夜归来，化作此花幽独"（姜白石词）。

　　这已经是第三次访问北京的陶然亭了。没有风，空际云幕低沉，是一种酿雪的天气。果然，走着走着，丝丝、片片的雪花，就漫空飘舞起来。水木明瑟的平湖、高阜，还有那弯弯的柳径，淡雅的兰畦，脱尽了昔日的青青翠影，冷森森、白光光地默对着游人。平时，这里就不怎么嚣烦，此刻更是清空寥寂了。拾级步上高高的台地，在山门内檐瞧了瞧已经有三百余年历史的金字匾额"陶然"二字，又匆匆浏览了两边的对联，记得还有一副"十朝名士闲中老，一角西山恨有情"的联语，来不及寻看了，赶忙朝那北向的门窗纵目望去，立刻，前方雪影中闪现出几幅"素以为绚"的清妙的册页。

　　令我万分惊异的是，那满布着衰草寒枝的土坡上，分明挺立着一枝傲雪的寒梅。我知道，这肯定是一种错觉——在幽燕大地上，怎么可能见到那"惨淡江南白玉妃"的踪影呢？揉了揉眼睛，再定下神来，细看上去，原来竟是没有飘落的枝间红叶，闪烁在雪虐

　　　　　　　　　　　　　　　　香　冢

风饕里。我知道，这次所要寻访的"香冢"，就在它的下面。于是，我匆匆地走下亭台，沿着铺雪的石径，很快就来到银装素裹的土阜旁边，一座三尺孤坟累然展现在眼前。

关于香冢，一如墓主的身世、遭际，有各种各样的说法，扑朔迷离，令人如坠五里雾中。我是相信这样的传说的：此间就是香妃的埋骨之地。

披着满身的雪花，我静静地伫立在石碣前，一个字一个字地咀嚼着那没有留下作者姓名的哀感顽艳的铭文，并且依照流布已久的传闻轶话，凭着我的理解加以诠释、印证。

> 浩浩愁，茫茫劫；短歌终，明月缺。郁郁佳城，中有碧血。碧亦有时尽，血亦有时灭。一缕香魂无断绝。是耶？非耶？化为蝴蝶。

起首的四个短句、十二个字，形象地概括了香妃这位充满悲剧性、传奇性的女性凄苦、劫难的一生，堪称是以简驭繁、片言撷要的范例。古人驱遣文字的功夫着实了得。你看，唐代诗人杜牧在《阿房宫赋》的开头，也是用了同样的字数和短句，就把秦始皇并吞六国之后，大兴土木，修建阿房的过程，交代得一清二楚。

传说，香妃是一位出生在西域的貌美超群的人间绝色，回眸一笑，唇红齿白，能令人心醉神迷；而且，心地善良，性情温柔，天真活泼。由于她生来便体有异香，因而名为"伊帕尔罕"（维吾尔语：香姑娘）。她的童年时代，在亲人的爱抚下，整天过着无忧无虑的甜美的生活。可是，绮梦不长，这样一位貌似天仙、天真可爱的美人儿，长大了之后，偏偏赶上浓愁浩浩、劫难茫茫的动乱年代，命运把她抛在一个动乱的地区、动乱的家族里，最后酿成一场"短歌终，明月缺"的悲惨结局。

她的丈夫霍集占是天山以南的维吾尔族地区当时称为"回部"的和卓木(教长或首领)，当时参加了一场西部边疆的叛乱活动，把清朝派去的副都统、回部招抚使杀害了。乾隆皇帝派将军兆惠率兵讨伐。霍集占兵败逃亡，带着妻子、仆从三四百人遁入巴达克山，他本人被山民擒杀，香妃被清军劫获到大营里。

对于香妃的美艳绝伦，乾隆皇帝早有知闻，兆惠临行前，即有意暗示，在讨伐过程中，必须设法保护好香妃，并把她安全地带回京师。听到她已经被俘获的消息，皇帝又勒令沿途官吏悉心护视香妃的起居，万不可损蚀了她的玉颜姿色。进京"献俘"之日，乾隆皇帝一见倾心，惊为天人，立即下令，在宫内妥为安置。尔后，又几次去看她，觉得她神光高洁，有一种凛然不可犯的气概，因此，没敢伸出指尖去触她一触，只嗅得缕缕异香扑进鼻管来。心说，好一个绝代天仙，好一个香草美人！今得相见，也算是百世奇缘，三生厚福。当即赏赐了大量的珠宝衣饰，并嘱咐宫女、太监：只要香妃提出要求，一切都予以满足。

为了讨得美人的欢心，乾隆爷不惜破费巨量资财，在今天的新华门那里，专门给她修建了一座伊斯兰式的豪华住宅，名曰宝月楼，里面一切设施，包括浴池、壁砖、衣镜、装饰画等等，以及生活起居、日常习惯，都和在西域的情形没有什么两样。还在宝月楼的对面，特意修建了一座清真寺；在皇城墙外，盖起"回部"市廛楼台，设置了"回回营"，辟出一条"回回街"设肆售货，演奏体现"回部"风情的乐曲，使香妃有身在家园的感觉。但是，乾隆皇帝到底失算了，这种浓郁的环境氛围，不仅没能慰藉香妃的思乡之情，反而更加撩拨起心灵深处的背井离乡的痛楚。

自从入宫以来，香妃一直是冷若冰霜，对于皇上的种种垂顾，全然不加理睬。就是万岁爷的圣驾到了，她该着做什么还是做什么，旁若无人一般，一任皇帝在那里怔怔地望着，她只是噘着嘴巴，垂着眼角，木然没有半点反应。皇帝叹了一口气，自言自语地说，朕和香妃，怎么就这般无缘！难道真是天仙下凡，可望而不可即吗？

皇帝走后，宫女们赶忙过来相劝，说，后宫佳丽三千，哪个不翘首望幸！别说皇帝主动登门，就是有机会被瞧上一眼，也觉得无比荣幸。人活一世，草木一秋，女人一辈子图希着什么？还不是夫荣子贵，终身有个倚托！你若是肯于顺从皇上，说不定一年过后就生下一个王子，马上就会成为正式的皇帝后妃，风光一世，万古留名。你怎么就这么任性，这么倔强，这么想不开事呢？

限于所受到的封建道统的浸染，宫女们的思维脉络，大概也只能这么想、这么说、这么劝解，应该说并没有恶意；可是，在香妃听来，却比挨一顿臭骂还难受得多，觉得极不顺耳，极度反感，便冷冷地还了一句：各人有各人的追求，各人有各人的活法，我更看重的是个性的独立、人身的自由。话说到这个份儿上，她觉得胸间郁闷难舒，于是，便又"突突突"地冒出了一团烈火般的话语：人终究是人，两条腿是用来站立的，不能像牛马那样四脚着地爬行，不能听从人家任意摆布！我才不想窝窝囊囊、委委屈屈地享受什么"荣华富贵"呢！

香妃生长在所谓"化外之邦"，处在一个与内地截然不同的生活环境里，那里没有受到那么多的封建礼教的污染，男女地位是平等的，关系是开放的。在她看来，爱情发自内在的情感，是最纯洁、最真诚的，掺不得假，勉强不得。她无论如何不能理解，三宫六院那么多如花似玉的女子，怎么全都泯灭了自己的意志，眼巴巴地盯着一个皇帝，得不到满足还哭哭啼啼。她不懂得这是怎么回事儿。

是呀，男人女人，皇帝宫女，不都是人吗？为什么女人就不能有自己的意愿，自己的爱的选择和追求？霍集占犯了事，由他自己去承担，那叫自作自受，犯不上要把妻子搭上。香妃是清白无辜的，香妃的人身是自由的，人格是独立的，她有权利选定自己的出路，安排自己的情感取向。"三军可夺帅，匹夫不可夺志也。"为什么要像对待牲口似的，不吃草硬按脑袋？为什么硬要逼着去顺从皇帝？——皇帝又怎么样？

香妃的话语不多，却使宫女们听起来如雷震耳。个性？独立？自由？女人，特别是打入深宫的女人，同这些是根本不沾边的。虽然她们不能理解，也并不认同，但是，从此之后，对香妃却添了几分敬重，不能不另眼相看。几天过去，她们又来解劝香妃：皇帝可不是好惹的，"金口玉牙，说啥是啥"，万一龙威震怒，可就活不成了；就算是舍不得杀你，哪一天，高兴了，忍耐不住了，硬把你弄过去，动了真格的，小胳膊还能拧过大腿吗？香妃听了，冷笑一声，说，人活百岁，终有一死，我早就做了这一手准备，一旦把我逼急了，我就……说着，"嗖"的一声，从衣服下摆里抽出一把雪亮的匕首。这可把宫女们吓傻了，天哪，自刎也好，刺人也好，后果都是不堪想象的。

她们慌忙跑到皇后富察氏那里，不敢隐瞒，把这种种见闻一五一十地交待清楚。皇后也觉得事态严重，但又想不出什么办法。自从香妃过来之后，皇帝早已把她冷冷地甩在一边，不闻不问，尽管恨满心头，嘴上却绝对不敢露出半个"不"字。最后，倒是乾隆的母亲——皇太后钮祜禄氏，一锤定了音：设法除掉她！因为她了解自己的儿子，极端任性，当面一定劝他不转，莫如下个狠心，干脆来个"釜底抽薪"，也就断了他想望的念头。于是，趁乾隆皇帝到天坛祭天之时，安排两个太监，悄悄地在宝月楼把香妃绞死了。"郁郁佳城，中有碧血"。哀哉！

因为一切都是太后策划的，乾隆皇帝也不便发作，只是终日惨然寡欢、怔怔忡忡，失魂落魄一般。他现在唯一能做的，就是吩咐太监将香妃用上好棺木装殓起来，找个风景绝佳、环境幽静的地方埋葬下。于是，右安门内的南下洼，陶然亭北的土坡下，便有一座新坟掩映在荒烟蔓草里，给后世才人留下了无尽的遐思，缠夹不清的话题。"碧亦有时尽，血亦有时灭。一缕香魂无断绝。"如此而已。

依皇帝旨意，原本要在这里建一座规模宏丽的陵寝，设计方案已经定下，但未及开工就停下了。1933年，清代著名工匠曹发达的后裔曹献瑞，迫于生计，将祖传下来的清朝各项工程图样转卖给北平图书馆与中法大学。整理图卷过程中，人们发现了一篇《香妃陵工图说》，详细记载了奉旨设计年月、工程图案、陵园地址，以及因太后干预，未能动工等情由。经核对，图样中所标示的地址正与香冢所在地点完全吻合。但是，"四十五言铭古冢，埋香瘗恨总模糊"。——那座短碣上的"瘗香铭"究竟刻在何时，是不是安葬当时就立下了？铭文出自谁人之手？如何索解？一切一切，都已为历史的烟尘所湮没，成了一个无人能够破解的谜团。"是耶？非耶？化为蝴蝶。"

雪已经停了，陶然亭公园内依旧见不到几个人影。我一时还无

寻访香冢

意离开，便在香冢周围随意地闲步。当时想到，香妃的一生是个悲剧；幸运的是，一暝之后，没有身名俱亡，得遇文坛知己，写下了凄怆怅惋的《瘗香铭》，使她像一盏幽幽的灯火，闪烁在封建专制王朝阴暗的夜空里。

（2003 年）

望

一

写下了这个"望"字，我的眼前便浮现出坐落于渤海之滨熊岳城的望儿山。——在巨钟般的峻峭如削的山体的顶端，矗立着一座四五米高的砖塔，远远望去，活像是一位翘首远望的老妈妈。远航归来的游子，只要抬眼望去，就会被这动人的形象牢牢地吸引住，油然生发出一种感慰之情，顿觉海上的风波、旅途的劳累消减了大半。他们晓得，老妈妈站在那里，是在远望着久出未归的儿子。"朝朝鹄立彩云间，石化千秋望子还"。

清代诗人魏燮均路过此地时，曾写诗咏叹："山下行人去不返，山上顽石心不转。天涯客须早还乡，莫使倚闾肠空断。"寥寥数语，令人感怀无限。立刻，我想起了自己的母亲。

母亲四十二岁生下我，到九十岁辞世，四十八年间，我们母子在一起大约只有二十年上下。童年阶段过去，我便外出求学、就业，中间南北东西，离合聚散，说起来也是一言难尽了。那时，通讯条件很差，既没有电话可以联系，又找不到能够随时通报信息的人，寄信也不及时；母亲只有靠着推断，测定我的归期，总是早早地就站在外面瞭望，当然，十有八九收获的是失望。记得《战国策》中王孙贾的母亲对儿子说过这样的话："汝朝出而晚来，则吾倚门而望；汝暮出而不还，则吾倚闾而望。"真是千古同怀。望，成了人世间母亲对儿女的主题词。

我从六岁开始，入私塾读书，每天晚上都要去温习夜课，无论刮风下雨、酷暑寒冬，年过半百的母亲，夜夜都要站在大门外面候望着我。回来时，家家都已熄灭了灯火，繁星在天，万籁俱寂，偶尔从谁家院子里传出来几声犬吠，显得分外凄厉，我吓得大气都不敢出，心脏怦怦地跳，一溜烟似的往回疯跑着，直到看见了母亲的身影，才大叫一声"妈妈"，然后扑在她的温暖的怀抱里。此刻，攻书的倦怠，赶路的惊恐，腹中的饥饿，身上的寒冷，一切都化解了。

　　劳累了一天的父亲已经睡下。不大工夫，母亲便把用猪油和葱花炒过的高粱米饭端到我的面前，然后装上一袋烟，坐在一边慢慢地抽着，直到我把米饭吃完，她再安顿我睡下。但是对于母亲，这一天的劳作并没有结束。她还要找出针线筐，就着昏暗的豆油灯，一针一线地为我缝补着衣裳、鞋袜。有时半夜醒来，看到母亲还在小油灯下做活，微弱的灯光映着她那布满额上的皱纹和已经花白的头发，心里很不好受，往后穿着衣服、鞋袜也就比较仔细了。

　　我考取了县城中学的喜讯，给父母亲带来了巨大的欣慰，但是，同时也增加了他们的忧虑和牵挂。有生以来，我还头一次离开家门。行前整个晚上，父母亲都没有合眼。我醒转来，发现他们面对面坐着，不吭一声，默默地抽着烟。早餐是丰盛的，可是，吃下的却很少。素常寡言少语的母亲，一面帮我穿上新做的外衣，一面说："往后，只能靠你自己照看自己了。"我哽噎着，说不出一句话，只有一串串泪珠滚落下来，算是无言的应答。

　　父亲背着行李走在前面，我却一步几回头，望着站在门前大沙岗上目送着我的母亲，她在遥遥地瞩望着，目送了好远好远，直到踪影不见了，才怅然而归。然后，她就计算着我可能归来的日子，依旧是站在大沙岗上，遥遥地瞩望着，瞩望着，数年如一日。

那天走在路上，我神情恍惚地反复默诵着清代诗人黄景仁的《别老母》诗："搴帏拜母河梁去，白发愁看泪眼枯。惨惨柴门风雪夜，此时有子不如无。"心里很是酸苦。后来，听母亲告诉，我走了之后，她把平素我喜欢吃的东西，包括春节时腌在酱缸里的咸猪肉、端午节挂在房檐下的粽子，都精心留存下来。有一年，园子里结个特大的香瓜，母亲说要留给我，一天到晚看守着，不许任何人动，直到熟透了，落了蒂，最后烂得捧不起来。

又过了二十几年，我们终于团聚了。但我还是经常外出开会，或者去工厂农村蹲点、调查。母亲几乎天天都站立在楼上的窗前，遥遥地望着，望着。渐渐地，老人家的眼睛看不清东西了，可是耳朵却异常灵敏，隔着很远，就能够辨识我的脚步声。只要告诉她，我在哪天返回来，母亲便会在这一天，拄着拐杖，从早到晚站在门里面，等着听到我的动静好顺手开门，直到把我迎进屋里。这时，老人家便再也支撑不住了，全身像瘫痪了一样，卧伏在床铺上。

二

在我的心目中，母亲就是家，家就是母亲。母亲、故乡、童年紧紧地联系在一起。正如一位大作家讲的，人即使到了七十岁、八十岁，只要老母亲还在，便可以多少还有点孩子气。一个人，若是失去了母亲，便像鲜花插在瓶子里，虽然还有色有香，却已经失去了根底。在母亲永远离开的时节，我的感觉就是花儿离开了泥土，鸟儿无家可归，一天到晚，忽忽悠悠，心神不宁，像辞柯的黄叶飘飘荡荡，像懒散的白云浮漫无根。

那天我正在北京出差，突然接到家里传来的母亲病故的电报，立刻，脑袋轰的一下，感到一阵晕眩。尽管老母亲已届耄耋之年，平常身体也不怎么好，但这个噩耗毕竟还是来得过于突然，一时我竟哽咽得说不出一句话来，两腿像瘫痪了一样，好一阵子站立不起来。我的眼前模模糊糊地映现出老母亲伛偻的身影，可是，瞬息间便消失了。我马上意识到，从此，便和母亲人天永隔，再见面只能在魂梦中了。

乘坐火车赶回去奔丧，心里乱成了一团，分辨不出快慢来，忘记了昏晓，也失去了饥渴的感觉，觉得整个身心特别地疲倦，却又片刻也睡不着，整个意念都沉浸在无边的悲戚和痛苦的回忆里——

我的母亲出身于一个满族世家，她的祖上爱新觉罗氏有几代都是清朝的文武官员。但我母亲并没有上过学，外祖父恪守着"女子无才便是德"的古训，尽管家境比较富裕，却不许女儿读书识字。母亲后来能够看些通俗的话本、鼓词，都是在我父亲的熏陶之下逐步习练的。

旧时婚姻讲究门当户对，可是，当时父亲却十分贫困。本来，我们祖上的家业也较为厚实，只是因为祖父英年弃世，父亲年岁又小，门衰祚薄，支撑不起这个家当，遂使家道中落。母亲以一个大家闺秀，突然经历这困苦的生涯，不仅没有丝毫怨言，而且，很快就适应了艰难的环境。她真像古代圣贤说的，"素富贵行乎富贵，素贫贱行乎贫贱"，称得上一个典型的贤妻良母。相夫教子，安贫乐道，全家上下、街坊邻里，无不交口称赞。

我有一个姐姐、两个哥哥。姐姐大我二十二岁，她非常聪慧，受家庭影响，从小读了许多文学作品。不知患了什么病，在我两岁时她就故去了。听说，姐夫是一个电话接线生，夫妻感情非常深，当即悲痛欲绝。一天，他托起两岁的女儿，凄然地交给我的母亲，然后长跪在地，连着叩了几个头，呜咽地说："妈妈，给你增加了拖累，实在是对不起。原谅我这个不肖的儿男吧！"就在这个风雨凄其的当晚，鸿飞冥冥，一去便再无踪影。有的说他是出了家，有的说他是投了军，始终音信杳然。这样，母亲便怀抱着我和外甥女这两个不懂事的孩子。我们整天嚷着要奶吃，母亲眼含着泪水，敞开衣襟，把两个已经干瘪的乳头分给我们一人一个。可是，由于吸吮不到奶水，两人又同时"哇哇"地哭叫起来。每一声哭闹，都牵动着母亲的思女之痛，仿佛尖利的钢针一根根扎在心窝上。

屋漏偏遭连夜雨。正在这令人肠断的日子里，我的二哥又病倒了。二哥大我十六岁。他还在读书时，就写得一手潇洒、俊逸的"赵体"字，三间屋里每面墙上，都有他的淋漓墨迹。不幸的是，在我三岁时，结核菌就夺去了他的年轻的生命。妈妈眼望着墙上鲜活的字迹，想起那突然消失了的活蹦乱跳的小伙子，泪水随之刷刷地流下。为了免去触景伤怀，睹物思人，父亲伤情无限地花费一整天时间，用菜刀把墙上的字迹一个个铲掉，然后再用抹泥板抹平。

时间老人的手里也操着一把抹泥板。随着岁月的迁移，父母亲心上的伤痕慢慢地也有些平复了，脸上开始见了笑模样，话语也逐渐增多了。谁知，一波甫平一波又起，更惨痛的灾难又降临到了两位老人身上。真是"衰门忍见死殇多"！二哥殁后三年，我的当瓦工的大哥患了疟疾，庸医误诊为伤寒，下了反药，出过一身凉汗之后，猝然就断气了，这一天正好是中秋节。人们都说，这种病即使不看医生，几天过后也会逐渐痊复的。父亲逢人便说："人间难觅后悔药，我真是悔青了肠子。"面对着这场惊心动魄的打击，母亲孱弱的身躯再也难以承受了，足足病倒了三个月，形容枯槁，瘦骨支离，头发花白，每日以眼泪洗面。但是从此以后，不管遇到怎样伤情的事，她也只是呜咽几声，再也哭不出眼泪来了，亲友们说她已经把泪水哭干了。

三

母亲个性刚强、果断，自尊心强。"任可身子受苦，绝不让脸上受热。"这是她经常挂在嘴上的一句话。她赋性严谨，口不轻言，平素很少和人开玩笑。对子女要求非常严格。在我四五岁的时候，有一次，她发现放在大柜里的几个特大的铜钱不知了去向，便怀疑是我偷偷拿出去换了糖球儿吃。于是，从早到晚审问我，逼着我承认。她铁青着脸，目光炯炯似剑，神态峻厉得有些吓人。我大声地哭叫着，极力为自己辩诬，并且用拒绝吃饭来表示抗议。母亲没办法，只好再一次翻箱倒柜，最后到底找到了，原来是记错了存放的地方。她长时间地紧紧地搂抱着我，深表悔慰之情，在尔后的几十年间，还曾多次提到这件事，感到过意不去。我知道，母亲是在望子成龙的心理驱使下，情急而出此。她看重的并不是几个铜钱，而是儿子的品格素质、道德修养。爱之愈深，责之愈切，律之则益严。这一点，对我后来的为人处世，产生了深远的影响。在我成长的关键时刻，母亲对我进行一番生命的教育，把志气和品性传给了我，用的不是语言文字，而是行为。

母亲话语不多，有的却颇富哲理。比如，我从小就喜欢玩水、鼓捣泥巴，特别是遇到风雨天，总愿意在大沙岗子上爬上滚下。夜晚光着脚板在河边举火照蟹，白天跳进池塘里捕鱼捉虾，成了地地道道的泥孩儿。母亲看在眼里也不加管束，反而为我辩护："不亲

望

近泥土，孩子是长不大的。"只是看到我的身子太脏了，便不容分说，扒光我的衣服，然后按在一个灌满温水的大木盆里，浑身上下用丝瓜瓢儿搓洗一遍。她老人家还告诉过我：咱们世上的人，都是天皇爷用泥巴捏出来的。看着那一个个动来动去、呆头呆脑的小东西，天皇爷便往他们鼻孔里吹气，一天吹三次，吹了七七四十九天，这些小东西才有了灵性，动了心思。这个胎里带来的根基，使得人一辈子都要和泥土打交道，土里刨食，土里找水，土里求生，土里扎根；最后，到了脚尖朝上、辫子翘起那一天，又重新回到泥土里。

小时候，还有一件事留给我十分深刻的印象。我家院子里西厢房，住进了一位从山东搬迁过来的房客，我们称他"靳叔叔"。他人缘很好，左邻右舍的婶子大娘们，看他"光杆子"一个，就给他提媒，把邻村一个智力有些缺陷的女人介绍给他。新娘比新郎年轻，手大、脚大、脸盘大，整天笑嘻嘻的，我们都叫她"笑婶"。妈妈看她不会做针线活，便将一件年轻时穿过的带大襟的旧棉袄送给她。不料，她却将前后两面颠倒过来穿反了，结果，费了很大劲也系不上纽扣，逗得人们在一旁窃笑。有时，在大门外，还会围上一群孩子、大人，抓住"笑婶"的一些话柄来耍笑她。每逢见到这种情景，妈妈都要喊我回家，不但不让我跟着掺和，连看热闹都不许。她很看重这类问题，总是严辞厉色地告诫说，这样地取笑别人，是很不道德的，——痴乜呆傻没有罪过。妈妈没有读过圣经贤传，说不出来"己所不欲，勿施于人""恻隐之心，人皆有之"和"尊重别人也就是尊重自己"那番大道理，却极富同情心，总是设身处地，将人心比己心；而且，能从实际出发，用自己的语言讲出一些通俗的哲理：太阳不会总在一家头顶上红，三十年风水轮流转。上辈子聪明伶俐的，下辈人难免痴乜呆傻，现在你们笑人家，将来人家笑你们。

听说山东解放了，靳叔叔立刻返回老家，"笑婶"也不知了去向。一天，母亲打扫西厢房，无意间从棚顶上发现了一个小口袋，里面装有四块银洋。料想是靳叔叔唯恐"笑婶"乱花，私自藏起来的，过后却忘记了。当天晚上，母亲同全家人商量，想什么办法给靳叔叔捎回去。父亲说："只听说他家在临沂，可是人海茫茫，到哪儿去找啊？"但母亲并不死心，几乎问遍了屯里外出的人，人人都说：找那干啥？到街上割几斤肉，吃掉算了！母亲却说："人家血汗挣下的钱，我们迷着黑心眼子给花了，于良心有愧。"尔后过去了几十年，她仍然耿耿在念，钱始终放在大柜底下，任何人都没有动过。

四

我这一代，母亲还没有照看完，又开始把衰微的精力投到下一代身上。结婚后，我们有了个小女孩，母亲爱怜备至。晚上搂在身旁，早晨起来后，耐心地给她梳着小辫儿，扎着蝴蝶结、鸳鸯结、葫芦结，每天变换一个花样。白天，像当年拉扯着我和外甥女那样，领着小孙女从后园转到前院，又爬坡到沙岗上，到处转悠，讲着各种传说、故事，只是再也抱不动了。看着老母亲苍苍的白发和伛偻的身躯，我想，她把整个一生都献给了儿孙。真个是："谁言寸草心，报得三春晖"！

那时，家里还没有电视机，为了破除母亲的寂闷，我常到文化馆去借一些母亲早年喜欢听的唱本，带回家去念给她听。听着听着，她就抿着嘴乐了，脸上露出一种少见的笑容。一次，听了我讲述《白蛇传》故事，她高兴地插上了几句"子弟书"的唱词："千错万错都是卑人的错，望娘子海量且容宽，从今再不信和尚的话，白头相守永无嫌。"——这些都是从前听我父亲吟唱时记下来的。有时，看我太忙腾不出工夫来，就让上了小学的孙女给她念，但小孙女毕竟识字有限，每当遇到一些难认的名字，像秦琼、哪吒、貂蝉、窦娥等就懵住了，还要由老祖母在一旁提词儿。老人家却乐得这样，总是兴致勃勃地听过一遍，再听一遍；同时，不住声地夸赞小孙女能够"识文断字"了。

　　跟随我们进城之后，母亲时时想念着故里的乡亲。她经常催着小孙女给老家的亲朋故旧写信，捎上她的一些话。逢着有人自故乡来，她总是不厌其烦地问长问短，从西邻的二婶、北院的三叔到屋后的枣树、门前的沙岗，都一一问遍。她说，最割舍不得的，是喝了几十年的门前那口井的甜水。老家来人的那几天，是她最快活、最精神的日子，白天也唠，晚上也唠，有时半夜醒来，还要接着唠个不停。几天过去，乡亲要回去了，她总要三番五次地挽留，舍不得放他们走开。

　　父亲去世之后，母亲情怀抑郁，倍感孤寂，我陪同她前往外县农村的三姨家串亲。下了火车还有十几华里的路程。当时正值"文革"初期，县乡工作废弛，道路凸凹不平，不通公共汽车。我只好留下租金，临时租借一台自行车，让母亲坐在车上，我在前面推着。可是，她从来没有这样坐过，生怕跌下来，便紧紧地搂抱住我的腰。我一面要推车前行，一面还要回头照看母亲，非常费力，汗水湿透了棉衣，呼呼地喘着大气，但心里却感到特别畅快。——我终于帮助母亲做了一点事，只是这类机会太少了。别说苦累，即便是碎骨粉身，也难酬深恩大德于万一。

　　母亲去世前一年，我奉调到省城工作，这是和家人团聚几年之后，又一次远离家门。老人家当时身体已经很衰弱了，打心眼里不情愿我走，但是，她知道我是"公家人"，还是忍痛放行了。告别时，久久地拉着我的手不放，一再地嘱咐："往后是见一次少一次了。只要能抽出身，就回来看我一眼。"听了，我的心都有些发颤，刷地眼泪就流了下来。后来听妻子说，我走后还不到一星期，母亲就问小孙女儿："你爸爸已经走一两个月了，怎么还不回来看看？"

　　现在，手机、电话风行，一机在握，即便远隔千里万里，也能随时互通情愫。可是，那时家里没有这种条件。记得那天是立冬次日，古称寒衣节，我想，应该给老母亲捎个话，问候问候。由于家里没装电话，只好挂到原来所在单位，请值班同志代为转告。老母亲备感欣慰，可是，又不无遗憾地对那位传话的同志说，她实在走动不了啦，不然，一定跟他到机关去，在电话里听听我的声音，亲自同我交谈几句。

　　每当听到人们唱《烛光里的妈妈》，我总是想，母亲所体现的正是一种红烛精神。为了子女，她不惜把自己的一切都化作烛光，直到燃尽最后一滴蜡泪。她慷慨无私，心甘情愿地承受着百般劳苦，不为名不为利，也不需要任何报偿。唯一的希望就是年迈之后，晚辈不要把她遗忘了。她对个人生活的要求十分有限，什么锦衣玉食、华堂广厦，对她来说，并没有实际价值；她只是渴望，有机会多和儿孙们在一起谈谈心，唠唠家常，以排遣晚年难耐的无边寂寞。特别是喜欢回忆晚辈的一些儿时旧事，因为老年人每日都生活在忆念与盼望之中。

无分贵贱贫富，应该说，这是十分廉价、极易达到的要求。可是，十有八九，我们做儿女的却没能给予满足。我就是这样。那时节，整天都在奔波忙碌之中，没有足够地理解母亲的心思、重视母亲的真正需要，对于母亲晚年的孤寂情怀体察得不深，缺乏感同身受的体验，没能抽出时间多回家看看，忽略了要和老母亲聊聊天，更谈不到给予终生茹苦含辛的母亲以生命的补偿了。结果，老人常常深陷于一种莫名的寂闷之中。这种寂闷，在痛苦的思念中发酵，在热切的期待中膨胀，在无边的失望中弥漫，致使她逐渐地变得沉默寡言，神情木然，丧失了生命的活力。

　　在漫长的岁月里，老人家为儿女们的成长、升腾，一步步地搭设台阶，架桥铺路。可是，她可曾料到：路就桥成之日，恰是儿女高飞远翥之时？最后，只剩她一个人"茕茕孑立，形影相吊"了。《光明日报》曾开辟《永久的悔》专栏，如果说，我也有永久的悔，那就是在母亲的有生之日，特别是晚年，我同她交流得太少，在她的身边为时过于短暂。"树欲静而风不止，子欲养而亲不待。"现在，只能抱憾于无穷，锥心刺骨也好，呼天抢地也好，一切一切，都无济于事了。

（1994 年）

青天一缕霞

从小我就喜欢凝望碧空的云朵，像清代大诗人袁枚说的："爱替青天管闲事，今朝几朵白云生？"尤其是七八月间的巧云，如诗如画如梦如幻，对我有极大的吸引力，我能连续几个小时眺望云空而不觉厌倦。虽然眺者自眺，飞者自飞，霄壤悬隔互不搭界，但在久久的深情谛视中，通过艺术的、精神的感应，往往彼此间能够取得某种默契。

我习惯于把望中的流云霞彩同接触到的各种事物作类比式联想。比如，当我读了女作家萧红的传记和作品，了解其行藏与身世后，便自然地把这个地上的人与天上的云联系起来——

看到片云当空不动，我会想到一个解事颇早的小女孩，没有母爱，没有伙伴，每天孤寂地坐在祖父的后花园里，双手支颐，凝望着碧空。

而当一抹流云掉头不顾地疾驰着逸向远方，我想，这宛如一个青年女子冲出封建家庭的樊笼，逃婚出走，开始其痛苦、顽强的奋斗生涯。

有时，两片浮游的云朵亲昵地叠合在一起，而后，又各不相干地飘走，我会想到两个叛逆的灵魂的契合，——他们在荆天棘地中偶然遇合，结伴跋涉，相濡以沫，后来却分道扬镳，天各一方。

当发现一缕云霞渐渐地溶化在青空中，悄然泯没与消逝时，我便抑制不住悲怀，深情悼惜这位多思的才女。她，流离颠沛，忧病相煎，一缕香魂飘散在遥远的浅水湾……这时，会立即忆起她的挚友聂绀弩的诗句："何人绘得萧红影，望断青天一缕霞！"

正是这种深深的忆念，和出于对作品的热爱而希望了解其生活原型，即所谓"因蜜寻花"的心理，催动着我在观赏巧云的最佳时节——八月中旬，来到这神驰已久的呼兰，追寻六十年前女作家的青涩岁月。

呵，呼兰河，这条流淌过血泪的河，充溢着欢乐的河，依然夹带着两岸泥土的芬芳，奔腾不息，跳搏着诱人的生命之波。

穿过大桥，满目青翠中，一条宽阔的马路把我引入了县城。东二道街，十字路口，茶庄，药店，一切都似曾相识，一切又都大大地变了样。

但是，可能因为期望值过高，当我踏进萧红故居，却未免有些失望。寥寥几幅灰暗模糊的照片，一些作家用过的旧物，疏疏落落地摆在五间正房里。原有的两千平方米的后花园，这印满了萧红的履痕、泪痕和梦痕的旧游地，如今已盖上了一列民宅。更为遗憾的是，留下百万字作品的著名女作家，陈列室中竟没有收藏一页手稿、一行手迹。

联想到坐落在圣彼得堡的普希金就读过的皇村学校，虽然经过一百七八十年的沧桑变化，包括战乱与兵燹，但是，普希金当年的作业簿和创作诗稿，依然完好无损地保存在那里。相形之下，深感我们在搜集、保存作家的手稿、遗物方面没有完全尽到责任。

当然，也可以顺着另一条思路考虑：这位叛逆的女性的前尘梦影原本不在家里。在她自己看来，这块土地沦于敌手之前，"家"就已经化为乌有了。她像白云一样飘逝着，她的世界在天之涯地之角。"昔人已乘白云去，此地空余黄鹤楼"，如此而已。云，是萧红作品中的风景线。手稿没有，何不去读窗外的云？

"白云犹是汉时秋"。仰望云天，同女作家当年描述的没有什么两样，天空依旧蓝悠悠的，又高又远。大团大团的白云，像雪山，像羊群，像棉堆，像撒了花的白银似的。我想，如果赶上傍晚，也一定能看到那变化俄顷、令人目不暇接的"火烧云"。

记得沈从文先生说过，云有地方性，各地的云颜色、形状各异，性格、风度不同。在浪迹天涯的十年间，萧红走遍大半个中国，而且，曾远涉东瀛。她不会看不到沈先生盛赞不已的青岛上空的彩云，肯定领略过那种云的"青春的嘘息"和轻快感、温柔感、音乐感；她也该注意到关中一带抓一把下来似乎可以团成窝窝头的朵朵黄云。透明、绮丽的南国浮云，素朴、单纯、仿佛用高山雪水洗涤过的热带晴云，樱花雨一般的东京湾上空的绮云，——这些恐怕都能引发女作家的奇思玄想。然而，她全没有记在笔下。

当豪爽的江湖行、亢奋的浪游热宣告结束，"发着颤响、飘着光带"的胸境和"用钢戟向晴空一挥似的笔触"，渐次消磨，而难堪的寂寞、孤独与失落感袭来的时候，她便像《战争与和平》中曾是战斗主力的安德烈公爵，受伤倒在地下，深情地望着高远的苍穹，随着飘飞的白云，回到梦里家园去寻求慰藉，慢慢地咀嚼着童年的记忆——这人生旅途中受用不尽的财富。

对萧红来说，尽管童年生涯是极端枯燥、寂寞的，家园并无温馨可言，甚至经常感到扞格不入；但是，"人情恋故乡"，就像一首诗中描述的："满纸深情悲仆妇，十年断梦绕呼兰。"一颗远悬的乡心，痴情缱绻，离开得越远，回音便越响。于是，"一篇叙事诗，一幅多彩的风土画，一串凄婉的歌谣"（茅盾语，下同），便在"永久的憧憬与追求"中孕育诞生了。

时代造就了萧红。难能可贵的是，她不仅在"五四"新文化运动影响下，冲破了封建枷锁，离家出走，成为中国北方的一个勇敢的娜拉；而且，由于亲炙了反帝反封建的民主主义精神和得到一批革命作家及其作品的滋养，同时也接触了世界近代以来人文主义思潮和人道主义、个性主义的文化觉醒意识，她在文学创作伊始，就显示了崭新的精神世界，以稚嫩的歌喉唱出了时代的强音和民众的愿望。

对于乡园，她没有沉浸在一般层次上的眷恋、遐想与梦幻之中，而是超越了"五四"新文学的美学思索，在现实主义与个性主义、人道主义交叠的文化视点上，力透纸背地写出了"北方人民的对于生的坚强，对于死的挣扎"，深入地开掘其关于"国民性"的哲理反思和病态社会的无情清算。

她"以女性作者特有的细致的观察和越轨的笔致"，以充分的感性化、个性化的认知方式，通过散化情节、淡化戏剧性、浓化情致韵味的艺术手法，揭露帝国主义、封建势力造成的弥天灾难，展示病态人生、病态社会心理的形成，以引起人们疗救的注意。

作为一个植根于现实土壤的现代文化追求者和思想先驱，她始终以其深邃的思考和"另一个世界"的眼光，审视着这块古老而沉寂的大地，呼唤着"别样人生"，期待着黎明的曙色。而且，为这一"永久的憧憬和追求"，付出了沉重的代价。

同那些跨越时代的文坛巨匠相比，萧红算不上长河巨舶。她的生命短暂，而且身世坎坷，迭遭不幸。她失去的不少，而所得却可能更多；她像冷月、闲花一样悄然陨落，却长期活在后世读者的心里；她似乎一无所有，却在文学史上留下了一串坚实、清晰的脚印，树起了一座高耸的丰碑。她是不幸的，但也可以说，她是很幸运的。

像萧红一样，呼兰河既没有长江的波澜浩荡，也不像黄河那样奔腾汹涌；呼兰县城更是普通至极的一个北方城镇。但是，地以人传，河以文传，由于这里诞生了一位著名女作家，它们已被镌刻在文学碑林上，因此，名闻遐迩。这里的小桥流水、窄巷长街，都一一注入了生命的汁液，鲜活起来，充溢着灵性，吸引着无数中外游客。

而前来探访的客子、学人，也必然要对照萧红的作品去"按图索骥"，溯本寻源。这样，人文与自然相辅相成，历史和现实交辉互映，就益发强化了景观的魅力。

流光似水。如今，那被女作家诅咒过的岁月，远逝了；那没有人的尊严和独立人格的牛马般的生活，一去不复返了；女作家及其作品中的主人公血泪交迸的"生死场"，已经照彻了灿烂的阳光。

十字街头拐弯处，当年萧红读书的小学校还在。微风摇曳中，几棵饱经风霜的老榆树似在发出岁月的絮语。下课铃声响起，一群闪着澄澈、亲切的目光的活泼可爱的女孩子，野马般地拥向了操场，有的竟至和来访的客人撞了个满怀，随之而喧腾起一阵响亮的笑声。

我蓦然想起，《呼兰河传》中老胡家的团圆媳妇，不也是这般年纪、这样天真吗？可是，只因为她太大方了，走起路来飞快，头天到婆家吃饭就吃三碗，一点也不知害羞，硬是被活活地"管教"死了。

从"两眼下视黄泉，看天就是傲慢，满脸装出死相，说笑就是放肆"的死寂无声的黑暗年代，到能够在阳光照彻的新天地里自由地纵情谈笑，这条路竟足足走了几千年！

如果萧红有幸活到今天，故地重游，看看呼兰河畔翻天覆地的

青天一缕霞

变化，听劫后余生的王大姐讲讲她的苦尽甘来，再赏鉴一番故乡的"火烧云"，也许会用她那珠玑般的文字，写出一部《呼兰河新传》哩！

（1990 年）

青年时代

终古凝眉

一

那两弯似蹙非蹙、轻颦不展的凝眉，刀镌斧削一般深深地刻印在我的脑海里。我想象中的易安居士，竟然是这样，其实，也应该是这样。

斜阳影里，八咏楼头。站在她长身玉立、瘦影茕独的雕像前，我久久地凝望着，沉思着。似乎渐渐地领悟了，或者说捕捉到了她那饱蕴着凄清之美的喷珠漱玉的词章的神髓。

千古风流八咏楼，江山留与后人愁。
水通南国三千里，气压江城十四州。

我曾多次暗诵着她流寓金华时题咏的，现时书写在塑像后面巨幅诗屏上的这首七绝。

八咏楼坐落在金华市区东南隅，是一组集亭台楼阁于一体、风格独特的古建筑，为南朝著名文学家、时任东阳太守的沈约所建，至今已有一千五百多年历史了。因为沈约曾在楼上题写过八咏诗，状写其愁苦悲凉的意绪，后人遂以名之。唐宋以降，李白、崔颢、严维、吕祖谦等多位诗人都曾登楼吟咏，一时云蒸霞映，蔚为壮观。当然，若就苍凉、凝重、大气磅礴而言，易安居士的诗当为压卷之作。女诗人感慨无限地说，在强敌入境、国脉衰微如缕的艰难时世，像八咏楼这样"水通南国""气压江城"，占尽千古风流的东南名胜，留给后人的已经不可能是什么"遥吟俯畅，逸兴遄飞"的博雅风华了；而漫天匝地、塞臆填胸的只有茫茫无际的国恨家愁。"愁"字为全篇点睛之笔。诗中宛转而深刻地抒发了深沉的爱国情怀和对南宋统治者一味割地献金以求苟安一隅的讥讽。

此日登临，凭栏四望，但见南山列嶂，双溪蜿蜒，眼前展现出的画卷，俨然一幅宋人的青绿山水。逐级而下，我们穿过两条小巷来到了婺江的双溪口。现在不妨把时针拨回到八百六十多年前的初冬十月，就在双溪码头上，已经过了"知命之年"的易安居士，旅途劳顿，面带倦容，风尘仆仆地走出船舱，她是从都城临安搭乘客船前来此间避难的。

"客子光阴诗卷里"，"又不道、流年暗中偷换"。转瞬间，已经由金风飒飒变成了煦日融融。禁不住窗外"绿肥红瘦""淡荡春光"的撩拨，她曾多次动念，想要走出那褊窄、萧疏的住所，步上八咏楼头，然后再徜徉于双溪岸畔，面对着滔滔西下的清溪和载浮载沉的凌波画舫，重温一番已经久违多年的郊外春游。

我们知道，她是特别喜欢划船的。少女时期，她尝在溪上贪玩，"沉醉不知归路。兴尽晚回舟，误入藕花深处"。结婚之后，还曾在"红藕香残"的深秋时节，"轻解罗裳，独上兰舟"。可是，这一切早成过往，韶华已然不再。她虽然痴痴想望，实际却未曾出门半步，只是了无意绪地恹恹独坐空房，捧着书卷，暗流清泪。正如她所表述的："纵然花月还相似，安得情怀似旧时"！最后，她抛书把笔，填了一首调寄《武陵春·春晚》：

风住尘香花已尽，日晚倦梳头。

物是人非事事休，欲语泪先流。

闻说双溪春尚好，也拟泛轻舟。

只恐双溪舴艋舟，载不动、许多愁。

　　这是一幅精妙绝伦的大写意。没有用上五十个字，词人就把自己这一心事重重、满腔悲抑、双颊挂着泪珠的愁妇形象及其凄苦心境，活脱脱地描绘了出来。

　　这是一个特定时间——正值残红褪尽的暮春时节，它与人生晚景是相互对应的。太阳已经升起老高了，女主人公还呆呆地坐在床前，懒得把头发梳理一下，含蓄地表现了她的内心的凄清、愁苦。接着，就交代这凄苦的由来：于今，风物依然而人事全非，令人倍增怅惋。正因为所遭遇的乃是一种广泛而剧烈的、带有根本性的重大变化，故以"事事休"一语结之。在这样凄苦的情怀之下，自然是还没等说出什么，泪水就已潸潸流注了。

　　下片将词意宕开一笔。为了摆脱这冰窖似的悲凉和抑郁难堪的苦闷，女主人公也打算趁着尚好的春光，泛轻舟于双溪之上；可是，马上又打消了这种念头。她担心蚱蜢一般的小舟难以承载那塞天溢地、茫茫无尽的哀愁，因此，只好作罢。"闻说""也拟""只恐"三个虚词叠用，就把矛盾、复杂的心理变化，刻画得宛转、周折，细致入微。

二

　　易安居士从小就生活在一个学术、文艺气息非常浓厚的家庭里，受到过良好的启蒙教育和文化环境的熏陶。她在天真烂漫的少女时代，也像其他女孩子一样，对人生抱着完美的理想。童年的寂寞未必没有，只是由于其时同客观世界尚处于朴素的统一状态，又有父母的悉心呵护和优越的生活条件的保证，整天倒也其乐融融，一干愁闷还都没有展现出来。及至年华渐长，开始接触社会人生，面对政治旋涡中的种种污浊、险恶，就逐渐地感到了迷惘、烦躁；与此同时，爱情这不速之客也开始叩启她的灵扉，撩拨着这颗多情易感的芳心，内心浮现出种种苦闷与骚动。那类"倚楼无语理瑶琴""梨花欲谢恐难禁""醒时空对烛花红"的词句，当是她春情萌动伊始的真实写照。

那种内心的烦闷与骚动，直到与志趣相投的太学生赵明诚结为伉俪，才算稍稍宁静下来。无奈好景不长，由于受到父亲被划入元祐"奸党"的牵连，她被迫离京，生生地与丈夫分开。后来，虽然夫妇屏居青州，相与猜书斗茶，赏花赋诗，搜求金石书画，过上一段鹣鲽相亲、雍容闲适的生活；但随着靖康难起，故土沦亡，宋室南渡，她再次遭受到一系列更为沉重的命运打击。

易安居士的感情生活是极具悲剧色彩的，中年不幸丧偶，再嫁后又遇人不淑，错配"驵侩之下才"；而与丈夫一生辛苦搜求、视同生命的金石文物，在战乱中已经损失殆尽；晚境更是凄凉，孑然一身，伶仃孤苦，颠沛流离：这一切，使她受尽了痛苦的煎熬，终日愁肠百结，精神处于崩溃的边缘。

自北朝庾信创作《愁赋》以来，善言愁者，代有佳构。形容其多，或说"谁知一寸心，乃有万斛愁"，或说"茫茫来日愁如海"，"恰似一江春水向东流"；通过诗人的巧思，看不见摸不着的悲情愁绪形象化、物质化了："浓如野外连天草，乱似空中惹地丝"，"闭门欲去愁，愁终不肯去；深藏欲避愁，愁已知人处"。而到了易安居士笔下，则更进一步使愁思有了体积，有了重量，直至可以搬到船上，加以运载。真是构想奇特，匪夷所思。

李清照少历繁华，中经丧乱，晚境凄凉，用她自己的话说："忧患得失，何其多也！"而且，它们具有极为繁杂而丰富的内涵，也像她本人所说的，不是一个"愁"字所能概括得了的。翻开一部渲染愁情尽其能事的《漱玉词》，人们不难感受到布满字里行间的茫茫无际的命运之愁，历史之愁，时代之愁，其中饱蕴着作者的相思之痛、婕妤之怨、悼亡之哀，充溢着颠沛流离之苦、破国亡家之悲。

但严格地说，这只是一个方面。若是抛开家庭、婚姻关系与社会、政治环境，单从人性本身来探究，也即是透视用生命创造的心灵文本，我们就会发现，原来，悲凉愁苦弥漫于易安居士的整个人生领域和全部的生命历程，因为这种悲凉愁苦自始就植根于人的本性之中。这种生命原始的悲哀在天才心灵上的投影，正是人之所以异于一般动物、诗人之所以异于常人的根本所在。

这就是说，易安居士的多愁善感的心理气质，凄清孤寂的情怀，以及孤独、痛苦的悲剧意识的形成，有其必然的因素。即使她没有经历那些家庭、身世的变迁，个人情感上的挫折，恐怕也照例会仰天长叹，俯首低回，比常人更多更深更强烈地感受到悲愁与痛苦，经受着感情的折磨。

正是由于这位"端庄其品，清丽其词"的才女，自幼生长于深闺之中，生活空间十分狭窄，生活内容比较单调，没有更多的向外部世界扩展的余地，只能专一地关注自身的生命状态和情感世界，因而，作为一个心性异常敏感、感情十分脆弱且十分复杂的女性词人，她要比一般文人更加渴望理解，渴望交流，渴求知音；而作为一个才华绝代、识见超群、具有丰富的内心世界的女子，她又要比一般女性更加渴求超越人生的有限，不懈地追寻人生的真实意义，以获得一种终极的灵魂安顿。这两方面的特征紧密地结合在一起，相生相长，相得益彰，必然形成一种发酵、沸腾、喷涌、爆裂的热力，生发出独特的灵性超越与不懈的向往、追求。反过来，它对于人性中所固有的深度的苦闷、根本的怅惘，又无疑是一种诱惑，一种呼唤，一种催化与裂解。

三

而要同时满足上述这些高层次的需求，换句话说，要达到精神世界异常充实和真正活得有意义有价值，则需要从两个方面提供保证：一是真情灼灼、丝毫不带杂质地去爱与被爱；二是通过卓有成效的艺术创造，确立自己特殊的存在。用一句话来概括，就是必须能够真正求得一种心灵上的归宿与寄托。

应该说，这个标杆是很高很高的了，好在易安居士都曾幸运地接触到了。就后者而言，她能自铸清词，骚坛独步，其创获在古代女性作家中是无与伦比的；而前一方面，通过与赵明诚的结合，也实现了情感的共鸣，灵魂的契合，生命的交流，尽管为时短暂，最后以悲剧告终。为了重新获得，她曾试图不惜一切代价，拼出惊世骇俗的勇气，毅然进行重新选择，然而所适非偶，铸成大错，使她陷入了更深的泥淖。至此，她的构筑爱巢的梦想宣告彻底破碎，一种透骨的悲凉与毁灭感占据了她的整个心灵。

这样，她就经常生活在想象中。现实中的爱游丝一般的苍白、脆弱，经受不住一点点的风雨摧残；只有在想象中，爱才能天长地久。前人有言："诗人少达而多穷"，"盖愈穷则愈工"。现实中爱的匮乏与破灭，悲凉之雾广被华林，恰好为她的艺术创造提供了源源不竭的灵泉。"梧桐更兼细雨，到黄昏，点点滴滴。这次第，怎一个愁字了得""吹箫人去玉楼空，肠断与谁同倚。一枝折得，人间天上，没个人堪寄""如今憔悴，风鬟雾鬓，怕见夜间出去。不如向帘儿底下，听人笑语"等一系列千古绝唱，就正是在这种心境下写成的。

一个灵魂渴望自由、时刻寻求从现实中解脱的才人，她将到哪里去讨生活呢？恐怕是惟有诗文了。我们虽然并不十分了解易安居士幽居杭州、金华一带长达二十余载的晚年生活，但有一点可以断定，就是她必定全身心地投入到诗文中去。那是一种翱翔于主观心境的逍遥游，一种简单自足、凄清落寞的生活方式，但又必然是体现着尊严、自在，充满了意义追寻，萦绕着一种由传统文化和贵族式气质所营造的典雅气氛。

诚然，易安居士的《漱玉词》仅有五十几首，传世的诗文还要更少一些。比起那些著作等身、为后世留下更多精神财富和无尽话题的文宗巨擘，未免显得有些薄弱。可是，一部文学史告诉我们，诗文的永生向来都是以质，而不是以量取胜的。如同茫茫夏夜的满天星斗一般，闪烁着耀眼光芒的，不过是有数的几颗。

作为一个有限偶在，一代词人李清照早已随风而逝；可是，她那极具代表性的艺术的凄清之美，她那灵明的心性和具有极深的心理体验的作品内容，她那充分感性化、个性化的感知方式和审美体验方式，却通过那些脍炙人口的词章取得了无限恒在，为世世代代的文人提供了成功的范本，像八咏楼前清且涟漪的双溪水一样，终古滋润着浊世人群的心田。

（2002年）

终古凝眉

孤枕梦寻

一

自由飞翔的愿望和现实的种种羁绊之间，仿佛永远有一道无形的穿不透的墙。古人喜欢用"心游万仞""神骛八极"之类的话语来状写人的心志的放纵无羁。可是，实际上却是，或则被弃置在灵魂的废墟上，徒唤奈何；或则被拘禁在自己设置的各种世俗陈规的樊篱里，不能任情驰骋，像一只笼鸟那样，即使开笼放飞，也不敢振翮云天。

倒是酣然坠入了黑甜乡之后，神魂在梦境中，可以凭借大脑壳里的方寸之地，展开它那重重叠叠的屏幕，放映出光怪陆离、千奇百怪的画面。既不受外界的约束，自己也无法按照计划加以规范，完全处于一种自在自如的状态。而由于任何人在梦中都会撤下包装，去掉涂饰，从而显露出各自的本来面目，因此，梦境中的那个自我，往往比清醒状态下的更真实、更本色。梦境是一部映射心灵底片的透视机，可以随时揭示人的灵魂深处的秘密。

说来，梦境也真是奇妙无比。哪怕是天涯万里，上下千年，幽冥异路，人天永隔，也可以说来就来，要见就见。梦中似乎不存在时间与空间的概念，也不大考虑基础和条件。清人胡大川《幻想诗》中，有"千里离人思便见，九泉眷属死还生"，"天下诸缘如愿想，人间万事总先知"之句，现实生活中根本做不到，可是，梦境中却能够实现。

当然，梦境也并不总是尽如人意。甜美的固然不少，但凄苦、忧伤的梦也常常碰到，有的还会使人震怖、惶遽。而且，经常是幻影婆娑，扑朔迷离，像日光照射下的枝间碎影，像勉强连缀起来的残破的网片，又像是迸落在岩石上飞流四溅的浪花，不仅错乱复杂，不易解读，而且，有的竟如电光石火，稍纵即逝。更主要的是，现实中得不到的，梦境中也未必就能如愿以偿，所谓"绮梦难圆"者也。

林黛玉魂归离恨天，贾宝玉到了潇湘馆嚎啕大哭一场，意犹未尽，还想在梦中见上一面，细话衷肠，于是，诚心诚意地独自睡在外间，暗暗祷告神灵，希望得以一亲脂泽，孰料"却倒一夜安眠，并无有梦"。大失所望中，只能颓然慨叹："悠悠生死别经年，魂魄不曾来入梦。"第一次愿望没有达成，又寄希望于第二次，结果，照样是一无所获。

大抵人们做梦，不外乎由内在与外在双重因素促成。所谓内在，是指精神上、心理上的想望，也就是人们常说的"梦是心头想"，"昼有所思，夜有所梦"；而外在因素，即是指身体上、生理上的物质原因，比如，心火盛即往往夜梦焦灼，四体寒凉则梦见风雨交袭。古人把前者叫作"想"，把后者叫作"因"。二者结合起来，决定了一个人在什么情况下会做什么梦。

现代人说，梦是现实生活中某些缺憾的一种补偿，是一种愿望的达成，是生活中某种想望与追求的反映。歌德说过："人性拥有最佳的能力，随时可在失望时获得支持。"他说，在他一生中有好几次是在含泪上床以后，梦境用各种引人入胜的方式安慰他，使他从悲伤中超脱出来，从而得以换来隔天清晨的轻松愉快。看来，德国的这位大诗人是善于做梦的了。

孤枕梦寻

无独有偶，在中国，也有一位大诗人最懂得在梦境里讨生活。我敢说，古今中外的诗人中，南宋的陆游堪称是最善于做梦的一个，而且，许多梦中情境又能通过诗篇记叙下来。在现存的八十五卷《剑南诗稿》中，专门纪述梦境的诗达九十九首之多，里面记叙了许许多多现实中未能实现而在梦境中得到补偿的快事。当然，这仅仅是他的纪梦诗的一部分。他在一篇文章中谈到，四十二岁之前，他大约作诗一万八千多首，经过自己两次删定，只留下了九十四首，其中纪梦诗只有一首。料想在人生多梦的青年时期，他一定会做过更多的梦，写过更多的纪梦诗，可惜，绝大多数都已删除，后人已经无缘得见了。

二

　　读过了陆游的《剑南诗稿》《渭南文集》和关于他的几部传记，仿佛觉得这位老诗翁就在我的身旁，倾吐着他的"忧国复忧民"的积愫，愤切慨慷地朗吟着他那豪情似火的诗章；凌晨起来散步，耳边也似乎回响着他那情深意挚的娓娓倾谈。但诗翁的形象却并不十分鲜明。虽然他的诗里有"团扇家家画放翁"之句，但我却没有见过几幅他的画像。按照明人黄道周对他的形象的描述——"供之千佛经前，又增得一幅阿罗汉像也"，我想象他的个头不会太高，面相是和善的，甚至看起来有些憨态可掬，没有诗仙李太白那种丰神俊逸、潇洒出尘之概。但是，应该说，两人的"虽长不满七尺，而心雄万夫"却是一致的。

　　从接受美学的角度，在欣赏陆游诗作过程中，我习惯于凭借自己的生活经验和审美情趣，进行艺术的再创造。透过那些炽烈喷薄的诗章，看到了诗翁的盘马弯弓之姿、气吞残虏之势，感受到的是诗人的雄豪雅健；可是，同时却也体味到了他的英雄失路、托足无门、壮士凄凉、宝刀空老的悲哀。就中，给我印象最深的是他那对祖国、对爱情的执著坚定、之死靡他的精神，简直可以说是感天地而泣鬼神。

恰如钱锺书先生所说，爱国情绪饱含在陆游的整个生命里，看到一幅画马图，碰见几朵鲜花，听了一声雁唳，喝几杯酒，写几行草书，他都会惹起报国仇、雪国耻的心事，这股热潮有时甚至泛滥到梦境里去。即使是残年老病、政治上遭受重重打击、处境十分艰难的情况下，诗翁也从不叹老嗟卑，仍旧期待着勇跨征鞍，披坚执锐，奔赴杀敌的前线。正如他在一首诗中所描述的：

> 僵卧孤村不自哀，尚思为国戍轮台。
>
> 夜阑卧听风吹雨，铁马冰河入梦来。

但是，命运对于他实在过于苛酷，终其一生，也难得一遇大展长才以酬夙志的机会。他的仕途十分坎坷，直到三十四岁，才谋取一个福州宁德县主簿的职位，后来又担任过镇江府、隆兴府的通判，却又屡遭弹劾。许多愿望只能靠梦中结想，梦中追忆。他在七十七岁时，回思征西幕中旧事，有"不如意事常千万，空想先锋宿渭桥"之句，可说是很好的概括。

四十九岁这年秋天，他在嘉州以权摄州事身份，成功地主持过一次军队的秋操检阅。整齐的队伍，赫赫的军威，使他联想到，国家并不是没有抵抗侵略的武装力量，自己也不是不能用武的文弱书生，只是没有很好地组织，也没有这个机会。否则，"草间鼠辈何劳磔，要挽天河洗洛嵩"，那是毫无问题的。凭借这个"想"和"因"，半个月后，他做了一个梦：大军驻扎河东，抗击入侵之敌，声威所至，望风披靡，当即派出使者，招降敌人占领下的边郡诸城，"昼飞羽檄下列城，夜脱貂裘抚降将"，"腥臊窟穴一洗空，太行北岳元无恙"。尽管不过是黄粱一梦，但是，当时那种称心快意的劲头，实在不是笔墨所能够形容的："更呼斗酒作长歌，要遣天山健儿唱。"

这类令他快然于心的梦，后来还做过。一次，梦中随从皇帝车驾出征，全部收复所失故地。"驾前六军错锦绣，秋风鼓角声满天。""凉州女儿满高楼，梳头已学京都样。"沦陷区人民兴高采烈投入祖国的怀抱，不仅重睹"汉家威仪"，而且，连梳妆打扮都与京城趋同了。

陆游一生中最称心的岁月，是从军南郑那段时间。当时，抗战派首领王炎任四川宣抚使，驻节南郑，掌握着西北一带的兵权和财权。陆游此时正好在他的幕下。过去，虽然他也喜欢谈兵论战，划策筹谋，但毕竟都是纸上空谈；这次，亲临前线，而且深得主帅的信任，正是一展长才的机会。除了建言献策，帮助首长处理一些日常事务，他还经常巡视各方，传达指令，并且到过大散关下的鬼迷店和仙人原上的仙人关，这两处都是宋、金对峙的最前线，有时身披铁甲、骑着骏马去追击敌人，有时还行围打猎。一次，正在催马扬鞭，纵横驰骋，突然一阵风起，一只猛虎蹿出，陆游挺起长矛戳去，正中老虎的喉管，"奋戈直前虎人立，吼裂苍崖血如注"。一场令人惊怖的搏斗，就这样胜利地结束了。

可惜，这样的战斗生涯只过了半年，随着王炎的调回临安，他的欢快生活亦告终结。虽然像一场短梦那样，还没来得及仔细地玩味就惊醒了，但却刀刻斧削一般，在他的心中留下了永生难以忘怀的印象。九年后，他已经回到故乡山阴赋闲，当忆起这段生活时，曾经写道："骏马宝刀俱一梦，夕阳闲和饭牛歌"；又过了十年，他已经六十七岁了，在一首《怀南郑旧游》的七律中，再次惋叹："惆怅壮游成昨梦，戴公亭下伴渔翁。"

反复慨叹往事如烟、旧游成梦，一方面说明这段生活的短暂，一方面也可以看出他对这段美好经历是何等的珍视。西线陈兵，简直成了陆游的一个永生不解的情结，因而不但反复忆起，更是多次结想成梦。他自己曾说过："客枕梦游何处所？梁州西北上危台。""慨然此夕江湖梦，犹绕天山古战场。"一部《剑南诗稿》中，记载这方面内容的梦中之作不胜枚举，有的在题目上还直接标明"梦行南郑道中""梦游散关渭水之间"。如果说，往事如梦如烟，那么，这段往事再进入梦境之中，并且把它形诸笔墨，那就真正是梦中说梦了。

三

陆游胸中的另一个情结，就是同爱妻唐婉的那段短暂的情缘。这使他梦绕魂牵，终生不能去怀。

二十岁这年，陆游和舅舅的女儿唐婉结婚了。唐婉是一个美貌多情的才女，对于诗词有很好的修养，和陆游兴趣相投，因此，他们婚后的生活十分美满，情深意笃，以白头偕老相期；又兼亲上加亲，按说家庭关系也应该处理得很好。谁料，陆游的母亲竟然对自己的内侄女很不喜欢，最后甚至蛮不讲理地硬逼着儿子和她仳离。如果处在今天，夫妇完全可以不去管它，至多离家另过就是了。可

孤枕梦寻

是，在那个理学盛行的时代，在吃人的封建礼教的威压下，陆游是无论如何也不敢违抗"慈命"的，他只能向母亲婉言解劝，百般恳求，而当这一切努力都毫无效果之后，就只好含悲忍痛，违心地写下了一纸休书。一对倾心相与的爱侣，就这样生生地被拆散了。后来，陆游奉父母之命另娶了王氏，忍辱含垢的唐婉也在叩告无门的苦境中，改嫁给同郡士人赵士程了。

光阴易逝，转眼间十年过去了。在一个柳暗花明的春天，陆游百无聊赖中，信步闲游于禹迹寺南的沈家花园，偶然与唐婉及其后夫相遇。尽管悠悠岁月已经逝去了三千多个日夜，但唐婉始终未能忘情于陆游。此时，见他一个人在那里踽踽独行，情怀抑郁，唐婉心中真像打翻了五味瓶，说不出是酸是苦，分外难受。赵士程为人还算豁达洒脱，当下已经觉察了妻子痛苦的心迹，便以唐婉的名义，叫家童给陆游送过去一份酒肴。

陆游坐在假山上的石亭里，呆呆地望着伊人的"惊鸿一瞥"，转眼已不见了踪影；温过的酒已经变冷，肴馔也都凉了。他眼含清泪，一口口地吞咽着闷酒，体味着唐婉深藏在心底的脉脉深情，心中霎时涌起一丝丝的愧怍；想到人世间彩云易散，离聚匆匆，不禁百感交集，顺手在粉墙上题下了一首凄绝千古的《钗头凤》词：

> 红酥手，黄縢酒，满城春色宫墙柳。东风恶，欢情薄。一怀愁绪，几年离索。错！错！错！　春如旧，人空瘦，泪痕红浥鲛绡透。桃花落，闲池阁。山盟虽在，锦书难托。莫！莫！莫！

上阕透过眼前的实景，忆述当日美满姻缘的破坏经过及其沉痛教训；下阕写春光依旧而人事已非，昔日温存仅留梦忆。

原来，古代诗文有口头与书面两种传播形式，题壁属于后者。当诗人意兴淋漓、沛然发作之时，往往借助题壁的方式，来发抒磅礴的逸气，浇洗胸中的块垒。这种"兴来索笔漫题诗"，就古代文人自身来说，自不失为一种富有艺术情趣的生活内容和抒怀寄兴的方式，其间总是蕴含着层次不一的非语言的信息；而对于普通读者或曰观众，则是一种近乎大众化的免费的精神享受，包括着对于诗人襟怀的解读以及诗情、书艺的欣赏。

有人考证，题壁始于汉代，已见于《史记》的记载；到了唐、宋时期，便成为骚人墨客惯用的一种写作方式，几乎达到无人不题、无处不题的程度。陆游是题得最多的诗人之一，正如他自己所说："老去有文无卖处，等闲题遍蜀东西"，"酒楼僧壁留诗遍，八十年来自在身"。

相传唐婉后曾重游沈园，看到陆游的题壁词，伤情无限，当即作和，不久便悒郁而终。

　　　世情薄，人情恶，雨送黄昏花易落。晓风干，泪痕残，欲笺心事，独语倚栏。难！难！难！　　人成各，今非昨，病魂常似秋千索。角声寒，夜阑珊。怕人寻问，咽泪装欢。瞒！瞒！瞒！

清代诗人舒位游观沈园时，曾就陆唐这场爱情悲剧写过一首七绝："谁遣鸳鸯化杜鹃？伤心姑恶五禽言！重来欲唱《钗头凤》，梦雨潇潇沈氏园。"寥寥四句，卜笔如刀，尤情地鞭挞着以"恶姑"为代表的封建宗法势力，揭露了造成这场人为悲剧的社会原因。

孤枕梦寻

四

纯真的爱，作为人类一种自愿的发自内心的行为，作为自由意志的必然表现，是不能加以强制命令的。外力再大，无法强令人产生情爱；同样，已经产生的情爱，也不会因为外在压力的强大而被迫消失。陆游，这个生当理学昌盛时期的封建知识分子，没有也不可能以足够的觉悟和勇气，去奋力抗击以母亲为代表的封建宗法势力，但在他的内心世界，却始终不停地翻腾着感情的潮水，而且，一有机会就冲破封建礼法的约束，作直接、率真的宣泄。诚如他自己说的，"放翁老去未忘情"，他年复一年地从鉴湖的三山来到城南的沈园，在愁痕恨缕般的柳丝下，在一抹斜阳的返照中，愁肠百结，踽踽独行。旧事填膺，思之凄哽，触景伤情，发而为诗。这种情怀，愈到老年愈是强烈。

陆游五十九岁这年，正隐居于故里山阴。一次夏夜乘舟中，他听到岸边水鸟鸣声哀苦，像是叫着"姑恶，姑恶"，当即联想到他和唐婉的爱情的悲剧结局，随手写下了一首五言古诗，最后四句是："古路傍陂泽，微雨鬼火昏。君听'姑恶'声，无乃遣妇魂？"

九年之后的一个深秋，陆游重游沈园，看到蛛网尘封中当年的题词尚在，而伊人已杳，林园易主，流风消歇，不禁怅然久之。于是写下一首感旧怀人的七律：

> 枫叶初丹槲叶黄，河阳愁鬓怯新霜。
>
> 林亭感旧空回首，泉路凭谁说断肠？
>
> 坏壁醉题尘漠漠，断云幽梦事茫茫。

年来妄念消除尽，回向禅龛一炷香。

　　晋朝的潘岳曾任河阳县令，后人遂以"河阳"来指称他。潘岳写过三首悼念亡妻的诗，在文学史上很有名。陆游的这首诗，寄托了对已故去多年的唐婉的深切怀念，同样属于悼亡性质，因而便以"河阳"自喻。诗翁满怀深情地说，林亭回首，泉路无人，如今幽冥异路，重见难期，只能心香一炷，遥遥默祷了。

　　陆游七十五岁这年春天，再一次来到沈园，目睹非复旧观的园亭景色，感叹好梦难寻，韶光不再，四十载倏忽飞逝，回思既往，益增唏嘘。于是，怀着更加沉痛的心情，为这位无辜被弃、郁郁早逝的妻子，写下了两首七绝："城上斜阳画角哀，沈园非复旧池台。伤心桥下春波绿，曾是惊鸿照影来。""梦断香消四十年，沈园柳老不飞绵。此身行作稽山土，犹吊遗踪一泫然。"

　　光阴易逝，诗人已届八十一岁高龄。而爱侣仳离，劳燕分飞，已经整整过去了一周甲子，连他们的最后一面，也是五十年前的旧事了；但是，唐婉的音容笑貌以及寄托着他们无限深情的沈园，却时萦梦寐。这天夜里，诗翁梦中重游了沈氏园亭，醒后写下两首纪实七绝："路近城南已怕行，沈家园里倍伤情。香穿客袖梅花在，绿蘸寺桥春水生。""城南小陌又逢春，只见梅花不见人。玉骨久成泉下土，墨痕犹锁壁间尘。"

　　对于美好的事物，人们总是无限追恋的。当残酷的现实扯碎了希望之网时，痛苦的回忆便成了最好的慰藉。一年过后，一个暗淡的秋日，他写下了一首忆旧的七绝："城南亭榭锁闲房，孤鹤归飞只自伤。尘渍苔侵数行墨，尔来谁为拂颓墙？"

　　直到八十四岁高龄，他在《春游》诗中还写道：

　　　　　　　　　　　　　　　　孤枕梦寻

沈家园里花如锦，半是当年识放翁。

也信美人终作土，不堪幽梦太匆匆。

在恋人的眼里，唐婉永远是美目流盼的丽人。诗中的"幽梦匆匆"，乃是追叹他们夫妇美满生活的过于短暂；"美人作土"云云，似是哀惋世间一切美好的事物总逃不脱陨灭的厄运。

犹如春蚕作茧，千丈万丈游丝全都环绕着一个主体；犹如峡谷飞泉，千年万年永不停歇地向外喷流。爱情竟有如此巨大的魅力，历数十年不变，着实令人感动。此刻的诗翁已经临近生命的终点，死神随时都在向他叩门；但是，他那深沉、炽烈、情志专一的爱的火焰，却伴随着生命之光，始终都在熠熠地燃烧着。一年过后诗翁也辞别了人世。

"尚余一恨无人会"，"但悲不见九州同"。晚岁的诗翁念念不忘沦陷的中原，念念不忘地下的唐婉。正是这两个情结，为我们留下了一个感情完整、境界高远的诗翁形象。

（1997 年）

一夜芳邻

一

　　说来也是一桩人生幸事，我竟然有机会在一个半世纪之后与蜚声世界文坛的勃朗特三姊妹作了短暂的邻居。

　　来到哈沃斯已是暮色微茫了。远处的山影茫然，淡成似有若无的一袭青烟。广袤的荒原上一簇簇、一片片的石楠花开得正闹，视野所及，仿佛遍地覆盖着一层红紫斑驳的地毯。一条坡度较大的石头道把行人引向村街，两旁排列着积木般的住舍、酒馆、花店和杂货铺。衬着渐隐渐暗的霞晖，高耸的教堂钟楼微现出一层亮色，而对面的勃朗特纪念馆却显得十分暗淡了，好在里面已经多年如一日地按时亮起了灯光，使整座建筑凸显出大致的轮廓。夜幕徐徐地把小村落笼罩起来，枝头鸟雀的啁啾替换为草间鸣虫的合唱，像定音鼓似的每隔一刻钟教堂上空就要响起一次钟声。

　　纪念馆为砂石构筑的乔治亚式二层小楼，原是勃朗特一家的住宅。听说，当日夏洛蒂、艾米莉、安妮三姊妹就住在左边的楼上，右边是她们的父亲的书房，在这家里已待了三十年的龙钟女仆住在楼下。现在，当然已经是人去楼空了。

　　这座阅尽勃朗特一家兴衰、嬗变，经历过三个世纪风霜浸染的老屋，于今像是一座苔藓斑驳的古碑，一轴纸色已经泛黄了的画卷，载录了19世纪上半叶三位才女留在英国文学史以至世界文坛上的深深印迹。

实在难以想象，这样几间看不出什么特色的普通石屋，从中竟升起了卓绝千古的文学之星，竟孕育出那些恢宏、壮美的传世杰作！凡是读过《简·爱》《呼啸山庄》和《阿格尼丝·格雷》的人，有谁不为三姊妹天马行空般的瑰奇诡异的想象力，为她们书中捍卫独立人格、表达强烈爱憎的蕴涵，美得苍凉、充满着诗情画意的文笔而倾倒呢！

纪念馆与教堂中间有一片空地，很久以前就成了村里的墓葬区，但三姊妹并未葬身其间。小妹妹死在几十英里外的一个市镇，骸骨没有运回；两个姐姐病逝之后即被安葬在这座教堂里，故乡父老毫无保留地接受了自己的诗魂。对于他们来说，教堂的意义与价值也许已经超越了一般宗教的内涵。由于这里成了两位天才女作家的终古长眠之地，乡亲们为之而骄傲，感到无比的自豪。

许多作家、艺术家生前颠沛流离，死后埋骨他乡，甚至葬身异域，勃朗特姊妹算是其中的例外，故居和葬地紧相毗连。这对于过早地失去三个女儿的老父亲，固然是一种心灵的慰藉；然而，生于斯，卒于斯，歌哭于斯，存亡异路，人天永隔，又不能不引发旷日持久的刺骨椎心般的伤痛。当然，在西方人的观念里，存殁的界限似乎不像东方那样极度的分明。因此，也就没有那种临尸悚惧、与鬼为邻的感觉。

尤其是，当一个个被神话包装成辉煌圣殿的天体在天文望远镜下和宇宙飞船面前露出粗粝的砂荒本相，数千年来人们心目中的天国幻梦终归化为泡影的时候，倒反而觉得眼前这一方墓穴、几抔艳骨是更为实在、更可接近、更感亲切的。

我投宿的小客栈与教堂隔着一条小道，特辟的西窗斜对着三姊妹的故居，抬起头来便能望见里面的灯光。这个店主真是绝顶聪明，起码是一位文学爱好者，他懂得把视线引出石墙之外，投向那不平凡的小楼，对于专程前来的孺慕者未始不是一种欣慰。整日的旅途劳顿，我颇感两腿酸痛，眼睛也有些昏涩了，原以为只要脑袋贴上枕头就会呼呼睡去。谁知，躺下之后经过一番静息，困意反而消遁了，辗转反侧，优哉游哉，无论如何也摆脱不了对面那座小楼——那楼上不灭的光焰的诱惑。

不知什么原因，在这里住下，居然有一种岁月纷纷敛缩，转眼已成古人，自己被夹在史册的某一页而成了书中角色的奇异感觉。睡眼迷离中，我仿佛觉得来到一座庄园，一问竟是桑菲尔德府，……忽然又往前走，进了一个什么山庄，随着一阵"嘚、嘚"的马蹄声，视线被引向一处峭崖，像是有两个人站在那里……翻过两遍身，幡然从梦境中淡出，我再也躺不下去了，看了看表，还差十分钟，后半夜三点。

于是，起身步出户外，循着石径直奔纪念馆的灯光走去。夜风卷起了散落在阶前的黄叶，天空云幕低沉，不见一丝星月的毫光。视域里暗夜茫茫，即使没有墙垣遮蔽，左侧墓地上的碑碣也无法看清，只有几株高大的枫香、梧桐晃动着黑黝黝的树冠，发出阵阵林涛的喧响。两只寒鸦惊起后聒噪了几声，很快又在枝间落定，一切复归于静穆。

故居与教堂墓地之间的石径不过五六十米，一如勃朗特姊妹短暂的生命历程，而其内涵却是深邃而丰富的。其间不仅刻印着她们的淡淡屐痕，而且，也会浸渍着情思的泪血，留存下她们心灵的轨迹。

一遍又一遍，我往复漫步，觉得好像步入了十九世纪的三四十年代，渐渐地走进她们的绵邈无际的心灵境域，透过有限时空读解出它的无尽沧桑；仿佛和她们一道体验着至善至美而又饱蕴酸辛的艺术人生与审美人生，感受着灵海的翻澜、生命的律动。相互间产生了心灵的感应，一句话也没有说，却又像是什么都谈过了。

夜色无今古，大自然是超时间的。具体的空间一经锁定，时间的步伐似乎也随之静止，我完全忽略了定时响振的教堂钟声。脑子里不停地翻腾着三姊妹的般般往事，闪现出她们著作里的一些动人情节。在凄清的夜色里，如果凯瑟琳的幽灵确是返回了呼啸山庄，古代中国诗人哀吟的"魂来枫林青，魄返关塞黑"果真化为现实，那么，这寂寂山村也不至于独由这几支昏黄的灯盏来撑持暗夜的荒凉了。

噢，透过临风摇曳的劲树柔枝，朦胧中仿佛看到窗上映出了几重身影，——或许三姊妹正握着纤细的羽毛笔在伏案疾书哩；甚至还产生了幻听，似乎一声声轻微的咳嗽从楼上断续传来。霎时，心头漾起一脉矜怜之情和深深的敬意。

二

天阴得更沉了，漫空飘洒起蒙蒙的雨雾，茫茫视域里一片潮天湿地。我简单地用过早餐，便急匆匆地一头钻进了想望已久的勃朗特纪念馆。这里资料比较丰富，实物也不少，几个展柜中都珍藏着手迹、书稿，衣橱里存放着夏洛蒂穿戴过的衣服、鞋、帽，厅堂里摆着艾米莉弥留之际躺过的沙发，还有安妮最珍爱的摇椅，各个居室的布置也都保持原貌。

当然，作为历史的再现，它所撄攫人心，令人徘徊瞻顾、穷究深索的，还不是主人一般的视听言动的遗迹，而是那种形而上的超

110

越时空界隔、具有普遍意义的创造精神，是获得永恒价值的鲜活灵动的艺术氛围，是三位文学精灵的超常的智慧和恒久的魅力。

就艺术而言，作品对于作家及其创作背景具有相对的独立性，但它毕竟是某种现实的反映或心灵的再现。即使是一个普通的有机体，也还要考虑它的遗传基因和环境条件，何况一部作品乃是作家心血的结晶、灵魂的副本，是一个激情过于饱满的心灵的不可抑制的外溢。这样说来，人们自然会提出一个问题：三姊妹固然属于天纵奇才，但她们的成功是否也有现实的踪迹可寻呢？

从画像上看到，夏洛蒂一头短发，一双大而奇特的眼睛止水般的凝静，身材瘦小，举止稳重；艾米莉个头略高，一副神经质的模样，不胜羞怯似的，显得落落寡合；她们的妹妹安妮长着一双略带紫罗兰色的蓝眼睛，面孔富于表情，意态有些矜持。三姊妹的体质都十分孱弱，患着同样的结核病。死神一直在这个家庭里猖獗肆虐，七年间三姊妹先后弃世，分别得年三十九岁、三十岁和二十九岁。

勃朗特一家基本上处于与世隔绝状态，一向清贫寒素，三姊妹童年是在寂寞与凄苦中度过的，但精神世界并不空虚。父亲是一位牧师，性格有些乖戾，却酷爱文学，出版过诗集，早岁周游各地，带回许多文学名著；母亲也是天资颖慧的，只是年纪很轻就去世了。三姊妹上过几年学校，由于赋性孤僻，与其他女孩子很少交往，更多时间是在家里自学，由父亲给她们讲课，或者跟随阅历丰富的女仆在荒原上闲步，听讲一些带有原始意味、充满离奇色彩的逸闻轶事。

从而她们相信，早先仙女们经常在月色溶溶的夜晚来到溪边沐浴，后来山谷间种下了钢筋铁骨，长出一幢幢四四方方的厂房，仙女就再也不来了。她们从老女仆那里了解到社会上各色人等的生活方式和百式百样的人生厄运与家庭悲剧。

三姊妹的创作活动，早在十二三岁时就开始了。她们编撰了许多想象奇特、内容荒诞、语言夸肆的传奇、戏剧与诗歌，把它们刻印在自己编辑出版的"杂志"上。展柜中陈列的大量火柴盒、纸烟盒般大小，字迹像米粒似的纸片，便是夏洛蒂及两个妹妹当时的手稿。对于现实生活中所缺少的，孩子们大都喜欢通过想象编织一些美丽的幻梦来加以补偿；而孤独、寂静的环境又有利于孩子们养成沉思、幻想的习惯。她们把听来的外界的离奇诡异的传说，偶然接触到的各种社会现象，经过剪裁梳理、虚构夸饰，编织成有趣的文学"梦幻之网"。

长大之后，绝大多数时间，她们也还是离群索居。除了闷在房间埋头创作与绘画，就是在荒原上长时间地散步；走累了，便坐在山坡上石楠花丛，双手托腮，眼睛定定地盯着下面的村落，仿佛要把隐匿其间的一切神奇诡秘窥察个水落石出；或者仰首苍空，望着变幻多端的云朵，扑扇着幻想的羽翼，展开丝丝缕缕、片片层层的遐思。这时，她们就觉得心胸、眼界也像苍空、碧海一般的辽阔。

看来，三姊妹都属于马赛尔·普鲁斯特所说的"用智慧和情感来代替他们所缺少的材料"的作家。她们常常逸出现实空间，凭借其丰富的想象力和超常的悟性遨游在梦幻的天地里。

她们的创作激情显然并非全部源于人们的可视境域，许多都出自有待后人深入发掘的最深层、最隐蔽，也是含蕴最丰富的内心世界。可以说，这大大的荒原和小小的石屋只是托起她们那波诡云谲、万象纷呈的内宇宙的一个支点，不过是在奇光幻影的折射下所展现的环境的真实。

在一个个寂寞的白天和不眠之夜里，她们挨着病痛，伴着孤独，咀嚼着回忆与憧憬的凄清、隽永。她们傲骨嶙峋地冷对着权势，极端憎恶上流社会的虚伪与残暴；而内心里却炽燃着盈盈爱意与似水柔情，深深地同情着一切不幸的人。她们一无例外地抱着理想主义的浪漫情怀，渴望得到爱神的光顾，切盼能像同时代的女诗人伊丽莎白·勃朗宁那样拥有一个情投意合的理想伴侣。

可是，她们却又高自标格，绝不俯就，要求"爱自己的丈夫能够达到崇拜的地步，以致甘愿为他去死，否则宁可终身不嫁"。这样，现实中的"夏娃"也就难于找到孪生兄妹般的"亚当"，而盛开在她们笔下的、经过她们浓重渲染的爱情之花始终不能在实际生活中展现，只能绽放于各自的蒸腾炽热却又虚幻渺茫的想象之中。这确实是最具悲剧意味、令人无限伤情的事，千载以还，谁人能不为之倾洒一掬同情之泪！

她们只是艺术家而不是思想家，作品中除去一些鲜活的形象和耐人寻味的意蕴，看不出什么微言大义，也谈不上号角和火把。里面也蒸腾着血的气流，飞扬着爱的旗帜，但总体来说，她们对于社会、人生、爱情、事业所持的往往是悲观的态度。

在当时特定的历史条件下，恰恰由于借助这种悲观的哲学视角，使清醒的头脑、冷峻的思维获得了独特的第二视力，——从局部、暂时的平静想到整个社会的动荡不宁、鸡鸣风雨；透过花团锦簇的表面繁华看到人生背后的惨淡、悲凉；在看似正常的现象中察觉出荒诞的本质。

艾略特等西方现代诗人曾经从象征意义上写到了荒原，用以昭示资本主义繁荣景象后面人性的荒漠化。而勃朗特姊妹笔下的荒原则基本上是写实，却也同样是深邃的意象。

其实，艺术的力量说到底是生命的力量。任何一部成功之作，都必然是一种灵魂的再现、生命的转换。勃朗特三姊妹就是把至深至博的爱意贯注于她们至柔的心灵、至弱的躯体之中，然后一一熔铸到作品中去。这种情感、意念乃至血液与灵魂的移植，是春蚕般的全身心的献祭，蜡炬似的彻底的燃烧。

作品完成了，作者的生命形态、生命本质便留存其间，成为一种可以感知、能够抚摸到的活体。而当读者打开她们的作品时，便像是面对面地与之交谈，时时感受到她们的生命气息，在分享着生命愉悦的同时，也充分体验到一种强烈的生命冲击。所以说，读她们的作品需要用整个心灵，而不能只靠一双眼睛。

三

追求生命的永恒，原是人类最带本能色彩，也最具本质意义的一种向往。可是，勃朗特三姊妹的一生却是十分短暂的。这对于作家来说，无论从生活阅历、生命感悟、经验积累、时间延续哪方面看，都是一种难以超越的限制、无法补偿的损失。但这只是一个方面，还有比生命长度更为重要的因素，那就是生命质量和生命价值。

就此而言，英年早逝的勃朗特三姊妹和许多遐龄高寿的文学大家相比却是毫无逊色的。高度浓缩的一生使她们迅速开花、成熟、结实，一二十年间便展现出绝世的才情，留下了惊人的创获。如同三颗联袂横空的陨星，在穿越大气层的剧烈摩擦中，刹那间放射出夺目的光焰，自尔神采高骞，无愧于星月辉煌、云霞灿烂。

与她们同时代的英国著名诗人马修·阿诺德写过一首题为《哈

沃斯墓园》的诗，在深情悼惜勃朗特姊妹超人的智慧、非凡的热情、强烈的情感之余，称许她们为拜伦之后无与伦比的天才。作为一个文学群落，"三姊妹现象"在世界文学史上是仅见的。难怪有人说，她们的出现是近代的一则神话。直到今天，西方还有人称她们为"文学的斯芬克斯"，一个难解的谜团。

有一类作家是专门向着人类心曲说话的，他们往往以任何时代都能理解、都可以交流的旷世知音为倾诉对象。这种远离群众活动方式的选择，决定了他们一生都将在寂寥、孤独中度过。如果能够幸逢知己，即使生非并世，时隔百代千秋，也足以慰藉其傲骨、孤魂于重泉厚壤。

中国汉代文学家司马迁读了屈原的《离骚》，不禁热血偾张，深心向慕，"悲其志，想见其为人"；唐代诗人杜甫暮年出蜀，过宋玉故宅，睹其遗迹，感其生平，一时悲从中来，发出"怅望千秋一洒泪，萧条异代不同时"的苍凉浩叹。过去，我同许多文学朋友一样，每当展读《简·爱》和《呼啸山庄》等文学名著，或者观看据此改编的影视作品，都为其恒久的魅力、高蹈的灵思而深情仰慕，由衷向往。今日天缘得便，有幸止宿于勃朗特姊妹的故宅与墓地之旁，更是生发出一种幽冥异路、觌面无缘的悲慨。我们何止是"异代不同时"啊，而且还远隔重洋，迢遥十万八千里！但我深信，作为文人，彼此的心路都是汩汩相通的。

按照钱锺书先生的说法，文学"邻近着饥寒，附带着疾病"，操此业者皆为"至傻至笨的人"。引为自豪的是，我们这些"至傻至笨的人"从事这种最艰辛的"创造意义"的劳作，竟然都是自觉的选择，全身心地投入。我从二姊妹对文学的宗教式虔诚和"之死靡它"的献身精神中体验到一种情志的互通和心灵的感应。

天色转晴，和煦的秋阳钻出了云层，枫香筛下来片片光影，教堂的七彩玻璃上映射着耀眼的光芒。"叮叮当当"，一阵钟声响起，不知不觉中已经到了上午十一点，时间过得真快呀！还有几十分钟就要登上返程的班车，告别芳邻，同三姊妹说声"再见"了。为了永不忘却的纪念，我请人拍摄了两张同故居的合影。回过头去，又凝神瞩望了好一会儿，想让这座不寻常的建筑牢牢嵌入我的记忆之窗。

还有一桩要事，就是参谒夏洛蒂和艾米莉的墓地。走进教堂，我屏息敛气，放轻了脚步，穿过一排高大的拱柱，在玫瑰窗下的高台上看到那块刻录着勃朗特一家人辞世年月的特制石板，而左侧地面上就平放着标示两姊妹埋骨位置的铜质墓碑。我把事先准备好的一束鲜活俏丽的石楠花虔诚地放在上面，权当作心香一炷。金光璀璨的碑铭与紫里透红、生意盎然的鲜花相映生辉，令我悲欣交集。

一百五十三年前，在艾米莉生命的最后时刻，姐姐夏洛蒂想到应该给她献上一束平日她最喜爱的石楠花，——尽管寒冬时节花容惨淡，枝叶枯萎，但她还是撷采盈掬。遗憾的是，此时的艾米莉已经神情木然，什么也认不出来了。

对着墓碑和鲜花，我低声吟诵着《呼啸山庄》结尾的一段话："我在那温和的天空下面，在这三块墓碑前流连！望着飞蛾在石楠丛和蓝铃花中扑飞，听着柔风在草间吹动，我纳闷：有谁能想象得出，在那平静的土地下面的长眠者，竟会有并不平静的睡眠。"

班车驰下了石头道，走出了荒原，离开哈沃斯越来越远了。这是我的英伦之旅的最后一站。其间访问过不少名城胜迹，参观过一些王宫、城堡、塔楼、教堂，有的堂皇富丽，有的壮伟巍峨，有的古趣盎然。但都止于一般的观赏，"游于目而未入于心"，时日既久，便会如过眼云烟，无复忆念。

而在荒疏、僻陋的哈沃斯村，在勃朗特姊妹的故居和墓地，却经受到一番心灵的撞击、情志的交感，觉得那里跃动着不灭的诗魂，鲜活人物呼之欲出，因而牵肠挂肚，意驻神萦，留下了绵绵无尽的遐思。——看来，这一夜芳邻怕是永生永世也难以忘怀了。

（2002 年）

解　脱

一

亚斯纳亚·波利亚纳是俄罗斯伟大文学家、思想家列夫·托尔斯泰出生的摇篮，也是他回归的墓地。在这里，生命的终点和起点连接在一起，画了一个完整的圈儿。

映衬着一株株高大粗壮的橡树、枞树与菩提树，这个凸出地面的土丘就显得更微小了。它长约两米、宽不足一米、高不过几十厘米，外围一圈低矮的木栅栏，就连几岁大的儿童都可以跨过去。上面如果不是覆盖着绿草、鲜花，人们根本就不会注意到它的存在。

可是，就是这个小土丘，却被奥地利著名作家茨威格誉为世间最美的、给人印象最深刻的所在。他说："我在俄国所见到的景物，再没有比托尔斯泰墓更宏伟、更感人的了。"

还有一位名家是这样说的：列夫·托尔斯泰以其丰厚的著作登上了俄罗斯文学的顶峰，而他的墓地，则以其简陋、渺小而攀上世界所有的名墓之巅。

人们也许会问：像托尔斯泰这样的文艺复兴以来唯一能挑战荷马、但丁与莎士比亚的伟大作家，他的坟墓怎么会这样渺小、这么简陋呢？真是太不公平、太不合理了！莫非是沙皇政府衔恨报复的愚蠢举动造成的？也许是由于家乡和后辈缺乏足够的重视，或者财源匮竭，以致名人的身后凄凉？其实，都不是。恰恰是托翁自己的郑重选择。辞世之前，他特意留下了遗嘱："要像埋葬叫花子那样，用最便宜的棺木将我下葬，垒一个小小的坟头。"

具体地点也是他亲自选定的。童年时，他经常跟随哥哥们到这林地里游玩。大哥尼古拉告诉他，这里埋着一根"绿杖"，上面写着各种各样的秘密；谁若能够找到它，就可以知道全人类怎样才能得到幸福。当时他才五岁，但被这个故事深深地打动了。以后，乃至整个一生，他都在探求着这个古老而又常新的秘密，最后就终古长眠在埋着"绿杖"的地方。

一生都在探求如何使人类得到幸福，成就了这位精神巨人的伟大；而他却又是再平凡不过的，"不论是作为孩童、少年、成人甚至老人，托尔斯泰永远仅仅是众人中的一员而已"（茨威格语）；"而他之于我们，亦非一个骄傲的大师，如那些坐在他们的艺术与智慧的宝座上，威临着人类的高傲的天才一般。他是——如他在信中自称的，那个在一切名称中最美、最甜蜜的一个——'我们的弟兄'"（罗曼·罗兰语）。

伟大与平凡，在这位世界文坛的一代宗师身上，也在这个小丘上，实现了完美的统一。

托翁出身名门望族，法国著名作家罗曼·罗兰以"丰富的遗产，双重的世家，高贵的世裔"加以概括。光是文学家、艺术家、政治家，从这个家族中就走出了四十位，他们在《俄罗斯名人传记辞典》中足足占了九十五页。托翁的先祖是彼得大帝的密友和重臣；祖父官至喀山省省长；父亲是抗击拿破仑的卫国战争中的英雄；母亲出身于世袭公爵之家，她的父亲是叶卡捷琳娜时代的步兵上将，曾祖母与普希金的祖母是亲姐妹。

他本人是伯爵，属于贵族特权阶层。作为既得利益者，作为地主庄园的"一家之主"，他原本可以在这华丽、优雅、宁静的天地里，享受雍容华贵、安富尊荣的贵族生活，然后再将那些财富、荣誉和特权传递给下一代；可是，他没有。

作为世界级文化名人，以《战争与和平》《安娜·卡列尼娜》《复活》等一座座横空出世的巅峰而高踞"艺术之神"的宝座，他完全可以像其他无数成功人士那样，心安理得地承受着世人的顶礼膜拜，陶醉在种种荣耀和鲜花、掌声之中；他也没有。

当年，俄国《现代人》杂志的一位编辑说："在我国有两个皇帝：尼古拉二世和列夫·托尔斯泰。他们俩谁更强大呢？尼古拉二世拿托尔斯泰没办法，不敢动摇他的宝座；而托尔斯泰却毫无疑义地在动摇着尼古拉二世的宝座和他的皇朝……谁碰碰托尔斯泰试试看，全世界都会喊起来。"

作为顶级强势人物，尼古拉二世习惯于凌驾在臣僚、仆役、平民之上，逞豪雄，耍权威，作威作福，颐指气使，像《聊斋志异》中所描绘的："出则舆马，入则高坐，堂上一呼，阶下百诺，见者侧目视，侧足立"；而被奉为"精神领袖""社会良心"的思想巨人托尔斯泰，却经常以自己未能像普通农民那样吃苦受累、饥寒冻馁，而心怀愧怍，寤寐难安。他坚持自己的人生真谛与理想追求，拳拳服膺并身体力行人道主义思想，无论是形成文字，还是视听言动，喜怒悲欢，都坚守底层平民的立场，勇于为无权无势的劳苦大众说话，无情地谴责与鞭挞沙皇农奴制度，在探索人的内在本质、追求道德自我完善的同时，也把人类精神境界提升到一个新的层次。

二

从青年时代开始，托尔斯泰就尝试着走社会改革和精神探险之路。他先在自家的庄园试行改革，设计了一套改造计划。他遍访庄园附近多个村庄，从中挑选出最穷苦的农户，前往送茅草、修房屋。那时他刚刚二十岁。十年过后，他又在庄园内外为农民子弟创办了二十多所学校，致力于普及平民教育。村里有一户寡妇，缺少帮手，他就过去为她修炉灶、运柴草、干各种农活；那年村里发生火灾，他率先投入火场，抢救农民财产；平时经常为穷苦农民播种、收割庄稼。俄罗斯著名画家列宾有一幅名画《托尔斯泰在耕田》，真实地再现了这位伟大人物的体力劳动场面。

罗曼·罗兰说："托尔斯泰在一切作家中是最少文学家气质的人。"他长着一副典型的乡下人面孔。宽阔的前额上横刻着两条弯曲的皱痕，眉毛雪白而浓厚；皮肤饱经风吹日晒，粗糙不堪，与农夫的并无二致。什么样的衣着都合他的意，什么样的鞋帽他都可以穿戴。如果他与一个白胡子的佣人并肩坐在马车上，若是不细心观察，你很难分辨出哪一个是伯爵，哪一个是车夫。

托翁长女在回忆录中写道：一次，她在图拉排戏，看门人说，外面有一个老农夫非得要进来看，大概是喝醉了。她马上猜着了来者是谁，赶忙出外去接。父亲笑着告诉她：因为衣服不讲究，人家没瞧得起他。莫斯科与亚斯纳亚·波利亚纳相距二百公里，托翁常常徒步往返。肩上搭个口袋，杂在沿途流浪的人群里。在五天的行程中，有时遇到火车站，他就在三等车厢候车室歇歇脚，喝点水。这天歇过了，他信步走到月台上，正好一辆客车停在那里，眼看就要开车了，忽然听到有人招呼他："老头儿，老头儿！"原来是一位太太探身车窗外喊他："快去女洗漱间把我的手提包拿来，我忘在那儿了。"托翁急忙赶到那里，幸好手提包还在。"多谢你了，拿着，这是给你的跑腿钱。"托翁从太太手中接过五个戈比，泰然自若地装进了口袋。同行的一个旅伴问那太太："你知道你把五个戈比给了谁吗？"当得知是大名鼎鼎的托尔斯泰时，女人说："天哪，我这是怎么弄的！"而托翁却平静地目送着远去的列车，坦然微笑着。

他把名利、财富、世间的一切诱惑，都看成是沉重的十字架。面对为饥饿、贫穷、愚昧和奴役折磨得精疲力尽的农民，他发扬"人饥己饥，人溺己溺"的博爱精神，把民众的苦难当作自身的苦难；他为自己享有的物质特权"心如火焚，几成灰烬"。在严寒的冬天，他看见一个讨饭的村妇，衣衫褴褛，骨瘦如柴，瑟缩在凛冽的风雪中，想到自己住大房子，有皮袄穿，有鸡蛋吃，生活过得太舒适、太奢侈了，感到深深的痛楚和羞愧。夏天闹饥荒，他痛苦地写道："我们的餐桌上，有红红的小萝卜，黄黄的奶油，烤得嫩嫩的面包，摆在干干净净的桌布上；园子里有花草树木，我们的年轻女士们穿着薄纱衣裳，因为天气热自己却凉爽舒适而欣慰。可是，那边农田里长满了藜草，土地龟裂，农夫农妇的脚上长着厚厚的趼子，脚后跟在裂口、脱皮，牲口的蹄子在开裂……"写着写着，他伏案痛哭起来。

在他看来，这个世界是无比荒唐的：一面是花天酒地、骄奢淫逸，海量的钱财耗费在无聊的演出、庆典、宴会上，一面是无数贫民饥寒冻馁、饿殍满地。他把这种颠倒反常的现象称为人类的"疯狂状态"。他给家中唯一比较理解他的小女儿写信，说："一种需要在我心里非常非常强烈地增长着，即要求说出我们生活的全部狂妄和全部卑鄙：在忍饥受饿、半裸着身体、满身虱子、住在没有烟囱的农舍里的人们当中，我们都过着愚蠢的奢侈生活。"于是，他有意识地改变自己的生活方式，谢绝亲友间的一切应酬，不再出席贵族圈的社交晚会，他走进田野，同农民一样，头戴草帽，脚穿桦皮鞋，随便找条带子扎在腰间，挥锄劳作。他辞退了家中的仆人和厨师，每天天还没亮就起床，自己收拾屋子，生炉子，然后去井边汲水，装满木桶运回家里；把长长的木头锯成小段，再用斧头劈开，堆成方阵；坚持自己耕地、种菜、缝制皮鞋。在他看来，这样做即使不能获得心理学上讲的"受难快乐"，起码可以减轻自己的内心痛苦与心理负担。

"我们优越的生活条件剥夺了我们理解生活的可能性。为了理解生活，我们应该去理解不属于例外的、不属于我们这些寄生虫的生活，应该去理解普通劳动人民的生活——那些创造生活并赋予生活以意义的人们的生活。"在托尔斯泰之前，没有一个贵族知识分子能够承认这一点。

但是，认识到生活的"不义"之后，能否抗拒按部就班的日常生活本身呢？如果已经认识到生活的罪恶，依然心安理得地接纳它、享受它，那么，就比没有认识到罪恶而生活在罪恶中的人还要可耻。托尔斯泰觉得，他正面临着这种可耻和伪善的境地。

同底层民众接触得越多，对于他们的苦难，他便越是关心，日夜探索着消除苦难的途径。过去围绕着他的大多是学生、作家、学者，现在到庄园来访的都是各类劳苦农民，有的请他帮忙解决吃住难题、寻找做工出路，有的托他打通关节赦免罪犯，有的向他反映本村不合理问题，他家里成了救济所、避难窝、难民营。参加社会人口调查，使他有机会真切地看到大都市贫民悲惨的现状。他嚎啕痛哭着，说："人们不能这样地过活啊！这决不能存在！"对此，罗曼·罗兰写道："要不看见这种惨状是不可能的。看到之后而不设法以任何代价去消除它亦是不可能的——可是，啊！消除它是可能的么？"作家在这里揭示出托翁痛苦存在的根源。

通过频繁、深入地接触普通民众，目睹俄罗斯民族的苦难，为千百万农民的悲惨命运而痛苦、忧虑，加速了他在"真理之路"上的求索进程，净化了灵魂，为世界观的转变奠定了基础；体现在文学创作中，这时期他托出了《安娜·卡列尼娜》《忏悔录》《复活》等传世名著，在控诉腐朽的社会制度和"生活中的寄生虫"的罪恶的同时，也揭示了作家自身的彷徨、困惑以及对宗教的皈依。

而这一切，不仅引发了贵族农奴主的嫉恨，招致沙皇政府的监视，也使他与家庭特别是夫人索菲娅之间产生尖锐的矛盾，造成心理隔阂，筑起了一道冷漠的高墙。

三

诚如伟大作家高尔基所说，列夫·托尔斯泰是"19世纪所有伟大人物中最复杂的人"，他的内心深处升腾着错综而深刻的矛盾，甚至形成了无解的悖论。

托翁和革命者一样，是地主资产阶级不共戴天的敌人，他曾直接点名痛斥历代沙皇，在他们头上分别冠以"残忍的""愚昧的""丑恶的""粗暴而昏昧的"定语，这在那些把沙皇看作"亲爱的父亲""慈悲的天主"的臣仆眼中，简直是大逆不道、无法无天；可是，同时他又是革命斗争道路的死硬的反对派。他的性格中存在着分裂的"两重性"：一方面，同情农民，憎恨农奴制；另一方面，却又极力反对以革命方式消灭这一制度。

他是沙俄帝国秩序的勇敢的揭露者，对"吃人"的农奴制度和整个社会中不合理的现象恨入骨髓；可是，却奉行"勿以恶抗恶"的哲学，主张通过道德的自我完善来改造现实社会。在他看来，以恶抗恶只能互相伤害，使恶步步升级："手段的卑劣不可能导致目的的崇高"，"在血泊之上，营建不起来一个纯洁的天国"。他有一个颇具代表性的观点："真正的进步是很缓慢的，因为这取决于人们世界观的转变，这是几代人才能完成的事业。现在的一代人，首先是由老爷们——你跟他们在这儿吃饭都觉得于心有愧——和仇视这些老爷并想用暴力消灭他们的革命者组成的。必须等这一代人死去，由新的一代来代替他们。"在《告政治家书》中，他形象地叙说："这将是完满之至了，如果人们能够在一霎间设法长成一个森林。不幸，这是不可能的，应当要等待种子发芽、长成、生出绿叶，最后才由树干长成一棵树。"

那么，现实所应该做的，就是走"道德复活"之路，使私有者自愿放弃权利与特权。"总有一天，人类会终止争斗、厮杀和死刑。他们将彼此相爱，这个时代不可阻挡地必将到来，因为在所有人的灵魂中所植入的不是憎恨，而是互爱，让我们尽其所能，以使这个时代尽快到来。"为此，他让《复活》中男女主人公通过"忏悔"和"宽恕"走向"复活"。可是，实际情况却是，即使在俄国这样具有浓厚的宗教传统的国家，托翁所倡导的自我更新、自我拷问、自我鞭挞、自我完善的理想，也并不为大众所接受。

基督的博爱、孔子的仁义、老子的无为、叔本华对生命目的和意义的叩问——东西方的宗教和哲人的思考，最后都被托翁融汇在

"勿以暴力抗恶"的学说之中，有人径称之为"托尔斯泰主义"。在托翁的观念里，社会改造问题成了一个纯粹的伦理道德课题。这样，囿于天真、梦幻的信念，只能怀着对"大规模的暴风雨"的恐惧，天天肩负着自制的十字架，对自己轮番展开无休止的剧烈斗争。

在托翁的世界观中，真正的民主主义思想和幼稚的乌托邦幻想合而为一。他在宗教信仰上反对暴力，奉行"勿以恶抗恶"的哲学思想；可是，回到现实生活中却支持农民行动起来反抗农奴主的压迫。当他看见村中穷苦农民为牛羊锅釜被抢走而哀哀啼哭的时候，他愤然面对那些冷酷无情的衙吏，呼喊起"复仇"的口号。

他的主张、言论与实际行动，或者说信仰与生活，存在着尖锐的矛盾；可是，他却从来没有逃避现实，一天也没有同罪恶妥协过。当他听到葡萄牙民主革命胜利的消息时，他欢欣鼓舞，宣称"革命是不可避免的"。特别是他的作品所蕴涵的旨在推翻专制、腐朽的社会制度的爆炸性力量，更使这种叛逆精神、正义立场彰显无遗。

同样的矛盾也反映在宗教与艺术方面。罗曼·罗兰指出，在托尔斯泰身上，艺术家的真理与信仰者的真理未能完满地调和；二者的统一只存在于他的艺术与生命的悲剧之中。他强调艺术的宗教指向，认为"艺术应当铲除强暴，它的使命是要使天国，即爱，来统治一切"；他为自己的有些作品无补于"天国的统治"而感到愧憾。但在他的生命途程中，艺术之路与信仰之路是并行而分割的，前者顺畅发达，后者崎岖险阻。当看到他醉心于宗教信仰和道德自我完善的投入，欧洲的艺术家包括重病在身的屠格涅夫都吁请他"重新回到文学方面去"。事实上，即使是晚年的托翁，也并没有真正地委弃艺术——自己赖以存在的理由。这样，就在他的心灵深处，宗教与艺术胶葛重重，燃烧着痛苦的火焰。

作为"俄国革命的镜子"（列宁语），托翁这种矛盾的人生，折射出俄国革命之复杂性；这种矛盾正是俄国社会错综复杂的矛盾的反映，是一个富有正义感的贵族知识分子在寻求新生活中，清醒与软弱、奋斗与彷徨、呼喊与苦闷的生动写照。

人性与神性的纠缠，生活和理想的龃龉，使他陷入出走、决裂、解脱与留恋家庭、关怀妻子中间依违两难的困境。他一直在家庭之爱与上帝之爱中间徘徊。他对妻子的既怜爱又反感的矛盾心情，笼罩着整个后半生。他们夫妇各自坚守着高过于自己生命的东西——托翁维护他的至高无上的精神、信仰，守护着他的灵魂的圣洁；而作为家庭主妇，夫人索菲娅考虑的则是一家人的生计，孩子们的现时健康与日后前程。

这些错综复杂、难剪难理的矛盾，积聚在心头，如同利刃切割、烈焰炙烤，把托翁折磨得烦躁不堪，连片刻清净都难以得到。而庄园与家庭——这从前的避风港、安乐窝、温馨的爱巢，更成了他心灵的牢狱，恨不得立刻就远远离开。

四

不堪痛苦的折磨，在生命的最后三十年，托翁一直在探求着解脱之路。他认识到，只有离家出走，才能摆脱上流社会穷奢极侈的生活方式，才能同这个"被疯狂包围"的"老爷们的王国"彻底决裂。他说："这个家每时每刻都逼得我痛苦不堪，使我哪怕连一年合乎人性、合乎情理的生活都不能过。"他的理想去处，是偏僻

127

的农村茅舍，生活在劳动人民中间。而这一切，都是家人、亲属所无法理解的。为此，他在家里，精神上处于极端孤立状态，而且愈演愈烈。

辞世四年前，他曾写过一部《费奥多尔·库兹米奇老人的日记》。其中演绎了俄皇亚历山大一世有名的传说，写他决心舍弃一切，托着假名出走，终老于辽远的西伯利亚。托翁之所以对此题材极感兴趣，是因为其中体现了他的心灵寄托与价值取向。

实际上，他早就想离家出走了，二十多年来，先后逃离过三次：

1884年6月，在夫妻发生一次严重的争吵之后，他狠了狠心，决定脱开这个家庭。但走到半路，当他想到惊慌失措的妻子可能会自杀，而她又即将临产……出走的意念渐渐瘫软了。他宁肯悲叹着在一个仅仅是表面上共同生活的压抑屋顶下苦挨，也不愿与儿女决裂，令妻子轻生，做一个铁石心肠的圣徒。这样，这次出走便以人性战胜神性而落下帷幕。不久，他的最小女儿萨莎出生了，后来成了他的思想行为的坚定支持者。但他并没有因此而获得欣慰，仍在日记中写道："我难过极了……真不该回来。"此后，离家的念头一直在纠缠着他，折磨着他，苦恼着他。一想到他的信徒、学生身陷囹圄，或在流放中颠沛流离，而他却安然无恙，他就痛苦不堪，甚至期望被流放、"喂臭虫"、上绞架，做一个像基督一样流血的殉道者。

十三年过后，1897年又是一个多事的年头，爱子夭折，两个女儿出嫁，好友被流放，他与妻子的矛盾也变得更加白热化。6月8日，他再一次出走，留给妻子的信是这样说的："我之所以决定出走，其一，是随着年岁的增长，这种生活使我越来越压抑，我越来越强烈地渴望孤独；其二，是因为现在孩子们都已经长大了，这个家已经不再需要我的存在了……而主要的原因是——正如印第安人到了六十岁便遁迹山林那样——每一个信教的人在年老的时候便会产生一种愿望，要以他的余生来供奉上帝。因此，在我已踏入第七十个年头的时候，我的心灵现在也渴望着安宁与孤寂，以便怀着良心生活在和谐中……"然而这一次，他又是回去了，对他人命运的恐惧与担忧再一次令他却步不前。由于中途返回，这封信并没有传到索菲娅手里。

不过，离家出走的念头，他一天也没有去怀。"那个作为我妻子，应当像分享我的床铺与生命那样分享我的思想的人，她却成了我的敌人，反对我的想法。她是挂在我的脖颈上的磨盘，是良心的重负，把我拖向一种错误的、虚伪的生活。我早该把系着她和我的绳索割断了。"这番话，时时在他的心头发酵、滚沸、燃烧着。这个期间，他曾对大女儿说，想到她所在的那个村庄定居，那儿没有人认识他，"在那里，我可以去挨门乞讨"。他幻想做一个苦行僧——不珍视生活中的任何东西，蔑视一切，不为人知，背一只袋子到农家的窗户底下，去谦卑地乞讨一块面包。

最后一次出走，是 1910 年 10 月 28 日，距离上一次又是十三年。这次的导火索，是妻子在夜间偷偷地翻看他最隐秘的日记，她总是觉得他有些事在瞒着她，因此，就时时刻刻地对他跟踪。这对于托翁来说，无疑比剜心切肤还难以容忍——竟连生活中最后的一点点秘密都要窥伺，连灵魂中仅有的方寸之地也无情地收缴，那就再也没有退路了。这样，"站起来，拿上手杖和大衣！"就成了他响亮的律令。

天还没亮，他就在家庭医生陪伴下，悄悄地登上了单驾马车，从后面绕出庄园，上路了。以他的清醒、明智，不会不考虑到，这是一条不归之路——八十三岁高龄，身体已经十分虚弱，在家时稍微劳累一点就会晕倒，现在，冲寒犯露，颠簸道途，不管逃到哪里，除了死亡，难道还会有其他结局吗？这些，他都在所不计了，他只想进入孤独，到自我、到上帝那里去。他要像一只自由的野兽或者飞鸟那样，寻觅一个神秘的去处，悄悄地老，悄悄地死。是呀，人世间有谁见过自由的野兽、飞鸟的死亡踪迹！——无论是在城市，在乡村，或者在开阔的野地上。

途中，托翁由于染上肺炎，于 11 月 7 日清晨在阿斯塔波沃车站告别了人世。弥留之际，他嚎啕地痛哭着，说："大地上千百万的生灵在受苦；你们为什么都在这里只照顾一个列夫·托尔斯泰？"

不管怎么说，这次他终于在死神的配合下，摆脱了家人跟踪、警察监视以及由于盛名所累造成的种种麻烦，实现了不算奢侈却百蹴未就的愿望。不过，这一用生命换来的解脱，代价也实在太高昂了。

对此，高尔基有个著名的说法："总的来说，列夫·尼古拉耶维奇什么时候也不应该出走。那些在这件事上帮助过他的人们，如能阻止他这样做，那将是一种更明智的行为。托尔斯泰的出走缩短了他的寿命，这一生命在它的最后一分钟都是有价值的……"

五

巨星陨落，哲人其萎。我们后来者，缅怀托翁的理想去处，当然还是他的墓园。在这里，我的感情的潮水涌荡起层层波澜——

论者习惯于把托翁与歌德相比：这两位世界级的一流文学大师，都出生在 8 月 28 日，都活了八十三岁，而且，伟大的创造力都保持到生命的最后一刻。他们同样是贵族，又同样致力于社会改革，同样对大自然有崇高、神秘的体会。歌德看清了英雄人物灵魂深处的幽暗，托翁则主动放弃了英雄式的伟大，而向往着成为一个普通农民。不过，作为后世的一个崇拜者，我在瞻仰他们的陵墓时，却有着迥然不同的感受。歌德的灵柩安放于魏玛豪华的大公陵寝，两层建筑下的地下室内，阴森、晦暗，本来就有气闷、压抑之感，加上被告知不准闪光、不准照相，更是大大地拉开了他同普通人的距离；顶礼膜拜之情为之顿减，几分钟后就黯然离开了。而托翁的坟墓就在道旁空地上，初夏午后的阳光，透过丛林枝叶照在上面，只觉得花草缤纷，无比亲切，无限温馨，仿佛托翁就在眼前，捻着白须，慈祥地微笑着。前后左右，我转了多少个回合，辗转流连，长时间不想离去。

面对这一伟大的存在，除了觉得亲切、温馨，我还陡起庄严、敬畏之感。恐怕不只是我，任谁面对托翁埋骨其间的这一丘黄土，都会感受到一种奇异的威严，一种强大的震撼力，而且是纯然自发的。不要说弯腰拔起几棵草、采摘一朵花，就连大声喧哗、嬉闹的勇气也没有。守门人告诉我们，这里没有明确的要求，可是，再高级的外国贵宾，诸如国王、总统、元首，前来拜谒，一律都是自觉地步行，没有哪个人会大摇大摆地坐车进来。

告别托翁墓园时，我曾口占一首七律，中有"百年风暴安然过，万仞门墙讵可攀！名重方知千纪短，才雄不觉五洲宽"之句。托翁令人钦佩至极的，是他的超越国家、民族限界，不为社会更迭、时代迁流、政治变动所左右的万古如斯的普世价值。

这种心灵驱动的"高山仰止"，加深了我对于托翁及其精辟论断的理解："空间、时间、原因都是思维的形式，生命的实质超乎这些形式以外。"对于世界文坛泰斗来说，超乎时空之外的生命实质，就是艺术的魅力。这样，"人虽然死了，但他与世界的联系继续对人类发生着影响，其程度不限于他生前的，而且还要大得多，这影响随着他的理性与爱而增强，并且像一切生命一样成长着，既没有停顿，也没有终结"。

　　从这个意义上说，"死亡是另一种生命的开始"（蒙田语）。

（2012 年）

在列夫·托尔斯泰墓前

老皇帝的难题

一

以撰写大观楼一百八十字长联闻名于世的清代诗人孙髯翁，登临滇南武定县狮子山时，听说明初"靖难之役"中流亡出走的建文帝曾经长期遁迹于此，不禁感慨兴怀，当即赋诗一首，其中有这样两句：

滁阳一旅兴王易，建业千宫继统难。

诗人为才略过人的朱元璋创业有方而交班无术深致惋惜。说他当日接替郭子兴成为"滁阳一旅"的领军人物，击楫渡江，建立应天据点，孤军独守，兴王创业，尽显雄才颖异；及至建都金陵（古称建业），为了巩固基业、长治久安，处心积虑选择继统对象，最后仍不免出现纰漏。这里的"难易"，当然是相对而言。创业维艰，何尝容易；但同交班继统相比较，后者就难上加难了。寥寥十四个字，揭示了封建王朝在开基与继统方面一个带规律性的现象，极富统摄力与概括性。

在"家天下"、世袭制的体制下，封建君主特别是那些虑远谋深的开国帝王，对于继统问题无不极端重视，认为这是关乎国运久暂、社稷安危的头等大事。而明太祖朱元璋对此思虑尤深，谋划更早，还在做吴王时，就确定嫡长子朱标为世子，位登九五后封为太

133

子。不过，他逐渐地发现，朝中掌控要津者多是一些元老重臣，加之国事繁剧、边防多事、矛盾纷繁，深恐生性仁和、温文雅驯的朱标难以驾驭，遂迭兴大狱，诛戮大量开国功臣，以剪除后患。但不久朱标即病逝，这样，继统问题就更现实化、复杂化了。依他之见，四子朱棣沉雄果断，颇有父风，应该册立为皇储；但当朝宰辅臣均以朱棣本系庶出（生母为高丽国进贡给太祖的一个妃子），前面又有两个兄长，弃兄立弟，违反嫡长子继承制，极力反对。最终确定朱标之子允炆为皇太孙。

朱元璋原也料到诸叔王未必服气，便特意编写一部《永鉴录》，教育诸王安分守己，顾全大局；又颁布了《皇明祖训》，提出皇亲中如果发现谋逆之事，格杀勿论。但是，这一切终究是纸上文章，一当他撒手红尘，约束力便化为乌有了。作为建文帝的皇太孙，从继统之日起，在诸叔王眼里即缺乏应有的权威。他们凭借手中的雄厚实力，言多不敬，行辄越法；特别是燕王朱棣，早年便跟随父亲驰驱疆场，战功卓著，成为诸王中的佼佼者，更是对建文帝构成了严重威胁。后来，终于借口奸臣跋扈、朝廷孤立、社稷危亡，援引《皇明祖训》，以"清君侧"为由，入京"靖难"，从而爆发了持续四年之久的争夺皇位的内战，史称"靖难之役"。

说到"嫡长子继承制"，需要远溯到上古时代。在母系氏族社会，民主选举产生部落首领，财产统归以母系计算的氏族共有。后来进入父系氏族社会，出现了私有财产，但共同财产部分仍然属于全体成员所共有，因而，氏族成员仍然拥有选定与撤换首领的权利。迨至殷商时期，继统以"兄死弟及"为主，辅之以"子继"（无弟而后传子）。执行的结果是导致王位纷争，国都几次迁徙，史称"九世之乱"。西周前期，周公旦曾以武王之弟身份继位称王，但由于兄弟不服，引起了一场叛乱。这样，便产生了皇位嫡长子继承制：在后妃所生诸子中，皇后之子优先继位；而在皇后所生诸子中，长子又具有优先继承权。自周初迄于清代前期，施行了两千七百多年。

这种源于宗法制度并同皇帝多妻制紧相联结的继位体制，对于皇权顺利交接、防止皇族内部因为争夺储位而同室操戈，确是起到了一定作用。且看，从西汉至晚清，二十九个娃娃皇帝，大体上都还顺利地爬上龙墩，显然借力于这种"百王不易之制"，但其弊端也是显而易见的。本来，高度集中、不受制约的专制皇权，对于君王的个人德才素质与治国理政能力，就提出了至高、至严的要求；可是，"立嫡立长不以贤"，断然放弃了德才考量，成为一种典型的排除贤才、摒弃智能的继统方式。其后果是与儒家的"尚贤""传贤"的政治理想完全脱节；而最严峻的挑战还在于它同现实的需要根本对不上号。如所周知，在纷繁万端的政治事务和错综复杂的宫廷纷争面前，即使经过严格挑选的贤能君主也难以应对，何况在嫡长子继承制度下，幼儿、白痴、草包、恶棍登上皇位，在所难免；而由于君主的终身制，其后果就更为严重。明朝十七帝共二百七十六年，有八人庸劣不堪，占去一百七十三年，其中昏聩的嘉靖和以懒惰著称的万历，分别在位四十五年和四十八年。难怪这个庞大帝国，中后期竟然弄得那么混乱、糟糕！

制定嫡长子继统制的出发点，是太子定位之后，诸皇子各守本分，从而弭除祸乱；实际情况往往是适得其反，命定地潜伏着种种危机。试想，太子预定之后，在后妃生下的众多皇子中，难免会出现才能、功业、威望超常的二三佼佼者，那么，东宫太子将何以安其位？纵使因为老皇帝在位，暂时使祸乱隐蔽下来，可是，如果太

老皇帝的难题

子本人根本缺乏统御天下的才具，未来总是难以坐稳龙墩。这样，老皇帝在撒手红尘之际，又怎么能够安心瞑目？

嫡长子继承制的施行，存在着太多的变数与不确定性。比如，许多皇后并没有生下儿子，或者虽然生了儿子却又早殇；有一些即使得以顺利地成长，或因君王的好恶妨害了嫡长制的施行，或因对于皇后的感情变化，也会影响到嫡长子的继统；再就是，权奸、藩镇、阉宦、后妃、外戚干政，都是影响嫡长子继承制贯彻实施的重要因素。

查阅史籍，发现秦汉两朝二十八个皇帝、宋代十八个皇帝中，嫡出的都只有三人；东汉诸帝中竟无一人为皇后所生；唐代二十二个继统皇帝中（开基创业的高祖李渊和大周皇帝武则天除外），只有六人为嫡长子，不到三分之一。说到制约、干扰的因素，唐代颇有代表性：前期，太宗至肃宗七朝皇帝，全部是通过宫廷斗争登上王位的；后期，穆宗至昭宗八朝皇帝中，七人为宦官所立，只有敬宗一人凭借储位侥幸继统，最后还是被宦官弄死了。

鉴于嫡长子继承制存在着诸多弊端，施行过程中又会遭遇种种变故，历代封建统治者不断采取补救措施，对建储、继统制度加以完善。他们不遗余力地宣扬儒家的纲常名教，倡导君尊臣卑、君敬臣忠、父慈子孝、兄友弟恭，为执行这一制度奠定必要的思想基础；特别是高度重视对于皇太子以及诸皇子的人格塑造和品德教育。与此同时，他们也曾实行一些极端的防范措施。比如，北魏为防止母后专擅，规定册立太子之前，必须先将其亲生母亲杀掉。姑无论这种做法惨酷残忍、泯灭人性，单就效果而言，也收效甚微。因为危及皇权的因素实在太多，岂是杀掉一个母后所能了得！辽太祖耶律阿保机的改革措施是，皇位继承人先在本部宗亲中选择，使多名候选人同时备选；最后在有各个部族及政治集团参加的"世选"中，实行终选。结果是未见其利而先受其害——每个候选者都有一定的政治势力作为后盾，从而引发了候选人（及其后台班底）之间的激烈争夺，直接导致王朝动荡、社会混乱，终辽之世，未曾平息过。

清代雍正帝即位之后，鉴于康熙帝为建储一事殚精竭虑，最后还是祸乱丛生的深刻教训，着手对建储制度进行改革。具体做法是，由皇帝将准备继统的皇子名字，亲写密封，藏于匣内，置之乾清宫"正大光明"匾额之后，待皇帝晏驾后，再启封揭晓。这样，建储就由公开转向秘密，皇帝一人独掌权衡，不受任何干扰；同时，也使皇位继承问题暂时显得不那么尖锐、敏感，延缓了皇室内部的火并、争夺。当然，根本性的矛盾并没有解决。

二

纵观两千多年封建王朝史，嫡长子继承制也好，秘密建储制也好，都未能从根本上消除皇位争夺的祸端。可以说，自从皇权世袭这一体制确立下来，就始终潜伏着无法克服也无法预测的矛盾，成为一切封建王朝永远跳不出的怪圈——要么，你就干脆放弃"家天下"、世袭制，"天下为公"，选贤任能；要么，就得每时每刻都要面对这一根本无法解决的难题，兵连祸结，骨肉相残，朝廷危机四伏，社会动荡不宁，直至政权丧失、国家灭亡。放弃前者不可能，因为"家天下"、世袭制是历朝封建皇帝的命根子；这样，就只能永无穷尽地吞咽混乱、败亡的苦果。

祸乱的根源在于"普天之下，莫非王土；率土之滨，莫非王臣"，君王拥有绝对的权威、至高无上的权力，世间一切荣华富贵集于一身，而且又能传宗接代。面对皇权的强大诱惑力，一切觊觎王位的人，都不惜断头流血，拼命争夺。这样，交班就成为老皇帝最为棘手的难题。

且看历史上几位大有作为的皇帝——

隋朝的开创者杨坚，平定江南，统一中国，结束了自东汉末年军阀混战以来长达四百年的分裂割据局面。本人也躬行节俭，励精图治，堪称是一代英主。但是，由于他猜忌多疑，最后导致建储失当，所传非人，不出十四年就使繁荣富强的隋王朝归于覆灭。

杨坚登上帝位之后，确立嫡长子杨勇为太子。杨勇赋性仁厚，率直任性，不懂得曲意逢迎；加上有些事没有处置好，造成父母疑忌，使他的太子地位发生了动摇。这就为聪慧狡黠、善于伪装，从而博得父母欢心的皇次子杨广（即后来的隋炀帝）趁势夺取储位提供了机会。杨广成为太子以后，原形毕露，日益骄纵无忌，竟至调戏父王的宠妃。杨坚这时才认清其本来面目，顿生废黜之心，但为时已晚。杨广抢先下手，投毒害死父亲，抢登帝座。结果引发了内乱，双方出动了数十万兵马，浴血凶杀，朝野上下为之震荡。

唐朝的开国帝王李渊，带领建成、世民、元吉同胞三兄弟，起兵反隋，很快就攻下长安，夺得了天下。遵照嫡长子继承制，李渊登极一个月，即册立嫡长子建成为太子，同时封世民为秦王，元吉为齐王。为了帮助太子树立权威，李渊经常委之以重任，每次临朝，都让他随侍左右，使之洞悉国事，增长才干。而把领兵出征、削平四方割据势力、镇压农民起义、广泛扩展地盘等重要军务都交给了次子世民。本来，在灭隋立国过程中，世民就以其智谋和勇敢威震朝野，现在又手握兵权，攻城略地，屡建勋劳，更是如虎添翼，益发树立了崇高威望。不仅此也，在世民手下，还拥有一大批著名战将，并且形成了号称"十八学士"的智囊团队。这对太子建成来说，自是构成巨大的威胁。于是，他便与齐王元吉串通一气，外结朝臣，内连嬖幸、宠妃，在父王面前拨弄是非，诋毁世民。从而在王朝内部形成了两个势同水火的政治集团，斗争之激烈，达到了白热化程度。

恰在这时，突厥发数万骑兵大举进犯，太子提议由齐王元吉代替世民率兵出征，以夺取世民的兵权；齐王又提出条件，要秦王府的大批将领随军出征，采取"釜底抽薪"策略架空世民，以便乘机将他除掉。李渊只是考虑出兵御敌，并没有想到两兄弟后面的图谋，也就点头同意了。但世民及其智囊却看得一清二楚，他们立刻商议对策，最后决定抢先下手，伏兵玄武门，截杀建成、元吉。这就是历史上著名的"玄武门之变"。三天过后，李渊便宣布世民为太子，全权处理国家政务，两个月后太子即皇帝位，李渊当了太上皇。

清代学者王夫之在《读通鉴论》中评论说：初得天下，高祖李渊完全可以创制垂法，立贤能有功者为皇储，而不必拘守立嫡立长的成例。可是他没有这么做，结果就步步被动，"故高祖之处此，难矣。非直难也，诚无以处之，智者不能为之辩，勇者不能为之决也"。

具有讽刺意味的是，号称千古明君的唐太宗本人，最后也不免重蹈他父亲的覆辙，在立嗣方面屡走败棋。先是立八岁的长子李承乾为太子，悉心培养，无奈他太不成器，胡作非为，后来竟然在权臣的煽动下谋反，事败被废为庶人。皇四子魏王李泰聪明好学，端肃多才，太宗比较看好，曾面许立为太子；但朝中重臣多数反对，

老皇帝的难题

指出："陛下日者既立承乾为太子，复宠魏王，礼秩过于承乾，以成今日之祸。前事不远，足以为鉴。"他们主张立皇九子晋王李治。就在太宗举棋不定情况下，李泰恃宠骄横，干了许多蠢事，最后遭到罢黜。这样，李治便获得了储位，继承大统。由于他庸懦昏弱，"溺爱衽席"，执意立武则天为皇后，险些断送了大唐王朝。

面对诸皇子争夺储位的火拼纷争，太宗苦恼万分，自叹"我心诚无聊赖"，竟然"自投于床"，"抽佩刀欲自刺"。《新唐书·本纪》中批评他："以太宗之明，昧于知子，废立之际，不能自决，卒用昏童。"

与唐太宗类似，清代的康熙帝也因为建储问题而耗尽精神，心力交瘁。说起他的功业，确实是彪炳千古，有口皆碑；对于传位、继统的重要性，他也非常清楚，因而很早就做出了安排。早在康熙十四年，他仅仅二十一岁，就立了皇后生下的二子胤礽为太子。为什么没有立长子胤禔呢？因为他是庶出。在立长立嫡无法兼顾的情况下，康熙帝作了这样选择。他为了培养太子胤礽，可说是煞费苦心，从小就延请名儒施教，自己还亲自讲授"四书五经"；稍长，无论是南巡北狩，都令其随行，朝夕传授治国之道。太子进步很快，学识渊博，而且精于骑射，深得康熙帝的信任和喜爱。

随着时间的推移，众多的皇子相继长大成人，他们各自在权臣的辅佐下，施展权术，培植势力，作谋取储位的准备。而胤礽作为法定继承人，背上的包袱最重，既害怕诸兄弟夺位，又担心老皇帝移爱。于是，也在朝中扩充自己的实力，并和权臣索额图结成了帮派，以专宠固位。而索额图与另一位权臣明珠水火不容，拼搏激烈。明珠等就力推皇长子胤禔争储，双方拉开了决斗的阵势。康熙帝自然不会容忍这种事态发生，便先后向两个权臣开刀。索额图被处死后，激起了太子对皇帝的怨恨，蓄意为之报仇。致使康熙帝昼夜担心自己的生命安全，于是决心易储。

这样，又引起了更多皇子的觊觎，尤其是皇长子胤禔、皇八子胤禩，都作了充分表演，被康熙帝一一看穿。在很短时间里，拘囚了六个皇子。但他毕竟已经年近六旬，这样下去，将如何收场呢？后来，除皇长子外，其余五人全部放出，并让群臣公议立储之事。结果，包括皇九子、皇十子、皇十四子在内的诸皇子及王公重臣，一致保举皇八子胤禩为太子。康熙帝发现胤禩竟如此深孚众望，为了防止其直接危及皇权，便摆出一着出人意料的绝棋，复立胤礽为太子。这一举措，引致了新的混乱，众多保举胤禩者都危不自安。为了稳定人心，康熙帝便对其他皇子加爵晋封。同样没有达到预期目的，反而增加了诸皇子新的拼争砝码；而胤礽也并没有因为得以复立而心存感激，反倒变本加厉地为夺取皇位疯狂运作。结果，逼使康熙帝痛下决心，再度废掉太子。为了给自己选人失当找出借口，康熙帝强调，胤礽的变坏乃是上了坏人的当："凡人幼时犹可教训，及长，而诱于党类，便各有所为，不复能拘制矣。"

这两度废立，反复折腾，使康熙帝受到极大的刺激，对于预立太子的弊端也深有所悟，于是，明令告诫："诸皇子中如有谋为皇太子者，即国之贼，法所不宥。"这当然并不能从根本上解决问题。在帝位至尊、皇权无限的诱惑下，诸皇子哪个也不甘示弱，仍然"纷置党羽，联络臣工，刺探朝政及其父王之起居，希冀迎合上意，借邀宠眷"。就在这日甚一日的激烈竞争中，老皇帝带着深重的苦恼和无边的憾恨，撒手尘寰了。

141　　　　　　　　　　老皇帝的难题

三

前面论及中国封建王朝史上颇有作为、堪称英主的五位帝王，其中的隋文帝、唐高祖、明太祖还是开国皇帝。这些创业垂统、叱咤风云、建树了伟绩丰功的大人物，都曾是攻无不克、战无不胜、所向披靡的强者。照常理推测，他们筹措任何事情都应该是得心应手，心想事成，一帆风顺，没有闯不过的关口；可是，唯独在建储、交班这件事上，屡屡受挫，捉襟见肘，焦头烂额，狼狈不堪。而且，越是那些开基创业、大有作为的英明君主，在处理继统问题上，越是容易出现麻烦。这真是一个发人深思的现象，其间究竟有些什么规律性认识可供研索呢？

从史学角度分析。论者认为，这种"龙头鼠尾""其兴也勃，其亡也忽"现象，反映了历史的规律性。鲁迅先生说过："无论什么局面，当开创之际，必靠许多'还债者'；创业既定，即发生许多'讨债者'。此'讨债者'发生迟，局面好；发生早，局面糟；与'还债的'同时发生，局面完。呜呼'还债的'也!"一声浩叹，百味感喟。那些费尽移山气力，开创宏基伟业的英明君主，不都是标准的"还债者"吗？封建王朝的盛衰兴替，正是这些"还债者"与"讨债者"（败家子，不成器的接班人）相伴而生、统一构成的必然结果。

有的从哲学角度探索。"种下的是龙种，收获的是跳蚤"，这种愿望与实际、动机与效果恰相背反的悖论，本身就是一种无解性的命题。

还有的引述《道德经》中"天之道，其犹张弓欤，高者抑之，下者举之，有余者损之，不足者补之"，说明"天道忌全"，不使"一家独大"。老百姓也常说："上辈精明下辈茶，太阳老爷轮流转"。也可借助自然现象来证明：高山之下，必有峻谷；长松之下，寸草不生。上一代把风光占尽了，不曾为下一代预留余地，结果是"君子之泽，一世而斩"。这是一种带有某些神秘性、先验性的解释。其然，岂其然乎？

规律说，悖论说，天意说——各逞异辞，言人人殊。

其实，症结所在，是封建专制下的皇位世袭制与终身制。所谓"无解性命题"，根源盖出于此。明确一点说，再英明的君主，也难以摆脱"立嫡立长不以贤"的死框框，最终同昏庸君主一样，陷入那个永远跳不出的魔圈。这里有三个侧面：

一、太子。贤也罢，愚也罢，太子这个角色实在难以把持，或者说，很难站住脚。而且，待位时间越长，风险越大，危机越深。作为君权的法定继承人、权力继承的最大受益者，他当然盼望君权能够平稳过渡。可是，实际情况却要复杂得多。太子公开册立之日，便是他与皇帝、与其他皇子启衅之时。太子与皇帝，说是骨肉情深，实际上，关系最难处理。对于太子，老皇帝总是戒心、疑心胜过爱意、亲情。皇帝的特权具有唯一性，绝对不容许任何人(包括太子)侵犯一丝一毫；而皇帝本身又负有培养太子继承君权的义务，需要帮助太子树立权威，否则，日后接班，他将难以服众，难以遏制女后、外戚、宗室、功臣、阉宦等多种势力对最高权力的觊觎。在皇帝面前，太子如果太得人心，肯定遭到疑忌；而若真的庸懦无能，又难入英明君父的法眼。这是难解的二元悖论，用一句歇后语来形容，叫作"反贴门神——左右难"。

由于处在权力争夺的风口浪尖，太子必然要设法自保，以防备

　　　　　　　　老皇帝的难题

他人取代。除了费尽心机邀宠于君父，还须利用储君身份扩展私人势力，千方百计压倒潜在的竞争对手。从另一面看，权力是一种强烈的腐蚀剂。一人之下、万人之上的特殊地位，使他虽未践位，但手中握着权力的"潜力股"，升值空间无限；一当其羽翼长成，很容易骄纵自恃，萌生祸心，所谓"储位既正，人性易骄"，权欲熏蒸、野心狂炽。特别是身边还有大批想要扯着太子衣襟往上蹿的权臣、太监，更会极力撺掇他以种种非常手段抢班夺权。历代王朝更迭中，一幅幅父子、兄弟、叔侄互相残杀的血腥画面，彰彰在人耳目。

二、英明的君主。他们属于顶级封建统治者中较有政治远见的人物。特别是那些开国帝王，因为经历了前朝的兵连祸结、社会动乱，熟谙为政得失的要害，所以，总是比较注重轻徭薄赋、勤政亲民，不使社会矛盾激化为国家灾难，危及帝国的长治久安。但是，由于受到时代、阶级的限制，他们的根本出发点不可能是天下或人民，只能是个人及家族的利益。这样，立储之时，首先必然考虑到，如何在众多因素制约下，选出符合皇族利益和皇帝本人意愿的人，以保障皇权的顺利交接、"家天下"的世袭不替。

可是，实际上，古今中外，对于任何君主来说，包括那些英明睿智、明察秋毫的圣帝贤王，选择接班人都是一个天大的难题。"不如意者常八九"，处置得当、达到理想要求的，为数甚少。由于封建继统实行的是"嫡长子继承制"或"秘密建储制"，缺乏一种公开、公平、公正的机制，皇帝总是根据自己的判断、依凭个人的喜好来选择继统者。再英明的君主，也会看人"走眼"；即使当时并没有看错，而处在动态过程中的太子，随着时间的推移、地位的改变、周围环境的影响，也难保日后不会发生异化。

144

为了后继有人，能够发皇历经千难万险开创的帝业，那些英主明君在择储、建储过程中，无不百般慎重，小心翼翼，仔细掂量，唯恐出现闪失；结果导致信息错乱，干扰因素重叠，脱离正常状态，受到某种特殊的意念支配，反而加大了难度与风险。最恰当的例证，是给至爱亲朋做手术，医生越是加倍小心，往往越会出现纰漏。

按照创业与守成的规律，面对开创者所建立的惊天伟业、留下的巨大摊子，以及亟待处置的各种遗留问题，要求继统者即使不能"强爷胜祖"、超越前辈，起码也应该能够相为伯仲。因此，英主选择接班人，难免条件苛刻、期望值过高，总觉得择非所求，未能如愿，以致犹疑不定，出尔反尔。这样，反倒容易挑花了眼；更是导致储君地位不稳，从而横生枝节、平添变故的直接原因。

当然，也有另一种说法：有些强势的君主比较看好弱势的接班人。如果存在下述考虑，这种说法或可成立：一是"一山不容二虎"；二是老皇帝害怕继任者擅革旧制，希望有个"三年无改于父之道"的孝子。不过，更多情况下，恐怕是皇子震慑于无比雄强、桀骜的父辈，在辉煌耀眼的功业面前，常会产生一种自愧弗如的敬畏心理；特别是在强势君父的过苛吹求、严格管束之下，日久天长，遂逐渐养成盲目崇拜、无条件服从、唯唯诺诺的性格。还有一种可能，并非继统者真的弱势，而是父辈过于强势，事业过于宏伟，继统者无法望其项背，相对地看就显得弱势了。

历史经验表明，确立储君还有个最佳时机的选择问题。选立储君，为时过早，并不一定就是好事。乾隆帝最初立储时，正当春秋鼎盛之际，太子才两岁，上面一个长兄，也不过四岁，而且是庶出，不具备竞争条件。因此，没有遇到任何障碍。可是，由于他在位的时间过长，几十年间，又生下了三十三个皇子。这样，当两任太子相继早殇之后，再怎么选择就大费周章了。当然，立储过晚，同样也成问题。到了"英雄迟暮"之秋，濒临行将谢幕的窘迫处境，时不我与，被动应付，选择余地很小，而变数却很大，种种棘手问题横置其间，必然难于措置。何况，即便是英主明君，到了晚年，也会在性格、心理方面发生一些变异，这就更增加了选拔、培育接班人的难度。

三、客观环境、条件。这一点至关重要。人是环境的产物。社会环境、成熟条件、人生阅历、生命体验，就每个人来说，都是特定的。从这个意义上讲，那些奇才颖异的创业者是不可复制的。他们胜利地削除群雄、横扫六合，经过历史长期的层层汰洗、苛刻选择，终于被推上了政治历史舞台，登上了龙廷宝座。当时，因缘际会，风虎云龙，主动权在握，有尽多的驰骋天地，具备了大展奇才的条件。而那些后来人，包括刻意遴选出来的储君，并不具备君父成长的环境、人生的经历，因而很难造就出杰出的才能。这是无可奈何的悲哀。尤其是，绝大多数储君处于承平之世，外无敌国外患，内部一切可以坐享其成，本人又"生于深宫之中，长于妇人之手"，自幼锦衣玉食，不知稼穑之艰难，只能成为纨绔子弟。再加上，有些创业开基的君主，鉴于自己一生历险犯难，吃尽了世间苦楚，不忍心再让孩子重走老路，便一味放纵、溺爱。这样培育出来的接班人，必然庸劣不堪，不是昏聩无能，便是贪残暴虐，绝无杰出、优秀之可言。

重点研索这三个侧面，适当参考所谓"三论"，关于老皇帝的难题，或可说"虽不中，不远矣"。

（2010 年）

成功者的劫难

一

"劫难"一词始见于佛学经典，含义大体上与"灾难""祸患"相当。所谓"成功者的劫难"，则特指成功之后所遭遇的谗毁与嫉妒，即古籍中所说的"一山突起丘陵妒"，"木秀于林，风必摧之；堆出于岸，流必湍之；行高于人，众必非之"。

看过《西游记》的都会记得，为了取得大乘佛法的"三藏真经"，为了实践一个坚定的信念，唐僧师徒四众坦然踏上漫漫征途，生死早已置之度外，什么八百里火焰山、八百里黄风岭、八百里流沙河、八百里荆棘岭，什么妖魔鬼魅——从红孩儿怪、白骨精、南山大王、九头驸马到假国王、假公主、假如来、假观音，千难万险统统踩在脚下。这有力地证明，一切成功者都是不畏艰险、不怕挫折的强者。因为如果他们不是强者，不是硬骨头，创造辉煌业绩就无从谈起。可是，在嫉妒心理所形成的强大压力面前，许多强者、勇士，却往往要败下阵来。翻开漫漫几千载的皇皇史籍，随处可见的故实是，"众口铄金，积毁销骨"，嫉妒与谗毁常令英雄气短，功臣扼腕，壮士寒心。至于受损害、遭欺凌的普通黎庶，更是沉冤莫白，只能暗夜垂泣；而忧时伤世之士，则仰天长啸，徒唤奈何。

功成见嫉，自古已然。《战国策·秦策》载："魏乐羊既收中山，返而论功。文侯示之以谤书一箧。"乐羊有大功于国，本来应

147

该因功受赏，可是，面临的竟是周围人的嫉恨。还有楚国的屈原，《史记》里讲，怀王时，他担任左徒官职，"博闻强志，明于治乱，娴于辞令，入则与王图议国事，以出号令，出则接遇宾客，应对诸侯，王甚任之"。上官大夫靳尚与他爵位相同，冀图独得楚王的宠信，便嫉其才能，极尽谗毁之能事。《离骚》中"众皆竞进以贪婪兮，凭不厌乎求索。羌内恕己以量人兮，各兴心而嫉妒"，讲的就是这种情境。"岂知千丽句，不敌一谗言。"（陆龟蒙诗）最后"抱石沉江"的悲惨下场，是众人皆知的了。我想，唐僧师徒包括白龙马在内，最后或成佛祖，或做菩萨、罗汉，顺利地实现了"五圣成真"的圆满结局，亏得他们是"受命于天"，人事无能干预；否则，周围的同辈岂肯甘心！还不得"谤书"旁午，密信盈筐！——毕竟，他们每个人都是有些"辫子"可抓的。

嫉妒，作为一种情感、一种欲望、一种心理活动，属于精神范畴，但就其实质而言，却存在着一种鲜明的趋利性。嫉妒是功利计较、名位争夺的一种特殊的表现形式，其最深层面是利益冲突。一切嫉妒者瞄准的都是现实的功利，即成功之后所带来的种种好处。长期以来，人们习惯说"嫉贤妒能"，其实，准确地表述，应该是嫉名妒利。在嫉妒者的眼中，贤、能并没有实际价值，他们所看重的是贤、能背后的声望、地位，归根结底，是种种实惠。正像囊空如洗、衣衫褴褛的人不必担心遭劫被抢一样，那些穷途末路、潦倒终生的人向来也不忧虑遭人嫉妒。法国作家罗曼·罗兰在其名著《约翰·克利斯朵夫》中说过："不结果的树是没人去摇的。唯有那些果实累累的才有人用石子去打。"我国宋代文学家欧阳修说得更简捷、深刻："其所以见称于世者，亦所以取嫉于人。"

由于嫉妒产生于相互比较，从而决定了当事双方必然彼此熟悉，且又限于看得见、接触得到的范围之内。于是就呈现出这样一种现象：嫉妒心理的强弱，与引其发作的对象的距离成正比。这和磁性引力有些相似，距离越近，力量越强。如果上官大夫之流与屈原不是同在楚国、同参朝政，那就不会"各兴心而嫉妒"了。嫉妒的出现还有一个重要条件，那就是必须具备相互比较的可能性，一般称之为"同辈的嫉妒"。诗人不会嫉妒科学家的发明，当朝宰相也不可能去嫉妒刚刚解褐的士子，初试镜头的学员对于明星角色只能产生崇拜心理，三军统帅的地位在普通士兵眼中带有命定的性质。嫉妒的对象，一般多属同僚、对手或者邻人、朋友。《三国演义》中的周瑜，在才智方面嫉妒诸葛亮，甚至诘问天命："既生瑜，何生亮?"大有誓不两立的劲头；战国时期，魏国的大将庞涓担心老同学会取代他的显赫地位，便进谗于魏王，结果，孙膑的膝盖骨被剜掉了，成为终身残废；有时，嫉妒也发生在亲人、骨肉之间，由于夺位或者争宠，兄弟之间、姊妹之间互相嫉恨、反目成仇的事，在旧时代也时有发生。

二

西汉时期，因事系狱的邹阳上书梁孝王，有"女无美恶，入宫见妒；士无贤不肖，入朝见嫉"的沉痛之言；意大利的古小说中，也有"后宫与朝廷乃嫉妒滋生之地"的说法。它们都表明了统治集团内部的种种纷争，常常以嫉贤妒美的斗争形式表现出来。

刘邦在咸阳一睹秦始皇的威仪，喟然太息："嗟乎，大丈夫当如此也!"项羽看见秦始皇游会稽，脱口而出："彼可取而代也!"这些议论的实质，都是对于至高无上的威权与地位的一种妒羡、一

　　　　　　　　　成功者的劫难

种觊觎，属于典型的嫉妒表现。那么，已经取得了最高权位的皇帝，是否就不会产生嫉妒的心理呢？当然不是。因为人的欲望是无尽无休的，君王的地位再高，权势再大，也不可能"万物皆备于我"，于是，就会利用手中的特权去夺取其他各式各样堪资妒羡，而自己却尚未具备的优势。正是这一系列的意向与行为，构成了宫廷政治斗争的重要内容。

说到这类性质的嫉妒，我首先想到了浪子兼暴君的隋炀帝杨广。史载，薛道衡自幼"专精好学"，"其后才名益著"，"时人目为一代文宗"。隋炀帝攘夺君位之时，他正在外任。由于素知其才，炀帝令他还朝，准备委任秘书监之职。而这位不谙世事的书呆子，大概是要对圣上的"知遇之恩"有所表示吧，同时也显示一下自己的才气，回到京师后，便递上一篇《高祖文皇帝颂》的表文，里面对杨广的父亲杨坚(隋文帝)的神功圣德和"大孝""至政"颂扬备至。炀帝看过，觉得很不是滋味，以至气急败坏，妒意横生。他说："道衡致美先朝，此《鱼藻》之义也。"话说明白了，就是你薛道衡美化先朝，颂扬我的父亲如何德高望重，用意就是为了衬托我的荒淫无道。原来，《鱼藻》是《诗经·小雅》篇名，内容为思武王之德政以讥刺昏暗的幽王。这样，就对薛道衡衔恨入骨，准备找个借口置之于死地。反过来，对于贬抑先帝、向他献媚邀宠的人，杨广则大加赞赏。郭衍曾劝他"五日一视朝"，尽量超脱、逸豫一些，不要像文帝那样，忙忙碌碌，劳而无功。他听了特别高兴，说："唯有郭衍心与朕同。"

薛道衡的挚友察觉其处境的险恶，便规劝他匿迹韬光，杜门谢客，谨言慎行。他却由于求进心切，全然没有在意，竟把这些忠告当作了耳旁风。不久，朝廷讨论新的法令，久议而不能决。道衡便议论说："向使高颎不死，令当久行。"结果，这番话很快就传给了隋炀帝。高颎是炀帝的死对头，两年前在太常卿任上，因批评皇上荒淫侈靡而被处死，罪名就是"谤讪朝政"。这样，新仇旧怨一齐聚上心头，炀帝断然下令，将薛道衡逮捕下狱，最后将其缢死。这位"一代文宗"就这样悲惨地作了宫廷政治斗争中父子争锋、君臣猜忌的牺牲品。类似事例在一部"二十四史"中，可说是俯拾皆是。

其实，薛道衡致死还有另一层原因，就是炀帝特别嫉妒他的文学才能。他的古诗《昔昔盐》中有"暗牖悬蛛网，空梁落燕泥"之句，颇受时人称誉。这对"善属文，不愿人出其右"的隋炀帝来说，当然是不会甘心的。道衡死时，炀帝曾以快意的口吻问道："更能作'空梁落燕泥'否？"还有一位诗人名叫王胄，其诗"庭草无人随意绿"传诵尤广。他也死于炀帝之手。死时，炀帝也是这样说："庭草无人随意绿"，你还能作出这样的诗吗？炀帝每以才学出众自负，并以此骄天下之士。曾对侍臣说，天下都说我承借先帝的余绪，其实，假如我也能和士大夫一样参加遴选，按照我的才能，也早就应该做天子了。看来，遭逢乱世，不幸而身为文人，如果碰上一个远离翰墨的顶头上司，未必就是坏事。否则，若像薛、王两位诗人那样，遇见"善属文，不愿人出其右"的杨广者流，真要担心，早晚有一天会遭致灭顶之灾的。这大概也就是道衡的友人劝他韬光养晦的深心所在吧？

嫉妒未必和遗传有直接关系，但后天的影响却不可否认。说到杨广的嫉妒，熟悉隋代历史的人会自然地联想到他的母亲独孤皇后。由于她妒意极浓，隋初，后宫一直不许选送美女进御，诸王及朝臣私蓄姬滕者，一经发现，必令马上斥逐，皇帝也毫不例外。隋文帝曾宠幸一个宫女，独孤皇后侦知后，便趁着文帝视朝，偷偷地把她杀掉。气得皇上单骑驰入山谷，发誓不再回朝。他对前来解劝的大臣们愤愤地说："吾贵为天子，而不得自由！"当时，高颎劝说最力，其中有一句话打动了文帝的心扉："应该着眼大局，万不可因一妇人而轻天下。"这里所说的"妇人"，很大程度上是指那个倒霉的宫女；可是，传到皇后耳中，就成了专门指斥她、贬抑她的恶言谰语，因此，衔恨至深，终于将高颎罢黜。

在旧时代的宫廷之中，女人能以美貌承恩邀宠，这在其他后妃看来，自然也算是成功之举，因此，必不可免，要遭到很多人的嫉妒，所谓"好女入室，恶女之仇"。清人陆次云的宫词，对这种情性描绘得异常逼真："外庭新进美人来，奉诏承恩贮玉台。闻道天颜无喜色，六宫笑靥一时开。"同样也是一首七绝，明人谢榛却是借用牡丹这个意象，对于遭受嫉妒的美女表示深切的同情："花神默默殿春残，京洛名家识面难。国色从来有人妒，莫教红袖倚栏干。"红袖莫倚栏干，属于"悟道之言"，画外音是：旧时的官场波诡云谲，怀瑾握瑜之士应该接受高才见忌的教训，懂得藏锋匿彩，保护自己。

三

争名于朝，争利于市，自是嫉妒产生的焦点，但不等于此外都是净土，均与嫉妒心理绝缘。其实，在现实社会中，凡有人群的场所，只要存在着利益与私欲的冲突，且能通过直接的对阵或间接的客观比较，显现出优劣、高下、智愚、胜负来，就都有可能孳生出嫉妒的毒菌。当然，情况和特点各有不同。

上世纪五十年代后期，我在一家报社当记者，当时积极性很高，三天两头就在报纸上发表一篇通讯报道，引起了许多人的关注。按说，这对于这张报纸本是好事；不料，却遭到了无端的指责。这天，总编辑找我谈话，告诉我："以后不要在自家报纸上连篇累牍地发文章，——当然也不是让你向外投稿，我们不能种了人家的地，荒了自己的田。——要写的话，署上'本报记者'就可以了，不要落个人名字。"他有些愤激地说，劳动人民创造了世界，也没见哪座山头、哪片大地刻上某某的名字。写个屁眼儿大的方块、一两千字的小稿，算得了什么？原来，他听到了人们议论：总编是个"草包"，某某某是有真才实学的。因此，他对我写文章、"出风头"感到异常恼火。有的朋友劝我，此地不可久留，要设法早点离开。事有凑巧，没过多长时间，省报决定各地记者站充实一批年轻记者，点名调我前去工作。可是，总编却以"他不是党员，采访重大活动不方便"为由，予以"挡驾"。几天过后，省报又来人商谈，认为选调条件可以适度放宽——眼下虽未入党，但具备近期发展条件的也可以。这回，总编说得更加干脆："你们放下这颗心吧！三五年内，该同志入党没有希望。"这样，调离的事就算彻底告吹了。

　　既然觉得我在那里"碍眼"，遮盖了他的光华，调出也就了事了；可是，偏偏他又把住不放，这究竟是怎么回事呢？我感到困惑不解。一次，去渔村采访，见到渔民驾着舢板在河中撒网，同时带上两只鸬鹚捕鱼。它们不时地在水中钻进钻出，每次都叼出一条大鱼放进舱里。我是头一次见到这种场景，便好奇地问："它们为什么不把鱼吃掉呢？"渔民笑说："它吃掉了，我还吃啥？"说着，让我看鸬鹚脖子上的皮套。原来，如果让鸬鹚随意吞食，不仅造成很

　　　　　　　　　　　成功者的劫难

大浪费，而且，它们饱食之后也就不再干活了，所以必须带上脖套，使它抓住大鱼也难以下咽，只有眼馋的份儿。但每隔一会，也要喂它一点小鱼，以示鼓励。又要它叼鱼，又不让吃饱，利用与限制相结合，这就是驾驭鸬鹚的权术。我突然彻悟了，自己不也正是处在这种"鸬鹚的苦境"吗！

上述发生在高层与下层的两种类型的嫉妒，思想根源都是自私心理在作祟；但表现形式存在着差异。如果说，前者是着眼于攘夺，或为夺权、夺位，或为夺名、夺利，总的都是向他人夺取自身所不具备的各种优势；那么，后者则是为了保住自身既得的实利，就是说，由于嫉妒者的虚荣心特强，尽管他的实际利益并未直接受到损害，但是，如果别人由于成绩优秀而受到表彰，也就等于凸显出自己的低能与失败。因此，想要永远保持自己固有的地位与优势，就必然会产生一种强烈的嫉妒意识。这种嫉妒心理的行为表现，有两种形式，一种是拼力贬损、压制以至打击、陷害强过自己的人；另一种是，把对方作为自己的私有财物，紧紧地拢在身边，不使飞离半步。

嫉妒者缺乏的是自信力，而多的是患得患失心理。他们是低能者，自己不思长进，也不许旁人出人头地。由于私欲作祟，他人的一切优势，才华、美貌也好，功业、名望也好，财富、地位也好，都感到是对自己的一种直接威胁，因而，很容易把自己的失败与低能，以及由此而产生的失落感、恐惧感化为一种敌意，投射到优胜者身上。如同英国历史学家帕金森在《官场病》一书中所指出的，在这种"集无能与嫉妒于一身"的场合，必然造成人人自危，都把自己的才干隐藏起来，装出一副低能又好说话的模样，而担任着"消灭才干"的侦察员，由于愚蠢之故，即使遇上了干才，也是视而不见的。

嫉妒与竞争表面上有些相似，实际上存在着显著的差别。两者在情绪上都有不服气、不甘心的成分，性质都是相互排斥的。但竞争者是在承认对方的优势地位的前提下，从磨炼内功、提高本领上下功夫；他们公开宣称要奋力拼搏，独占鳌头，甚至明确提出要以对方为赶超目标，把这作为内驱力来激扬下属的志气；竞争者之间在理性的轨道上，按照一定的社会规范进行；他们所奉行的原则是，你好，我要比你更好。而嫉妒者绝对不会公开承认对方比自己高明，一般都以贬损对方为能事；他们是黑箱操作，暗算别人，因此，是见不得阳光、摆不到桌面上的；他们也是眼睛紧盯着对方，但不是为了寻找可供学习、借鉴的长处，而是抱着幸灾乐祸的阴暗心理，希图从对方的失算中获得心理的平衡、精神的慰藉；在他们看来，旁人的失败就等于自己的胜利，因此，所奉行的原则是，我不行，大家都得不行。其结果，就是"武大郎开店"——满屋都是矬子。竞争的效应是积极的，它能促进人心向上、社会发展；而嫉妒所带来的消极后果，同狡诈、欺骗、残忍、贪婪一样，直接妨碍着正常的人际关系的建立。

四

在关于嫉妒的心埋模态及其悲剧性效应的揭示上，我觉得当代作家陆文夫的中篇小说《井》有其独到之处。

小药厂的技术员徐丽莎，自幼就受到家庭出身的困扰，嫁到东胡家巷朱家之后，更是一头扎进"是非坑"里，历经了悍姑与恶夫制造的种种磨难。开始时，也曾获得小巷中马阿姨们的同情、信任与关注，暗中为她鸣不平、出主意；可是，一当她事业有了成就，地位得到提高，社会上给予尊重之后，事态便发生了戏剧性的转折。这时的徐丽莎，在马阿姨们的眼中，风风火火的像"吃了回春药"，人变得丰满了，衣着也入时了，而且成了新闻人物，电视上有影，电台里有声，报纸上登出介绍她先进事迹的大块文章，她像模像样地登台领奖，出出进进车接车送，从此，便遭到了人们的冷眼。原因何在？小说点拨得很清楚："若干年前人们同情过她，因为她当时是弱者，现在变成强者了，对于强者，人们除掉折服之外，往往就是嫉妒。"结果，当单位领导对知识分子不信任的心理惯性出现，使她再度遇到种种麻烦时，当她在家庭婚姻生活中遭受巨大创伤而身心备受折磨时，当她被历史的沉积与现实的惰性交织而成的罗网紧紧裹缚时，井边上的舆论对她就十分不利，甚至满含着敌意了。不仅不再援之以手，反而以彻骨的冷漠和蔑视，使她在刻毒的流言面前丧失了生存的勇气，最后含冤投井，了却残生。

小说透过市井人群心理沉积的恶垢与尘污的揭示，使我们看到了"人性的弱点"和"国民的劣根性"。他们有善良的一面，同情弱者，对于社会的不公正一般也能表示强烈的愤慨。但狭隘、委琐，带有比较浓厚的庸人气味。他们"永远是戏剧的看客"（鲁迅语），存在着隔岸观火的"看客心理"和由社会冷漠所造成的"旁观者效应"。闲居无聊，他们特别喜欢收集他人的"情报"，习惯于窥视他人动静，特别是有关男女之间的闲话，这倒不是出于关心，也并非因为这类事情和他们有什么实际联系，只是出于一种嫉妒心理，希望从他人的麻烦、烦恼、苦痛、失意中获取一丝心灵上的快意，给原本单调的日常生活增添一点点"佐料"，也就是拿

"他人的苦"做赏玩，做慰安。遇到看不惯的人和事，他们一般地不肯明确指出问题的所在，而只是模模糊糊地摇头，或摆出一副全然不屑的姿势，使不了解真相的人摸不着头脑，不知严重到何种程度。他们喜欢播弄是非，鼓动情绪，往往是捕捉到一点踪影，便通过口耳相传的业余"小广播"迅速传开，而且添油加醋，旁生枝节，顷刻间苍蝇便成了大象，弄得满城风雨。

这种不健康的心理习惯，作为带有习惯性、本能性的"集体无意识"，作为一种生活存在方式，已经长久而稳定地积淀在人们的内心深处，扎根在市井民间的板滞的土壤里。据法国社会心理学家列朋和塔尔德的研究，这种"集群心理"有一系列的内在特征：一是同质、同向现象，大家有着共同的动因，共同的指向，因而存在着鲜明的情绪联系；二是被暗示、受感染与模仿心理，在集群环境的影响下，个性融会于群体之中，个人与他人融为一体，很容易接受他人的影响，就像传染病源扩散感染那样，群体的情绪、观念以及兴奋点能够迅速地向周围的人传播；三是情绪过激与非理智行为，在群体气氛中，情绪性高于理智性，显示出原始化、简单化的特点；四是责任分散心理，人们处于集群状态，容易出现"法不责众"的责任分散心理和社会冷漠现象，相对地降低了人们的同情心、罪恶感和内疚意识，某些超常、失范的行为，常常会在过激情绪和责任分散心理的支配下出现。

这种集群行为的可怕之处在于，它往往以貌似公允的姿态，构成一种"无主名无意识"的强大的舆论压力，有时比蛊惑人的巫术还要厉害。尽管多数情况下，原初并没有包藏蛇蝎般的害人之心，但是，这种情绪很容易被人利用，成为心怀叵测的造谣诽谤、诬陷中伤者的帮凶，不自觉地"助桀为虐"，最终使被攻击的对象

成功者的劫难

陷入"人海战术"的重罗密网之中，只有含愤受辱，忍气吞声，而没有当众辩解与申诉的可能，直到超越了委屈承受的极限，走上饮恨捐生之一途。徐丽莎式的"上了无意识的圈套，做了无主名的牺牲"的道德人格性的悲剧结局，就正是在这种情况下发生的。

形成嫉妒心理的社会根源是平均主义。差异原本是客观存在，"物之不齐，物之情也"；从事物发展规律看，差异就是矛盾，它是有利于相竞而生，有利于促进人才成长和社会进步的。可是，过去在小生产的自然经济形态下，长期奉行儒家的消极平衡理论，使平均主义在思想、生活领域，同经济领域一样，也占了上风，人们看不得别人冒尖，更不允许他人超过自己。这是嫉妒情性恶性膨胀的一种沃壤。

五

不论嫉妒的范围、嫉妒的形式、嫉妒的内容表现得如何纷繁万状，光怪陆离，宫廷中的政治斗争也好，普通人群中的欲望追逐也好，市井小巷中的集群心理也好，归结到一点上，都可以从人性的弱点方面寻根探源。

古往今来，人们形成了共识，公认嫉妒是一种病态心理，是人性中至为恶劣的一种秉性。京剧《法门寺》中有这样一个情节：这天，大太监刘瑾亲自审案，提审对象是刘媒婆。刘瑾脱口而出："咱家最恨这一档子人了！"他怕小太监听不懂，接着又解释一句："咱们用不到她！"原来，专以营谋男女婚事为职业的媒婆的出现，对于一个存在着难以克服的生理缺陷的人，无异于直接揭破心灵上的疮疤，公开触痛其无法补偿的见不得人的丑陋、残缺与忌讳，因此表现出极端的恼恨。

走笔至此，我记起了鲁迅先生对于法海禅师卑劣行径的痛斥："和尚本应该只管自己念经。白蛇自迷许仙，许仙自娶妖怪，和别人有什么相干呢？他偏要放下经卷，横来招是搬非，大约是怀着嫉妒罢，——那简直是一定的。"

太监也好，和尚也好，这类典型事例共同告诉我们，阴暗心理是嫉妒所由产生的一个重要根源。作为一种社会与自然的双重存在物，人是什么？哲人早就指出了，"一半是野兽，一半是天使"，嫉妒就正是属于人性中"恶"的一面。

对于嫉妒，英国哲学家培根曾经引述过《圣经》中称为"凶眼"的说法，还说，"嫉妒能把凶险和灾难投射到它的目光所注的地方"。佛经中也有"恶见"之说，指的是包括嫉妒在内的人们的各种恶意恶行。我觉得，如果能和印度古代的伟大史诗《摩诃婆罗多》结合起来阅读，可能会加深对于"凶眼""恶见"的意蕴的理解。史诗中记述了这样一个故事：这天，婆罗门乔尸迦坐在一棵大树下面背诵《吠陀》圣典，突然，树上的一只鹳鸟拉了屎，不偏不倚，恰好落在了他的头上，使他遭受了玷污。他抬起头来，对着那只鹳鸟狠狠地盯了一眼，觉得胸中的怒火化作一道凶光从眼睛中射出，竟把树上的那只鹳鸟杀死了。面对这种情景，乔尸迦感到很痛苦。心想，欲望这种东西真是可怕极了，假如它能够自我实现，假如每一次愤怒、每一番轻率行为，都能帮助欲望产生直接效果，那将出现多少令人悔恨的事情啊！

嫉妒作为一种欲望，它的杀伤力是非同小可的。莎士比亚的不朽剧作《奥瑟罗》中，有个叫伊阿古的小人物，不过是个旗官，却有一套翻云覆雨、兴风鼓浪的惊人本领。作为恶的现实的物质承担者，他靠的就是嫉妒这一杀人不见血的法宝，而他造作事端的根由，也是出于嫉妒心理。他这种人，属于心理极端阴暗、精神上有缺陷的那种类型，忍受不了他人的纯洁、幸福的爱情，根本不可能成人之美。当他看到奥瑟罗和苔丝狄蒙娜这对真诚相爱的情侣终成眷属，陶醉在宴尔新婚的甜蜜生活之中时，感到受了极大的刺激，发誓定要把它毁掉。他说："啊，你们现在是琴瑟调和，看我不动声色，就叫你们松了弦线走了音。"作为无德而又失意的龌龊小人，伊阿古对于有威望、有地位、饱享爱情幸福的奥瑟罗满怀嫉妒之心，是必然的。"因为人的心灵如若不能从自身的优点中取得养料，就必定要找别人的缺点来作为养料。而嫉妒者往往是自己既没有优点，又看不到别人的优点的，因此，他只能用败坏别人幸福的办法来安慰自己。"（培根语）

伊阿古在认准了奥瑟罗这个靶心之后，他又开始寻找箭镞，结果选中了他的顶头上司、副官凯西奥。在他看来，这真是一份"一箭双雕"的精美设计，一方面可以破坏奥瑟罗的美满婚姻，一方面又能剪除他的直接对手。他说："要是凯西奥活在世上，他那种翩翩的风度，叫我每天都要在他的旁边相形见绌。"由此，激起了必欲杀之而后快的变态心理。于是，他就巧施诡计，诬陷栽赃，使奥瑟罗相信凯西奥与苔丝狄蒙娜通奸，从而引发出狂热的仇恨，以致丧失了理智，正如奥瑟罗自己说的，"我的心灵失去了归宿，我的生命失去了寄托，我的活力的源泉枯竭了，变成了蛤蟆繁育生息的污池"，以致亲手杀害了爱妻，最后自己也同归于尽，酿成了一场凄绝千古的人间惨剧。

按照黑格尔老人的说法，罪恶生于自觉，这是一个深刻的真理。两面派的可怕之处，在于他们是在高度自觉、极端清醒的状态下策划种种罪恶活动的。明明用的就是点燃妒火的杀手锏，可是，伊阿古却偏偏煞有介事地提醒奥瑟罗："您要当心嫉妒啊，那是一个绿眼的妖魔，谁做了它的牺牲，就要受它的玩弄。"完全是一副"正人君子"的姿态，一副悲天悯人的菩萨心肠，难怪奥瑟罗会引为知己，深信不疑，上当受骗。看到这里，真有毛骨悚然的感觉，这类极端诡诈、口蜜腹剑的角色实在是太凶险了。我禁不住想：善良的人群如果都能够从中汲取教训，提高警觉，增强识别能力，不使那些"人样的东西"得逞，那该能免除多少悲剧性的结局呀！

"嫉妒——是心灵上的毒瘤。"这是诗人艾青的名句，应该说，形容得非常确切。但我也想过，毒瘤毕竟发生在局部，虽然为害甚烈，但只要发现得早，是可以一刀切除的；而嫉妒却是渗入骨髓、弥漫全身的沉疴、顽症、痼疾，远非刀割所能奏效。至于古书上所说的"仓庚为膳，可以疗妒"，原属荒诞不经之言。为了有效地"除去制造并赏玩别人苦痛的昏迷和强暴"，"要人类都受正当的幸福"（鲁迅语），我倒相信这样一个"疗妒金方"，简称为"八字诀"——扶正祛邪，治本攻心，而大前提则是辨证施治。——就这一点来说，本文也许能够发挥一点效用。

（2002 年）

千秋名序费猜评

一

魏晋风流擅雅情，千秋名序费猜评。这里说的是东晋名士王羲之的《兰亭集序》。大概出乎所有人的意料，这篇不过324字的短文，却引发历代学人持续千年的热议。"《文选》未录此序，自宋逮清，臆测纷纭"。（钱锺书语）近百年来，更是洪波鼓荡，沸沸扬扬，直至卷进来许多学术名家，包括海外学者。这在古今学术史、文化史上也属鲜见。叩其原因，自与诗序为名篇、《文选》为名著、作者编者为名家直接相关。争辩的议题，林林总总，书法方面不算，单论文章，概言之主要集中在两方面：本序何以未能进入《昭明文选》；作者与庄子思想的分野。

《文选》编者在先秦至梁武帝普通七年近八百年间浩如烟海的各类诗文中，择优拔萃，最后选定129人的752篇作品，尽管不无遗珠之憾，但迄未获致鱼目混珠之讥，殊为不易。如所周知，衡文选篇尽管总有公认的统一标准，例如《文选》即以"事出于沉思，义归乎翰藻"为悬鹄，但实施过程中，由于缺乏纯客观的量化手段，终难摆脱主观感受，即所谓"选家眼光"的影响。在这里，作品与选家构成一对矛盾，能否入选，固然取决于文章本身的价值、品位与水准；但如何分析、认定，又离不开"选家的眼光"。从前有"文章自古无凭据，唯有朱衣暗点头""千古文章中试官"之说，选家所扮演的正是所谓"朱衣"角色。面对这一带有某种必然性的存在，即令并不完全认同，从情理上人们还是理解的。

二

有鉴于此，研索《兰亭集序》落选原因，我们首先想到了主其事者昭明太子萧统。《梁书》本传载：太子博学嗜书，"数行并下，过目皆忆"，"壮思泉流，清章云委。总览时才，网罗英茂，学穷优洽，辞归繁富"。堪称是理想的人选。本传还记述："高祖大弘佛教，亲自讲说；太子亦崇信'三宝'，遍览众经"，"招引名僧，谈论不绝"。这使我联想到钱锺书先生《管锥编》中判定落选原因所援引的几则史料——

宋·晁迥《随因记述》："吾观《文选》中但有王元长《曲水诗序》，而羲之《序》不收。昭明深于内学，以羲之不达大观之理，故不收之。"（笔者按："内学"向有三解：一谓谶纬之学；二谓道教所习神仙导养之学；三谓佛学。前两种分别盛行于东汉、两晋时期；这里显然是指佛学，从太子崇信佛宝、法宝、僧宝即所谓"三宝"可知。）乔松年《萝藦亭札记》："六朝谈名理，以老庄为宗，贵于齐死生，忘得丧。王逸少《兰亭序》谓'一死生为虚诞，齐彭殇为妄作'，有惜时悲逝之意，故《文选》弃而不选。"宋人韩驹也说："王右军清真为江左第一，意其为人必能一死生，齐物我，不以世故撄其胸中。然其作《兰亭序》，感事兴怀，有足悲者，萧统不取，有以也。"

唐人耿沣诗中有"内学销多累"之句；而"世故撄其胸中""有足悲者"等等，既是"多累"的表现，又属"多累"的成因。《兰亭集序》刚写到"足以极视听之娱，信可乐也"，便笔锋一转，次第呈现"感慨系之矣","岂不痛哉",最后落脚于"悲夫"。这自然入不了耽于内学的主编的法眼。现代学者王瑶先生认为,《兰亭序》之"固知一死生为虚诞,齐彭殇为妄作",是羲之对于"死"的悲观,故不为笃信佛法的昭明太子所贵。而清初文学评论家金圣叹的诗,讲得就更直白了:"逸少(羲之字)临文总是愁,暮春写得似清秋。少年太子无伤感,却把奇文一笔勾!"

三

《文选》选文,着眼于思想内容和表现形式两个方面。那么,《兰亭集序》的文学品位、艺术水准又如何呢?总体上看,绝大多数论者还是认可的。特别是从文体、风格方面,肯定其应有的美学价值。认为真率萧闲,随意挥洒,一扫虚浮雕琢之弊;清婉有致,于苍凉感叹中显现风情逸趣;运用形象思维与逻辑思维交织、抒情叙事议论结合的结构形式,以清新简朴的语言直抒胸臆,不失为一篇优秀短文。也有部分论者,在总体认可的同时,指出其修辞、用语方面的瑕疵,如"俯仰""觞咏""丝竹管弦"等词语重复;后半部分论理不够明晰;还有的觉得,"天朗气清"用于春日不确,但金圣叹不以为然:"三春却是暮秋天,逸少临文写现前;上巳若还如印板,至今何不永和年。"个别论者对本文持否定态度。日本学者福本雅一指斥:"理论上充满着矛盾和暧昧","文字重复错乱";国内学者施蛰存先生认为,从"向之所欣"到"悲夫"这一段文字,七拼八凑,语无伦次。

当然,若就能否入选来讲,东晋与南朝人士对于诗序文学水平的看法应起主导作用。遗憾的是,此类论述统付阙如。当代学者宋战利指出，王羲之的文学成就如何，综观现有史料，东晋南北朝人士的著述，包括作为南朝时期重要的文学批评著作《文心雕龙》和《诗品》等，均未曾论及。值得注意的是，宋文紧接着提出一个观点："可能是其书名太盛，遮掩了文学光芒。南北朝思想家颜之推有言：'王逸少风流才士，萧散名人，举世惟知其书，翻以能自蔽也。'（《颜氏家训》）"

这又引申出一个可供研判的新的猜想：本序之未能入选，也可能是被遗漏了。颜氏说的"自蔽"，属于人才学范畴，这种自己遮蔽自己的现象，历史上并不少见。从前有"诗文名盛书名掩"的说法，比如陆机，《晋书》本传说他"少有奇才，文章冠世"，其实他还是一位杰出的书法家，所作《平复帖》是我国古代存世最早的名人书法真迹。反过来，书名遮蔽文名，也时有发生。《颜氏家训》还谈道："萧子云每叹曰：'吾著《齐书》，勒成一典，文章弘义，自谓可观；唯以笔迹得名，亦异事也。'"作为文以书传的《兰亭序》，遭致漏选，不无可能。这里附缀一笔：颜文"子云"应是"子显"之误。二人为昆仲。《梁书》本传载"子显所著《后汉书》一百卷、《齐书》六十卷"，子云不与焉。

四

论者一向都是把《兰亭集序》中"固知一死生为虚诞，齐彭殇为妄作"，视为对庄子的批判；而羲之《杂帖》中的漆园"诞谩如不言也"的讥议，也印证了这一点。这样就引出一个话题：素以萧散旷放见称的逸少，即便不是庄子之徒，起码也不至于挥戈相向，那他这样做，其故若何？

且看史料记载："郗太傅在京口，遣门生与王丞相书，求女婿。丞相语郗信（使）：'君往东厢，任意选之。'门生归白郗曰：'王家诸郎亦皆可嘉，闻来觅婿，咸自矜持，唯有一郎在东床上坦腹卧，如不闻。'郗公云：'正此好！'访之，乃是逸少，因嫁女与焉。"（《世说新语》）"羲之既少有美誉，朝廷公卿皆爱其才器，频召为侍中、吏部尚书，皆不就。复授护军将军，又推迁不拜。"他说，"吾素自无廊庙志"。后来虽为江州刺史、会稽内史，领右将军，恐亦非其所愿；去世后，朝廷"赠金紫光禄大夫。诸子遵父先旨，固辞不受"。（《晋书》）

　　《世说新语》另有一条记载："王右军与谢太傅共登冶城。谢悠然远想，有高世之志。王谓谢曰：'夏禹勤王，手足胼胝，文王旰食，日不暇给。今四郊多垒，宜人人自效；而虚谈废务，浮文妨要，恐非当今所宜。'谢答曰：'秦任商鞅，二世而亡，岂清言致患耶？'"

　　综观史籍，前二与后一所载，判若两人。"坦腹东床"、多次辞官不就、"素自无廊庙志"者，竟发表一通萦心时政、经世致用的高论。

　　应该说，羲之乃艺术大家，而非成熟的思想家。其人生观杂糅儒、道、玄学多种质素，进与退、仕与隐、政治与艺术、理想与现实的冲突、矛盾集于一身。作为艺术家，他的人生态度有倾向庄子的一面；而作为官员，则体现为黄老用世与早年接受的儒家经世思想相结合的玄学，属于儒学人格的玄学化。汤用彤先生说过："世人多以玄学为老庄之附庸，而忘其亦儒学之蜕变。"从道家体系看，王羲之中晚年所接受的更多是黄老一派的思想。

　　《晋书》云，"王羲之、高士许询并有迈世之风，俱栖心绝谷，修黄老之术",尚"服食养性"。钱锺书先生指出:"盖羲之薄老庄道德之玄言,而崇张(道陵)许(迈)方术之秘法;其诋'一死生'、'齐彭殇'为虚妄,乃出于修神仙、求长寿之妄念虚想,以真贪痴而讥伪清净。识见不'高',正复在此。韩驹病其未能旷怀忘忧,尚浅乎言之矣。"

五

写作历史文化散文,使我养成一个"读史通心"的习惯。所谓"通心",就是设身处地,把历史人物放在当时历史情境中去考察勘核,"遥体人情,悬想事势,设身局中,潜心腔内,忖之度之,以揣以摩"。(钱锺书语)在我看来,鉴于羲之人生观之驳杂、丛脞,前述诋斥庄子种种,除了思想信仰的分歧,也可能与其人生际遇、现实感受有直接关联。

羲之身当乱世,命途多舛,且又遭逢"户异议,人殊论,论无常检,事无定价",思想多元化之变局。六岁那年,其父作战失败,不知所终,在"母兄鞠育"中长大;贤惠的嫂子待他极好,竟不幸病死,使他痛彻心肝;自己又体弱多病,中年丧子,特别是姨母辞世,他更是悲恸难抑。这在反映其日常生活的《杂帖》中得到充分展示,诸如:"丧乱之极,先墓再离荼毒,追惟酷甚,号慕摧绝,痛贯心肝,痛当奈何,奈何!""顷遘姨母哀,哀痛摧剥,情不自胜。奈何,奈何!""频有哀祸,悲摧切割,不能自胜,奈何,奈何!"有学者检索《全晋文》,发现他的《杂帖》中,"忧"字凡106次见,"痛""哀""伤"字分别出现58次、35次、30次,"叹""恨""慨"字分别出现51次、30次、21次。在这饱受痛苦熬煎与精神刺激的情况下，适值丝竹觞咏、百感中来之际，对于"一死生""齐彭殇"的刺耳之言展示抵触意识、反感心态，应是情势使然，未必完全基于思想信仰。

为了进一步拓展思路、深化认识，我想引述肖鹰教授《〈兰亭序〉与庄子生命观》中的有关论点。文中指出，王羲之既好"服食养性"，并且崇奉张道陵的天师道；又对庄子哲学怀抱着特别的信仰。羲之初任会稽内史，名僧支道林意欲与之结识，在遭到拒绝后，通过讲解《庄子·逍遥游》，获得了羲之的青睐，"王遂披襟解带，留连不能已"。（事见《世说新语》）肖文中还谈到，传世的《兰亭集》中，载有王羲之诗作两首，均以庄子哲学立意，足见其服膺庄子的思想取向。

与此直接相关，肖鹰先生截断众流，独抒创见，断言："一死生""齐彭殇"绝非庄子之论，而是后世晋代清谈家对庄子哲学的虚化偏议。"一死生"，首见西晋郭象《庄子注》；而"齐彭殇"则是《兰亭序》中首提，当是对魏晋清谈家的言论转述。在庄子的话语体系中，从无"一死生"之说，只有"知死生存亡之一体"（《大宗师》）。但二者不能简单划一。庄子说的是，有生必有死和生死循环相续，即《德充符》中"以死生为一条"，《知北游》中"死生为徒"。"死生一体"，是指生命在世界运动的时间序列中的连续性和循环性。在庄子哲学中，死生不仅不是同一的，相反，人生的真谛就是要免于社会与自然的刑害，而"保身、全生、养亲、尽年"。至于"莫寿于殇子，而彭祖为夭"，是说人的寿命长短，相对于无限的天地都是短暂的。意在促使人们突破局限于现象的常识去体认人生的真义，即作为存在者与天地万物的根本统一性。肖文指出，庄子的生命观是顺应自然中的任性率真；王羲之感怀伤世，痛惜无常的生命，而发出"固知一死生为虚诞，齐彭殇为妄作"的真率之言，正是庄子"喜怒通四时"的生命精神之"真"的通达发扬。

（2021 年）

艺术想象空间

无远弗届的现实空间再广阔，也是有限的存在，而艺术的想象空间却是无限的。人说，描绘现实是有中生有，艺术想象是无中生有，当然，"无"之花，也需要植根于"有"之土。

中国传统绘画中有一种"留白"技法。为了给观赏者提供一个足够的想象空间，艺术家把"虚实相生""计白当黑""以无胜有"的艺术精神本质灌注到艺术作品里去，使之在一种简约得几至于"无"的状态中，呈现出高远境界、空灵意象的"有"的意蕴。当代西方有所谓"在场"与"不在场"的哲学阐述，凭借想象力的支撑，让不在场的东西通过在场的东西显现于直观之中，二者相依互动，形成一种魅力无穷的召唤结构，从而充分调动、激发受众的想象力，使有限文本具备意义生成的无限可能性。

且以《米洛的维纳斯》断臂雕像为例。看了它在卢浮宫的展出，一些艺术家、历史学家、考古学专家便筹划着为她复原双臂，恢复原有姿态，并给出了多种整修方案。可是，原有双臂的原型姿态又是怎样的？谁也没有见过。这样，就只能靠凭空想象，从而做出种种设计、种种猜想——

一种是，原来的维纳斯，是左手拿着苹果，搭在台座上，右手挽住下滑的腰布；另一种设想，维纳斯原本是两手托着胜利的花环；还有一种推测，维纳斯右手擎着鸽子，左手拿着苹果，像是要把它放在台座上，让鸽子啄食；有的设想更加离奇，认为维纳斯正要进入内室沐浴，由于不愿以裸体现身，右手紧紧抓住正在滑落的腰布，左手握着一束头发；还有一种猜测，维纳斯的情人、战神马尔斯战胜征服者，载誉归来，两人并肩站着，维纳斯右手握着情人的右腕，左手轻轻地搁在他的肩上……

当然，最后的结局是：由于争议不休，哪一种方案也未获采纳，人们公认还是现有的断臂状态为最美。

应该说，那个美丽的断臂女神雕像，正是由于它的不完整性，或者说不确定性、模糊性，才留存下悬念、疑团，使得人们可以无限度地驰骋想象。

二

说到艺术想象，我想到了英国著名女作家伍尔夫的短篇小说《墙上的斑点》。她从墙上斑点这一独特的视角，瞬息间，阅遍了人间万象，像中国文论古籍《文心雕龙》中所说的："文之思也，其神远矣！故寂然凝虑，思接千载；悄焉动容，视通万里。"

小说中的叙述者"我"，第一次看到墙上的斑点，是在冬天，炉子里正燃烧着火红的炭块，于是，"我"由红红的火焰产生城头飘扬着红旗的幻觉，产生无数红色骑士跃马黑色山岩的联想。"我"还想到，斑点是一个钉子留下的痕迹，由此臆想前任房客挂肖像画的情景，他的艺术趣味保守，认为艺术品背后必然包含有某种思想，由此推及生命的神秘、人类的无知和人生的偶然性。

斑点，也可能是夏天残留下的一片玫瑰花瓣，由此联想到一座老房子地基上一株玫瑰所开的花，那多半是查理一世在位时栽种的，于是，又勾出关于查理一世的历史，是奥地利的，匈牙利的，还是那不勒斯和西西里的国王？想到希腊人和莎士比亚，想到维多利亚时代。这斑点，也可能是阳光下的圆形的突出物，于是联系到一座古冢，想到了考古学者——是巫婆抑或隐士的后代。斑点是不是一块木板的裂纹呢？由是想到树木的生命，它虽然被雷电击倒，却化为生命分散到世界各处。有的在卧室里，有的在船上，有的在人行道上，有的变成房间里的护墙板。

最后认定，这斑点是个蜗牛。叙述者的意识还原到现实，与蜗牛的意象合而为一。

说到想象，还有一个显例：美国作家马克·吐温的微型小说《丈夫支出账单中的一页》。全文只有七行字：

> 招聘女打字员的广告费……（支出金额）
>
> 提前一星期预付给女打字员的薪水……（支出金额）
>
> 购买送给女打字员的花束……（支出金额）
>
> 同她共进的一顿晚餐……（支出金额）
>
> 给夫人买衣服……（一大笔开支）
>
> 给岳母买大衣……（一大笔开支）
>
> 招聘中年女打字员的广告费……（支出金额）

账单像巨大的冰山所露出水面的一小部分，故事的详情有待读者借助想象加以填补，进而组成完整的丈夫、妻子、年轻女打字员、岳母、即将招聘的中年女打字员等人物构成的意义世界。其间有着广阔无边的想象空间，留待读者去构建，去设想，去填充。

一种构想是：丈夫招聘到了年轻的女打字员，并向她献媚，提前预支薪水，送花，同她共进晚餐……结果被妻子发现了。于是，妻子又打又闹……丈夫迫不得已，给妻子买了衣服以缓和关系，还给岳母买了一件大衣，以便讨得妻子的欢心；最后达成和解，另招聘一个中年女打字员。可以推想，年轻女打字员已经被辞退了，一场风波归于平息。以广告费始，以广告费终。一笔、一大笔有区别，是付出的不同代价。

三

作品是作家与读者辅车相依、相生相发的统一体。正是通过阅读活动，读者的视域与作家的视域，当下的视域与历史的视域，实现了对接与融合；而就艺术的想象空间来说，尤其需要读者的参与和配合。也正是从这个意义上，英国作家王尔德才说："作品一半是作者写的，一半是读者写的。"马克·吐温的小说《丈夫支出账单中的一页》，就是这方面的典型文本。

同样，戏剧与电影也不例外。挪威著名剧作家易卜生的代表作《玩偶之家》，是一部典型的社会问题剧，主要写女主人公娜拉摆脱玩偶地位的自我觉醒过程——从全身心地关爱丈夫、无保留地信赖丈夫，到认识并坚持了自己生命的选择，最后决心与丈夫决裂，离家出走。自从 1879 年首演，便掀起层层波浪，随着"楼下砰的一响传来关大门的声音"，整个欧洲，包括五四运动后的中国知识界都被震动了。而广大读者与社会学家所共同关注与探讨的，是娜拉走后的命运怎样。应该说，易卜生当日创作此剧的目的，并未着意于提供答案，只是要启迪人们思考，引起心灵的震撼。鲁迅先生在谈到《玩偶之家》时，也曾说过：娜拉"走了以后怎样？伊孛生

（易卜生）并无解答；而且他已经死了。即使不死，他也不负解答的责任。因为伊孛生是在作诗，不是为社会提出问题来而且代为解答。"

这就有赖于读者的想象了。核心的问题是妇女的解放，恩格斯在《家庭、私有制和国家的起源》中指出："妇女解放的第一个先决条件就是一切女性重新回到公共的劳动中去。"鲁迅先生也曾指出："在家应该先获得男女平均的分配。"娜拉只有首先在经济上取得独立，才能争取独立的人格。然而，在素来把妇女当作玩偶的社会里，娜拉的独立解放只能沦于空想。于是，又想象出第二条、第三条路子，鲁迅先生也提到了："从事理上推想起来，娜拉或者其实也只有两条路：不是堕落，就是回来。"娜拉的未来之路究竟怎么走下去，给后世的读者留下了广阔的艺术想象空间。

事有凑巧，整整过了一百年，在美国，罗伯特·本顿导演、改编的社会伦理片《克莱默夫妇》于1979年在美国上映，同样在欧美各国引起了热烈的反响，并获得了当年奥斯卡金像奖最佳影片等五项大奖。影片反映了美国社会中一个相当普遍的家庭婚姻问题。个人的理想、事业与家庭生活之间的矛盾导致了家庭冲突和夫妇离异的悲剧，同样涉及妇女解放问题。一开始就是矛盾激化，克莱默夫人离家出走，断然离婚；而后是女方对儿子的思念，爸爸带着小儿子生活，遇到种种困难，夫妻为争夺爱子越吵越凶，情感联结点在争夺中越来越鲜明；最后，通过在法庭上互相揭露，彼此进一步加深了相互了解；结尾则是乔安娜回来，放弃了领走儿子的要求，在丈夫的目送下拭去眼泪走进电梯。

欲知后事如何，下回没有分解，只能由观众去猜想。这样一个开放式的结局，为观众的揣测提供了充分的想象空间。有些人认

旧金山海滨小憩

为，影片已经暗示了感情和爱子把夫妻二人牢牢地捆绑在一起，将会破镜重圆；但马上就遭到另一些人的反驳：由于现实中的矛盾一个也没有解决，和好了就等于电影从头再演一遍——妻子要获得精神平衡就必须外出工作，而外出工作又会带来新的不平衡，走来走去都是自我否定，和好如初也就是矛盾如初。

显然，聪明的编导不想给出（实际上也难以找出）一个固定的答案，与其做出某种选择，从而封闭了其他一切选择的通路，倒莫如把这个难以破解的苦涩问题交给观众，在品啜、玩味、思考中，去叩问生命、体验人性、解读人生。

（2020 年）

我读《蒹葭》

一

《蒹葭》属于《诗经·秦风》。东周时的秦地，相当于今天的陕西大部及甘肃东部。这里"迫近戎狄"，秦人多"修习战备，高上气力，以射猎为先"（《汉书·地理志》）；又兼地势高耸，沟壑纵横，情怀自是激越雄豪，比较典型地反映在后世的戏曲秦腔上。那么，像《蒹葭》这种情调凄美、意象朦胧、婉转有致的诗歌作品，又怎么会在这里出现呢？清代文学家方玉润就说过："此诗在《秦风》中，气味绝不相类。以好战乐斗之邦，忽遇高超远举之作，可谓鹤立鸡群，翛然自异者矣。"（《诗经原始》）

这种情况实属特例，但从矛盾差异性的角度来看也不难理解。秦地诗人情况各异，即便是同一诗人，在不同情态下也会出现不同风格的作品。唐代大诗人白居易自述其两类具有代表性的诗作："一篇《长恨》有风情，十首《秦吟》近正声。"二者本事皆发生在秦地，内容、格调却判然各异：《长恨歌》中通过李、杨爱情悲剧，表达诗人浓郁的感伤意绪和有情人终难偕老的"此恨绵绵"，突出其情感文采；而讽喻组诗《秦中吟》，则关心民瘼，针砭时弊，强调其社会价值，接近《诗经》之"正声"。

《蒹葭》全诗共分三章，每章八句，前两句写景，后六句叙事抒怀。诗的表现手法是兴寄，每章开头，都是以秋景起兴，通过蒹葭（泛指芦苇）与白露两种物象，点明季节、环境，暗喻时间的推移(天还未亮，天已微明，天色大亮)，展现并渲染一种凄清虚静、沉郁悲凉的气氛。接下来，叙写主人公痴情追慕、望穿秋水，寻觅日夜思念、衷心渴慕的意中人("伊人")的情境。霜凝之候，金风萧瑟，寒意凄凄，露气水光，空明相击；主人公早早就来到大河边上，望着茂盛的苍芦，满怀焦灼、急切之情，徘徊、往复——沿着弯曲的河道往上行走("溯洄从之")，道路崎岖，漫长遥远；而当顺流寻索("溯游从之")，却又值百川灌河，秋水横溢，阻隔其间。那么，那位"伊人"呢？竟是形象飘忽不定，行踪扑朔迷离，时而仿佛在水边，时而又像是被水包围着，依稀可望，却始终无法靠近，只在瞩望、怀想之中。"盈盈一水间，脉脉不得语。"

作为一首怀人诗，《蒹葭》以其情深景真、丰神摇曳，鲜明而独特的声韵之美、意境之美、情致之美、哲思之美，久享骚坛盛誉，古今传诵不衰。

说到诗美，我首先想到闻一多先生关于新诗理论"三美"的论述。他的原话是这样："诗的实力不独包括音乐的美(音节)，绘画的美(词藻)，并且还有建筑的美(节的匀称和句的均齐)。"(《诗的格律》)从广义上说，《国风》中的民间歌谣(自然也包括《蒹葭》)就是今天所说的新诗。只不过今天的新诗难以望其项背而已。

《诗经》自始就是与歌唱结合在一起的。《墨子·公孟篇》有"颂诗三百，弦诗三百，歌诗三百，舞诗三百"之说，表明"诗三百"均可咏诵、歌唱，都能够用乐器伴奏与伴舞。《史记·孔子世家》也说："三百五篇，孔子皆弦歌之，以求合《韶》《武》《雅》《颂》之音。"至于《国风》，作为上古的歌谣，就更是通过口头传唱来宣抒情感，发挥其审美效应。在这里，声调与旋律起着关键性作用。为了更强烈地感染人，歌者反复咏唱；而听者则且听且和，沉酣其间，产生一种良性的互动作用。

初读《蒹葭》，即使尚未玩味与体悟其思想内涵、结构艺术，也会被它的优美和谐的旋律，节奏鲜明、抑扬有致的声调所吸引和感染。郑振铎先生即认为，《蒹葭》不仅"措词宛曲秀美"，而且"音调也是十分的宛曲秀美"。清代方玉润有言：《蒹葭》"三章只一意，特换韵耳。其实首章已成绝唱。古人作诗，多一意化为三叠，所谓一唱三叹，佳者多有余音"。直到今天，尽管咏唱我们听不到了，但通过吟诵，《蒹葭》所蕴涵的音乐美，双声、叠韵、复词之妙，还能强烈地感受到。听来但觉韵律悠扬谐美，节奏舒张徐缓，旋律婉转有致，音节流美，荡气回肠，带来听觉上的极大满足。

我们再转到视觉上，欣赏它的绘画之美。诗的首句以秋景起兴，引出正文，说明正值"蒹葭未败，而露始为霜，秋水时至，百川灌河之时也"（朱熹语）；而后，便勾勒出诗人视域里写意式的景色，"苍苍""萋萋""采采"，尽显苍凉的气氛与凄婉的韵味；而实写白露的"为霜""未晞""未已"，以及"溯洄""溯游"，"水一方""水之湄""水之涘"，俱是可见、可感、可触的秋水蒹葭景象，同虚写的伊人宛在，倩影依稀，相映成趣，完美契合。诗中词藻隽美，逐句读来，眼前次第地展开一幅笔墨氤氲、意象朦胧的水墨画，美得像云烟一样浩渺迷茫，梦境一般虚无缥缈、不可捉摸。

至于诗的建筑之美，依闻先生所说，乃是指"节的匀称和句的均齐"。这在《蒹葭》一诗中，也是表现得异常突出的。每章字句的排列，整齐有序，布局均衡，造型匀称，结末各加一字，更显得活泼跳脱。在诗的组织结构形式上，从错落中求整齐、在差异中见

178

协调，实现了整齐美、对称美、错综美的和谐统一，产生了持续的视觉美感的冲击和碰撞效应。这种艺术形式也是符合生活实际的，人和动物的形体，以及住宅、用具等，无不体现着对称、均衡的特点；尤其是我国远古先民，大都生活在平原地带，以农耕为主要生活手段，就文化心理来说，和谐、整齐、对称的内蕴形式，使人看起来更加悦目赏心。

二

如果说，上面陈述的主要着眼于听觉、视觉，换言之，是从诗的艺术形式方面来考究《蒹葭》之至美的话，那么，就内在蕴涵来说，《蒹葭》之至美，还更多维、更深邃地表现在意境、情致方面。

说到意境，我记起了清代文学家梁绍壬《两般秋雨盦随笔》中的一则记载：乾隆年间，会稽胡西垞咏《蓼花》诗有句云："何草不黄秋以后；伊人宛在水之湄。"上联引《诗经·小雅》，以百草枯黄喻人生憔悴，实写征夫行役之苦；下联虚写秋水伊人，通过"宛在"二字，渲染凄清景象、痴迷心象、模糊意象，营造一种若隐若现、若即若离、若有若无的朦胧意境。诗人巧借两首古诗，将几个虚词巧嵌句中，烘托出一种怅惋苍凉的氛围，达到了很高的艺术境界。读来只觉情调凄美，境界幽渺，意蕴丰盈。

同人生一样，诗文也有境与遇之分。《蒹葭》写的是境，而不是遇。"心之所游履攀援者，故称为境。"（佛学经典语）这里所说的境，或曰意境，指的是诗人（主人公）的意识中的景象与情境。境生于象，又超乎象；而意则是情与理的统一。在《蒹葭》之类抒情性作品中，二者相辅相成，形成一种情与景汇、意与象通、情景

179

交融、相互感应、活跃着生命律动的韵味无穷的诗意空间。

由此，又联系到王国维《人间词话》中的"境界"说。王先生特别看重诗词的境界，认为"能写真景物、真感情者谓之有境界，否则谓之无境界"，"有境界则自成高格"。他还谈到：诗词"有造境，有写境，此理想与写实二派之所由分。然二者颇难分别，因大诗人所造之境，必合乎自然，所写之境，亦必邻于理想故也"。《蒹葭》一诗，写的是真真切切的实人实景，却又朦胧缥缈、扑朔迷离，既合乎自然，又邻于理想，可说是造境与写境、理想与实际、浪漫主义与现实主义完美结合的范本。诚如晚清学者陈继揆《读风臆补》中所云："意境空旷，寄托元淡。秦川咫尺，宛然有三山云气，竹影仙风。故此诗在《国风》为第一篇缥缈文字，宜以恍惚迷离读之。"

这从以下两方面看得尤为清楚：

一是诗的意旨的不确定性，或者说主题的多义性。关于本诗的主旨，历来歧见纷呈，莫衷一是，就连宋代的大学问家朱熹都说"不知其何所指也"。在许多人看来，这是一首追求意中人的恋歌；但是，也有人说，是为"朋友相念而作"；有的看作是访贤不遇诗，"贤士隐居水滨，国人渴慕思见而不得"；还有人解读为，假托思美怀人，寄寓理想之不能实现；也有人说，作者就是隐士，"此诗乃明志之作"；有人持论："君子隐于河上，秦人慕之，而作是诗"；有的说是"秦人思西周之诗"；旧说还有："《蒹葭》刺襄公也，未能用周礼，将无以固其国焉"；亦有人把它看作是上古之人的水神祭祖仪式……

二是意境的朦胧性。这种朦胧性乃是多义性的形象展现，属于更高的境界——

诗中有一个浑然一体的环境意象群：青苍的芦荻，薄白的霜露，蒹葭深处连天的秋水，这本身就给人一种迷雾空蒙、烟水苍茫、虚无缥缈之感。就说那河水吧，只是起个阻隔的作用，具体什么样，并没有交代。

诗中的主人公，飘忽的行踪、痴迷的心境、离奇的幻觉，忽而"溯洄"，忽而"溯游"，往复辗转，闪烁不定，同样令人生发出虚幻莫测的感觉。

至于那个只在意念中、始终不露面的"伊人"，更是恍兮惚兮，除了"在水一方"，其他任何情况，诸如性别、年龄、身份、地位、外貌、心理、情感、癖好等等，统统略去。彼何人斯？是美女？是靓男？是恋人？是挚友？是贤臣？是君子？是隐士？是遗民？谁也弄不清楚。

而最后的结局尤其恍惚缥缈，只交代个"宛在水中央"，便作不了了之，留下了巨大的空白，令人浮想联翩，显现出"含不尽之意于言外"的审美效果。

在这里，用作起兴的事物与所要描绘的对象，形成一个完整的艺术世界，在模糊的意象中，展现出一种难以捉摸的朦胧美。即此，清代学人特别着意于"宛在"与"所谓"两个虚词："'在水之湄'，此一句已了，重加'溯洄'、'溯游'两番模拟，所以写其深企愿见之状。于是，于'在'字上加一'宛'字，遂觉点睛欲飞，入神之笔。"（姚际恒语）"细玩'所谓'二字，意中之人难向人说，而'在水一方'亦想象之词。若有一定之方，即是人迹可到，何以上下求之而不得哉？诗人之旨甚远，固执以求之，抑又远矣。"（黄中松语）

而基于诗中清虚飘忽、不可捉摸的意境，现代文学史家陈子展说：《兼葭》"诗境颇似象征主义，而含有神秘意味"。(《诗经直解》)当代学者刘萍则认为，"在水一方"就是这样一种由特定感情外化而成、具体事实完全被虚化了的心理幻象。在这种心理幻象中的一切事物，无论是河水、伊人，还是逆流、顺流，无论是险阻、宛在，还是河岸边、水中央，都不必要，也不可能作何山何水、何时何地，乃至何人何事的考究；否则，就会产生许多自相矛盾之处。可见，诗中所描述的这种景象，并非眼前所见的实景实事，也不是对曾经阅历过的某人某事的追忆，而是一种由诸多类似人事、类似感受所综合、凝聚、虚化而成的心理幻象。正因为如此，《兼葭》的意境也就呈现为一种不粘不滞、似花非花、空灵蕴藉、含蓄多藏的朦胧美。

应该说，这正是本诗的魅力所在。唯其构建了多重意象交相叠合的开放型结构，方使它成为极富张力、大放异彩的诗苑的奇葩，拓展了后世无量数读者的想象空间。而就体现文学创作规律来说，更是符合古人论诗的旨归："凡作诗不宜逼真，如朝行远望，青山佳色，隐然可爱。其烟霞变幻难于名状，及登临非复奇观，唯片石数树而已。远近所见不同。妙在含糊，方见作手。"(明代谢榛语)

三

王国维先生还有一句关键性的评语："《诗·兼葭》一篇，最得风人深致。""风人"者，诗人也；"深致"，指诗歌语言之外所表达的精深独到的情致。这种情致，只要我们认真地品味、涵泳诗篇，就能够真切地感受到。诗中主人公在秋深、霜晓、露白、兼苍这富有象征意蕴的特定环境中，为了会见意中人，不辞险阻，徘徊踯躅，往复追踪，意醉神迷。情感是那样的真挚，意志是那样的执着，心情是那样的急切。随着时间的推移，道路阻隔的加剧，思念变得愈加深重，焦急、怅惘的心绪也与时俱增，但痴迷眷注，一往情深，未曾稍减。

这种十分热烈而焦灼的心情，同凄清、萧瑟、冷落的清秋景色，恰成强烈的对应。一热一冷，一动一静，相反相成，契合无间。如同清朝王夫之所说的："情、景名为二，实不可离。神于诗者，妙合无垠；巧者则有情中景，景中情"；"关情者景，自与情相为珀芥（琥珀摩擦后生电，能吸引草芥之类细小的东西。比喻互相感应）也。情、景虽有在心、在物之分，而景生情，情生景，哀乐之触，荣悴之迎，互藏其宅（互相寄寓其中）。"

同时，我们也应该看到，《蒹葭》中之景，已经不是原有的"自在"之景，而是通过诗人的"眼处心生"，把主观情思"迁入"客观对象之中，赋予它以深邃的情感内涵与通透的灵性，从而成为人化的"为我"之物，如"感时花溅泪，恨别鸟惊心"是也。大约也是在这种意义上，才有"一切景语皆情语"之说。

作为"风人深致"的重要组成部分，诗人笔下这些意与象、情与物所产生的艺术效果是奇绝的。寥寥数语，着墨无多，便营造出浓郁的诗情画意，成就了一篇覃覃有味、蕴藉空灵的绝妙好辞，使人百读而不厌。

诚然，"伊人宛在水之湄"，既不邈远，也不神秘，不像《庄子》笔下的"肌肤若冰雪，绰约如处子，不食五谷，吸风饮露"的"神人"，高踞于渺茫、虚幻的"藐姑射之山"。绝妙之处在于，诗人"着手成春"，经过一番随意的"点化"，这现实中的普通人物、常见情景，便升华为艺术中的一种意象、一种范式、一种境界。无形无影、无迹无踪的"伊人",成为世间万千客体形象的一个理想的化身;而"在水一方",则幻化为一处意蕴丰盈的供人想象、耐人咀嚼、引人遐思的艺术空间,只要一提起、一想到它,便会感到无限温馨而神驰意往。

这种言近旨远、超乎象外、能指大于所指的艺术现象,充分地体现了《蒹葭》的又一至美特征——与朦胧之美紧相关联的含蓄之美。

在中国古代诗歌中,含蓄一向被视为至高的审美境界。清人叶燮说:"诗之至处,妙在含蓄无垠,其寄托在可言不可言之间,其指归在可解不可解之会。言在此而意在彼,泯端倪而离形象,绝议论而穷思维,引人于冥漠恍惚之境,所以为至也。"他又说:"可言之理,人人能言之,又安在诗人之言之?可征之事,人人能述之,又安在诗人之述之?必有不可言之理,不可述之事,遇之于默会意象之表,而理与事无不灿然于前者也。"这一切,都是由诗歌的性质、品格、意义、效应以及创作规律所决定的。

一般认为,含蓄应该包括如下意蕴:含而不露,耐人寻味,予人以思考的余地;蕴蓄深厚,却不露形迹,所谓"不着一字,尽得风流";以简驭繁,以少少许胜多多许。如果使之具象化,不妨借用《沧浪诗话》中的"语忌直、意忌浅、脉忌露、味忌短"概之。对照《蒹葭》一诗,应该说是般般俱在,丝丝入扣——

诗中并未描写主人公思慕意中人的心理活动,也没有调遣"求之不得,寤寐思服。悠哉悠哉,辗转反侧"之类的用语,只写他"溯洄""溯游"的行动,略过了直接的意向表达,但是,那种如痴如醉的苦苦追求情态,却隐约跳荡于字里行间。

依赖于含蓄的功力,使"伊人"及"在水一方"两种意象,引人思慕无穷，永怀遐想。清代画家戴熙有"画令人惊，不若令人喜；令人喜，不若令人思"之说，道理在于，惊、喜都是感情外溢，有时而尽的，而思则是此意绵绵，可望持久。

"伊人"的归宿，更是含蓄蕴藉，有余不尽，只以"宛在"二字了之——实际是"了犹未了"，留下一串可以玩味于无穷的悬念，付诸余生梦想。黑格尔在《美学》一书中指出："艺术的显现通过它本身而指引到它本身之外。"这从更深的层次上来考究，就上升为哲理性了。

四

哲理性，是《蒹葭》所独标一格的又一至美特征，它突出地表现在"企慕情境"、等待心理和悲剧意识上。

钱锺书先生在《管锥编》中最先指出，《蒹葭》所体现的是一种可望而不可即的"企慕之情境"。它"以'在水一方'寓慕悦之情，示向往之境"；亦即海涅所创造的"取象于隔深渊而睹奇卉，闻远香，爱不能即"的浪漫主义的美学情境。

就此，当代学者陈子谦在《钱学论》中作了阐释："企慕情境，就是这一样心境：它表现所渴望所追求的对象在远方，在对岸，可以眼望心至，却不可以手触身接，是永远可以向往，但不能到达的境界"；"在我国，最早揭示这一境界的是《诗·蒹葭》"，"'在水一方'，即是一种茫茫苍苍的缥缈之感，寻寻觅觅的向往之情……'从之'而不能得之，望之而不能近之，若隐若现，若即若离，犹如水中观月，镜里看花，可望不可求"。

《蒹葭》中的企慕情境，含蕴着这样一些心理特征——

其一，诗中所呈现的是向而不能往、望而不能即的企盼与羡慕之情的结念落想；外化为行动，就是一个"望"字。抬头张望，举目眺望，深情瞩望，衷心想望，都体现着一种寄托与期待；如果不能实现，则会感到失望，情怀怅惘。正如唐代李峤《楚望赋》中所言："故夫望之为体也，使人惨凄伊郁，惆怅不平，兴发思虑，惊荡心灵。其始也，惘若有求而不致也，怅乎若有待而不至也。"

其二，明明近在眼前，却因河水阻隔而形成了远在天边之感的距离怅惘。瑞士心理学家布洛有"心理距离"一说："美感的产生缘于保持一定的距离。"一旦距离拉开，悬想之境遂生。《蒹葭》一诗正是由于主体与客体之间保持着难以逾越，却又适度的空间距离与心理距离，从而产生了最佳的审美效果。

其三，愈是不能实现，便愈是向往，对方形象在自己的心里便愈是美好，因而产生加倍的期盼。正所谓："跑了的鱼，是大的"；"吃不到的葡萄，会想象它格外地甜"。"夫说（悦）之必求之，然惟可见而不可求，则慕说（悦）益至。"清人陈启源的这一分析，可说是对于企慕情境的恰切解释。

作为一种心灵体验或者人生经验，与这种企慕情境相切合的，是有待而不至、有期而不来的等待心境。宋人陈师道诗云："书当快意读易尽，客有可人期不来。世事相违每如此，好怀百岁几回开？"可人之客，期而不来，其伫望之殷、怀思之切，可以想见。而世路无常，人生多故，离多聚少，遇合难期，主观与客观、期望和现实之间呈现背反，又是多发与常见的。

这种期待之未能实现和愿望的无法达成所带来的忧思苦绪，无疑都带有悲剧意识。若是遭逢了诗仙李白，就会悲吟："美人如花隔云端，上有青冥之长天，下有渌水之波澜。天长路远魂飞苦，梦魂不到关山难。长相思，摧心肝！"当代学者石鹏飞认为，不完满的人生或许才是最具哲学意蕴的人生。人生一旦梦想成真，既看得见，又摸得着，那文明还有什么前进可言呢？最好的人生状态应该是让你想得到，让你看得见，却让你摸不着。于是，你必须有一种向上蹦一蹦或者向前跑一跑的意识，哪怕最终都得不到，而过程却早已彰显了人生的意义和价值。所以，《蒹葭》那寻寻觅觅之中若隐若现的目标才是人类不断向前的动力，才有可能让我们像屈原那样发出"天问"，才有可能立下"路漫漫其修远兮，吾将上下而求索"的宏图远志。

是的，《蒹葭》中的望而不见，恰是表现为一种动力、一种张力。李峤《楚望赋》中还有下面两句："故望之感人深矣，而人之激情至矣"。这个"感人深矣""激情至矣"，正是动力与张力的具体体现。从《蒹葭》的深邃寓意中，我们可以悟解到，人生对于美的追求与探索，往往是可望而不可即的；而人们正是在这一绵绵无尽的追索过程中，饱享着绵绵无尽的心灵愉悦与精神满足。

看得出来，《蒹葭》中的等待心境所展现的，是一种充满期待与渴求的积极情愫。虽然最终仍是望而未即，但总还贯穿着一种温馨的向往、愉悦的怀思——"虽不能至，心向往之"；"中心藏之，无日忘之"。并不像西方后现代主义的荒诞戏剧《等待戈多》那样，喻示人生乃是一场无尽无望的等待，所表达的也并非世界荒诞、人生痛苦的存在主义思想和空虚绝望的精神状态。

《蒹葭》中所企慕、追求、等待的是一种美好的愿景。诗中悬置着一种意象，供普天下人执着地追寻。我们不妨把"伊人"看作是一种美好事物的象征，比如，深埋心底的一番刻骨铭心的爱恋之情，一直苦苦追求却无法实现的美好愿望，一场甜蜜无比却瞬息消逝的梦境，一方终生企慕但遥不可及的彼岸，一段代表着价值和意义的完美的过程，甚至是一座灯塔、一束星光、一种信仰、一个理想。

（2018 年）

读书得间

一

"读书得间"，是一句著名的成语，体现了宋、明以来学者读书治学的一种成功经验与思维方式，尤为清乾嘉学派特别是近现代的学术宗师所推重。

"间"，本作"閒"，从门，从月。《说文解字注》：开门月入，门有缝而月光可入。《庄子·养生主》讲庖丁解牛，按照牛体的自然结构，顺着筋肉骨节间的空隙运刀，"彼节者有间，而刀刃者无厚；以无厚入有间，恢恢乎其于游刃，必有余地矣"。看来，"间"的本义为门缝、骨缝，后来泛指事物间的空隙。这个"间"和读书联系起来，就有字里行间、文字本身之外、书的夹缝中、书的空隙等含义。冯友兰先生讲，读书得间，就是从字里行间读出"字"来。字与字之间、行与行之间本来没有字，当你读得深入时，便会读出字来，觉得在原来的字外还有字，这些字外之字，才是最有意义的。读书能够"得间"，才会领悟作者的言外之意，算是把书读懂了、读尽了。

"得间"的"得"，其源甚古，我国最早的文献甲骨文中就出现了，最初的含义是获得，多义是后来演绎出来的。与读书得间直接相关的，可从下述两个方面加以理解，前贤往哲在这些方面都有所论列：

一是，获得、取得、得益于。读书，从字里行间、从间隙中获得效益，找到窍门。现代历史学家谢国桢先生说："古人说得好，'读书得间'，就是从空隙间看出它的事实来，从反面可以看出正面的问题；读正史外，还要从稗官野史中搜集资料，从事补订考证，这犹如阳光从树林中照在青苔上，斑驳的光亮可以多少反映出客观的现象，从而得出事实的一个侧面，然后取得内在的联系。积累了许多的专题研究，然后才能写出不是陈陈相因、抄撮成书的作品。"季羡林先生也谈过："在大多数情况下，只有到杂志缝里才能找到新意。在大部头的专著中，在字里行间，也能找到新意的，旧日的'读书得间'，指的就是这种情况。因为，一般说来，杂志上发表的文章往往只谈一个问题，里面是有新意的。你读过以后，受到启发，举一反三，自己也产生新意，然后写成文章，让别的人也受到启发，再举一反三。"

二是，必须、需要、就得（děi）。读书，不能停留在字面上，还要读出字面背后隐伏的含义，也就是必须着眼于"间"。南宋大学者朱熹有言："读书须是看着那缝隙处，方寻得道理透彻。若不见得缝隙，无由入得。看得缝隙时，脉络自开。"以戏剧台词作喻，台词是说出口的，相当于"字面"，在某些情况下，你还需悟解背后的潜台词，所谓"话中有话"，这就得从对话之外思索他究竟想的是什么。也可比作出外游览，导游的话起到提示、引导作用，必不可少；但若领会得更深刻，进而产生自己的创见，就需要考究背景，广泛联系，旁征博引。

二

读书得间，做起来不易，有赖于深厚的学养、创造性思维、敏锐的感觉、独到的眼光，这表现在多方面——

其一，在字里行间琢磨出弦外之音、象外之旨，得到虽没明说却已渗透出的意味。明代学者孙能传《剡溪漫笔》中有这样一段记载："司马温公语刘元城：'昨看《三国志》，识破一事。曹操身后事，孰有大于禅代？遗令谆谆百言，下至分香卖履、家人婢妾，无不处置详尽，而无一语及禅代事，是实以天子遗子孙，而身享汉臣之名。'操心直为温公剖出。"

温公即北宋著名史学家、《资治通鉴》撰著者司马光；刘元城，名安世，当时从学于温公。温公不愧是史学大家，慧眼独具，读书得间，从曹操这份《遗令》（遗嘱）的字里行间，看出了他的深心、智算。这番话的意思是，曹操死前，将身后事宜样样都交代得十分清楚，甚至连"分香卖履之事（余下的香可分给诸夫人，不用它祭祀。各房的人无事做，可以学着制作带子、鞋子卖），家人婢妾，无不处置详尽"，却对"悠悠万事，唯此为大"的禅代之事没有一语道及。其意若曰："禅代之事，自是子孙所为，吾未尝教为之。"那么，他为什么要剖白这些呢？料想是考虑到，这份遗嘱，表面是"私房话"，实则日后必然成为政治文献而公之于世，所以有必要表明：自己只安于"身享汉臣之名"，而无意做天子，至于后世子孙如何，那是他们的事。

其二，善于存疑，对于读书得间也至关重要。存疑，就是凡事要多问一个"为什么"。事实上，司马温公读《三国志》，"识破一事"，也正源于他的存疑。清代学者孙诒让在其《墨子间诂·自序》中说："间者发其疑牾，诂者正其训释。"这个"间"字，应与读书得间的"间"同义，按孙氏说法，含有阐发疑义、厘正谬误的意思。关于存疑，朱熹有精辟的论述，他说："读书始读未知有疑，其次则渐渐有疑，中则节节是疑；过了这一番后，疑渐渐解，以至融会贯通，都无所疑，方始是学。"又说："读书无疑者须教有疑，有疑者却要无疑，到这里方是长进。"同是理学家，北宋的张载也曾说："观书者释己之疑，明己之未达，每见每知所益，则学进矣。"可见，读书的过程，就其本质来讲，就是存疑、得间的过程，发现的问题越多，长进得也就越快。

史学教授韩树峰在《远去的背影》一文中说：历史学家"田余庆先生治史，讲求读书得间，论从史出。……印象比较深刻的一个例子，是《三国志·吴书·张温传》有如下记载：'（张温见孙权）罢出，张昭执其手曰：老夫托意，君宜明之。'读至此处，田先生见我们没有发现任何问题，问道，张昭托付给张温的，到底是什么呢？大家不禁面面相觑。这个没有答案的问题使我明白，做学术研究，答案固然重要，但答案毕竟从问题而来，所以问题更重要。发现的问题，或者受制于史料，或者受制于个人认识问题的角度，也许永远不会有答案，但问题意识越多，读史收获就越大，以前没有答案的问题与其他问题结合起来思考，也许可以找到其间一以贯之的线索，从而得到较为深刻的解答。没有问题或者放弃没有答案的问题，也许就意味着我们错过了与历史问题交流的诸多机会"。

其三，存疑的前提是熟读精思，"学而不思则罔"，读书得间，关键在于深入思索。现代史学家缪钺先生谈他的切身体验："熟读还必须与深思结合起来。读书不仅是要多获知识，而且应深入思索，发现疑难，加以解决，此即所谓'读书得间'，也就是所谓有心得。"清代学者恽敬也说："夫古人之事往矣，其流传记载，百不得一，在读书者委蛇以入之，综前后异同以处之，盖未有无间隙可寻讨者。"这也就是清初著名学者阎若璩所说的："古人之事，应无不可考者，纵无正文，亦隐在书缝中，要须细心人一搜出耳。"

三

关于读书得间，"前人之述备矣"；那么，结合现代人文学科有关理论，我们似可做出一些新的联想、新的领悟、新的理解。

现代语言学有"能指"与"所指"这一对概念，前者意为语言文字的声音、形象，后者则是语言文字的意义本身。以所谓"文化鸟"的杜鹃为喻，它那"惯作悲啼"和类似"不如归去"的鸣声，就好像是能指，而在那些愁肠百结的人听来，会有心酸肠断之感，特别是穷愁羁旅的他乡游子，竟会由此而产生共鸣，"等是有家归未得，杜鹃休向耳边啼"，这种象征性的声外之意、象外之旨，就相当于所指了。职是之故，我们不妨把"得间"与所指加以类比。

禅宗用"以手指月"比喻文字与义理的关系，人的手指指示了月亮，有如文字指示了义理，应该得月忘指，得意离言。在日常语言文字交流中，时常可以见到，意义恰在语言文字之外，包括反讽中的寓意、反衬中的曲致。这在读书中，"得间"功夫就必不可少了。试看鲁迅先生小说《祝福》中的描写："她（祥林嫂）还记得照旧的去分配酒杯和筷子。'祥林嫂，你放着罢！我来摆。'四婶慌忙的说。她讪讪的缩了手，又去取烛台。'祥林嫂，你放着罢！我来拿。'四婶又慌忙的说。"只看这两句重复的话，从字面上理解，或许误认是出自关心，看祥林嫂人累，让她休息一下；而真实的用意，藏在"你放着罢"背后，里面隐伏着"有罪的、不干不净的

193 读书得间

女人"的机栝。

还有，按照现代阐释学和传统接受美学的理论，文本永远向着阅读开放，理解总是在进行中，这是一个不断充实、转换以至超越的过程；文学接受具有鲜明的再创造性，这种理解往往是多义的，"作者用一致之思，读者各以其情而自得"（清初王船山语）；"作者之用心未必然，而读者之用心何必不然"（晚清谭献语）。田余庆先生之问"张昭托付给张温的，到底是什么"，就是一个典型的事例，答案必然会多种多样。这样，"得间"的视界就更加扩展了。

说到这里，忽然记起季羡林先生的一段话："汉语本身还具备一些其他语言所不具备的优点。50 年代中期，我参加了中共八大翻译处的工作。在几个月的工作过程中，我逐渐发现了一个从来没有人提到过的现象，这就是：汉语是世界上最短的语言。使用汉语，能达到花费最少最少的劳动，传递最多最多的信息的目的。我们必须感谢我们的祖先，他们给我们留下了汉语言文字这一瑰宝。"季老掌握中文、英文、德文、梵文、巴利文、俄文、法文、吐火罗文八种语言，他有资格下这个断语。至于为什么是这样，几句话说不清楚，我想，读书得间这种治学方法，可能也提供了直接的助力。

总而言之，读书得间，是治学途径，也是一种思维方式；需要学术功底，也须具备一种智慧眼光。清华大学原校长罗家伦有言："须知著书固要智慧，读书也要智慧。读书得间，就是智慧的表现。"

（2020 年）

两个爱情神话

　　夏历七月初七又到了。小时候，每到这一天，老祖母都要拄着拐杖到外面仰望云空，察看喜鹊、燕子的踪迹。当上上下下确实见不到它们的影子时，便喃喃地自言自语："去了，都去了！"谁若是问上一句："去哪里了？"她会惊讶地看上你几眼，意思是：连给牛郎织女"银河会"架桥的事都不知道，也太不懂事了。

　　这一天，最好是阴雨天，因为这证明了牛女双星已经在鹊桥上洒泪相见。于是，老祖母和母亲也都出现黯然神伤的样子。

　　在中国古代神话中，牛郎织女的传说，大概是最牵动人心、最具有群众性的了。据我所知，汉族祖先构思的星象神话流传下来的很少，这是其中之一，所以，弥足珍贵。

　　正是由于老祖母的启蒙，后来，我入私塾读到《诗经·大东》篇中"跂彼织女，终日七襄。虽则七襄，不成报章"的时候，感到分外亲切，对这位独处天庭的女郎因终日相思而无心织布的情怀，似乎也理解了许多。记得我在吟诵《古诗十九首》中"迢迢牵牛星，皎皎河汉女，纤纤擢素手，札札弄机杼。终日不成章，泣涕零如雨。河汉清且浅，相去复几许？盈盈一水间，脉脉不得语"的诗句时，还曾洒下过一掬同情之泪。

　　后来，读书渐多，发现有的诗人力辟牛女传说之妄。比如，杜甫就曾写过："牵牛出河西，织女处其东。万古久相望，七夕谁见同？神光意难候，此事终朦胧。飒然精灵合，何必秋遂逢！"诗意是说，从古以来，人们只见到牛女双星各据银河一畔，有谁见到他们曾经聚合到一起？就算是架桥相会的说法能够存在，作为天上的星宿，神通无限广大，精灵飒然即合，又何必偏偏等到七夕才能相见！诘问得可说是凿凿有据，蛮有道理。只是，由于美丽的传说已经先入为主，就人们的意愿来讲，还是宁肯信其有，不愿信其无的。这样一来，倒觉得这位杜陵叟有些"刻舟求剑"，大煞风景了。

事实上，中国历代诗人、词客总是出自美好的愿望，驰骋其丰富的想象力，为牛女双星写下了许许多多感人的诗章。有祝愿他们长相聚、不分离的："愿天上人间，占得欢娱，年年今夜。"（柳永《二郎神》词）"唯愿年年此夜，人月双清。"（高则诚《琵琶记》句）也有为他们鸣不平的，欧阳修在《渔家傲》词中说："一别终年今始见，新欢往恨知何限？天上佳期贪眷恋，良宵短，人间不合催银箭！"认为牛女终年长别，只有七夕才能会面，而且良宵苦短，应该让他们尽兴欢娱，而不要银箭频催，过早地惊破他们的甜梦。

当一切美好的祝愿在冷酷的现实面前归于破灭，"乍见还别"的处境无法改变的时候，诗人们又从一个新的角度来抒写情怀，歌颂他们的爱情忠贞不渝，万古长新，不像人世间爱海波澜，翻云覆雨。苏轼在《菩萨蛮》一词中这样写道："相逢虽草草，长共天难老。终不羡人间，人间日似年。"这真是绝妙的立意，而且，未曾经人道语。诗人提出一个耐人寻味的富有哲理性的课题：怎样看待爱情与幸福？什么样的爱情才算幸福？

在这方面，写得最出色的，要算"苏门四学士"之一秦观的那首《鹊桥仙》词了：

纤云弄巧，飞星传恨，银汉迢迢暗度。金风玉露一相逢，便胜却人间无数。　　　柔情似水，佳期如梦，忍顾鹊桥归路。两情若是久长时，又岂在朝朝暮暮！

词人从七夕仰望星空的角度，次第地写出了所见、所感。全词可分四层理解。第一层，写词人眼中的七夕银河畔的美丽：纤薄、绵邈的秋云在不断地变换着繁巧的花样；牛女双星不停地闪烁，似乎四目含情，蕴蓄着无限的离愁别恨。看，他们渐渐地踏上鹊桥，渡过银河，开始一年一度的会合了。

第二层，即景抒情，歌颂他们爱情的坚贞不渝。"金风玉露"点出相会的季节；"便胜却人间无数"，寄寓了关于爱情与幸福的深刻哲理，体现了少与多、暂与久的辩证关系。"今日斗酒会，明日沟水头，蹀躞御沟上，沟水东西流"（卓文君《白头吟》）；"玉颜盛有时，秀色随年衰，常恐新间旧，变故兴细微"（傅玄《明月篇》）。这类诗歌在古诗中屡见不鲜，反映出人世间无数薄情郎爱情不专、反复多变、色衰爱弛、见异思迁的实际情况。对比之下，牛女双星虽然一别经年，离多会少，但爱情专一，坚贞不渝，万古长新，永恒不变，确实是令人艳羡不已的。早在唐代，就曾有人吟咏："乌鹊桥头双扇开，年年一度过河来。莫嫌天上稀相见，犹胜人间去不回。"

第三层，词人想象双星鹊桥相会的情态。他们满怀深情，无限依恋，情切切，意绵绵，倾诉着长别的衷曲，相互间都不忍心看那只身归去的离别之路。一幅"儿女恋情图"跃然纸上。

最后一层，补足第二层的哲理思考，并以此相互劝慰，也表达了作者对爱情与幸福的结论性意见：理想的伴侣应是两情久长，坚如金石，而不在乎朝夕厮守的枕席之爱。俄国著名诗人普希金与冈

　　　　　　　两个爱情神话

察罗娃，法国著名古典主义作家莫里哀与亚尔玛特，都曾是朝夕相伴、形影不离的爱侣，充满了甜情蜜意，有时竟达到狂热的程度。然而，曾几何时，由于相互间在志趣、追求、道德修养方面存在着根本的差异，导致忌恨、猜疑、同床异梦，造成终生的痛苦，甚至葬送掉宝贵的生命。可见，"朝朝暮暮"厮守不离，并不即等于爱情的幸福。

当然，爱情幸福中应该包含长相聚、不分离的内容。古往今来，人们也一向把这作为爱情追求的良好愿望。《长恨歌》中就做过这样的倾诉："七月七日长生殿，夜半无人私语时：'在天愿作比翼鸟，在地愿为连理枝。'"不过，这在实际生活中是难以实现的。"多情自古伤离别"，这在任何时代都难以避免。而"两情若是久长时，又岂在朝朝暮暮"的千秋隽句，恰好给人世间饱谙离别之苦的夫妻、情侣，带来了无边的慰藉和有力的支持。

除了牛郎织女《天河配》，在我国古代汉族的爱情神话中，还有巫山神女的故事也久为人们传诵。它最早见于战国时代宋玉的《高唐赋》：

> 楚襄王与宋玉游于云梦之台。望高唐之观，其上独有云气，崒兮直上，忽兮改容，须臾之间，变化无穷。王问玉曰："此何气也？"玉对曰："所谓朝云者也。"王曰："何谓朝云？"玉曰："昔者先王，尝游高唐，怠而昼寝，梦见一妇人，曰：'妾巫山之女也，为高唐之客，闻君游高唐，愿荐枕席。'王因幸之。去而辞曰：'妾在巫山之阳，高丘之阻，旦为朝云，暮为行雨。朝朝暮暮，阳台之下。'旦朝视之，如言，故为立庙，号曰朝云。"

对于出自古代文人笔下的这个"巫山云雨"的故事，唐代以来，许多诗人都曾提出过质疑。像刘禹锡在《巫山神女庙》诗中就直接地进行诘问："巫峰十二郁苍苍，片石亭亭号女郎。""何事神仙九天上，人间来就楚襄王？"也有对楚襄王加以讥讽的，李商隐在《过楚王宫》一诗中写道："巫峡迢迢旧楚宫，至今云雨暗丹枫。微生尽恋人间乐，只有襄王忆梦中。"诗中说，地位卑微的下民都懂得留恋人间的男欢女爱，只有愚不可及的楚襄王，才迷恋梦境里的虚无缥缈的神女。王安石更喜欢作翻案文字，他在《巫峡》诗中指出："神女音容讵可求？青山回抱楚宫楼。朝朝暮暮空云雨，不尽襄王万古愁。""空云雨""万古愁"，这里讲得更直截了当了。

如果说，牛郎织女的神话揭示了爱情与幸福的"久与暂"的辩证关系；那么，巫山神女的传说，实际上提出了一个爱情的"虚与实"问题。

在男女恋情问题上，西方有所谓"柏拉图式的精神恋爱"说。古希腊哲学家柏拉图认为，爱情是从人世间美的形体窥见了美的本质以后引起的爱慕，人经过这种爱情而达到永恒的理念之爱。这种爱情排斥一切肉体上的欲望，恋人只停留在纯粹的精神世界之中，在纯精神享受的云空中畅游，嘴唇永久不能接触，双臂只能拥抱理想的空间云雾。这种"精神恋爱说"虽然有别于通俗禁欲主义，而且，具有反对庸俗爱情的意义，但因是一种有节制的带有绅士气味的苦行主义，所以，本质上是柏拉图的唯心主义体系的一部分。

与这种超脱尘世的幻想相区别，古今中外绝大多数学者所持的则是现实主义的恋爱观。19世纪德国著名诗人海涅说得十分直白：男人不可能娶米洛的维纳斯雕像为妻，女人也不会嫁给普拉克希特利的赫尔麦斯雕像。人应该从幻想回到现实中来，把注意力转向现实世界。中国宋代女诗人朱淑真和晚清学者黄遵宪也都在爱情方面发出过现实主义的呼喊："但愿暂成人缱绻，不妨长任月朦胧"，"人人要结后生缘，侬只今生结目前"。

当代女诗人舒婷对流传了几千年的神女峰的虚无缥缈的爱情神话，写下了与传统决裂的热情、勇敢的诗章："沿着江岸，／金光菊和女贞子的洪流，／正煽动新的背叛；／与其在悬崖上展览千年，／不如在爱人肩头痛哭一晚。"另一位诗人则借此题目，提出了幸福、实在的爱情要靠自己去争取的见解："情也绵绵，恨也绵绵，／爱化作了一块冰冷的石头，／我们读了百年、千年。／幸福怎能靠默默地坐等？／不如去学精卫吧，／用行动表达你的信念！"

这里鲜明地体现了两种爱的追求。

我们说，爱情不是来去无踪的神秘天使，也不是随手可拾的寻常草棍，而是发生于两性之间的符合人伦道德的爱慕之情。它是感情与理性、自发与自觉、本能冲动与道德文明、直观与愿望、现实与理想的对立统一。

爱情永远是动人的回忆和美好的期待。

（1988 年）

制　怒

一

作为喜、怒、哀、惧、爱、恶、欲"七情"之一，怒是人的
情绪的一种骤然变化，一种心理状态，也是一种本能。当人们对于
某种事物、某种现象心怀怨愤、强烈不满时，愤怒往往成为最为常
见的一种应激反应，诸如愠怒、恼怒、震怒、暴怒，怒形于色、怒
目横眉、怒不可遏、怒火万丈、怒气冲天等。

既然属于本能性的心理状态，那么，发怒也就属于习常惯见的
现象，各色人等，各类场合，各种情况下都会发生。其中有正当
的，有乖戾的，有积极的，有消极的，有的是伸张正义，有的则属
于泄私愤、图痛快，所产生的结果，也因其性质、动机、情节、程
度而各有差异。

前贤往哲对于发怒采取分析态度，宋代著名哲学家朱熹所言：
"血气之怒不可有，义理之怒不可无。"（《朱子语类》卷十三）是颇
具代表性的。这里提出一个衡量的尺度，亦即唯义是从，属于正义
行为应予肯定。比如，古代典籍把失败了的英雄共工怒触不周山，
同女娲补天、后羿射日、嫦娥奔月，并称为著名的四大神话。《史
记》本传载：为了捍卫国家的尊严，"（蔺）相如因持璧却立倚柱，
怒发上冲冠"。宋代文学家苏洵有言："夫唯义可以怒士，士以义
怒，可与百战。"《庄子》中的大鹏形象："怒而飞，其翼若垂天之
云"（《逍遥游》）；"草木怒生"（《外物》），言草木乘阳气，奋出

而不可遏止。

不过，现实中所常见的，是发怒往往带来不良的后果，所以，即使是出于良好愿望的正当行为，古人也提倡"事到临头，三思为妙；怒从心起，暂忍为高"。朱子在讲到"义理之怒不可无"时，接着又补缀一句："如勇决刚果，虽不可无，然用之有处所。"因为怒气一当发作，往往如强弩之发，当事者就会陷入思维混乱状态，感情冲动难以控制，所谓"怒从心上起，恶向胆边生"，这就必然带来种种不理智的失范行为，甚至产生极端的恶果。古书上说，"天子一怒，伏尸百万，匹夫一怒，血溅三尺"，后患不堪设想。所以，孔老夫子语重心长地说："一朝之忿，忘其身，以及其亲，非惑与？"（《论语·颜渊》）一些人凭意气用事，逞匹夫之勇，为了一点小事，就不顾身家性命，从而铸成大错，殃及父母、妻儿，这不是太不明智了吗？也正是为此，西哲曰："冲动是魔鬼，发怒是祸水"；"发怒，是用人家的错误来惩罚自己"；"愤怒总是以愚蠢开始，以悔恨告终"。

有这样一个故事：某人偶然得到一把珍贵的紫砂壶，备极喜爱，为了防止被盗，连睡觉都放在床头。有一次，他梦里翻身，失手将壶盖打翻在地，猛然惊醒，既心疼又气恼，心想：这下可糟了，壶盖摔碎了，那我还留着这个茶壶干什么？于是，拎起床头的茶壶，就从楼上掷出窗外，心情沮丧地又睡去了。次日清晨起床，他发现，那只原以为碎了的壶盖，竟然完好无损地落在床边的棉鞋上。这时，他悔恨至极，欲哭无泪，想起昨夜紫砂壶已碎身楼下，独留一个壶盖还有什么意思呢？气得一脚把壶盖踩得粉碎。吃过早饭，快快地出外办事，步出楼外，一抬眼，发现那把没盖的紫砂壶，正好光鲜地托挂在绿荫覆盖的松树枝上……

这就是恼怒所产生的后果。倘若他能够稍微冷静一点，也不致一次再次地错过挽回过失的机会，出现如此尴尬的结局。

二

看得出来，事无分大小，要想成功，总须止气制怒；否则就会蹭蹬终生，百事无成，甚至跌进罪祸的深渊。古往今来，无数人事，功败垂成，问题往往出在未能"忍得一时忿"上，此之谓"小不忍则乱大谋"。佛典中把嗔怒视为人生"三毒"之一，有"一念嗔心起，百万祸门开""怒火烧了功德林"的说法。中医理论认为，怒由气生，气、怒为孪生兄弟，怒气发，血气耗，肝火旺，怒伤肝，无论从养生还是养心上讲，都是有害无益的。

关于止气、制怒，前人流传下来大量格言、警语，诸如"每临大事有静气"，"忍一时风平浪静，退一步海阔天空"，"天下有大勇者，猝然临之而不惊，无故加之而不怒，此其所挟持者甚大，而其志甚远也"，等等，不胜枚举。

也有一些较为系统的论述，其中最具代表性的，是被奉为心学的源头、北宋理学家程颢的名篇《定性书》中所言："夫（发语词）人之情，易发而难制者，唯怒为甚。第（但是）能于怒时，遽忘其怒，而观理之是非，亦可见外诱之不足恶（厌恶），而于道亦思过半矣。"大致意思是，人的情绪多端，其中最容易爆发而难以控制的是怒。但若能够在发怒时，就迅即忘却它，而去体会本心之廓然大公，观照理的是非，也就可以见到这种外诱是无足介怀的。果能如是，那么，丁圣人之道也就领悟人半了。

禅宗还有一则趣闻：古时有一老妇，经常为一些鸡毛蒜皮之事

203

生气，小则气恼终日，大则歇斯底里，活得非常痛苦。这天，她去寺庙求教，高僧听完她的自述，就把她领到一间黑屋子里，落锁而去。老妇气得破口大骂，骂毕而后哀求，高僧置若罔闻，不予理会。待老妇骂累之后，高僧悠然来到门外，问："你还生气吗？"老妇说："我只气我自己，怎么会来到这个鬼地方，受这份罪?!""连自己都不肯原谅的人，怎能心如止水？怎能不生气呢？"高僧说罢，拂袖而去。老妇听之有理，静心思过。过了一个时辰，高僧又来到门外，问："你还生气吗？"老妇朗声作答："不生气了！"问："为什么不生气了？"答："气又有什么用呢！"高僧这才把门打开。老妇问道："大师，什么是气？"高僧将手中的茶水倾洒于地，一言不发，妇人视之良久，顿悟，叩谢而去。这个故事很有趣，它告诉我们，高僧手中那杯泼在地上的茶水，转瞬间就渗入泥土，并且迅速被蒸发风干，所谓的"气"，不就像那杯茶水一样，转瞬即逝吗？由此看来，动不动为日常生活中的芝麻小事，让自己心跳加快、呼吸提速、血压升高，的确是大可不必了。

三

落实在行动中，历代都有许多磨练意志、息气制怒的轶闻、佳话。诸如：

战国时的政治家西门豹，脾气暴躁，性急易怒。为了制怒，他摸索出一种自控情绪的办法：身上佩带一条柔软的熟牛皮，每当要发火时，便用手慢慢地轻抚着柔革，直到怒气消解为止。

西汉名将韩信，年轻时曾受过一个屠夫之子的"胯下之辱"。后来，他辅佐汉高祖定天下，立下了汗马功劳，获封楚王。众人都以为，他会为当年受辱报仇雪恨，可是，功成名就的韩信，不但没有衔恨报复，反而依据那人的能力，赐给一个中尉的官职。他说："我不但现在能够置他于死地，当年也可以杀掉他。可是，那样我就要获罪，还怎么建功立业呢？"

东晋时的官员王述，生性急躁，一次吃煮鸡蛋，他用筷子去扎，没有扎到，便气急败坏地把鸡蛋扔到地上。鸡蛋在地上旋转不停，他又从席上下来用木屐踩，没有踩到，愤怒至极，便从地上拾取，放入口中，咬破了再吐掉。但当他拥有显要官职之后，却修炼得心性柔和了。他曾惹恼了另一官员谢奕，此人性格尤为粗鲁，当即用恶毒语言大声咒骂。王述一句都不回应，只是面对着墙壁，不予理睬，过了半天，谢奕离去，王述才重新入座。

清代民族英雄林则徐，堪称制怒的典范。他在年轻时，性情急躁，遇事不称心就要发怒。父亲屡屡劝告，还给他讲了这样一件事：有个县令，素以孝闻。这天，两壮汉押解一个嘴里塞着东西的年轻人来见官，说他忤逆不孝，骂娘打娘，把他捆住后仍不停地骂，所以把他的嘴巴堵起来。县官一听，火冒三丈，立即吩咐重打五十大板，直至皮开肉绽。这时，一个老婆婆拄着拐杖进来，哭着诉说："刚才两个强盗来抢我家的牛，我儿子一个人打不过他们两个，被捆绑起来，请求老爷施恩。"县官这才明白，一时性急，竟然判错了案。再去提审那两个"恶人先告状"的强盗，已经逃之夭夭。于是，后悔不迭，赔礼道歉。林则徐听了，深受教育，遂遵照父亲嘱咐，当场写下"制怒"两字横幅，作为座右铭随身携带，时刻警戒自己，终身受益。后人据此总结出两句格言："闻恶不可遽怒，恐为谗人泄愤；闻善不可就亲，恐引奸人进身。"

四

如果说，发怒使气属于常人的本能，那么，制怒止气则是智者的本事，需要有远大的抱负、开阔的视野、高度的自觉、坚韧的意志，需要具备准确判断问题、善于调控情绪、增强心理承受能力的智能。现代心理学把它概括为"情商"。

情商，由自我意识、控制情绪、自我激励、认知他人情绪和处理相互关系五种内涵组成。论者认为，现今，人们面对的是快节奏的生活，高负荷的工作，复杂的人际关系，如果没有较高的情商，可说是举步维艰，事业更难以获得成功。情商高者，能够清醒地掌控自己的情绪动向，敏锐感受并有效反馈他人的情绪变化，从而充分、完善地发挥自身所拥有的各种能力。

近读清人笔记《壶天录》，见到这样一段记载：宁波城内一个开席店的，叫张鸿盛，这天接待一个郑姓的客户，买了一领席，交款后，还差四文钱，店主一定要他补足，于是又交了三文，店主还是不依不饶。其实，通常情况下，这一文钱随手扔掉也不足惜；可是，由于两人别扭起来，一个坚持索要，一个坚决不给，谁也不肯让步。先是大吵大闹，继而拳脚相向。郑某以寡不敌众，遭到毒打，到家后便卧床不起，几天过去，痛叫一声含恨死去。这样，他的妻子就带领子侄辈一干人，身穿孝服，找张偿命，趁势把店中所有家具器皿全部捣毁，众伙计见人命关天，都纷纷逃散……这个惨痛的教训，从反面印证了情商的重要。争执中，如果有一方能够清醒地掌控情绪，何至最后闹到人财两空地步！

有一种说法：情商高者，遇有急事由理智主宰，让血液进入大脑，冷静地思考问题；而情商低者，让血液进入四肢，大脑空虚，狂乱冲动，这样就会做蠢事，惹祸端。生理科学实验证明，一般人在心理压力下过度紧张时，肾上腺素分泌激增，心率快至每分钟100次以上，血液的确会离开大脑皮层，进而失去理智，鲁莽行事，变成好斗的公鸡。常见的控制情绪方法，是深呼吸，直至冷静下来，再慢慢地深深地吸气，使情绪逐渐稳定、平复。

因此，我们提倡要做自己的情绪管理师，这里有三个要点：一、辱人以不堪，必反辱；伤人以已甚，必反伤。《壶天录》中所记载的张郑之争，就是明证。二、盛怒之下，理智混乱，感情冲动，不要仓促决策；哪怕静下来半小时、一小时，再做处理也好。三、伤一颗心一分一秒，冰释前嫌经年累月；"良言一句三冬暖，恶语伤人六月寒。"因而，一定要忍住、咽下那类最能伤害对方的"解气、解恨"的话。

（2021 年）

私　谒

　　祖国语言的精确，着实令人叹服。比如，公署、公廨、公堂、办公室，顾名思义，都是处理公务的场所。反之，如果因私事而有所干求、请托，就要悄悄地溜进达官显宦的私邸去"走门子"，现代语言叫"走后门"，古时则称为"私谒"。

　　战国时期，孟尝君奉齐湣王之命行聘于秦，开始时受到了秦昭王高规格的接待，还要任命他为丞相。这样一来，遭到了朝廷里权臣的妒忌，因而向昭王进了谗言，结果被囚禁起来，准备一杀了之。孟尝君见形势急转直下，赶忙托人到昭王的爱妾燕姬那里"走门子"，请她给调解、说情。燕姬听说孟尝君有一件天下无双的狐白裘，便提出以此为交换条件。无奈，这件宝物已经作为见面礼献给了秦王，只好由随行人员中一个"善为狗盗"者设法将它盗回，再转献给燕姬。

　　燕姬见了，喜上眉梢，当即进言于秦王曰："我听说孟尝君乃天下之大贤，现在来此，本为秦国的幸事。置而不用，也就罢了，怎么还要杀掉呢？真是没有道理。君王如负此杀戮贤才之恶名，我恐天下之贤士皆将裹足而避秦矣！"昭王甚以为是，马上下令：给孟尝君备车马，发驿券，放他出关还齐。看来，"走门子"这种社会存在，由来已久了，而且，效力还是蛮大的。

　　私谒，核心是个"私"字，得趣在一个"便"字上。私谒者一般都避开旁人的耳目，悄没声地进行活动。明末，写过《燕子笺》《春灯谜》等传奇的阮大铖，颇负才名；但他奸诈猾贼，嗜权罔利，时人称之为"小人中之小人"。他脚踏两只船，先是厕身于东林党人间，后又投靠大宦官魏忠贤，私拜为"干祖爹"，经常夜半私谒，外表却佯装与魏阉疏远。他每次离开魏府时，都要花大价钱把递送的名片从接待人手里买回来，以掩饰其奔走权门的痕迹。这是"私"字。

那么"便"字呢？夤缘求进，可以开门见山；馈遗往还，无须半推半就。有时，"灶王爷爷"不开面，遇上了窒碍，还可以通过私谒，请求"灶王奶奶"代为转圜，打通门径。秦昭王的爱姜燕姬扮演的正是这类角色。

明代文学家宗臣在《报刘一丈书》这篇著名散文里，用漫画式的艺术手法，淋漓尽致地刻画了干谒求进者的丑态和权门的赫赫气焰：私谒者日夕策马候于权者之门，守门人不放入，则甘言媚语求情，并袖金以私之。而权者又不即出见，只好立于厩中仆马之间，忍受着恶臭的气味与饥渴、毒热的熬煎，耐心地静候着。到了晚上，里面才传出话语："相公已倦，谢绝客人，明天再来。"明日又不敢不来，照旧立于厩中仆马之间。经过这样几度腾挪、辗转，始得一见。出门后，却招摇过市，虚言"相公厚我"，借以骄人。——这真是一幅绝妙的讽刺画。

古往今来，一切私谒者走的都是热门。哪个人位高权重，那他的私邸便宾客盈门，肩摩踵接。本来素昧平生，也要通过曲折的关系附凤攀龙。而一当罢黜遭贬，就立刻"门庭冷落车马稀"了。唐代李适之为宰相时，每值退朝，宾客云集，道是"朱门长不闭，亲友恣相过"。可是，一当他被李林甫谗毁、罢相之后，立刻就变得冷冷清清，门可罗雀。他感慨无限地写道："避贤初罢相，乐圣且衔杯。为问门前客，今朝几个来？"

"走门子"这种社会弊端，原是私有制的产物。在贪贿风行的封建时代，有其深厚的孳生土壤，可谓天下滔滔，俯拾皆是。但也有少数清官廉吏，为了一己的清名也好，为着统治阶级的长远利益也好，能够克己奉公，正身黜恶，"任公平而塞私谒"。这在史书上时有记载。诸如，汉代的申屠嘉，史称"为人廉直，不受私谒"。三国时期，东吴的诸葛瑾出使蜀汉，通好刘备，"与弟(诸葛)亮公会相见，退无私面"。唐代杨绾为吏部侍郎，"典选公平，清贞自守，未尝私谒"。如此等等，就都是千古传颂的显例。

　　有些人更进一步，不仅贞洁不染，严以律己，为了对付私谒，还采取了一些有效的处置办法。闲翻古籍，记下了几则颇有教益的轶闻佳话——

　　宋司马光任宰相，亲书一榜悬于家中会客室墙上。榜文曰："凡于身计，并请一面进状，光得与朝省众官公议施行。若在私第垂访，不请语及。"明确宣布，不要到家里来谈个人的"身计"，有事应该呈进状纸，由众官在公署合议施行，公事公办。

　　乾隆时，刘统勋居相位。尝有人怀揣银两昏夜叩门求见，刘公断然予以拒绝。第二天早晨，来到政事堂，把那个深夜求见的人招呼出来，说："昏夜叩门，贤者不为。汝有何禀告，可众前言之。"其人嗫嚅而退。私谒意在徇情营私，干的是见不得人、摆不到桌面上的勾当。"众前言之"，自然有口难开，只好"嗫嚅而退"了。

　　康熙时，礼部尚书张伯行任苏闽巡抚，一住下来，地方官吏便竞相私谒，送来许多名贵特产。张伯行一向深恶此风，便亲笔写下一道檄文，晓谕各级官员：

　　一丝一粒，我之名节；一厘一毫，民之脂膏。宽一分，民受赐不止一分；取一文，我为人不值一文。虽云交际之常，廉耻实伤；倘非不义之财，此物何来？

公开声讨，以正视听，这也是一种整治"走门子"的验方。

清太祖努尔哈赤行伍出身，对付"私谒"的态度更加决绝，索性发布一圣训："国人有事，诉于公所，勿得诉于诸王臣之家。其有私诉者，付以鞭索，俾执而责之。"读到这里，谁人不感到痛快呢？

现在，对于干谒求进的歪风，许多当政者不胜其烦，觉得讨嫌；但也有一定数量的人爱吃这口食儿，结果免不了贪饵吞钩。古语说："受恩多则立朝难。"既承私惠，必谋酬报。结果，赤裸裸的交换活动代替了党性的尊严，人民赋予的神圣权力变成了谋求一己私利的工具。"虽云交际之常，廉耻实伤"，这确是值得深加惕戒的。

（1983 年）

私 谒

青灯有味忆儿时

一

谈到我的经历，有些朋友常常不解：二十世纪四十年代初期，不管是乡村城市，早都办起了学校，为什么却读了那么多年私塾？我的答复很简单：环境、条件使然。

我出生在辽西医巫闾山东面的大荒乡狐狸岗屯，紧靠苇塘，又三县交界。幼时这里兵荒马乱，土匪横行，日本"皇军"和伪保安队不敢露面，此间便成了一处"化外"荒原。

我有一位外号"魔怔"的族叔，学识渊博，但由于性格骨鲠，不行于时；靠着家里的一些资产，刚到四十岁便过上了退隐生活。膝下只有一子，名唤"嘎子"，生性顽皮、好动。魔怔叔想延聘一位学究来加以管教、培养，于是就请来了早岁结交的刘璧亭先生。刘公字汝为，国学功底深厚，有"关东才子"之誉，做过府里督学和县志总纂。只因不愿仰承日本人的鼻息，便提前告老还家。由于和我父亲同气相投，魔怔叔便把我也收入了私塾。这样，我们这两个无拘无管、疯淘疯炸的顽童，便从"百草园"来到了"三味书屋"。其时为1941年春，我刚满六岁，嘎子哥大我一岁。

私塾设在魔怔叔家的东厢房。这天，我们早早就赶到了，嘎子哥穿了一件红长袍，我穿的是绿长袍，见面后他就要用墨笔给我画"关老爷"脸谱，理由是画上的关公穿绿袍。拗他不过，只好听从摆布。幸好魔怔叔陪着老先生进屋了。一照面，我就吓了一跳：天哪！这位老先生怎么这么黑呀？黑脸庞，黑胡须，黑棉袍，高高的个子，简直就是一座黑塔。

魔怔叔拉我洗净了脸，便开始举行拜师仪式：首先向墙上的至圣先师像行三鞠躬礼；然后拜见先生，把事先备好的"贽见礼"双手奉上；最后两个门生拱手互拜。接下来是先生给我们"开笔"。得知我们在家都曾练习过写字，他便在一张红纸上写下了"文章得失不由天"七个大字，要我们各自摹写一遍，意在掌握情况。

先生见我们都认得许多字，而且在家都背诵过《三字经》《百家姓》，便从《千字文》开讲。他说，《三字经》中"宋齐继，梁陈承"，讲了南朝的四个朝代，《千字文》就是这个梁朝的周兴嗣作的。梁武帝找人从晋代"书圣"王羲之的字帖中选出一千个不重样的字，交给文学侍从周兴嗣，让他加以组合，四字一句，合辙押韵，构成一篇完整的文章。一个通宵过去，《千字文》出来了，周兴嗣却累得须发皆白。先生说，可不要小看这一千个字，它从天文、地理讲到人情世事，读懂了它，会对中国传统文化有个基本的概念。

当时，外面的学堂都要诵读伪满康德皇帝的《即位诏书》《回銮训民诏书》和《国民训》，刘老先生却不理会这一套。两个月过后，便接着给我们讲授"四书"。书都是线装的，文中没有标点符号。他便用蘸了朱砂的毛笔，在我们的书上圈点一过，每一断句画个"圈"，有的则在下面加个"点"。先生说，这就是《三字经》里说的"明句读（读音为'豆'）"。"句读"相当于现代的标点符号。古人写文章是不用标点符号的，他们认为，文章一经圈点，义气就断了、僵了；但在读解时，又必须"句读"分明，否则无法理解

　　　青灯有味忆儿时

文义。有时一个标点点错了，意思会完全相反。先生说，断句的基本准则，是"语绝为句，语顿为读"。

先生面相严肃，令人望而生畏，人们就根据说书场上听来的，送给他一个"刘黑塔"（应为"刘黑闼"）的绰号。实际上，他为人正直豪爽，古道热肠，而且饶有风趣。他喜欢通过一些笑话、故事，向学生讲述道理。当我们读到《大学》的"知止而后有定，定而后能静，静而后能安，安而后能虑，虑而后能得"的时候，他就讲了一个"找得"的故事：

一位塾师把这段书读成"知止而后有定定，而后能静静，而后能安安，而后能虑虑，而后能得"，发觉少了一个"得"字。一天，他去拜访另一位塾师，发现书桌上放着一张纸块，上面写个"得"字。忙问："此字何来?"那位塾师说，从《大学》书上剪下来的。原来，他把这段书读成了"知止而后有，定定而后能，静静而后能，安安而后能，虑虑而后能"，末了多了一个"得"字，就把它剪了下来。来访的塾师听了十分高兴，说，原来我遍寻不得的那个"得"字跑到了这里。说着，就把字块带走，回去后贴在《大学》的那段书上。两人各有所获，皆大欢喜。

先生是一位造诣很深的书法家。他很重视书法教学，从第二年开始，隔上三五天，就安排一次。记得他曾经讲过，学书不仅有实用价值，而且也是对艺术的欣赏。这两方面不能截然分开，比如，接到一封字体秀美、渊雅的书信，在了解信中内容的同时，也往往为它的优美的书艺所陶醉。

学写楷书，本来应该严格按照摹书与临书的次序进行，亦即先要把"仿影"铺在薄纸下面，一笔一笔地描红，熟练了之后，再进入临帖阶段。由于我们都具备了一定的书写基础，先生就从临帖教起。事先，他给我们写好了两张楷书的范字，记得是这样几句古文："幼怀贞敏，早悟三空之心，长契神情，先苞四忍之性。""江山之外，第见风帆沙鸟、烟云竹树而已。"嘱咐我们，不要忙着动笔，先要用心琢磨，反复审视，（他把这称作"读帖"）待到谙熟于心，再比照着范字，在旁边一一临写。他说，临帖与摹帖不同，摹帖是简单的模仿，临帖是在借鉴的基础上进行自我创作，必须做到眼摹、心悟、手追。练习书法的诀窍在于心悟，读帖是实现心悟的必由之路。

我们在临帖上下过很大功夫。先是"对临"，就是对着字帖临写。对临以形为主，先生强调掌握运笔技巧，注意用笔的起止、转折、顿挫，以及章法、结构；然后实行"背临"，就是脱离字帖，根据自己的记忆和理解去临写，背临以意为主，届时尽力追忆读帖时留下的印象，加上自己的理解与领悟。而后，他又从书局为我们选购了一些古人的碑帖范本，供我们临摹、欣赏。他说，先一后众，博观约取，学书、学诗、作文都应该如此。

二

经典古籍中奥义无穷，尽管经过先生串讲（讲解文言文的一种传统方式，即讲解词句，串通文意），也还是不懂的居多，我就拣重点的请教。比如读到《论语》，我问：夫子说的"四十而不惑"应该怎么理解？他说，人到了四十岁就会洞明世事，也能够认清自己了，何事做得、何事做不得，何事办得到、何事办不到，都能心中有数；再过一些年就是"五十而知天命"，便又进入一个新的境域。但有时问到了，他却说，不妨先背下来，现在不懂的，随着世事渐明，阅历转深，会逐渐理解的。

读书生活十分紧张，不仅白天上课，晚上还安排自习，温习当天课业，以巩固记忆。那时家里都点豆油灯，魔怔叔特意买来一盏汽灯挂在课室，十分明亮。没有时钟，便燃香作记。一般复习三排香的功课，大约相当两个小时。次日早饭后上课，先是背诵头一天布置的课业，然后讲授新书。私塾的读书程序，与现今的学习方法不尽相同，它不是在理解的基础上记忆，而是先大致地讲解一遍，然后反复背诵，通过玩味加深理解。

魔怔叔说得很形象：这种做法和小偷入室行窃有些类似，先把偷到的财物一股脑儿抱回家去，待到消停下来，再打开包袱——细看。他还举例说明：《千字文》里有"易輶攸畏，属耳垣墙"这句话，他从小就会背，但意思不懂；后来读《诗经·小雅》，又碰到"君子无易由言，耳属于垣"之句，仍然半懂不懂。待到出外做事了，一位好心的上司针对他说话随便，放言无忌，引用了《千字文》中这句话，劝诫他要小心慎言。这时，他才明白了其中含义：说话轻率是可怕的，须知隔墙有耳呀！"輶"是古时的一种轻车，"易輶"形容轻率行事。

这一实例使我加深了对背诵功效的认识——说不定什么时候，那些经典式的话语会突然蹦出来，为你提供认知的参照系、指路牌。诚如宋代文豪苏辙所言："早岁读书无甚解，晚年省事有奇功。"而这种超强记忆的"童子功"，又必须趁着儿时注意力集中、记忆力强抓紧训练，长大以后再做就很难了。

当年，鲁迅先生对于"中国历来教育儿童的方法"，曾经给予高度的评价："中国人要作家，要文豪，但也要真正的学究。倘有人作一部历史，将中国历来教育儿童的方法，用书，做一明确的记录，给人明白我们的古人以至我们，是怎样的被熏陶下来的，则其功德，当不在禹下。"

说到童子功的训练，那种艰辛、凄苦的生涯，至今我还记忆犹新，八年如一日，般般情景如在眼前。古有"熟读成诵"之说，意思是，一句一句、一遍一遍地把诗文吞进口腔里，然后再拖着一种腔调大声地背诵出来。拙笨的方法常能带来神奇的效果，关键在于坚持，日积月累，渐渐领悟，终身受用。

中心环节是背诵。到时候，老先生端坐在炕上，我面朝着孔子圣像，背对着塾师站在地下，听到一声"起诵"，便左右摇晃着身子，朗声地背诵起来。遇有错讹，他会用手拍一下桌面，简要地提示两个字，意为从这里开始重背。背过一遍之后，还要打乱书中次序，随意挑出几段来背。若是做不到烂熟于心，这种场面是颇难应付的。

经典中，我最喜欢背诵《诗经》，重章叠句，反复咏唱，朗朗上口，颇富节奏感和音乐感。诵读本身就是一种欣赏、一种享受。可是，也最容易"串笼子"，要做到"倒背如流"，准确无误，就须下笨功夫反复诵读，拼力硬记。好在木版的《诗经》字大，每次背诵五至六页，倒也觉得负担不重，可以照玩不误；后来，增加到八至十页；特别是因为我淘气，先生为了用课业压住我，竟用订书的细锥子来扎，一次带起多少页来就背诵多少。这可苦了我也，心中暗暗抱怨不置。

我原以为，只有这位"黑先生"才会这样整治生徒；后来，读了国学大师钱穆的《八十忆双亲》之文，方知"天下塾师一般黑"。钱先生是这样记述的："翌日上学，日读生字二十，忽增为三十。余幸能强记不忘，又增为四十。如是递增，日读生字至七八十，皆勉强记之。"塾师到底还有办法，增加课业压不住，就以钱穆离座小便为由，"重击手心十掌"。"自是，不敢离座小便，溺裤中尽湿。"我的手心也挨过打，但不是用手掌，而是板子，榆木制作，不甚厚，一尺多长。听人说，木板经尿液浸过，再用热炕猛烙，便会变得酥脆。我和嘎子哥就趁先生外出，如法炮制，可是，效果并不明显。

三

塾斋窗前有一棵两三丈高的大树，柔软的枝条上缀满了纷披的叶片，平展展地对生着，到了傍晚，每对叶片都封合起来。六七月间，满树绽出粉红色花蕊，毛茸茸的，像翩飞的蝶阵，飘动的云霞，映红了半边天宇，把清寂的塾斋装点得浓郁中不乏雅致。深秋以后，叶片便全部脱落，花蒂处结成了黄褐色的荚角。在我的想象中，那一只只荚角就是接引花仙回归梦境的金船，看着它们临风荡漾，心中总是涌动着几分追念、几分怅惘。魔怔叔说，这种树叫"合欢"，也叫"木芙蓉"，由于花像马铃上的红缨，所以又称为马缨花。

这天，刘老先生同魔怔叔坐在树下喝茶，商量提前引导学生学写诗文的事。

老先生说，只读不作，终身郁塞。写作诗文就是表达情意，发抒思想。从一定意义上说，说话也是在作文，它是先于读书的。儿童如果一味地强记硬背，而不注意训练表达、思考能力，头脑里的古书横堆竖放，越积越多，就会把思路堵塞得死死的，像《孟子》所说的："山径之蹊间，介然用之而成路；为间不用，则茅塞之

218

矣。"小孩子也是有思路的，应该及时启发、引导他们，通过作文进行思索问题的训练。

魔怔叔对此极表赞同。共同商定，在"四书"、《诗经》之后，接着，依次讲授《史记》《左传》《庄子》《纲鉴易知录》等。塾师强调，为了练习诗文写作，《古文观止》《古唐诗合解》中的二百二十几篇各体散文和十六卷古诗、唐诗要全部背诵下来。

老先生很强调对句。他说，对句最能显示中国诗文的特点，有助于分别平仄声、虚实字，丰富语藏，扩展思路，这是诗文写作的基本功。作为入门课，他找出来明末清初李渔的《笠翁对韵》。这样，书窗里就不时地传出"天对地，雨对风，大陆对长空。山花对海树，赤日对苍穹。雷隐隐，雾蒙蒙，日下对天中"的诵读声。

为了加深这方面的理解，老先生还讲了一段轶闻：从前有直隶籍、东北籍二举子，赴京赶考，同宿棚舍，以对句相戏。直隶生员出了上联："密云不雨，虽有玉田难丰润"；用了密云、玉田、丰润三县名字，要求东北生员如式对出下联。对曰："长春永驻，何须延寿亦康平。"吉林的长春、龙江的延寿、辽宁的康平，与直隶三县恰相对应，十分工整。

老先生讲，对句，要分清虚字、实字。一句诗里多用实字，显得凝重，但过多则会流于沉闷；多用虚字，显得飘逸，过多则流于浮滑。唐代诗人在这方面处理得最好。

说着，他就从眼前景色入手，以"马缨花"为题，让我和嘎子哥找出一种植物来作对。我想了想，答说"狗尾草"；嘎子哥说"猪耳菜"。老先生满意地说："对得很好，基本要求都达到了。"他又拿起桌上由朋友馈赠的牛蒡茶，随口问道："你们看，用'牛蒡茶'来对行不行？'蒡'，读音如棒。"嘎子哥说："可以。"我说："恐怕不行，因为上句的'花'是平声，和它相对的应该是仄声，而'茶'是平声字。"老先生点了点头。

逐渐熟练了，基本上掌握了对句的规律，老先生又从古诗中找出一些成句，让我们来对。一次，正值外面下雪，他便出了个"急雪舞回风"的下联，让我们以答卷形式，对出上联。我面对着窗前场景，构想了一会，便在卷纸上写下了"衰桐存败叶"五个字。先生看了，用毛笔作批："如把'存'改成'摇'，变成'衰桐摇败叶'，就堪称恰对了，但亦未尽善也。"然后，翻开《杜诗镜铨》，指着《对雪》这首五律让我看，与"急雪舞回风"相对的原句，是"乱云低薄暮"。先生说，古人作诗，讲究层次，先写黄昏时的乱云浮动，次写回旋的风中飞转的急雪，暗示诗人怀着一腔愁绪，已经对雪多时了。

后来，又这样对过多次。觉得从比较中学习，更容易领略诗中三昧和看到自己的差距。一次，我和嘎子哥跟随老先生到十几里外的马场远足。站在号称南北通衢的驿路上，看着车马行人匆匆来往，先生随口出了一副上联："车马长驱，过桥便是天涯路"；叫我和嘎子哥对出下联。我们想了一会儿，各对出一副，老先生听过，一直在晃脑袋。过了一会儿，他把我对出的那一句加以调整、改造，成为"轮蹄远去，挥手都成域外人。"老先生问道："你们看，怎么样？"我们都说"好"。先生说，就平仄相谐和词性对仗来要求，这个下联完全合乎规格；但是，不妥之处也很明显：这里的"轮蹄"与上联的"车马"相互对仗而词义相同；而且，整个上下联的含义也大体一致，上联说的是出门远行，下联仍是重复或者延伸这个意思，这叫"一顺边"，也就是古人说的"合掌对"——人的两只手，长短、大小、形状全都一样，合在一起，没有区别。作诗、拟联出现这种现象，是个大忌。至于《笠翁对韵》中的例句，那是着意于讲授对句的规矩、方法，而并非作咏诗、对句的示范。如果实际拟联时，就这么"天对地、雨对风"地弄下去，那岂不成了三家村的"冬烘先生"！

印象最深的是最后这年的元宵节。我坐在塾斋里温习功课，忽听外面锣鼓声越来越近，知道是高跷队进院了。我便悄悄溜出门外，不料，到底还是把老先生惊动了。只听得一声喝令："过来！"我只好硬着头皮走进卧室，见他正与魔怔叔共枕一条三尺长的枕头，凑在烟灯底下，面对面地吸着鸦片烟。由于零工不在，唤我来给他们沏茶。结果忙中出错，过门时把茶壶嘴撞破了，一时吓得呆若木鸡。先生并未加以斥责，只是说："放下吧。"

这时，外面锣鼓响得更欢，我正准备抽身溜走，却听见先生喊我"对句"。我便规规矩矩地站在地下。他随口说出上联："歌鼓喧阗，窗外脚高高脚脚"；让我也用眼前情事对出下联。我正愁着找不出恰当的对句，憋得额头渗出了汗津，忽然见到魔怔叔把脑袋往枕头边上挪了挪，便灵机一动，对出了下句："云烟吐纳，灯前头枕枕头头。"

魔怔叔与塾师齐声赞道："对得好，对得好！"且不说当时那种得意劲儿，真是笔墨难以形容，只讲这种临时应答的对句训练，使我后来从事诗词创作获益无穷。

四

塾斋岁月，最为畅怀惬意、悦目赏心的，就是春秋两季的郊游了。

结业前一年的春游，恰值梨花开得正闹时节。先生带领我们来到闾山东麓一处丘陵地带，整个向阳的一面坡，上上下下，高高低低，叠叠层层，到处泛滥着、奔涌着浩荡的花潮，浮荡起连天的雪浪。我们沿着一条蜿蜒曲折的土路穿行于花树丛中，像是闯进了茫无际涯的香雪海，又好似粉白翠绿的万顷花云呼喇喇地浮荡在头顶上。仰望天穹，蔚蓝而高远，雪白的云朵，羊群、棉絮一般，舒卷着，游荡着，转盼间就变换一个模样。远处的山峦罩着烟岚晴雾，仿佛蒸腾着热气，充满了泼辣的生意。

归来后，先生让我们以这次郊游为素材，写一篇记叙文。要求既要纪实，把眼中的所见写出来，又要把心中所想也呈现在纸上。他说，高明的画师总要在图像之外给人留下一些可供思索的东西。驱遣文字来描形拟态，状写事物的发展经过，我并不打怵；可是，一听到"思索"二字，就有些犯愁了。尽管老先生多次强调，读书中要设法疏通思路，多在思索上卜功夫，但我自认这种能力是比较弱的。那时候主要精力是放在记诵上，拿起笔来，充其量也就是表情达意，而不善于分析、思辨。用绘画作比喻，只能够"写生"，求其形似，而做不到传神写意，更谈不上进入化境。

当时，很费了一番脑筋。后来琢磨出一个思路，用现在的话讲，运用了联想——我把郊游中看到的梨花景观，同我外祖父家的桃园作了比较。我讲，外祖父家的桃园是在平地上，我进入里面，感觉像是穿越花海；而郊游中看到的梨园，却是在一个丘陵坡地上，站在下面往上一望，仿佛是一片花的云霞浮在头上。所以，我的题目叫作《花云》，写了大约五六百字。卷子交上去后，我就注意观察先生的表情。他细细地看了一遍，摆手让我退下。第二天，父亲请先生和魔怔叔吃春饼。坐定后，先生便拿出我的作文让他们看，我也凑过去，看到文中画满了圈圈，父亲现出欣慰的神色。

原来，塾师批改作文，都用墨笔勾勒，一般句子每句一圈，较好的每句双圈，更好的全句连圈，特好的圈上套圈。对欠妥的句子，勾掉或者改写，凡文理不通、文不对题的都用墨笔抹去。所以，卷子发还，只要看圈圈多少和有无涂抹，就知道作文成绩如何了。

席间，父亲请先生为我另起个名字。入学伊始，魔怔叔给嘎子哥起名叫"庆槐"，我叫"庆沂"——古代王氏家族有过"三槐堂"和"沂国公"的显赫名头。可是，几年间，邻里、亲戚都说"沂"字不好认，有的念"斤"，有的念"芹"，所以，这次请老先生重起一个。先生说："《晋书》里有'充闾之庆'的成语。按排序，你正好赶上'庆'字。我看，可以把'庆'字隐去，称为'充闾'。"父亲和魔怔叔齐表赞同，他们都熟读过童蒙读物《幼学琼林》，那里有"子光前曰充闾，子过父曰跨灶"这句话，意思是光耀门庭，强爷胜祖。先生接着又补充一句：这里的西山，名为闾山。这样，"充闾"一词就不独是荣宗耀祖，还有光耀乡邦的寓意。借用欧阳修的话说："乃邦家之光，非闾里之荣也。"

转眼又到旧历年了。私塾进入第八个年头，照例只放五天年假。老先生总是说："心似平原野马，易放难收。学而时习之，要取得成效，学童应该始终保持心志专一，一曰敬，二曰静，三曰净。董仲舒三年目不窥园，为什么？怕的就是时作时辍，心浮气躁。"

古制："嘉平封篆后即设灯官，至开篆日止。"意思是，官府衙门到了腊月（嘉平月）二十前后便要封存印信，停止办公，临时设置灯官，由民众中产生，俗称"灯笼太守"，管理民事。到了正月下旬，官府衙门印信启封，灯官即自行解职。乡村结合本习俗作了变通处理。到了旧历除夕，在秧歌队的簇拥下，灯官身着知府戏装，头戴乌纱亮翅，端坐于八抬大轿之中，两旁有青红皂隶护卫，闹闹嚷嚷地到全村各地巡察。遇有哪家灯笼不明，道路不平，或者随地倒置垃圾，"大老爷"便走出官轿，当众训斥、罚款；街头实在找不着岔子，就要走进院子，故意在冰雪上滑溜一下，然后，就以"闪了老爷的腰"为名罚一笔款。这笔钱，一般用来支付春节期间各项活动开支，同时给予灯官这类特困户以适当的补助。被罚的对象多为殷实富户，农村所谓"土财主"者，往往都是事先物色好了对象，到时候找个名堂，走走过场。这样，既解决了一些实际困难，又带有鲜明的娱乐性质，颇受民众欢迎。

这天晚上，刘先生也破例出来，带领我们随着队伍观看。第二天，就叫我和庆槐兄以此为题，写一篇纪实文和一首纪事诗。我的文章就叫《灯笼太守记》——

灯笼太守者，除夕灯官之谑称也。我村之太守不知其名姓为何，亦未审其身世。以平日未曾谋面，推知其原非本村人氏。

古制："嘉平封篆后即设灯官，至开篆日止。"嘉平为腊月之别称；篆者官印也，封存官印为封篆，官印启封称为开篆。官府衙门于腊月二十前后封存印鉴，公事告辍；乡村设置灯官，由民众中推选一人充任，俗称灯笼太守，暂摄民事。一俟翌年元月下旬，官府之印鉴启封，乡镇署员各就其位，灯官即自行解职。

闻之父老，此俗积年已久，渐成定例。里巷习传：充一月之灯官,将三载沦于困厄。众皆目为不祥,愿承此差事者甚少。然亦非人人皆能胜任,故灯官之遴选,颇费周折,终以乡曲之游侠儿居多。其酬金、职司、权限,由当事人与村中三老议定,各村之间类同。

丁亥之岁,冬日奇寒,除夕阴暝尤甚。薄暮初临,百家灯火已齐明矣。少间,窗外锣鼓声喧,爆竹轰响,步出庭外,见秧歌列队逶迤而来。灯笼太守着知府戏装,戴乌纱亮翅,端坐于八抬大轿中。健夫二,摇旗喝道于前,旁有皂隶护卫,赫赫如也。

巡察中,遇有灯光不明、道路不平者,倾置粪土、乱泼污水者,太守辄厉声叫停,下轿喝问,当众施罚。如户外无缺隙可寻,即迳入院中。鸡鸣犬吠、婴儿啼哭者,辄以"聒噪老爷耳鼓"受罚;而如冰雪致滑,则以"闪折太守腰肢"问罪。诚所谓:欲加之罪,何患无辞!

受罚者均乡间富户,俗称"土财主"者。赤贫之家固无油可揩,而巨室高门亦未敢轻启衅螨。凡所承罚者,均由事先圈定,届时深文周纳,务求捉定口实而后已。所获无多,以足用为限,一以酬太守之劳,一以应年关之需。而悦民娱众,固所期也。

灯笼太守出巡之夜,师尊刘汝为先生亦携杖往观,于引人发噱处,辄掩口胡卢而笑;并以"灯笼太守"为题,命作一文一诗,借督课业。遂泚笔为文,以纪其实。

附:七绝一首:

声威赫赫势如狂，查夜巡更太守忙。

毕竟可怜官运短，到头富贵等黄粱！

先生看过文章，写下了"描摹实事，清通可读"的评语。

我从六岁到十三岁，像顽猿箍锁、野鸟关笼一般，在私塾里整整度过了八个春秋，情状难以一一缕述。但是，经过数十载的岁月冲蚀、风霜染洗，当时的那种凄清与苦闷，于今已在记忆中消融净尽，沉淀下来的倒是青灯有味、书卷多情了。而两位恩师帮我造就的好学不倦的情结，则久而益坚，弥足珍视。

"少年子弟江湖老"。半个世纪过去了，无论我走到哪里，那繁英满树的马缨花，仿佛时时飘动在眼前，永远守候着我的童心。

（1999 年）

王 充 闾 散 文

幼时私塾读物

心中的倩影

到了南京，第一个念头便是去寻访秦淮河。

《桃花扇》《板桥杂记》《儒林外史》等许多古籍对秦淮河的描写，确实给我留下了特深的印象。"桃花似雪草如烟，春在秦淮两岸边。一带妆楼临水盖，家家粉影照婵娟。"这是明清之际的秦淮春景；而"秦淮灯火之盛天下所无，两岸河旁，雕栏画槛，绮窗绣障，十里珠帘"，"城里几十条大街、几百条小巷都是人烟凑集，金粉楼台。水满的时候，画船箫鼓，昼夜不绝"，则摹写了十里秦淮的繁华胜概。

如果说，清代文人孔尚任、余澹心、吴敬梓笔下的秦淮是靓娘的浓抹；那么，朱自清先生眼中的"晃荡着蔷薇色的历史的秦淮河"，"水是碧阴阴的，看起来厚而不腻"，"一眼望去，疏疏的林，淡淡的月，衬着蓝蓝的天，颇像荒江野渡光景"，便是西子的淡妆，更别具一番风情。

由于古文化的积淀，秦淮河早已活在一代代人的心里，每个人的脑海中都闪现着它的玫瑰色的丽影。而在我的心目中，它是一首璀璨的诗，一幅绮丽的画，一片如烟如梦的旧时月色。

可是没料到，当听说我要去寻访秦淮河时，市文联的同志却苦笑着摇头。他们告诉我，早在清末民初，秦淮一带便已萧条破败了，河道淤塞，河床狭窄，河水浑浊。实际上，朱自清先生看到的秦淮河已非旧貌，只不过在朦胧的月色、眩晕的灯光下看不分明而已；或许诗人已经分明看出它的陋貌衰颜，但不肯去揭那玄色的面纱，作大煞风景的文字，也未可知。总之，今日的秦淮河再也找不出多少诗情画意，那个白舫青帘、桨声灯影里的秦淮河，已经像梦一样地消逝了。

看到我充满失望的神色，朋友们半是劝慰半是憧憬地述说。南京市政府已经把彻底整治秦淮河列为市政建设的一项重点工程，将采取一系列人工措施，清除污泥，运走垃圾，沿河恢复一些有特色的古建筑，建成富有特色的秦淮河风景带，涤除她的斑斑锈迹，恢复其天然姿色。

我终于打了退堂鼓，决定在秦淮河恢复秀丽的姿容之前暂不去探访，尽管为她魂牵梦绕了几十年，尽管重来南京不知何日。我不想让那如诗如画如烟如梦的旧时月色倏忽消失，我愿在记忆中永存她的倩影。

回来后，我把这些想法讲给几位朋友听，多数人都不以为然。有的说我"痴情可哂"，有的笑我"书生气十足""理想主义"，我却至今不悔。特别是读到文洁若的散文《梦之谷中的奇遇》，对作家萧乾的行止，更是赞其通脱，引为同调。

1928 年，十八岁的萧乾在汕头角石中学任教时，结识一个名叫萧曙雯的女学生。二人心心相印，灵犀互通，诚挚地爱恋着。不料，校长从中插足，有意娶她，声言如果曙雯拒婚，就要对萧乾狠下毒手。姑娘断然斥绝了这个恶棍，同时劝说萧乾赶紧离开，以免遭到暗算。本来，她是准备同萧乾一道乘船逃离的；可是，当发现码头上有歹徒持枪环伺，她只好改变主意，悄悄地溜回。她知道，若是萧乾只身出逃，他们会高兴地放他走开；如果二人同行，萧乾就会死在这伙恶棍手中。

尘海翻腾日月长，一别音容两渺茫。这对情人南北分飞，无缘重见，各自在布满荆棘的坎坷路上建立了家庭。八年后，作家萧乾以此为题材，写了一部长篇小说《梦之谷》。他是多么盼望有朝一日能够再见一面当年恋人——书中的女主人公盈姑娘啊！

六十年过去了，他终于有机会旧地重游，回到了汕头的"梦之谷"，并且得知萧曙雯仍然健在。这对于千里离人来说，尽管不无苦涩，却也毕竟是一种抚慰。可是，经过一番斟酌，萧乾毅然决然放弃了这个此生难再的机缘。他不愿让记忆中的清亮如水的双眸，堆云耸黛的青丝，轻盈如燕、玉立亭亭的少女丰姿，在一瞬间，被了无神采的干枯老眼、霜雪般的鬈华和伛偻着的龙钟身影抹掉，他要把那已经活在心目中六十年的美好影像永远保存下来。萧乾说："这不光是考虑自己，也是为了让曙雯记忆中的我永远是个天真活泼的小伙子，所以，还是不见为好。"

留恋少时的风华，珍视美好的印象，是无分境遇、人同此心的。随着岁月的流逝，这种感情会日益浓重。世间许多宝贵的事物，拥有它的时候常常并不知道珍惜，甚至忽视它的存在；而一当失去了它，到了"求之不得，寤寐思服"的时候，才会真正认识它的价值，懂得它的可贵。韶华就是这一类的东西。

人生是不可逆的，"长江一去无回浪"，古今中外永远不会有时间的收藏家。我们仿佛看到雪莱的诗剧《被解放了的普罗米修斯》中的时间的精灵——神色仓皇的御者，正赶着一匹匹肋生彩翼的飞马，拖着一辆辆雕花镂彩的神车，踏着香风彩云向前飞奔。自从远古以来，无数智者就从哲学或者科学的角度，努力探求无限的时空，最后，总是在奔流不息的时间长河面前惊愕不已；诗人则力图通过无穷的想象力和有限的艺术形象，去追求和把握浩渺的时空，在想象中让时间冻结、压延、超越和倒流，但是，结果只是一

心中的倩影

连串的浩叹："恨无壮士挽斗柄，坐令东指催年华。今朝零落已可惜，明日重寻更无迹。"（陆游诗句）

那年春天，一位著名的女表演艺术家应邀来营口市讲学。闲谈中，已经离休的市文化局局长，提到 50 年代中期这位艺术家首次来营口访问演出时的情景。"您那时真是风华正茂，光彩照人，我手里还保存着当时我们的合影呢！"老局长说着，把一张已经泛黄的黑白照片递过去。这位表演艺术家眼睛刷地一亮，说："太宝贵了，赠给我吧。我在'文化大革命'前的所有留影，全都在这场浩劫中损失了。"她坐在镜子前面，静默良久，看着三十年前流溢着青春气息的秀影，充满了对昔日风华和峥嵘岁月的忆念。

我即兴题赠一首七绝：

卅年回首感千重，妙艺人人赞化工。

且莫伤怀悲老大，青春犹在画图中。

她看了苦笑着，说："您这诗看似慰语，实际上正是憾词。"

当然，在特定条件下，也还有红颜长驻的情况。记得台湾作家林清玄在一篇文章中讲过这样一个故事：一对热恋中的情人同登喜马拉雅山，不幸遇上了雪崩。男青年被雪堆埋得不见踪影，女的却活着逃了出来。她无限地怀念着情人，年年此日，都要去当日的出事地点，寻找恋人的踪迹，终于在第二十个年头，在雪堆的一角，找到了情人的尸体，仍是当年那样年轻、俊俏，朱颜秀发；而自己却早已失去了往日的风韵，垂垂老矣。这虽然也是一种驻颜之术，无奈说来实在是太惨苦了。

人们也许会问：那位女士苦苦奔波二十年，她究竟要寻觅什么？只是为了要见上一面情人的年轻、俊秀的倩影吗？——这在她的记忆之窗上，本是永远抹不掉的，而且会久而弥新。那么，除此之外，又是要追求什么呢？或许是要重温昔日的恋情，寻觅那一经失去便再也不会重现的、无比珍贵的纯真诚挚的情愫。

由此可以联想到，留给亲人、朋友一个美好的形象固然重要，但是，它所附丽的却是珍贵百倍的真情诚意。如果有朝一日，那位女士发现日夜思念的意中人竟是一个骗子，那么，再美好的形象也会随之而化为丑陋了。

（1988 年）

情在不能醒

一

初秋的傍晚，清爽中已经微微地透着一些凉意了。我信步走进京西阜成门外的紫竹院公园，拣了个视野开阔的地方坐了下来。斜晖一抹，弥望里，翠筱娟娟，晴波滟滟，整个园林显现出一种萧疏之美。这情调，这景色，正契合了我此时的心境。我张大了眼睛向四下里瞭望，——我在刻意地搜寻着，不，应该说追寻着纳兰公子当日在此间"夜伴芳魂，孤栖僧寺"的踪迹。

时光毕竟已经流逝三百多年了。明明知道，失望在等待着我，到头来只能是满怀惆怅、一腔的憾惋。无奈，感情这个东西从来就是这样地不可理喻。临风吊古，无非是寄慨偿情，实质上是一种释放，有谁会死凿凿地期在必得呢？

尽管岁月的尘沙已经吞蚀了一切，不要说佛堂、梵刹踪迹全无，就是断壁残垣、零砖片瓦也已荡然无存，甚至连僧寺的遗址所在也难于确切地指认了；但是，我还是执拗地坐在这里，出神地遐想，从咀嚼"淅沥暗飘金井叶""经声佛火两凄迷"的纳兰词句中，体味他的凄恻幽怀，感受当时的苍凉况味。

这里原是明代一个大太监的茔墓地，万历初年在上面建起了一座双林禅院。清康熙十六年五月，纳兰性德的妻子卢夫人病逝后，灵柩暂时停放在禅院中，直到第二年初秋入葬纳兰氏祖茔皂荚村为止。这个期间，痴情的公子多次夜宿禅林，陪伴夜台长眠的薄命佳人度过那孤寂凄清的岁月。

忆生来，小胆怯空房。到而今，独伴梨花影，冷冥冥，尽意凄凉。

他知道爱妻生性胆小怯弱，连一个人独自在空房里都感到害怕，可如今却孤零零地躺在冰冷、幽暗的灵柩里，独伴着梨花清影，受尽了暗夜凄凉。

夜深了，淡月西斜，帘栊黝暗，窗外淅沥潇飒地乱飘着落叶，满耳尽是秋声。公子枯坐在禅房里，一幕幕地重温着当日伉俪情深、满怀爱意的场景，眼前闪现出妻子的轻颦浅笑、星眼檀痕。他眼里噙着泪花，胸中鼓荡着锥心刺骨的惨痛，就着孤檠残焰，书写下一阕阕情真意挚、凄怆恨惋的哀词，寄托其绵绵无尽的刻骨相思。

心灰尽，有发未全僧。风雨消磨生死别，似曾相识只孤檠。情在不能醒。

生死长别，幽冥异路，思恋之情虽然饱经风雨消磨，却一时一刻也不能去怀。他已经完全陷入无边的痛苦之中而不能自拔，迷离恍惚，万念俱灰。除了头上还留有千茎万茎的烦恼丝，已经同斩断世上万种情缘的僧侣们没有什么两样了。

一阕《浪淘沙》更是走不出感情的缠绕：

闷自剔银灯，夜雨空庭。潇潇已是不堪听。那更西风不解意，又做秋声。　　城柝已三更，冷湿银屏。柔情深后不能醒。若是情多醒不得，索性多情！

情多、多情，醒不得、不能醒……回旋宛转，悱恻缠绵。沉酣痴迷，已经到了无以自解的程度。深悲剧痛中，一颗破碎的心在流血，在发酵，在煎熬。

纳兰的妻子不仅姣好美艳，体性温柔，而且高才凤慧，解语知心。婚后，两人相濡以沫，整天陶醉得像是腌渍在甘甜的蜜罐里。随着相知日深，爱恋得也就越发炽烈。小小的爱巢为纳兰提供了摆脱人生泥淖、战胜孤寂情怀的凭借与依托。任凭它外间世界风狂雨骤，朝廷里浊浪翻腾，于今总算有了一处避风的港湾，尽可以从容啸傲，脱屣世情，享受到平生少有的宁帖。

在任何情况下，意中人乐此不疲的相互欣赏、相互感知，都是一种美的享受。朝朝暮暮，痴怜痛爱着的一双可人，总是渴望日夜厮守，即便是暂别轻离，也定然是依依相恋，难舍难分。有爱便有牵挂，这种深深的依恋，最后必然化作温柔的呵护与怜惜，产生无止无休的惦念。纳兰这样摹写将别的前夜：

画屏无睡，雨点惊风碎。贪话零星兰焰坠，闲了半床红被。　　生来柳絮飘零，便教咒也无灵。待问归期还未，已看双睫盈盈。

夫妻双双不寐，絮语绵绵，空使灯花坠落，锦被闲置。他们也知道，这种离别皆因王事当头，身不由己，祷告无灵，赌咒也不行，生来就是柳絮般漂泊的命了。既然分别已无可改变，那就只好

　　　　　王充闾散文

预问归期了，可是，她还没等开口，就早已秋波盈盈，清泪欲滴了。一副小儿女婉媚娇痴之态，跃然纸上。

二

在旧时代，即使是所谓的"康熙盛世"，青年男女也没有恋爱自由，只能像玩偶似的听凭父母之命、媒妁之言的随意摆布；至于皇亲贵胄的联姻往往还要掺杂上政治因素，情况就更为复杂了。身处这样的苦境，纳兰公子居然能够获得一位如意佳人，实现美满的婚姻，不能不说是一桩幸事。不过，"造化欺人"，到头来他还是被命运老人捉弄了——称心如意的偏叫你胜景不长，彩云易散。一对倾心相与的爱侣，不到三年时光，就生生地长别了，这对纳兰公子无疑是一场致命的打击。

脉脉情浓，心心相印，已经使他沉醉在半是现实半是幻境的浪漫主义爱河之中，想望的是百年好合，白头偕老。而今，一朝魂断，永世缘绝——这个无情的现实，作为未亡人，他是无论如何也接受不了的。因而，不时地产生幻觉，似乎爱妻并没有长眠泉下，只是暂时分手，远滞他乡，"影弱难持，缘深暂隔，只当离愁滞海涯"；他想象着会有那么一天："归来也，趁星前月底，魂在梨花。"当这一饱含着苦涩味的空想成为泡幻之后，他又从现实的想望转入梦境的期待，像从前的唐明皇那样，渴望着能够和意中人梦里重逢。虽然还不是"悠悠生死别经年，魂魄不曾来入梦"，但却总嫌梦境过于短暂，惊鸿一瞥，瞬息即逝，终不惬意。

一次，他梦见妻子淡妆素服，与他执手哽咽，临行时吟出两句诗："衔恨愿为天上月，年年犹得向郎圆。"醒转来，他悲痛不已，

235

题写了一首《沁园春》词：

> 瞬息浮生，薄命如斯，低回怎忘？记绣榻闲时，并吹红雨，雕阑曲处，同倚斜阳。梦好难留，诗残莫续，赢得更深哭一场。遗容在，只灵飙一转，未许端详。　　重寻碧落茫茫。料短发、朝来定有霜。便人间天上，尘缘未断；春花秋叶，触绪还伤。欲结绸缪，翻惊摇落，两处鸳鸯各自凉。真无奈，把声声檐雨，谱出回肠。

这样一来，反倒平添了更深的怅惋。有时想念得实在难熬，他便找出妻子的画像，翻来覆去地凝神细看，看着看着，还拿出笔来在上面描画一番，结果是带来更多的失望：

> 凭仗丹青重省识，盈盈，一片伤心画不成。

他几乎无时无日不在悲悼之中，特别是会逢良辰美景，更是触景神伤，凄苦难耐。

> 辛苦最怜天上月。一昔（同夕）如环，昔昔都成玦。若似月轮终皎洁，不辞冰雪为卿热。

面对银盘似的月轮，他凄然遐想：这月亮也够可怜的，辛辛苦苦地等待着，盼望着，可是，刚刚团圆一个晚上，而后便夜夜都像半环的玉玦那样亏缺下去。哎，圆也好，缺也好，只要你——独处天庭的爱妻，能像皎洁的月亮那样，天天都在头上照临，那我便不管月殿琼霄如何冰清雪冷，都要为你送去爱心，送去温暖。

目注中天皎皎的冰轮，他还陡发奇想：妻子既然"衔恨愿为天上月"，那么，我若也能腾身于碧落九天之上，不就可以重逢了吗？可是，稍一定神，这种不现实的想望便悄然消解了——这岂是今生可得的？

> 海天谁放冰轮满？惆怅离情。莫说离情，但值凉宵总泪零。 只应碧落重相见，那（哪）是今生！可奈今生，刚作愁时又忆卿。

人处在幸福的时光，一般是不去幻想的，只有愿望未能达成，才会把心中的期待化为想象。纳兰公子就正是这样。当他看到春日梨花开了又谢的情景，便立刻从零落的花魂想到冥冥之中"犹有未招魂"，想到爱侣，期待着能够像古代传说中的"真真"那样，昼夜不停地连续呼唤她一百天，最后便能活转过来，梦想成真。于是，他也就：

> 为伊判作梦中人，长向画图清夜唤真真。

妻子的忌日到了，他设想，如果黄泉之下也有阳世间那样的传邮就好了，那就可以互通音讯，传寄信息，得知她在那里生活得怎么样，与谁相依相伴，有几多欢乐、几多愁苦：

> 重泉若有双鱼寄，好知他年来苦乐，与谁相倚？

情在不能醒

情到深处，词人竟完全忽略了死生疆界，迷失了现实中的自我。意乱情迷，令人唏嘘感叹。一当他清醒过来，晓得这一切都是无效的徒劳，便悲从中来，辗转反侧，彻夜不能成眠。但无论如何，他也死不了这条心，便又痴情想望：今生是相聚无缘了，那就寄希望于下一辈子，"待结个他生知己"；可是，"还怕两人俱薄命，再缘悭、剩月零风里"——像今生那样，岂不照例是命薄缘浅，生离死别！

他就是这样，知其不可而为之，非要从死神手中夺回苦命的妻子不可。期望—失望—再期望—再失望，一番番的虔诚渴想，痛苦挣扎，全都归于破灭，统统成了梦幻。最后，他只能像一只遍体鳞伤的困兽，卧在林荫深处，不停地舐咂着灼痛的伤口，反复咀嚼那枚酸涩的人生苦果。

他正是通过这种层层递进的痴情泛溢，这种超越时空的内心独白，这种了无遮拦的生命宣泄，把一副哀痛追怀、永难平复的破碎情肠，将一颗永远失落的无法安顿的灵魂，一股脑地、活泼泼地摊开在纸上。真是刻骨镂心，血泪交进，令人不忍卒读。

三

不堪设想，对于皈依人间至纯至美的真情的纳兰来说，失去了爱的滋润，他还怎能存活下去？爱，毕竟是纳兰情感的支柱，或者说，纳兰的一生就是情感的化身。他是一个为情所累、情多而不能自胜的人。他把整个自我沉浸在情感的海洋里，呼吸着、咀嚼着这里的一切，酿造出自己的心性、情怀、品格和那些醇醪甘露般的千古绝唱。他为情而劳生，为情而赴死，为了这份珍贵的情感，几乎付出了全部的心血与泪水，直到最后不堪情感的重负，在里面埋葬了自己。

这种专一持久、生死不渝、无可代偿的深爱，超越了两性间的欲海翻澜，超越了色授魂与、颠倒衣裳，超越了任何世俗的功利需求。这是一种精神契合的欢愉，永生难忘的动人回忆、美好体验和热情期待，一朝失去了则是刻骨铭心的伤恸。

情为根性，无论是鹣鲽相亲的满足，还是追寻于天地间而不得的失落，反正纳兰哭在、痛在、醉在他的爱情里，这是他心灵的起点也是终点，在这里，他自足地品味着人生的千般滋味。

生而为人，总都拥有各自的活动天地，隐藏着种种心灵的秘密，存在着种种焦虑、困惑与需求，有着心灵沟通的强烈渴望。可是，实际上，世间又有几人能够真正走入自己的梦怀？能够和自己声应气求，同鸣共震？哪里会有"两个躯体孕育着一个灵魂"？"万两黄金容易得，知音一个也难求！"即使有幸偶然邂逅，欣欣然欲以知己相许，却又往往因为横着诸多障壁，而交臂失之。

当然，最理想的莫过于异性知己结为眷属，相知相悦，相亲相爱，相依相傍。但幸福如纳兰，不也仅是一个短暂而苍凉的"手势"吗？

不过，也多亏是这样，才促成纳兰以其绝高的天分、超常的悟性，把那宗教式的深爱带向诗性的天国；用凄怆动人的丽句倾诉这份旷世痴情。有人说，一个情痴一台戏。作为情痴的极致，纳兰性德在其短暂生涯中，演足了这出戏，也写透了这份情。"情在不能醒"，多少为情所困的痴男怨女，千百年来，沉酣迷醉在他的诗句之中。

艺术原本是苦闷的象征。《老残游记》作者刘鹗有言：

灵性生感情，感情生哭泣。

《离骚》为屈大夫之哭泣，《庄子》为蒙叟之哭泣，《史记》为太史公之哭泣，《草堂诗集》为杜工部之哭泣。

王实甫寄哭泣于《西厢》，曹雪芹寄哭泣于《红楼梦》。

那么，纳兰性德呢？自然是寄哭泣于《饮水词》了。

作为一位出色的词人，纳兰公子怀有一颗易感的心灵，反应敏锐，感受力极强，因而他所遭遇与承受的苦闷，便绝非常人所可比拟。为了给填胸塞臆的生命苦闷找出一条倾泻、补偿的情感通道，他选定了诗词的形式，像"神瑛侍者"那样，誓以泪的灵汁浇灌诗性的仙草。

在经历过深重难熬的精神痛苦之后，词人不是忘却，也没有逃避，而是自觉强化内心的折磨，悟出人生永恒的悖论，获取了精神救赎的生命存在方式。在这里，他把爱的升华同艺术创造的冲动完美地结合起来，以诗意般的情感化身展现出生命的审美境界，把个体的生命内涵表现得淋漓尽致，从而结晶出一部以生命书写的悲剧形态的心灵史，它真纯、自然、深婉、凄美，突破了时空限制，具有永恒的价值。

纳兰公子是"性情中人"，有一颗平常心。他听命于自己内心的召唤，时刻袒露着真实的自我，在污浊不堪的"乌衣门第"中，展现出一种新的人格风范。他以落拓不羁的鲜明的个性之美和超尘脱俗的人格魅力，以其至真至纯的清淳内质，感染着、倾倒着后世的人们。尽管他像夜空中一颗倏然划过的流星，昙花一现，但他的夺目光华却使无数人为之心灵震撼。他那中天皓月般的皎皎清辉，荡涤着、净化着也牵累着、萦系着一代代痴情儿女的心魂，人们为他而歌，为他而泣，为他的存在而感到骄傲。

在今天，纳兰实际上已成为解读诗性人生的一种文化符号，有谁不为这种原始般的生命虔诚而永远、永远地记怀着他。难怪他在京华年少中拥有那么庞大的追星族。当然，也不限于北京，就在我的身边也同样存在。那天，应邀在市图书馆举行《纳兰性德及其〈饮水词〉》讲座，我刚刚走下讲台，就见听众席上走出一个女孩子，递过来一摺纸页。打开一看，原来是一首即兴诗：

> 从他身上/看到自身存在的根源/据说/他/就在我的前边/距离不近/可也不能算远/往事虽在时间之外/空间代价却是时间/只要一朝/获得超光的时速/那就坐上飞船/追寻历史/赶上三百年前/参加过渌水亭诗会/再在太空站上/共进晚餐——我和纳兰

清代学人陈其泰评论《红楼梦》时说过："宝玉温存旖旎，真能使天下有情人皆为之心死。"那他比起纳兰公子，又怎样呢？

（2003 年）

两千年的守望

一

从公元前 286 年伟大的思想家兼文学家的庄子去世，到公元 1715 年（康熙五十四年）伟大的文学家而兼思想家的曹雪芹诞生，中间整整相隔了两千年。在这两千年时间长河的精神航道上，首尾两端，分别矗立着辉映中华文明以至整个世界文明的两座摩天灯塔——两位世界级的文化巨匠。他们分别以其哲学名著《南华经》（《庄子》）和文学名著《红楼梦》，卓立于世界民族文化之林。

曹雪芹生当所谓"康乾盛世"，距今不过二三百年，而其活动范围，也只有南京、北京两地，可是，留存下来的文献资料却少得出奇，以致连本人的字、号、生年、卒年、有关行迹及住所、葬地，还有祖籍、生父、妻子等等，都存在着争议，这倒和两千多年前的庄子十分相像。而且，从已知的有限记载中得知，他的身世、出处、阅历，特别是思想追求、精神境界，也和庄子有许多相似之处——

同庄子为宋国没落贵族的后代一样，曹雪芹也出身于没落的贵族。他的祖上是一个百年望族，属于大官僚地主家庭，其曾祖父、祖父、父亲，三代世袭江宁织造达六十余年。曹家与清皇室的关系非常密切，雪芹的曾祖母曾是康熙的乳母，祖父当过康熙的侍读。雪芹出生于南京，十三岁之前，作为豪门公子，过着锦衣纨绔、饫甘餍肥的生活。而后，由于乃父因事受到株连，被革职抄家，家道中落，财产丧失殆尽，社会地位一落千丈；移居北京后，成为普通贫民，饱经沧桑巨变，备尝世态炎凉之酸苦，"寂寞西郊人到罕"，"故交零落散如云"。清人笔记中载："素放浪，至衣食不给"，"老而落魄，无衣食，寄食亲友家"。所居房舍，"土屋四间，斜向西南，筑石为壁，断枝为椽，垣堵不齐，户牖不全"，生活十分贫寒、困窘。

他与庄子一样，天分极高，自幼都曾受到过系统的传统文化教育，饱读诗书，胸藏锦绣；又都做过短时期的下层职员：庄子曾在蒙邑任漆园吏两三年时间，雪芹也曾做过内务府笔帖式，从事文墨、缮写差事，职位很低，只有年余，而后便进入右翼宗学，担任助教、夫役，时间也不太长。庄子凭借编织草鞋和渔钓以维持生活，雪芹则是以出售书画和扎绘风筝赚取收入；庄子熟悉并能亲自操作编织、刻竹、制漆等工艺生产，雪芹不仅擅长扎绘风筝，而且对金石、编织、织补、印染、雕刻、烹调与脱胎漆器等工艺美术也有研究。这样，他们便都有条件了解底层社会，同普通民众接触，包括一些拒不出仕的畸人、隐者，进而建立良好的关系。

除了长篇小说《红楼梦》，曹雪芹还留下一部《废艺斋集稿》，详细记载了金石、风筝、编织、印染、烹调、园林设计等工艺艺程。其中《南鸢北鹞考工志》自序中写道："是岁除夕，老于(残疾人于叔度，曾向曹雪芹学习扎糊风筝技艺)冒雪而来，鸭酒鲜蔬，满载驴背，喜极而告曰：'不想三五风筝，竟获重酬；所得共享之。'"反映了曹雪芹的平民意识与助残济困的高尚情怀。这使人想到庄子置身于百工居肆，乐于同支离疏、王骀等残疾人打交道，听他们倾诉惨淡人生的遗闻轶事。

曹雪芹厌恶八股文，绝意仕进，根本不去参加顺天乡试。他和

两千年的守望

庄子一样，都是以极度的清醒，自甘清贫，洁身自好，逍遥于政治泥淖之外，始终和统治者保持着严格的距离。乾隆年间，朝廷拟在紫光阁为功臣绘像，诏令地方大员物色画家。当时雪芹为寻访故地，回到南京，江南总督尹继善遂推荐他充当供奉，兼任画手，不料雪芹却未予接受。拒绝的原因，他没有直说，想来大概是：当年庄子为了追求人格的独立与心灵的自由，奉行"不为有国者所羁"的价值观，却楚王之聘，不做"牺牛"；我也不能去自投罗网。在那"犹如火宅，众苦充满，甚可怖畏"（借用佛经上的话）的龙楼凤阁中，做个笔墨奴才，给那些乌七八糟的什么"功臣"画影图形，既无趣，又可怕。

他们都是旧的传统礼教的叛逆者，反对儒家的仁义教条，厌弃"学而优则仕"的世俗观念，批判专制，警惕"异化"。要之，他们都是物质生活匮乏而精神极度富有的旷世奇才。

他们的思想都与现实社会环境极不协调，甚至尖锐对立；他们的言行举止，超越凡俗，脱离固有的社会价值、伦理观念的框范，而不为世人所认同与理解。这样，处世就不免孤独，而作品更有"都云作者痴，谁解其中味"的悲凉感。

"怅望千秋一洒泪，萧条异代不同时。"（杜甫句）庄子如果地下有知，当会掀髯笑慰：两千年的期待，终于又觅得一个异代知音。

二

曹雪芹在西单石虎胡同的右翼宗学担任教职（一说曹雪芹为敦惠伯家西宾，紧邻右翼宗学）时，结识了清朝宗室一些王孙公子，如敦氏兄弟与福彭等。初识时，曹雪芹三十岁，敦敏十六岁，敦诚仅十一岁。在漫长的冬夜，他们围坐在一起，这些公子哥儿听年长他们很多的曹公充满智慧、富有谐趣的清谈雅教、说古论今。较长一段接触中，他们亲炙了雪芹的高尚品格与渊博学识，都从心眼里敬服他。大约三年过后，曹公移居北京西郊，过着著书、卖画、挥毫、唱和的隐居生活。其间，除了敦氏兄弟仍然常相过从之外，当地还有一位张宜泉，与雪芹交往甚密，意气相投。他年长雪芹十多岁，功名无份，穷愁潦倒，靠着教几个村童度日。

二敦一张在题诗、赠诗、和诗中，留下了一些关于雪芹的十分可靠的珍贵文献资料。诗中真实地状写了雪芹贫寒困顿的隐逸生涯、超迈群伦的盖世才华和纵情不羁的自由心性。在这里，诗人运用"立象以尽意"的艺术手法，驱遣了"野浦""野鹤""野心"这三种颇能反映本质的意象：

"野浦冻云深，柴扉晚烟薄。山村不见人，夕阳寒欲落。"敦敏在这首《访曹雪芹不值》的小诗中，形象地描绘了雪芹居处的落寞、清幽、萧索，可说是凄神寒骨。前此，他还曾写诗《赠芹圃》，有句云："碧水青山曲径遐，薜萝门巷足烟霞。寻诗人去留僧舍，卖画钱来付酒家。""曲径遐""足烟霞"，描绘其环境清幽；"留僧舍"、卖画沽酒，记述其日常生活。敦诚在《赠曹雪芹》诗中，亦有"满径蓬蒿老不华，举家食粥酒常赊。衡门僻巷愁今雨，废馆颓楼梦旧家"之句。前两句，写居住环境荒凉、生活条件艰苦；后两句，写世态炎凉，繁华如梦。"今雨"用典，出自杜甫的《秋述》小序："寻常车马之客，旧雨来，今雨（新结交的朋友）不来"。杜甫居长安时，初被玄宗赏识，众人都主动上门结交，一时车马不绝，但他后来并没有做成什么官，于是，人们便对他疏远了。世态

　　　　　　　两千年的守望

炎凉，人情冷暖，同样反映在曹雪芹境遇中，令诗人感喟无限。

说过了"野浦"，再讲"野鹤"。敦敏曾写过这样一首七律，题为《芹圃曹君(沾)别来已一载余矣，偶过明君(琳)养石轩，隔院闻高谈声，疑是曹君，急就相访，惊喜意外，因呼酒话旧事，感成长句》。首联与尾联云："可知野鹤在鸡群，隔院惊呼意倍殷"；"忽漫相逢频把袂，年来聚散感浮云"。此前一年多时间，雪芹曾有金陵访旧之行，现在归来，与敦敏相遇于友人明琳的养石轩中。诗中状写了别后聚首、把袂言欢的情景。这里值得注意的是"野鹤在鸡群"之语，其意若曰：曹公品才出众，超凡独步，有如鹤立鸡群。典出晋代戴逵《竹林七贤论》："嵇绍入洛，或谓王戎曰：'昨于稠人中始见嵇绍，昂昂然若野鹤之在鸡群。'"（亦见《晋书·嵇绍传》）宋代诗人陈刚中也曾写过："高士常徇俗，无心欲违世。野鹤在鸡群，饮啄同敛翅。"大约就在这次聚会中，雅擅丹青的曹雪片，乘着酒兴，画了突兀奇峭的石头，以寄托其胸中郁塞不平之气。敦敏当即以七绝题画："傲骨如君世已奇，嶙峋更见此支离。醉余奋扫如椽笔，写出胸中块垒时！"傲骨嶙峋、胸中块垒云云，活灵活现地道出了曹公的倨傲个性与愤激情怀。

与此紧密相关，是张宜泉诗中的"野心"之句。诗为七律，《题芹溪居士》："爱将笔墨逞风流，庐结西郊别样幽，门外山川供绘画，堂前花鸟入吟讴。羹调未羡青莲宠，苑召难忘立本羞。借问古来谁得似？野心应被白云留。"核心在后四句。著名红学家蔡义江对此有详尽而准确的解读——

"羹调"句写，曹雪芹并不羡慕李白那样受到皇帝的宠幸。李白号青莲居士，以文学为唐玄宗所赏识，玄宗曾亲自做菜给他吃，所谓"以七宝床赐食，亲手调羹"。

"苑召"句，写曹雪芹善画，但他不忘阎立本的遗诫，而不奉苑召。《旧唐书·阎立本传》载，唐太宗召阎立本画鸟，阎闻召奔走流汗，俯在池边挥笔作画，看看座客，觉得惭愧，回来即告诫儿子："勿习此末技。"

"野心"句：野心，谓不受封建礼法拘束的山野人之心。这句是说，曹雪芹鄙视富贵功名，只有山中的白云可以与他做伴。唐末，陈抟举进士不第，隐居华山云台观。入宋后，数召不出，作谢表，中有"数行丹诏，徒教彩凤衔来；一片野心，已被白云留住"之句。见《唐才子传》。

穷愁困踬中，曹雪芹以坚韧不拔的毅力，十数年如一日，坚持创作《石头记》(《红楼梦》)。晚年因幼子夭亡，悲痛过度，忧伤成疾，于1763年(乾隆二十八年除夕)病逝。敦诚、敦敏、张宜泉等分别以诗悼之。

综观曹雪芹的一生，以贫穷潦倒、维持最低标准的生存状态为代价，换取人格上的自由独立，保持自我的尊严与高贵，不肯苟活以媚世；精神上，从容、潇洒，营造一种诗性的宽松、淡定的心态，祛除一切形器之累，从而获得一种超然物外的陶醉感与轻松感。这一切，都是与庄子相类似的。

三

鲁迅先生针对生民处于水火之境的艰难时世，说过一句痛彻骨髓的话："人生最苦痛的是梦醒了无路可以走。做梦的人是幸福的；倘没有看出可走的路，最要紧的是不要去惊醒他。"接上又说："假使寻不出路，我们所要的倒是梦。"曹雪芹和庄子都生活在社会危机严重、理想与现实对立、"艰于呼吸视听"的浊世，都是"无路可以走"的。这样，他们两人便都不约而同地选择了梦境，藉以消解心中的块垒，寄托美好的愿望，展望理想的未来。

作为文人写梦的始祖，庄周托出一个虚幻、美妙的"蝴蝶梦"（见《齐物论》），将现实追求不到的自由，融入物我合一的理想梦境之中；而织梦、述梦、写梦的集大成者曹雪芹，则通过荣、宁二府中的"浮生一梦"，把审美意识中的心理积淀，连同诗化情感、悲剧体验、泣血生涯和盘托出，在卑鄙、龌龊的现实世界之上，搭建起一个以女儿为中心的悲凄、净洁、华美的理想世界。有人统计，《红楼梦》一书中共写了三十二个梦，其中最典型的是贾宝玉梦入太虚幻境的警幻情悟，预示其看破红尘、人生如梦的觉解。

《庄子》与《红楼梦》这两部传世杰作，归根结蒂，都可说是作者的"谬悠说""荒唐言""泣血哭""辛酸泪"。清末小说家刘鹗在《老残游记·自叙》中说得好："《庄子》为蒙叟之哭泣"，"曹雪芹寄哭泣于《红楼梦》"。

在中国古典小说中，《红楼梦》应是引用《庄子》中典故、成语、词句最多的一部作品，作者顺手拈来，触笔成妙；看着觉得眼熟，结果一翻，竟然分别出自《人间世》《大宗师》《胠箧》《秋水》《山木》《盗跖》《列御寇》等等篇章，令人惊叹作者学识的渊博。雪芹对于庄子其人其文极度倾慕，曾借助以"槛外人"和"畸人"自命的妙玉之口说："文是庄子的好。"同妙玉一样，小说中众多人物都喜欢《庄子》，特别是宝玉、黛玉这两位主人公，对于这部哲学经典，已经烂熟于心，能够随口道出，恰当地用来表述一己的人生境界、处世态度、思想观念、生活情趣。显然，作者称引《庄子》，绝非矜富炫博，装潢门面，而是为了彰显他的价值观、倾向性与人生态度，因为他们是同道者、知心人。

　　庄子是中国思想史上第一个提出争取和捍卫人的自由的思想家。高扬自由意志，追求个性解放，可说是《庄子》的一条红线，也是庄子思想影响后世的最重要的一个方面。而曹雪芹，则把自由的思想意志奉为金科玉律，当作终身信条，他正是通过贾宝玉这一典型人物的典型性格，来集中阐扬这种精神意旨的。就是说，《红楼梦》的哲学蕴涵，主要是隐含在人物形象之中。贾宝玉的坚决反对"仕途经济""八股科举""程朱理学"，无拘无束、我行我素、放纵不羁、自由任性的个性特征，以及他所赞赏的"无知无识、无贪无忌"的赤子般的心境，还有他借龄官的嘴说出的对封建地主家族的控诉——"你们家把好好的人弄了来，关在这牢坑里"，完全失去自由，等等。显然，其中都有庄子思想的影子。宝玉曾多次谈到死亡，他说："等我有一日化成了飞灰——飞灰还不好，灰还有形有迹，还有知识的。等我化成一股轻烟，风一吹就散了的时候，你们也管不得我，我也顾不得你们了，凭你们爱那里去，那里去就完了。"这也让人联想到庄子关于死亡的那番旷达、超迈的话语。看得出来，庄子思想是他(当然也包括黛玉)主要的精神支柱。

　　《红楼梦》中大家所熟知的《好了歌》及其解注，还有那句"可知世上万般，好便是了，了便是好。若不了，便不好；若要好，须是了"的警语和"太虚幻境"中"真假""有无"的对联，骨子里所反映的"万物齐一"，一切都具有相对性与流变性的观念，自然都和庄子的《齐物论》有一定的关联。

　　至于这两部天才杰作的叙述策略与话语方式，也同样有其相似之点：一个隐喻为"假语村言"，"荒唐、尢稽之辞"；一个则明确地讲，"以谬悠之说、荒唐之言、无端崖之辞"出之，"其辞虽参差，而诙诡可观"也。

<h1 style="text-align:center">四</h1>

应该说，曹雪芹接受庄子的影响，主要是接受"一种理想人格的标本"，"游心于恬淡、超然之境"。正是这种精神原动力，使他们面对颠倒众生的"心为物役"、人性"异化"的残酷现实，能够解除名缰利锁的心神自扰，以其熠熠的诗性光辉，托载着思想洞见、人生感悟、生命体验，以净化灵魂，澡雪精神，生发智慧，提振人心。

看得出来，这种天才人物之间的吸收与接纳、递嬗与传承，是作用于内在，而且是创造性的、个性化的。从这个意义上说，师承也好，赓续也好，不会一体雷同，只能具有相对性。

为此，在肯定两人相同或相似这主导一面的同时，也应注意到他们在思想观念方面存在着一定的差异。比如，迥异于庄子的雪芹的佛禅情结、色空观念、虚无意识，广泛地浸染于作品之中；"家亡人散各奔腾"，"好一似食尽鸟投林，落了片白茫茫大地真干净"，是其最具代表性的经典表述。其成因是复杂的，大抵同他所遭遇的残酷的社会环境、天崩地坼般的家庭遽变，本人的文化背景、信仰观念，有着直接关系。

即此，也充分反映了天才人物的独创性与特殊性。这一特征决定了，他们之间绝对重复的现象是不存在的，根本不能"如法炮制"。就是说，只能有一，不能有二，他们在世间都已成了绝版——从辞世那天起，原版就毁掉了，永远也无法复制。

司马迁在《报任安书》中曾经慨乎其言："古者富贵而名磨灭，

不可胜记，唯倜傥非常之人称焉。""倜傥非常"，卓异超凡之谓也。从世界的眼光和时代的高度来审视，庄子也好，曹雪芹也好，这两位文化巨匠的思想见地、艺术造诣、人格精神，都处于人类智慧的巅峰水准。两千年的期待，两千年的守望，两千年的传承，他们分别作为中华传统文化重要开山者和封建文化总结、批判、继承者，都以其毕生心血凝铸而成的旷世奇文，为中华民族奉献了辉煌的文化瑰宝，并为促进人类文明历史的共同发展做出了伟大的贡献。从而在浩瀚无垠的文化星空中，这一对双子星座，以其无可取代的独特地位，千秋万世，永远放射着耀眼清辉。

（2018 年）

感　念

　　一年一度的法兰克福国际书展，金秋十月应时召开，2008 年刚好是第六十届。由于我的散文集《北方的梦》被译成英文与阿拉伯文，这次，有关部门也安排我到场。

　　这天，我正在中国展馆低着头看书，突然听人喊了一声："王先生，王叔叔！"抬头一看，是位中年女士，觉得面熟，细一端详才认出来："你是雅萍啊！"

　　我们已经近二十年没有见面了。她的父亲是我在沈阳的大学同学，供职于财税部门。旧事依稀，如烟似梦。那时，雅萍还在大学读书，我曾在她家见过面，标致，漂亮，我夸她像"清水芙蓉"。她爸爸顺杆儿爬上，当即托我给物色个对象。雅萍娇娇地双手蒙上爸爸的眼睛，说："你又喝多了！"毕业后，她被分配到出版社当编辑；后来，听说出国了，同一个留学德国的青年结婚。由于妈妈去世早，爸爸后来也不在了，她便很少回国，我们便再也没有联系过。……

　　听我介绍了来意，她说，王叔，咱们出去吃饭，慢慢地向您汇报。

　　对于法兰克福，雅萍也不算太熟，她住在德国南部城市慕尼黑，这次是专程赶来看中国大陆和台湾书展的。好在德语精通，找中餐馆特别顺利。坐定之后，我们点了水饺和几样菜，边吃边谈。

　　雅萍跟随丈夫到了德国，先是做过一段华人家庭教师，后来到一家出版社供职。丈夫一直做律师，女儿、儿子都在读中学。

"人生的悲剧性，在于年轻时期盲目性大，常常感情用事，像没头苍蝇似的乱闯；待到阅历日深，情感稳定下来，却又像浅水浮花，波澜不兴，再也没有当年闯关夺隘、异想天开的锐气了。"她的这番话，听起来，显然蕴含着过来人的领悟。

这时的雅萍，仿佛又回到二十年前的青春岁月，下意识地用右手梳理了一下头发，细眯着一双漂亮的眼睛，像是自言自语地说：

"读大学时，我特别崇拜一位老师，他叫赵今，南京大学的高才生，后来又在复旦读了哲学博士。学问棒，文笔好，谈吐风雅，表达能力强，修长的身材，架着一副宽边眼镜，风度翩翩，很招同学们喜欢。我虽然就读中文系，但十分爱好哲学。您知道，中学生喜欢哪门课程，往往和老师讲得出色有关联，大学生也不例外。当时我读了一些西方哲学著作，最喜欢的是罗素的《西方哲学史》和《西方的智慧》。我常常就一些哲学问题向赵老师请教。记得我曾问过：为什么叔本华和尼采都讨厌女人？尼采强烈地反对男女平等，鼓吹要把妇女当作奴隶对待。是封建意识使然，还是出自一种自觉的价值判断？对我每次的问询，赵老师都耐心地予以解答。两年过去，我记了很厚的一本。接下来，我又大着胆子给他写信，除了探讨学问，还曾请他谈谈个人、家庭情况。赵老师说，他有个幸福、和谐的家庭，女儿很聪明，中学快毕业了；妻子聪慧、大方，是典型的东方式的贤妻良母，在一所中学当教导主任。说到他自己，记得有这样一番话：'我原本是学习中国古代哲学的，西方哲学是后来补的课。也许是由于整天同孔孟、老庄打交道的缘故吧，写起文章来，也是老古板，年届不惑，老气横秋。我在同龄人中，属于保守、持重的那种类型。'"

我看她嗓子有些嘶哑，便递给她一杯茶水。她点头称谢，轻轻地呷了一口，又继续说下去：

"我那时还是年轻，缺乏理智，没有深思熟虑，任凭一时感情冲动，相信一条心丝足以把所有的门拨开，竟然一厢情愿地暗恋着他。整天盼着同他见面，可是，待到课堂上相见了，却又心在狂跳，眼在期待，经常走神儿，根本听不清楚他都讲些什么，往往是听着听着，便进入一种迷茫状态，坠入虚幻的童话王国里，连续多少夜晚失眠。可是，又没个人可以诉说，我不敢告诉爸爸；心里实在憋得难受，放学后，我便搭乘大巴到郊区的姑妈家去。姑妈在我小时候，就特别怜爱我，见我去了，喜出望外。上下打量了一通儿，说：'宝贝儿累瘦了。功课太紧吧？'马上挽起袖子，炖鸡、烙饼，做了各种好吃的款待我。可是，我却一点也没有胃口，眼睛盯着喷香的肉菜，泪珠儿不听话，竟滴滴滚落下来。姑妈惊呆了，硬是用话来套拢。我吞吞吐吐、模模糊糊，告诉她几句。一听说是有妇之夫，姑妈断然表示反对。我说，你可以不支持我，但绝不能向我爸爸告密，当'甫志高'！

"赵老师已经有所警觉，我几次写信，他都不做答复。但是，一直挂念着我。担心我的身心健康和学业受到影响，便在一个星期日找我谈话。我原想，一不做，二不休，索性当面挑明了，打开窗子说亮话；但当看到他那端庄肃穆的神态，给人一种凛然不可侵犯的感觉，我便连一个'爱'字也说不出口了。只是说，老师是我终生崇拜的人，我愿在老师的直接引导下，走上人生的幸福之路。老师说，偶像崇拜是靠不住的，何况你还年轻，远没有成熟，处于一种盲目状态！你还不晓得幸福之星挂在哪一棵树梢上，也不懂得怎样走上自己幸福的征途。现在，你的唯一使命就是煞下心来读书上进，走出虚幻，走出迷茫，走出自己绘制的海市蜃楼。须知，这里没有停车的位置；要怀抱着远大理想上路，总会踏出自己的满地风光。听得出来，他的每句话，都是做正面引导，又句句有针对性。

"过了一会儿，我嗫嚅地说，我正在苦恋着一位长者。老师问：长者？他没有家室吗？我说：有了。他说：这可是胡来！凡属这类情况，十个有十个——要记住，我说的是十个有十个，而不是十个有九个——必然落个悲剧下场。接着，老师给我讲了他的表妹的遭遇：哈工大毕业后，她分配到一个科研单位，半年过去，爱上了她的所长。所长大她二十岁，已经是两个孩子的爸爸了。这些她都知道，但由于涉世未深，天真烂漫，盲目崇拜名人，不懂得世间的复杂事态，更不知如何驾驭情感这匹烈马，结果，一经陷入，便难以拔出腿来。而所长是一位知名度很高的党外专家，又是全国人大代表，单位的学术带头人。他清正自持，爱惜羽毛，洁身自好，更不肯仳离原配，结果空自苦了我那个纯真的表妹。现在，已经三十七八岁了，仍然处于独身。许多亲属都给她介绍男朋友，她却觉得哪个也不是意中人，或者严词峻拒，或者婉言谢绝，最后一无所成。'曾经沧海难为水，除却巫山不是云'，是挂在她嘴边的两句诗。这个教训是无比深刻的。在这场大错铸成中，板子应该打谁呢？小妹她有爱的权利，要说错，是在对象选择上；所长当然负有一定责任，姑念其属于被动受过——'楚人无罪，怀璧其罪'，最终尚能善丁自处，可加原谅。只是，我那可怜的小表妹，却因一念之差，酿成了终生的悔憾。

"说到这里，老师问我一句：'那个长者，他持什么态度？'我说，冰冰的，冷冷的，不愿意理睬我，拒人于千里之外。老师问：'那你理解他的苦心吗？'我说：我理解不了，心头只是恨怨。老师一听，笑了。我心说，人家是'黄连炖苦胆——苦上加苦'，你可倒好，还在一旁轻松地窃笑！我立刻把嘴噘了起来。老师说，由于阅世深度、思想境界方面的差异，社会生活中不理解、遭误会、被埋怨的现象，屡见不鲜。但真相总有大白之日，迟早会拨云雾而见青天。同样，对于你所说的那位长者，日后你也肯定会理解的，知道他这样做完全是为你着想，对你负责。当你从迷梦中醒来，进入清醒状态，特别是选择到真正理想的感情客体，过上幸福美满的家庭生活之后，回思既往，你会无限感念这位'不通情理'的长者，你会给他下一个正确的结论：'这是一个正派的人，是一个以德报德、对人负责、令人终生感佩的人。'

"老师还说，其实，是否理解，倒不重要；关键在于你必须迅速走出他的阴影，从迷恋状态中解脱出来。盲目地死抱住一个虚幻而永远无法把握的目标，空耗精力还在其次，最大的负面影响，是会形成一种既定的观念。因为人是有记忆的，人是在过去的经验中继续积累新的经验的，过去的痴情爱恋，可能为未来的情感生活罩上一层阴翳与暗影。'唯一'的爱，这种最真挚、最投入，纯然以感情作基础的爱的破解，很有可能使一个人一生中再次、多次的爱都相应地贬值，甚至变得不屑一顾。我的表妹就正是这样。这种后果是不堪设想的。所以，你必须毅然决然尽快地挣脱出来。我愿意赠送你四句话：宜急莫缓，加速收缆，迟之一日，悔之已晚。

"分手时，老师说：'我一百个相信，像你这样纯真、聪慧、正直的青年才女，肯定能够获得美满的爱情、过上真正的幸福生活的。'"

雅萍正要接着说下去，突然，手机铃声大作。她看了看，说："是我的先生。"一阵欢快的对话，虽然里面不时地夹杂几句德语，但我大致听得出来，先生是问：什么时候"起驾回府"，他好到火车站去接她。

放下手机，雅萍带着微笑，说："被他给打断了，对不起。王叔，我再接着向您汇报：

"这次师生谈话之后，我倍感痛苦，一个人悄悄地躲在公园的僻静地方，嚎啕大哭一场。好多天，茶饭无心，颓靡不振，但是，逐渐地头脑觉得清醒了一些。恰巧，这时又收到了姑妈的一封信。里面是一首字迹工整的诗：《聪明的萍儿，你好糊涂》。姑妈退休前，是高中语文教师，旧体诗词写得很好，这一首却是白话的新诗，读来明白晓畅，朗朗上口，至今我还能够一字不差地背诵出来：

绿了/黄了/红了——果实日渐成熟/明确代替了模糊/加减变作了乘除/姑姑我看得出/姑姑是神/你瞒不住/你刚刚经历一场/冲破岩层的情感喷突/不/你正陷入痛苦的魔窟/萍儿/你不要嗔怪姑姑/原谅我搞一次破坏性的短路/那是萤光/虹影/水月/露珠/看着还在/扑去却无/诚然/其间确有痴情的大厦/真诚的船坞/但绝非理想的归宿/因为/一个是安琪儿——自由天使/一个却是戴着礼法荆冠/锁着家庭镣铐的刑徒/一个是健翩凌空的小鸟/一个是积年困锁的碌磙/也许还不如刑徒/刑徒没有礼法的重负/也许还不如碌磙/碌磙没有观念的束缚/聪明的萍儿/你好糊涂/世间唯有情难诉/只怕你为情所累/误入迷途/贪恋短暂欢娱/酿成终生痛苦/姑姑盼望你幸福/日夜馨香默祝

感 念

"我真是净遇见'贵人'了。姑姑对我也是这么关心！我这个老公便是经她引荐搭桥，我们相识、相知、相爱的。"

"后来，你和赵教授通过信吗？"我问。

"通信很少。但我奉他为人生的导师，终生谨记他的教诲，不忘他的恩泽。出国之后，几乎断了联系，只是'中心藏之'。前年他六十大寿，我寄去一张亲手制作的贺卡，上面只写了两个字：感念。"

雅萍结过了账，一看时间还早，便又陪我到了六号展馆。我们在台湾展台，一边翻看着图书，一边随便谈些共同关心的国内国际的事。她说，已经和丈夫商定了，待到女儿考取大学，两人便领着儿子回国；困难在于儿子的汉语基础太差，现在每天都帮他突击补课。

说着，她从展台上拿起一部三卷本的《白话左传》，翻了翻，顺手买下，请我带给她的老师。她说："这类著作，赵老师也许能感兴趣。千里送鹅毛，礼轻情意重啊！"

(2008 年)

夜　话

　　这是一件平凡的小事，牵涉到三个同样平凡的小人物。只是由于它连接了四十载春秋，又像历史长河中的一朵浪花，翻动着情感的波澜，闪耀出人性的光彩，才使它无论从当事人或者读者的角度来看，都还具有传述的价值。

　　事情要从几位散文作家到边防某部采风说起。

　　我们来到这里，半个月过去了。"人间有味是清欢"。生活在大城市，经常苦于纷繁的俗务和杂沓的应酬，剥啄的叩门声，清脆的电话响，镇日间不绝于耳；回到家里，又会淹没在饭馆的卡拉OK、小贩的沿街叫卖、广告车的往复喧腾的噪音狂潮里。现在，它们总算被一股脑地抛掷在千里之外，称得上是"轮蹄不到红尘远，一枕烟波梦也清"了。

　　绵延无尽的一带连山，像凌空壁立的屏风一般，遮蔽了长风，也遮蔽了人们的视野，使这一原本就甚为偏僻的小镇，更显得与世隔绝了。山的阳面，是一处莽莽苍苍的林茂粮丰、水草肥美的原野，一道清澈的山溪，傍着一条新近筑成的沙石路，笔直地伸向远方，把这片绿锦缎般的茫茫碧野齐崭崭地切割成两半。左面，丛林掩映中的营房大院被一列长长的红砖墙包围起来；右边，翠荸森森，簇拥着一潭清澈的湖水，朝朝暮暮，镜子般地面对着万里晴空，没有波澜，没有污染，给人一种亲切、自然、澄净、安详的感觉。而晨兴、入夜响彻营房内外的嘹亮的号角却在明确地提示人们，这里生活着一个朝气蓬勃的战斗集体，这里的自然同样是人化的自然。

此刻，我们刚刚从湖畔游泳归来，一起聚在院里的凉亭下聊天。忽然一辆军用卡车开进院里，"嘎"的一声停了下来，一位五十岁上下的中年妇女从驾驶楼里钻出，向司机道过谢后，便径直走了过来。她那修长的身姿、文静的气质、透着几丝忧郁的眼神，引起了文友们的注目，大家同时都起身让座。直到这时，我才意识到这位客人是专程前来与我会面的。

三天前，我曾接到一封寄自山西朔州的快信，署名姜敬好。信写得很简单，开篇就说："我总算找到了您，哎，天涯苦觅，已经很多很多年了！"她要马上启程前来，叮嘱我一定要等见上一面再离开这里。

文友们就着信的内容作了种种猜测。有的认为，她是我的一个失散了多年的亲属；而素有"关东才女"之誉的白凌则歪着小脑壳，煞有介事地说：看来，她是老兄的早年女友，旧影依依，前情未忘，所以才不惮山长水远，要来这天之涯地之角，重温宿梦，畅叙离情。不管大家怎么说，我自己却心中有数，觉得这不过是一场误会。

此时，大家已经悄然散去，凉亭里只留下我们两个人。听说我已经收读了信件，她眼睛刷地一亮，笑着解释："都怪我太匆忙，急着把信发出，就是怕拖延了日期您收不到。结果，话也没说明白，让您丈二和尚摸不着头脑。"

我心里嘀咕，莫说当时，就是现在，我也还是处于蒙昧状态。便说："从信址得知，您是晋北人，我呢，世居辽河之滨，我们过去既无一面之识，又从来没有过任何联系。恐怕是搞错了。这种误会，十五年前我经历过一次，那时我在省委机关工作。当时收到一封由天津《散文》月刊编辑部转来的信，寄信人是南方某城市的一位女教师。1937 年她的胞兄与一家人失散，四十余年杳无踪影。一天，她看到《散文》上一篇文章的作者署名，竟与其胞兄的完全相同，欣喜之余，就给编辑部写信，请求帮助与作者联系。作者是我，编辑部就把信转过来了。结果，竟是一场由同名同姓造成的误会。"

停了一下，我接上说，生活中这类巧合致误的事原是很多的，不足为怪，只是千里迢迢，历尽艰辛赶来，却扑个空，未免太亏了您。看着她那瘦削的身躯和由于连日奔波而略显疲倦的神色，我竟有些过意不去了。尽管我也知道，过错并非由我造成。

敬好一改开始时的激动，现在却异常平静，不动声色地听着，看得出她是在仔细地端详着我。这时才莞尔一笑，还是那么娴静："没有错。怎么会错呢？"像是向对方申明，又似在自言自语。说着，从提包里珍重地取出一张四寸大的黑白照片，双手递了过来。接过一看，竟是四十年前我和一位名叫颜亦尊的上司的合影，不由得"啊！"了一声："快告诉我，老颜现在哪里？"

不料，这一追问竟惹得她伤心地啜泣起来。"在哪里？在哪里？我也不知道他在哪里……"以问作答，她继续呜咽着，直到白凌跑过来招呼我们吃晚饭。

小白像发现了外星人的秘密一般，惊奇诡异地观察着眼前这一男一女，心里在证实着她预先织就的那张"罗曼蒂克之网"。而我，一边走着一边也在琢磨：她是老颜的什么人呢？当然不是妻子——老颜的妻子我熟悉，姓何，矮个，年纪也比她大。可是，那种深情，那张照片……

席间，客人总算恢复了常态，几个青年文友围拢过来，开着善意、亲切、谑而不虐的玩笑，她都大方、得体地应酬着。白凌知道我晚饭后还要接受附近一家报社的记者采访，便说，"晚上，大姐住在我那里。你们都暂告休息。"背朝着客人，向我扮了一副鬼脸。

由于闷葫芦还没有揭开，我显得心事重重，晚上的"记者问"也没有答好。记者以为是疲倦所致，提议明天再谈。我正巴不得颁下这道赦令，便匆匆离开，径直跑到白凌的房间。显然，她们已经谈了许多，而且，有一点可以确定，就是我已经从"罗曼蒂克之网"中被解脱出来。小白也不再要怪态了，惊世骇俗的悲喜剧告吹，"大导演"英雄没了用武之地，像个泄了气的皮球似的，斜倚着墙，歪在床上。这边，我和敬妤开始了竟夜之谈。

敬妤说："1957年'反右'，老颜可能有些言论……"

"情况是这样，"我插嘴说，"他大学毕业后，先是在中学教书，后来调进机关来办县报。我的经历与他相似。那时，机关里工农干部占绝对多数，大学生是凤毛麟角，我们都酷爱文学，气味相投，共同语言比较多。喜欢在一起谈论晏几道、李清照的词，欣赏中外的名曲，读些反映现实社会问题的小说，而颇不满于报社主编的不学无术却妒贤嫉能、妄自尊大。

"老颜当时是副主编，笔头子硬，小有名气，主编怕他取而代之，便到处制造舆论，说他的坏话。其实，老颜一身清正，也没有什么把柄可抓的，无非是'小资产阶级情调十足''目无组织，骄傲自负'等等。可是，说归说，工作却又离不开他。不久'反右'就开始了，这位主编总算找到了发难的机会，于是，首先起来揭发老颜的'反党言论'。"

现已回到原来的话头，我请敬妤接着讲。敬妤说：

"还是您讲，您是当事人，最有发言权。"

于是，我便接着讲下去：

我记得，有天晚上，主编特意把我找到家里，先是夸我年少有才，具备发展前途，接着，把话锋一转，色厉辞严地告诫说："你眼前正面临着严峻的考验，如果不同颜亦尊撕开面皮，划清界限，彻底揭发他的问题，后果将不堪设想。"一片"山雨欲来"的紧张气势。

果然，第二天就召开了批斗大会。几个"右派分子"面对着群众，站在长条板凳上。会议由主编主持，他扫视了一下会场，看我躲在后面，便轻轻地摆了摆手，示意到前排就座，我只好硬着头皮在前面找个空隙坐下。会议开始后，主持人首先领着大家喊了一通口号，叫作"杀威风""打态度"，然后，就喝令颜亦尊交代反党罪行。老颜昂头说道："我十六岁就投身革命，拎着脑袋找共产党，怎么现在变成反党了？笑话！"

主编弄得很尴尬，便以凌厉的目光盯住我，点名叫我起来揭发：大右派颜亦尊是怎样腐蚀青年的，他都放过什么毒。我从来没有见过这种阵势，慌忙站起，嗫嚅地说，老颜只是爱好文学，我们常在一起讨论李清照、欧阳修……主编厉声喝道："谁让你讲这些？要揭发反党言论，反党的言行！"我摇了摇头，说"我没听到什么"。会议卡了壳，泄了气，便不了了之地散了。

"后来呢？"敬好紧着问了一句。

我说，欲加之罪，何患无辞，他们给老颜拼凑了一些"反党"言行，并以态度恶劣、抗拒运动为由，给他定性为"极右"，以后就不知下落了。当年冬天，我也被下放农村改造锻炼，两年后做了异地安排。

小白看敬妤有些倦怠，便下地将毛巾用冷水浸过，递给她擦了脸，又给我续了杯茶水。敬妤建议到外面散散步，走着谈。白凌立刻拍手响应。我看了看表，这时刚好是十二点一刻。

营房大门上了锁，三人便在宽阔的教练场上，踏着清凉的月光闲步着。月色浸润着整个大地，远山近树，旷野平畴，千般万象都涂上一层银灰色。天空没有一片云，清冷冷的，透明而洁净，令人感到无限的高远。近处的虫吟，远地的蛙鼓，一迭连声地喧嚣着，军营的夏夜却益发显得宁静。

敬妤接上前面的话题，低沉地说：

"老颜被投入内地一所监狱里关押起来，妻子老何怕连累了孩子，加上组织出面反复动员，不得不与丈夫办了离婚手续，然后就带领孩子，隐姓埋名，投奔山东老家去了。

"出狱之后，老颜觉得往事不堪回首，不愿意返回原籍，便被就地安置在我所在的县文化馆。我们经常一块下乡，很谈得来，对他的满腹经纶，我更佩服得五体投地。那时，我还没有处对象，馆内同志便加以撮合，于是，就走到了一起。

"婚后，我经常听到老颜念叨您。记得'文化大革命'开始时，他的境况已经相当艰难了，还曾和我说过：'人世沧桑，如今也不知道这位老弟落到了哪一步。当年，他不肯昧着良心说话，结果受了很重的牵累，我一直铭感于心，却无法表达。今生今世，怕是无缘相见了。'"

老颜的话，实在令人感动。现在反思，当时我的表现是很软弱的，无非是说了一句真话。可是，没有想到，他竟如此珍视，终生不忘。

此时此刻，我对他就更加怀念了。当下忙着追问："老颜也在朔州吗？现在景况如何？"

由于背着月光，看不清敬好的面容，只听她轻轻叹息一声，凄然地说：

"唐山大地震时，他正在那里参加一个会，被活活地压死在楼板底下。转眼间，又过去了二十年。当时，我拉扯着一个未满十岁的孩子，无依无靠，只好转到山西的哥哥那里，在矿上教小学。现在，孩子大学毕了业，也成家立业、娶妻生子了，新近我办了退休手续，过上了含饴弄孙的清闲日子。按说，可以告慰于地下亡灵了。

"可是，从他去世以后，心中就老是记挂着这件事。作为未亡人，我应该实践他的遗愿，想办法与您见上一面，说上几句感念的话。为此，我苦苦地寻觅着。心想，幽冥、人世，阴阳永隔，永生永世再没有见面机会，倒也死了那股肠子；可是，两个大活人，都在一个太阳底下，山不转水转，早不见晚见，怎么就无缘相会呢？亲友们都劝我丢掉这个念头，可我就是不死心。往各地发出过许多封信，有的如石沉大海，有的回函说'查无此人'。总之，失望连着失望，后来真的有些绝望了。"

走着走着，敬好突然问道：

"听过没有，老颜唱法国的名歌《天鹅》？"

我说："听过不知多少遍，现在曲调还有印象，只是歌词全都忘记了。"

她说："我把《天鹅》当作我们的幻影，一想念他，我就唱上一遍。"

现在，她又月下怀人，情不自禁地轻轻地哼了起来，当唱到

"伴侣啊永眠在梦乡，/只听得水波轻轻歌唱，/天鹅她垂头眼泪汪汪，/她在月亮下独自彷徨"时，竟泣不成声了。

这种浓情挚意，令我和小白都深深为之感动。我们都苦于找不出什么话语来安慰她，便陪着她回房间去。

灯下，三个人又默坐了一会儿，敬妤如梦初醒，从提包里翻出一张边防某部接待客人的名单，上面赫然印有我的名字。

原来，我们到边防某部后，部队首长曾经设宴招待，当时提供过一个名单。记得有位接待科长曾与我热情交谈，问询过一些情况。

敬妤说："那是我的亲侄，入伍之前多次听我讲过您和老颜的事。这次，多亏他牵线搭桥，传递了信息。"

我说，其实我的散文集上就印着我的简历。

她淡然一笑，说，山野之人看不到呵。

外面，天色大明了。小白回到屋里，不知什么时候在床上悄然睡去。我简单地向敬妤介绍了个人和家庭的情况。

她很欣慰，揉了揉眼睛，长舒了一口气，说：

"人也见了，话也说了，心也安了。有一年我上五台山，遇到一位八十多岁的老婆婆，沿着台阶，从山下一步一步往上爬，一直爬到山顶上，礼了佛，进了香，双膝都磨破了，心却特别安然。她告诉大家，这个愿总算还了，回到家里就能安心睡觉了。——我现在也是这种心境。"

吃过早饭后，她的侄子、前面说过的那位接待科长，带车前来接她。大家怀着依依惜别的心情，依次同她紧握过双手。我请司机开车走在前面，然后，同小白一起，陪着敬妤沿着那

在云南少数民族地区采风

条沙石路，又步行了很长一段路程。分手时，我的眼睛已经湿润了、模糊了，以致根本没有看清楚敬好是怎样登车上路的，直到汽车腾起的滚滚烟尘在视野中消失了，才憬然醒悟到人已经走远了。

（2000 年）

回头几度风花

一

　　这是一个落红成阵的傍晚。一丛丛金英翠萼的迎春花，正开得满眼鹅黄，装点出枝枝新巧，小桃红也忙不迭地吐出了相思豆一般的颗颗苞蕾；而堤畔的杏林花事已经过了芳时，绯桃也片片花飞，在淡淡的轻风中，划出美丽的弧线，飘飞在行人的眼前，漫洒在绿幽幽的草坪上，坠落到清波荡漾的河渠里。

　　面对着这种残红万点的景色已经不知多少次了。印象最深的，是小时候到外祖父家去，时光不比现在晚多少，我却已经换了单衫了，是月白色的土布做的。院墙外是一片桃园，空中没有一丝风，穿过花径时，缤纷的花瓣飘落在布衫上，乍一看，像是绣上去的细碎的花朵。妈妈在前面几次催我快走。我说，走不得，往外一走，我的绣花衫就又变成白布了。最后，索性站在桃林深处，一动不动，享受着大自然的美的赐予。

　　可是，没过几天，这里已经是繁英落尽、绿叶蒙茸了。果真是"少年不识愁滋味"，当时，暗诵着王安石的"春风取花去，酬我以清荫"的诗句，觉得大野芳菲如此幻化无穷，确是蛮新鲜的，一时竟抑制不住心头的兴奋。当时实在不能理解，那些文人骚客对着绿暗红稀，居然愁绪茫茫，究竟所为何来。

　　还有一次，是"文化大革命"后期，我已经开始体悟到中年情味了。当时被抽调到偏远山区去参加"双改"（在改造"落后队"过程中改造我们这些"臭老九")。任是再困难、再"落后"的荒村僻野，春风也照样吹开了冻土，我们便挥起镐头，刨那些秸秆割掉后留下的茬子，或者一担担地往地里挑粪。一天过后，累得连炕都爬不上去。尽管这里水媚山娇，风情万种，人们却没有半点赏花玩景的心思。可是，突然有那么一天，早晨出工时，我不经意地发现路旁的杏花残瓣正在随风飘落，不禁心神为之一振。这倒不是由于清景撩人，引发了什么诗兴；只是想到杏花落了，表明春天已经来过多时，眼看就要开犁种地了，我们也即将脱离改造身心的环境，告别这种繁重的体力劳动了。

二

有人说，花朵是沟通大自然与人的心灵的一种不需要翻译的语言。借助花朵的昭示，人们能够体察到天地造化中的灵性，感知自己灵海的波澜、心旌的摇荡。也许果真是这样，但我自己的体会不深。只觉得年华老大之后，面对着残红委地、落英缤纷的衰凉景色，总有些"春归如过翼""流年暗中偷换"的丝丝怅惘。

在这方面，我们不能不佩服宋代女词人李清照感受力的敏锐与表现力的高超。她在一首调寄《清平乐》的词里，通过她在梅花面前的表现，刻画出自己青少年、中年、晚年心态的变化："年年雪里，常插梅花醉。"此时她在汴京，正处于待字闺中和新婚燕尔的花季，每当雪飘飞絮、梅吐清芬之时，她总要满含着盈盈笑意，如醉如痴地把那独占春先的梅朵插在青丝秀发上。一个"醉"字，就把小儿女春闺嬉戏的情景刻画得活灵活现。待到哀乐杂陈的中年时节，她这个情感极为丰富的才女，更由于远离丈夫，又无亲生子嗣，变得郁郁寡欢，了无意绪，"按尽梅花无好意，赢得满衣清泪"：一边揉搓着寒梅的花朵，一边想着心事，不觉清泪沾裳。下片写她在汴京沦陷、丈夫病逝之后的晚年心境："今年海角天涯，萧萧两鬓生华。看取晚来风势，故应难看梅花。"在这里，人与花的命运相互照应，花犹如此，人何以堪！"看取晚来风势"，也正是词人审视自己晚年颠沛流离的处境和国亡家破的形势。

大约过了七十年左右，南宋另一位著名词人蒋捷写了一首《虞美人》词。除了以听雨为线索，与李清照以梅花为线索略有差异外，在整个谋篇布局、意蕴提摄方面如出一辙，甚至句式、段落也完全一致，都是上片写青壮年，下片写晚年，各为四句。他们都是以高度简捷、概括的手法，通过一种眼前的意象，刻画出曲折的人生经历，以及随着时空变换而呈现出的三个阶段、三种心态：

"少年听雨歌楼上，红烛昏罗帐。"绣帏低掩，烛影摇红，绮罗芗泽，写尽了少年时代恣情游冶、逐笑追欢、无忧无虑的放浪生活。"壮年听雨客舟中，江阔云低，断雁叫西风。"笔端极度渲染了西风雁唳之中、风雨兼程、飘游江海的悲凉心境，与少年时代昏卧温柔乡中、红罗帐里，恰成鲜明对比。"而今听雨僧庐下，鬓已星星也。"老去情怀本多孤寂，又兼息影僧庐，羁人偏逢夜雨，自然是倍感凄清、愁苦。"悲欢离合总无情，一任阶前点滴到天明。"人生悲喜无常，离合难定，哪里有心绪去听那淅淅沥沥、通宵不止、仿佛点点滴滴都敲在心上的雨声，索性由它去罢。道是无情还有情。说是不听，实际上心思并没有真正放下，甚至是牵肠挂肚，彻夜不眠。若不然，怎么会知道雨声"点滴到天明"呢？象征性地描绘出了国事蜩螗、生涯愁苦、萦萦难以去怀的故园心眼。语似解脱，实际上却是沉痛至极。

三

　　说来说去，都没有脱开时空盈缩、物我交合这一万古常青的终极性的话题。要之，伴随着人生阅历的增加，人们心目中的宇宙似乎在不断地向外扩张开去，而从个体生命的角度看，人生的风景却在这种扩张中相对地缩微、收敛。从前曾经喧啸灵海的汐潮，在时序的迁流中，已如浅水浮花，波澜不兴了；许多生活的图像，或则了无踪影，或则漫漶模糊，在心灵的长期浸染下，它的釉彩也会变得斑驳不清，成为一种前尘梦影、旧时月色。

　　岁月无情，它每时每刻都在销蚀着生命；自然，它也必不可免地要接受记忆力的对抗，——往事总要竭力挣脱流光的裹挟，让自己沉淀下来，留存些许痕迹，使已逝的云烟在现实的屏幕上重现婆娑的光影。而所谓解读生命真实，描绘人生风景，也就是要捕捉这些光影，设法将淹没于岁月烟尘中的般般情事勾勒下来。

　　回忆是缠绵在中老年人身上的一种痼疾，说得好听一点，它是这个人群特有的专利。它常常是重新感受年轻，追忆逝水年华的一种无可奈何的心灵履约，是对于昔日芳华的斜阳系缆，对于遥远的童心的痴情呼唤，当然，也是对于眼前的衰颓老病所造成的心灵创伤的一种无可奈何的调适与抚慰。

　　普通的人们毕竟还都天机太浅，既不具备佛禅的顿悟，也没有道家坐忘的功夫，总是像《世说新语》中说的"未免有情"。因此，在回首前尘，也就是重新展现飞逝的生命的过程中，在感受几丝甜美、几许温馨的同时，难免会带上一些淡淡的流连，悠悠的怅惋；而且，由于想象中的完美和过于热切的期待终竟代替不了实际上的

271　　　　　　　　　　　　　　　回头几度风花

近乎无情的变换，所以，回忆常常带有感伤的味道，"于我心有戚戚焉"。

当然，回忆终竟是有价值、有必要的。心灵慰藉之外，回忆还有更深一层的意义在。"前事不忘，后事之师。"人们可以通过平静而真切的回忆，去解读那多彩多姿的生命流程，揭示已不复存在的事物本相，汲取宝贵的人生经验。不过，事情常常不像想象的那样简单。早在一千一百多年前，玉溪生就曾概乎言之："此情可待成追忆，只是当时已惘然。"不要说凡是追忆都或多或少、或显或隐地夹杂着本人对于过往情事的重新诠释；即使是当时，由于各个当事人诸多方面的差别，也往往是"智者见智，仁者见仁"，记其所见，而略其所未见。即如朱自清与俞平伯两位文学大师，原是同时同地，同在桨声灯影里畅游秦淮河，可是，他们所感知、所记述的，却是或抒诗怀，或重"主心主物的哲思"，存在着明显的差异。因此，无论回忆也好，捕捉光影、勾勒情怀也好，充其量只是粗略的素描，或者带有主观色彩的感悟，而绝非摄影机下的照相，或者记录三维空间整体信息的全息影片。

当然，就算是原原本本的摄像或者全息影片，又怎么样？年光已经飞鸟般地飘逝了，留下来的只是一个个空巢，挂在那里任由后人去指认、评说。有人说得更为形象：照片这东西不过是生命的碎壳，纷纷的岁月已经过去，瓜子仁一粒粒咽了下去，滋味各人自己知道，留给大家看的唯有那满地狼藉的黑白瓜子壳。

（2000 年）

王充闾散文

絮语人生

　　莎士比亚在喜剧《皆大欢喜》中，借杰奎斯之口说，世界是个大舞台，所有的男男女女不过是一些演员。一个人在一生中扮演着多种角色，可以分为七个时期：最初是在保姆怀中啼哭、呕吐的婴儿，然后是满脸红光、背着书包、很不情愿地走进课堂的学童，然后是"像炉灶一样叹着气"、咏着恋歌的情人，然后是爱惜名誉、好勇斗狠的军人，第五个时期变为满嘴都是格言和老生常谈的法官，第六个时期成了鼻子上架着眼镜、腰边悬着钱袋、形体精瘦的龙钟老叟，最后一场是孩提时代的再现，全然的遗忘，没有牙齿，没有眼睛，没有一切。把整个人生描绘得形象、深刻、惟妙惟肖，十分耐人寻味。

　　在中国，人们习惯于把一生中的童年、青年、中年、老年四个阶段分别比喻为一年的春、夏、秋、冬四季。春和景明，万物昭苏，充满了生机，饱绽着活力，颇像一个人的少年时代；而炎阳如火、雨量丰沛、谷物茁壮成长的夏季，则有如人的青壮之年；秋天是成熟的季节，收获的季节，人到中年正是如此。人生的秋天，丰盛充实，成熟圆满，清凉明澈，深沉淡泊，远远胜过春天的喧嚣、浮躁，夏日的热烈、张狂，如同唐代诗人刘禹锡的《秋词》中所咏赞的："山明水净夜来霜，数树深红出浅黄。试上高楼清入骨，岂如春色嗾人狂！"老年为收敛时期，是生命的黄昏，如同四季中的冬天。作为《命运交响曲》的第四乐章，老年包容了生命之旅中的欢欣和烦恼、期待与失望、颂赞与非议、慰藉和苍凉，领悟着哲学意义上的宁静与超然，称得上是人生的冠冕。在七色斑斓的黄昏丽色中，继续演奏着生命真实的凯歌。最后，生命火花闪灭，树高千丈，落叶归根，一切都返回大地母亲的怀抱，消溶于苍茫无尽之中。

人生犹如登山。年轻时节体力充盈，心高气盛，又满怀着好奇心，不知艰难险阻为何物，谈笑风生，奔突跳跃，攀上了一个又一个制高点。最后立足顶巅，凭栏四望，但见江天寥廓，大野苍茫，不禁快然自足，心神为之一爽。但是，"却顾所来径，苍苍横翠微"，特别是望中并没有想象中的奇观胜景，也解释不清楚攀登中那样风风火火、沸沸扬扬的心理基因，于是兴奋中又夹杂着几丝迷惘。这种心态颇似中年过后的情景。下山时的步履总是平缓、悠闲的，时时以一种"过来人"的淡泊情怀，扫视着那些也是风风火火、沸沸扬扬的登山热客，对他们的磅礴气概和热切心情，似乎领略了一些究竟，却又有些茫然。

古人有言："少年心事当拿云"。人在年轻时节，雄心勃勃，豪情四溢，充满了奇思、狂想，敢于藐视权威，勇于冲锋冒险，不主故常，不怕失败；在青年心目中，无事不可为，无事不能为。这是最难能可贵的。当然，有时也会闯出一点"乱子"，撞下几处伤疤；由于虚荣心作怪，或者经验不足，有的也难免逞强、使气、显摆、卖弄。"春行秋令"，要求青年人都像老年人那样宁静与淡泊，是不现实的，也是不应该的。及至他们饱经世事的磨炼，"阅尽人间春色"，历遍世路艰辛，"淡装平步入中年"，那时，便会显得成熟与历练，不再担心失去或者错过什么，也不会贸然地趋赶、冲闯某种喧腾的热浪，便会觉得天高地阔，极目悠然。

这种宁静与淡泊，会使人们显示智慧的灵光、超拔的感悟，以

"过来人"的清醒与冷静，对客观事物作静观默察，持超拔心态。平淡不是消沉，乃是修养已深，思想和见解均已成熟，返归纯粹自然，而无丝毫做作。正是由于淡泊是一种人生境界，在人的心理素质上，就要求能够看得开和放得下。看得开事物的发展规律，对于名利、权势等身外之物不再看得过重。外物偶然到来，只是寄存于此，寄存的东西，来时无须阻挡，去时不必挽留。有些人在对身外之物的追逐中常常迷失了自我，这实在是一种缺憾。

记忆中有这样一个故事：波斯王即位时，要他的臣下编一部完整的世界史。几年过后书编成了，是一部六千卷的皇皇巨著，可是国王已到了中年，由于国事忙碌，抽不出时间来看。于是，他要臣下把书缩短一些；及至缩编成功，国王已经年老了，连那缩编本的世界史也没有精力看了，他便要臣下把它再缩短一些。直到他垂死时，终于没有读成那部世界史，深以为憾。这时，一位年老的史学家赶到病床前，把这部长达六千卷的世界史缩减成一句很短的话，说给国王听："他们生了，受了苦，死了。"人类的历史画卷卷帙浩繁，纷纭万端，然而，要是用最简捷的话语来概括，确实也不过如此。

晋代的桓温看到他当年亲手种下的柳树，"皆已十围，慨然曰：'木犹如此，人何以堪！'攀枝执条，泫然流泪"。京剧名段《武家坡》里，薛平贵"一马离了西凉界"，兴冲冲地回到阔别一十八载的武家坡，想不到发妻王三姐竟觌面不识，诧异地说："儿夫哪有五绺髯？"薛平贵及时地提醒她：你也是同样——"不是当年彩楼前"了。寒窑里找不到菱花镜，且到水缸上照容颜。不照还好，一照，王三姐哭了起来："呀，老了！"

"暮年心事一枝筇"。在古人眼里，一根朝夕相伴的竹杖能够

275

最鲜明地参透与映衬那老去的情怀。因此，又可以说，淡泊无求的心性也植根于生理的实际。此无他，存在决定意识也。"不知筋力衰多少，但觉新来懒上楼。"在这里，疲惫的双腿向稼轩先生提示着老之已至。而彻夜难眠、辗转反侧，则使随园老人深谙衰年的苦楚："老去神昏夜不眠，更筹数尽五更天。"由少壮而老迈，由劲健而衰颓，"芳林新叶催陈叶，流水前波让后波。"新陈代谢，生老病死，这原是铁一般的自然规律。

威尼斯商人安东尼奥的朋友葛莱西安诺曾经发问："谁在席终人散以后，还能保持初入座时那么强烈的食欲？哪一匹马在漫长的归途上能像起程时那么长驱疾驰？"这是不答而自明的。而他的喟然叹惋，也是极富哲理性与真实感的——"一艘新下水的船只扬帆出港的当儿，多么像一个矫健的少年，给那轻狂的风儿爱抚拥抱。可是等到它回来的时候，船身已遭风日的侵蚀，船帆也变成了百结的破衲，它又多么像一个落魄的龙钟浪叟，被那轻狂的风儿肆意欺凌！"

当然，淡泊萧然的暮年心性，往往也是精神层面上的。本来，溪水无心地流淌着，不涉人情，无关世事，可是，原本积极入世的孔老夫子溪旁闲步，看在眼里，却也蓦然兴起岁月迁流、"逝者如斯"的慨叹。秋风萧瑟，如波涛夜惊，风雨骤至，草木无情，有时飘零，而"方夜读书"的欧阳子，却为生命无常、人生易老，凄然愀然。

相反的情形当然也有。过去说，人生七十古来稀，今天，寿登耄耋，也属常事。所以，对于身体状况，许多人常常自我感觉良好，不承认老之已至。年少时觉得四五十岁就很老了，及至自己到了这个年龄，又觉得六七十岁才算老迈；而到了六七十岁，又觉得

手迹

自己头脑依旧清楚，腰腿还算灵快，离衰老尚有一段路程。这种不断地把老年起点向后推移的心理现象，表明了老当益壮的勃然之气，有积极的一面；但终竟未必完全切合实际。专从顺生养性角度来看，也值得深长思之。人的年龄大了，不要说经受不起持续、紧张的劳累，连剧烈的心理矛盾也担承不了。卸去沉重的工作担子，保持平和、恬淡的心境，实现一种良好生命状态的恒常化，无疑有利于强身祛病、益寿延年。

这和所谓"老有所为"，并不相悖。应该从自身的实际情况出发，有所为有所不为。老树十围，亭亭如车盖，浓荫匝地，是柔枝幼干所代替不了的；但是，开花吐蕊，却非千年古木的事。人到晚年，远离了工作岗位，并不等于无所事事，只能隔着窗子闲看飘飞的雪花，或者拄着拐杖漫踏阶前的黄叶，需要做而且能够做的事情很多很多。古人早就有"老马识途""乡有三老，万般皆好"和"落红不是无情物，化作春泥更护花"的说法，表明了老年人无可代替的特殊作用。总之，还是一切顺应自然为好。

（2004 年）

吊　客

童年的记忆，宛如朦胧的月光，披着薄雾般的夜色，悄手蹑脚地透过轻纱的窗帘，向梦中的我露出恬静而意味深长的笑靥。而童年旧事，则好似这梦中情景，许许多多都变得模糊不清了，有的却又异常清晰地浮现在脑际，像是刚刚发生过的一样。

现在，我仿佛回到了生活过十四年的土屋前，紧跟在父亲、母亲的身后，到门前的打谷场上纳凉。场上的人渐渐地增多了，左邻右舍的诸姑伯叔们吃过晚饭，都搬出小板凳或者拎着麻袋片，凑在一起，展开那种不反映信息，也没有明确目的和特殊意义的"神聊海侃"。

几乎每天晚上都是这样，人们闲话的主题和内容散漫无际，随机性相当大。大都围绕着衣食住行、饮食男女、婚丧嫁娶、人情世相，以及狐鬼仙魔、奇闻逸事，天南海北地胡扯闲拉，不过是为了消磨时光，解除烦闷。

夜静更深，月光暗了下去，只能听得见声音，却看不清人们的面孔，时而从抽烟人的烟袋锅里闪现出一丝微弱的红光。对那些张家长李家短的生活琐事，我们这些小孩子是没有多大兴趣的，最爱听的还是神仙鬼怪故事。听了不免害怕，可是，越是害怕，越想听个究竟，有时，怕得紧紧偎在母亲怀里不敢动弹，只露出两个小眼睛，察看着妖魔鬼怪的动静。最后，小眼睛也合上了，听着听着，就伴着荷花仙子、托塔天王遁入了梦乡，只好由父亲抱回家去。

"说书讲古"，在旧时农村文化生活完全空白的情况下，未始不是一种世俗化的文化消遣手段。但是，现在回忆起来，当时人们的兴味似乎也并不浓烈。每个人的神情都有些木然，再逗趣的事儿也很少听到有谁"咯咯咯"地笑出声来。一个个总是耷拉着脑袋，无聊中夹上几分无奈，持续着百年如一日的浑浑噩噩、自发自在的生计流程。

那个年月，人们活着无聊，死了倒是出奇地热闹，——当然也是活人的热闹。最有意思的要算是祭灵、哭灵了。

在我入塾读书的第六年，我的一个伯母故去了，母亲让我请一天假，去给一向待我很好的伯母吊灵送终。进了大门，见到长长的院落里搭起了灵棚，一口红漆棺材摆放在灵堂正中，两旁挂着许多蓝幡素幛，微风拂过，发出"刷拉刷拉"的声响；纸车纸马、纸糊的衣箱被褥，摆满了半个院子。为这种悲凉、肃穆的气氛所感染，我忍不住一腔悲痛，暗暗地滴下了两行清泪。可是，马上就被另一种异样的氛围吸引住了。

从我的身后急匆匆地走过来几个吊丧的女客，还离灵堂远着呢，她们竟同时喧腾起一阵响亮的哭声，一直哭到灵前，然后，一个个半跪半伏在地下。伴着那一阵阵的拉着长声的嚎哭，一无例外地有节奏地舞动着胳膊，接连不断地向空扑打着；长嚎过去之后，转为哀哀地哭泣，开始有韵味、有腔调地数落着、咏唱着，肩头上下耸动不停，却不见有泪珠滴落。

细听起来，这种半是数落、半是咏唱的内容，倒是十分丰富的，不仅包括了对于死者的空泛的溢美之词，还表达了生者的思念之情，诉说着无边的哀痛、悲戚和无法舍身替死的遗憾。

我有个族叔，绰号"魔怔"，博学多识，阅历丰富，对于民俗也颇有研究。一天，我和魔怔叔说起了这件事。他讲，这种咏唱属

吊客

于挽歌性质。它的起源可以追溯到先秦时期，经历了一个由俗入礼，后又依礼成俗的发展过程。《庄子》里有"绋讴"的记载。绋，是牵引灵车的绳子。绋讴——拉灵车的役夫唱的劳动号子，后来演进为挽歌。《礼记》上也有"执绋不笑"的规定。

总之，当时唱挽歌的都是局外人，并不是丧家自身的事。所以，到了晋代，还曾发生过一场"挽歌该不该进入丧葬礼仪"的激烈争论。结果，主张进入的观点占了上风，后来也就相沿成习了。

魔怔叔还说，年轻时候他去过四川，那里讲派头的大户人家办丧事，不仅请吹鼓手，还要花钱雇号丧的，借以渲染气氛，壮大声势。号丧在那里成了一种专门职业，从业的要学会多种号丧调，什么《送魂调》《追魂调》《安魂调》《封棺调》啦，一号就是三两个小时，而且，调门特别高亢，抑扬顿挫，回环曲折，都能收纵自如。——现在，哪家的女人或者孩子，遇到伤心、委屈的事了，哭起来没完没了，嗓门又高，人们就说他们简直是"号丧"，说法就是从这里来的。

唱挽歌也好，号丧也好，既然都是他人的逢场作戏，也就难怪如此这般的装腔作势了。其实，那天吊丧的女客，多数我都认得。说是孝子、孝妇的七姑八姨，实际上，与死者并没有什么切近的关系，可说是"八竿子打不着的"，无非是左邻右舍、街坊邻居。但她们一个个却都装作"如丧考妣"似的深悲剧痛的样子，不过是走走过场，凑凑热闹，送个浮情。群众早就把参加这类活动叫作"随人情"了，实在是再贴切不过的。

当时，我注意到，一当这类表演式的举动进行得差不多了，伯母家里的当事人便及时过来加以劝解。只是，这些吊客非要做到

"尽情尽意"不可，光是一般的嘴上劝说还不肯起来，必须有人上前一个个搀扶，并一再地说"千万不要哭坏了身子"，才勉强站起。其实，这话也是拣好听的说，同样是一种"虚应故事"。哭也好，唱也好，不过是做戏给旁人看，哪里会弄得哀恸伤身呢！只见这几个女人站起来以后，没有过上五分钟，就同周围的人"叽叽嘎嘎"地说笑去了。

晚上掌灯之后，要给亡灵"送关门纸"，这也是"哭灵"表演最充分的时刻。伯母的三房子媳和女儿、女婿以及娘家方面来的亲戚，十几个人，按照男左女右的规矩，分跪在灵堂两侧，算作"陪灵"。每当亲戚故旧来到灵前祭拜，他们都要跟着陪哭一场。男客女客，分别由丧家的男人、女人陪哭。

走马灯似的人群川流不息，宾主操着同一种腔调，带着同一样的表情，哭诉着同一种内容，例行着同一类的公事，大家都在围着这个亡灵忙碌着，应付着，敷衍着，使得那本来应该是极度哀伤的祭奠，变成了一种形式，一种摆设，一种毫无意义的过场。回回如此，年年照旧。

任何人都看得出，这种借死人凑热闹、为活人争面子的吊丧活动，无非是做戏弄景，可是，却没有一个人敢于违俗，敢于进行一番讲求实际的革新。因为，当一种习俗或者礼仪为某一人群所共同认可之后，它就会自然而然地成为每一个体所必须遵循的准则。"随人情"的"随"字，精确之处就在这里。在传统社会中，如果有谁不肯随俗，或者直接违背了它，就必然会遭到公众的非议，受到人们的耻笑。

这使人想起了鲁迅先生的小说《孤独者》。那个魏连殳是精通这些治丧礼仪的，为他祖母入殓时，般般礼仪都安排得井井有条，因而赢得了别人发出"仿佛是个大殓的专家"的赞叹；可是，作为身戴重孝的长孙，魏连殳竟又"始终没有掉过一滴眼泪，只坐在草荐上"，这又太不合乎大殓的礼仪了，因此，"大家忽而扰动了，很有惊异和不满的形势"。

旧时代的丧葬、婚嫁习俗，是一个一切都以过去的成规为基准的文化领域。一些生活习俗、礼节仪式的传承，全是靠着模仿长辈的行为实现的。那些终生奔波于生计的劳动者，从来不会，也没有那份精力，去过问这些属于日常经验世界的事情。当被问到"为什么要这样做"时，他们的答复总是"刻板"式的一句话：祖祖辈辈都是这么过来的。

在那种年月里，对于这些乡亲，日常生活的长河似乎已经失去了鲜活感，像一种无生命、无差别的静止的画面，被挤压在按固定程序与同一格式展开的模式之中。每个人每天都在重复着前一天做过的事情，基本上看不出什么变化。从脱下胎衣、跨上摇篮到穿上寿衣、走进坟墓，几十年间，每个人都同别人一样重复着那种平静、缓慢、庸常、单调的漫漫流程。

世世代代，他们穿着大体上一样的衣服，吃着相差无几的饭菜，住着类似的房舍，种着同一品种的庄稼，一切都是那么按部就班，那么机械、被动，每天都在"演奏"着没有任何变调的慢板，经历着生、老、病、死的种种近似于麻木的生命演绎。

有一件很小的事，给我留下了深刻的印象：一天傍晚，绰号"罗锅王"的大伯门前那棵半枯的老榆树起了火，烟雾弥漫，呛得纳凉的人们一个劲儿地咳嗽。任谁都叨咕这烟实在呛人，却又谁也不肯换个地方，更不想动手把它浇灭，尽管不远处就有一眼水井。

王充闾散文

人们就是那么因循将就，得过且过。讲故事的偶尔插上一句："哎呀，这棵树烧完了。"旁边有谁也接上说："烧完了，这棵树。"

听不出是惋惜，还是惬意，直到星斗满天，各自散去。

（2000 年）

未 了 情
——拟歌德日记

1775 年元旦之夜

在浩瀚的宇宙长空，点点繁星不停地闪烁着光亮的眼睛，有的还不安分地往复游动着。这样，就会出现不相关的两颗星宿邂逅相逢的情景。人生在世，大抵也如此。一对情侣的遇合，存在着诸多偶然因素，说是"缘分"也好，或者说是"命运"也好，常常是无法解释清楚的。

《少年维特之烦恼》的问世，给我带来了空前的盛誉，也增加了不少麻烦。在法兰克福这座古老而宁静的城市，所到之处，不论是溜冰场、舞场、歌厅、假面舞会，还是文人沙龙，身旁总会围拢着一些比我还年轻的少男少女。于是，我便整天沉浸在聚会、欢谈的兴奋之中。

匆匆地用过了晚餐，我便穿上这件灰色的海獭皮冬装，戴上咖啡色的丝绒围巾，蹬上了长统皮靴，去赶赴朋友约会——到一位已故银行家的豪宅，参加一个小型的家庭音乐会。

到得稍晚一点，楼内宽敞的客厅里，已经坐满了上流社会许多相识与不相识的客人。壁灯、吊灯闪现着耀眼的光辉，气氛显得欢腾而热烈。我微微颔首，逐个打着招呼之后，便找个相当的位置坐下。女主人的未满十七岁的小女儿安娜·伊丽莎白（昵称丽莉）正坐在大厅正中的一架钢琴前，熟练地弹奏着，动作灵巧而自然，神态里流露出一种童稚的妩媚。弹完一首奏鸣曲之后，朝着我默默地点了下头，算是正式打了招呼。我稍稍向前走近一点，向她这样称赞："我第一次跟您会面，便欣赏到您的出色的音乐天才，真是深感荣幸。"神情是那么专注，像是瞧着玻璃橱窗中的一件陈列品。她很有礼貌地答谢，可以看出，她很留心地打量着我，神情同样十分专注。

接着，四重奏就开始了。我坐在一旁，细细地端详着，饱餐着她的秀色。苗条的身段，浅黄的头发，深蓝色的眼珠，透出健康的朝气；宛若一朵含苞待放的花儿，充满着迷人的青春气息。而那发式、衣着，特别是神情、举止，更把她的魅力、她的风采衬托得恰到好处。我还从来没有见过如此妙曼的少女风姿。

到了散会告别的时候，她的母亲向我表示，希望我再来做客；而丽莉也以殷勤亲切的口气帮她母亲的腔。我真是兴奋异常。归途上，忽发奇想：若是双手握着宇宙转轮，我会把这个悠长的夜晚立即转化为清晨，而后，转身过访，重睹芳容。

1775 年 1 月 5 日

几天来，我的脑海里一直浮现着她的影像。现在，我们终于再次见面了。穿过古色古香的门廊，在丽莉的导引下，来到了她家的客厅。开始时，她的母亲还坐在一旁，后来说是有事亟待处理，便离开了，嘱咐丽莉好好地接待客人。

我这才注意到，她的脖子上围着一条浅绿色的水波纹一样的丝巾，这使得她的大眼睛显得更加清亮。在正常情况下，我也许要

285

未了情

说，这是一双可能在男性世界中掀动波澜甚至引发灾难的眼睛，而此刻，我只觉得它楚楚动人。

我们面对面地坐在一对沙发上，互相诉说一些少年时的往事和日常的癖好。知道她是在安富尊荣中，饱享家境的宠遇与世俗的欢乐长大的。开放的社交环境，给了她开朗、大方、敏捷的灵性。

1775 年 1 月 19 日

丽莉的卧室整洁而清丽。似乎在相互映照着，壁上挂着的那帧小照，那令人为之倾倒、为之心醉神迷的一双媚眼，也在欢快地朝着我微笑。壁炉里闪射出赭红色的幽光，炉火在熊熊地燃烧着，像两副鼓满青春活力的胸膛里喷薄着的热血。

同丽莉单独会面已经是第四次了。我告诉丽莉，她是我理想中的女性，已经足足等待了四分之一世纪了。她也同样敞开心扉，表达对我的爱慕之情。随着接触的增多，感情在迅速地升温，以致双双坠入了爱河，变得难解难分了。时间快速地驶过，不知不觉间，荧荧的月光从窗子映射进来。我们也不想开灯，顾自在那里娓娓地倾谈着。倾心的爱恋，使得我那颗素常有些忧郁的心瞬间开朗了起来。我相信，这个小小的精灵，会带给我终生的幸运与快活。而丽莉则坦诚地向我诉说了自己作为豪门少女在世俗环境中所养成的生活习性与自己细微的弱点。她不否认自己天生有一种吸引人的魅力，同时也意识到，这种魅力又与一种随时把它们甩掉的特性相结合。她说："对你，我也施展了这种本事。但我这样做，自己也受到了惩罚，因为我发觉，现在，已经被你牢牢地吸引住了。"这种自白，是从那样一个纯洁天真的灵府中吐露出来，所以，我感到她是把我完完全全看作她的意中人了。

1775 年 2 月 4 日

青春，注定充满着不安与躁动，而过于丰沛的热力和泉涌的激情更亟待着宣泄。我情不自禁地从丽莉的桌子上拿起笔，抒写一个月来的全新的爱恋、全新的生活："心，我的心，这却是为何？／什么事使你不得安宁？／多么奇异的新的生活——／我再也不能将你认清。／失去你所喜爱的一切，／失去你所感到的悲戚，／失去你的勤奋和安静——／唉，怎会弄到这种处境？／……这种充满魔力的情网，／谁也不能够将它割破，／这位轻佻可爱的姑娘，／就用它强迫罩住了我。／我只得按照她的方式，／在她的魔术圈中度日；／这种变化，唉，变得多大！／爱啊，爱啊，你放了我吧！"

（**编者附注**：乐圣贝多芬曾为这首著名的情诗谱曲，使它在世界各地广为传唱，到处飞扬。）

1775 年 2 月 11 日

我跟丽莉会面时，她习惯穿着素朴的家常便装，很少替换。而现在，她以时髦的华丽的装束，容光四射地站在我的面前，不过，她的气度与姿质，她的娴雅而温柔的仪态，还是跟平常一样，只是她的动人之处更显露出来就是了。因为这时她要接待许多客人，要逐个地分别应酬，所以，她的谈笑、应对需要比平时更加灵活，更是仪态万方。总而言之，我不能否认，这些生客虽然引起了我的不快之感，但同时，拜他们之赐，我也分享许多快乐。即是说，有他们在，我才识得丽莉的交际才能，即使放在广大的社交界中也毫无逊色。

1775 年 2 月 19 日

我们间的晤谈，已成为双方的需求，成为一种习惯。每一回互送的秋波，每一回伴着的嫣然微笑，都透露出我们俩高尚的默契。即便是在稠人广众之中，每当想起我们那样天真纯洁地暗通情愫，那样的极近人情、极自然的情谊，自己也感叹不置。

当然，也有不能尽如人意之处。如果我不是下决心在她有亲友相伴的时候前去造访，那么，我恐怕会有许多天、许多晚上寂寞得难以排遣。因此，我的心头长出许多烦恼来。一种不能抗拒的期求支配着我们，我少了她不行，她少了我也不行。但是，她的周遭和与她来往的人们的言行常常妨碍着我们，因此，我纵然特别去看望她，却不知有多少日子、多少钟头虚掷轻抛了。

1775 年 3 月 16 日

生活在故乡富有的市民阶层之中，我的心情常常是矛盾的：既离不开这个颇有吸引力的圈子，却又日甚一日地产生一种隔阂、反感以至厌弃的心情。我抱着一种玩世不恭的态度，表现出固执而深刻的不信任。一位画家朋友曾这样地记述我现时的情态："有时候在谈话谈得活跃的时候，他忽然一跃而起，走开去，再不见回来"；"在那些人们穿着节日盛装的场合，他偏偏相反，硬是穿上一身普通至极的家常便服，大大咧咧，率情任性"。这一切，眼光锐利而独特的丽莉，当然都看得分明。在她看来，这是一种超尘脱俗的举止。结果，这种不合流俗的孤高、执拗，反倒成了她另眼相看的一种资本。大打折扣的，情人眼光哟！

1775 年 4 月 11 日

奥芬巴赫小城离法兰克福很近，丽莉的姨父住在这里。听说她来这里探亲，我就像追花逐蕊的蜂蝶一般，也跟踪赶来。

痴情的春风吹绿了美因河畔，林带顺着河岸伸展开去，繁枝密叶间不时地闪现着一对对情侣的身影。我们牵着手，缓缓地踱着步，穿行在丛林中的小径上。高大的橡树林的浓荫像遮天的巨伞一样笼罩着晴空，阳光照射不进来，林间显得寂静而幽暗。有时，高高的树冠上传出一两声怪禽的凄惨啼叫。可爱的小精灵便紧紧地抓住我的衣襟，低声说："怕，我有些怕。"我便顺势把她拉到自己的身边，因此而更加亲近。然后迅疾地奔向光亮的地带，那里覆盆子和冬青丛生着，叫不出名字的野花娇艳地探出枝头。我们终于寻觅到一处可心的驰骋感情的奔马的地方，在一棵倒卧的树干上，相依偎着坐下来。我随口念着诗句："如今，那春花烂漫的原野，／我不再迷恋；／天使，只要你出现，／就有爱、／亲切和自然。"她听得很仔细，很认真，而后，便报之以灿烂的微笑。

1775 年 4 月 12 日

我和丽莉的恋情，正处于所谓"我虽睡着，但是我的心醒呢"

那样的情态，它像晚春的天气一样，一天比一天炽热起来，已经达到难以自拔的程度。因为白天要处理律师事务及其他琐事，我便在晚上过来与她欢聚。我们并肩挽手，漫步在芳香四溢的郊原驿路上，尽情地享受着夜色的温柔和精神交流的愉悦。我说："白天黑夜对于我们都是一样，白天的阳光不能盖过恋爱的光辉，夜里却因热情发射的光芒而灿同白昼。"

就这样，一直到深夜，才把心爱的丽莉送回亲戚家，然后，自己顺着大道返回法兰克福。走累了，就坐在路边的椅子上稍事休息，在寥廓澄澈的深夜里，聆听着天籁之声，构想着自己和丽莉未来的幸福前程。途中有一座葡萄园，这天，实在是过分疲乏了，倒在园子里一梦沉酣，梦见我和丽莉踏着彩云飘荡，又像是坐在湖边准备早餐，可是，火把却怎么也点不着。真是演不尽的春梦婆娑。醒来时已是黎明。薄雾飘起，指出美因河的所在，早晨的清新的景色使我分外愉快。

1775 年 4 月 14 日

由热恋的情侣结成为终身伉俪，这原本是顺理成章，也是二人心念所归的事。

我同丽莉的缔结婚约，是由德尔弗小姐从中牵线的，跟双方的父母交谈，肯定费了她的很多唇舌，究竟是怎么谈的，我不甚了了。只是，今天一见到我们俩，她就快言快语地说："妥了，一切完备。你们握手吧！"我站在丽莉面前，伸出手来，她慢慢地把手放在我的手中。我们深深地呼吸一下，便猛然拥抱了。这样，在我奇特的一生中，竟也尝到世间的未婚夫的滋味。我敢说，这种滋味是有教养的人一切记忆中最愉快的。

1775 年 4 月 16 日

古谚说"盛极必衰"，这话是有很深的根据和意义的。当一种理想的事情成为现实的时候，当我们相信这事已经告一段落的时候，便开始发生一种危机了。说来也怪，丽莉仍是丽莉，我也还是我，关系明确之后，却觉得两个人一宿工夫全都发生了变化——懂事了，长大了，心事复杂了。两个原本无忧无虑的天使，一经"红绳系足"（这是借用东方的一种神话传说），便由过去的充满浪漫气息的天国实在在地降落在前路崎岖的大地上。这样一来，百端杂务，包括两人的日常生计，双方的家庭环境，以及不尽相同的脾性、观念和生活情趣的磨合，都将不可避免地构成无法规避的现实考验。爱情的信赖心是很强烈的，但是，当它碰上与它作对的现实的礁石时，难免会产生强大的阻力。

我们都清醒地知道，双方的家庭环境与地位，差异是很大的，丽莉一家在法兰克福是数一数二的望族，资财万贯，经常贵客盈门，许多流光溢彩的钱袋拥有者都聚集在丽莉的周围，家中必然是"三日一小宴，五日一大宴"；我记起每次在她家出入时，为使自己与她经常往来的时髦朋友不致相形见绌，我必须时时更换我的服装，有时换过又换。可是，一个家的家风、家规、习尚却与衣物不同，那是难以随俗更换的。我的家是一个新建立的市民之家，却带有浓重的复古意味。父亲是一个收入微薄的帝国法律顾问，性格孤僻，喜欢清静，酷爱读书、绘画，这就难免与讲究派头、注重排场的女方家族格格不入，事实上，他对于亲家的豪华气派与繁文缛节早已颇有微词。

订婚的下一步就是结婚。我父母亲现有的房舍远不宽敞，需要为新婚子媳加盖一处新的住房；而且，作为娇小姐，丽莉的衣着服饰和日常交往，已经习惯于奢华侈丽，这也不是清寒之家所能应付裕如的。特别是两家的宗教信仰不同，她家是加尔文派，属于革新教派，我们家是路德教派，彼此是很难调和的。

因此，我父亲自始就不赞成攀这门高亲。他当然也很想有一个儿媳妇，但肯定不是这种终日沉浸在上流社会娱乐圈里的高贵小姐。我当然也意识到了，如果可爱的丽莉不改其居家的生活方式，她便会在我的不大宽敞的家里感到局促不安，觉得没有施展余地。

毋庸讳言，这斑斑点点，对于一对未婚夫妇的爱恋之旅，无疑是布满了崎岖。而丽莉，对这一切却都满不在乎，常常是一笑置之。这固然因为她还少不更事，但，更主要的还是出于对我的痴情眷恋，爱入骨髓，一往情深。她一再声言，条件再苦再难，也会心甘情愿嫁给我，无怨无悔地同我过一辈子；甚至不惜抛弃眼前的一切豪华富贵，让我带她到遥远的美洲去，以避开眼前面对的重重障壁。

1775 年 4 月 30 日

在这些时日里，我那种深受丽莉欣赏的对出身于其间的市民阶层的不信任，又反转过来作用于她自己。这无疑会对她造成一种伤害——尽管并非我的初衷。

前几天，我曾带着一腔愤懑，写出一部歌剧：《克劳底纳·冯·维拉·贝拉》。我把对丽莉周围那些令人生厌的人们的不满，尽情倾泻在剧本之中，借剧中人之口说出："我实在忍受不了您那个市民环境了！""我想工作，可我得当仆人；我想快活，可我还得当仆人。难道所有那些想使自己些微有所建树的人，不应该有个自己可以支配的去处吗？"

当然，话是这么说，一到两个恋人见面，那融冰化雪的温馨、体贴，欺糖赛蜜的甜言软语，那令人意乱心酥的紧紧拥抱，又会使这满天云翳豁然消散。

我不时地叨念着："这小天使一样美丽的精灵啊，我们已经几天没有见面了！"

1775 年 5 月 10 日

我向一位知心朋友描述了此时的心境：

"亲爱的，您可以想象到有这样一个歌德：他身穿镶有闪光的金银花边的上衣，要不然就是从头到脚都打扮得可以使妇女们觉得他确有风度；在他四周，闪耀着壁灯和吊灯的淡雅的光辉，他活跃在各式各样的人物中间，牌桌上有一双美丽的眼睛正盯着他，他不断地改变着消遣的方式，时而与人交谈，时而去听音乐，时而又去跳舞；而且，用尽情的挑逗去博得一个金发美女的青睐。只有到那个时候，您才会看到那个过着舒适、饱暖生活的歌德。"

但是，还有另外一个歌德："他在二月轻拂的微风中已经预感到春天，预感到一个可爱的广阔世界即将在他面前重新展开。他永远按照自己的想法生活、拼搏、写作，不久以后，他就要把他少年时代天真无邪的感情写成一首首小诗，要把生活中浓郁的故事写成戏剧，并根据他的标准用粉笔在灰色的纸上画出他朋友们的形象，画出他周围的环境，画出他心爱的家庭场景。他是独出心裁而不顾及左右的。"

显然，对于过往的这段时光，我正在进行审视、回味与反思。我深深地陷入了彷徨、苦闷、举棋不定之中。既真诚地爱恋着丽莉，又不希望受到家庭与四周环境的羁绊，我渴望做一只振翅云天，恣意遨游的大鹏。——这是一种可怕的清醒。之所以可怕，是因为对于爱恋，清醒往往不是吉祥之物。

在经历了一番痛苦的抉择之后，我重新发现了自己。是什么人呢？一个艺术家。归根结蒂，艺术家是一切规范与局限的敌人。只要他深思自省，便会在自身中发现整个世界，然后，就疯狂地扑过去。

1775 年 5 月 16 日

就在这时，我的一位好朋友在前往瑞士旅行途中，顺道前来过访，并邀请我一路同行。我也正想调节一下近期惶遽、矛盾的心境，想试试看能否离开一天见不到就意乱神迷的小丽莉，于是，没有细加思索，便欣然同意了。我父亲自然极表赞同，并劝我如果时机凑合，可以顺道转往意大利旅行。因此，我很快就下了决心，当即把行装打点妥当。见了丽莉，我没有正式辞行，只暗示有远行之意，便离开了她。她在我心中长得那样根深蒂固，我以为并没有真个与她分离呢。

1775 年 5 月 19 日

在前往瑞士途中，我特意取道埃门丁根，专程看望嫁到这里来的心爱的妹妹。她婚后的生活很不如意，我一直在挂念着她。

可是，见面后，她却避开个人的境况，万分恳切甚至用命令的口吻，死力劝我下决心割断同丽莉的关系。她声泪俱下地请求，千万不要与丽莉结为伉俪，也不要同任何女人成婚，永远，永远。她之所以如此决绝，我想，其间既含有对自己婚姻不幸的借鉴，也融进了一个年轻女性对于世事洞察的经验，当然，对于两个家庭的背景，她早就深有了解。这使我心中感到十分难过，一番痛彻骨髓的激烈言辞，反而激活了我对丽莉的恋情。

面对着四围的湖光山色，我无心赏玩，脑子里不时地涌现出丽莉的笑靥，不经意间，就冒出了四句诗："亲爱的丽莉，如果我没爱过你，这美景应给我何等的乐趣？可是，丽莉呀，如果我没爱过你，我能在这里、那里感到幸福吗？"

1775 年 6 月 22 日

旅程仍在继续中。我记起了明天是丽莉的生日，托起她赠给我的项链上的金鸡心，吻了又吻。

编者附注：六个月过后，身在魏玛大公国任职的歌德还专门写了一首诗，名为《挂在脖子上的金鸡心》："你是消逝了的/欢娱的纪念，/我仍旧系在脖颈上。/你比情丝/更久地联结着两人，/你要将短促的恋爱时日/尽量延长。/丽莉，我离开了你，/还套着你的情网，/远在异邦，/在幽谷和森林里徜徉。/唉，/你的心不会很快地/从我的心里落下。/恰像一只啄断了绳索的小鸟/飞回丛林，脚上仍然系着一段赤绳。/它已不是生下来时/那样自由的鸟，/它已有了它的主人。"

1775 年 7 月 22 日

两个月的漫游终于告一段落，我回到了丽莉身边。

情况的变化出乎我的意料。与我的一团热火相对的，是兜头浇过来的一盆凉水。原来，丽莉的家族对我的不辞而别极为愤慨，认为我根本没有结婚的诚意，主张立即解除婚约。但丽莉的眼光还是温馨而柔媚的，虽然也噘起了小嘴巴，却是三分佯怒、七分怜惜。

前段时间里，几个女友都曾劝她痛下决心，斩断情丝，不要一误再误；可是，用情专一的她，总是说舍不得抛开我。多少天来，她都未得安眠，十分苦恼。听了这些，我真的有些无地自容了。

1775 年 8 月 3 日

在给友人的信中，承认我离不开这个美丽的小精灵；可是，我也不愿再登上她家的小楼了。这不仅仅在于她的母亲的表面客气实则冷淡的神情，更多的是因为她的家里总是歌舞喧阗、高朋满座。那些人对待丽莉都像是老相识一样，过分的亲热，过分的放肆，而留给我这个堂堂正正的未婚夫的，只有翻波涌浪的胃酸和撒落一地的白眼球。

1775 年 8 月 8 日

几天没有见面了，今晚想静下心来，同丽莉像过去那样推心置腹地恳谈一次。不料，进得院来，传来的竟是大厅中喧嚣的歌舞欢声，我的心立刻凉了下来。望了望暗淡的三楼窗口，便掉头离去。

编者附记：对于丽莉家中的舞会，歌德始终是反感的。尽管知道，主其事者是女主人，丽莉有其不得已的隐衷，但他并未加以谅解，直至半个世纪过后，仍然耿耿于怀，在《歌德自传》中有这样一段话："一年一度的大集市来临了，于是那些幽灵之群便真个蜂拥而至。丽莉的家既是有名的商馆，各地的豪商巨贾陆续过访，很快我就了然明白，这些人中没有一个人想要和能够完全忘掉他与这个可爱的女郎的旧谊。其中，年轻的人虽不对丽莉有什么强求，然也像是很熟的朋友；中年的人在她面前采取一种博她欢心的恳切有礼的态度；……可是，上了年纪的绅士摆起老伯伯的样子来，真是受不了，他们的手禁不住触到她的身上，作讨厌的抚摩，甚至要求接吻，而亲亲脸颊便不容拒绝。丽莉应接他们的态度都合规合矩，没有不自然的地方。不过，他们间的谈话引起对过去种种可疑的回忆来。甚至郊游泛舟的盛会呀，怎样碰着危险而终于安然渡过呵，跳舞会和晚上的散步呵，对可笑的求婚者的嘲弄，一切的话，都惹起那寂寞寡欢的恋人的心中的妒火，我觉得像是多年的辛苦得来的收获却为人所暂时夺取了。"

1775 年 8 月 28 日

今天，丽莉过来，庆贺我的二十六岁生日。

我们强颜欢笑，稍稍热闹了一会儿，很快便又沉寂下来。过去两人聚拢在一起，总有诉说不尽的情话，连珠炮似的，一发接着一发。现在，却都心事重重，像是中间隔了一层屏障似的，即使拣起一个有趣的话题，说起来也是断断续续、了无意趣。

她的目光迷离不定，仿佛是从遥远的地方摸索回来似的，再不就是长时间地出神呆望，透出一种隐蔽的悲哀。她把灵动的心扉紧紧地封闭起来，怕是再也不肯向我敞开了。

又坐了一会儿，丽莉终于长舒了一口气，低声吐出了三个字："你变了！"我本来应该耐心地听她说下去，却忍不住"当啷"一锤子给顶了回去："你才变了呢！"我当然意有所指——她越来越像个"交际花"了。

为了展现我那波澜涌荡的妒忌心理和酸情醋意，我写了一首嘲讽诗，名为《丽莉之园》。大意是说，没有哪个动物园会比丽莉的动物园更加丰富多彩了。她的园中满是神奇而古怪的动物，有的蹦蹦跳跳，有的扑腾着翅膀。它们追逐撕咬，争夺美丽的女主人抛给它们的干面包。其中有一头野熊，是女主人从丛林中引进来的，她把它驯服得俯首帖耳、规规矩矩。野熊起初觉得主人真好，矢志要用自己的鲜血浇灌她的百草千花。但是，后来，逐渐逐渐地野熊不满了，蓄意挣脱出去。这时，突然传来女主人动情的歌声，结果，它又心软下来，匍匐在她的脚下。她故意把门半掩半开，嘲笑地望着，看它是否还想逃走。最后，野熊吼道："我发誓，我还有力气！"

我用野熊想要拼力挣脱牢笼来披露此时的心境。丽莉看了，十分难过，呜呜地哭了起来。我确信，能够这样由衷地抛洒泪水的人，即便是有所欠缺，也都是应该得到宽谅的。因而，尽管脑际再度回荡起妹妹的哀哀嘱告，但我仍是下不了狠心撕破情网。

1775 年 9 月 16 日

十分苦闷。夜间做了几场噩梦。太阳升起，我也从床上一跃而起，在房间里往复逡巡，想使自己的心平静下来，可是，怎么也办不到。

1775 年 9 月 17 日

今天是星期天，丽莉该到这里来了。她真是一个神奇的"迷人精"。我总觉得，自己像一只吞了毒饵的老鼠，从一个洞里窜到另一个洞里，舐着水，心里火烧火燎的，实在没法忍受了。

透过滚烫的泪珠，遥看中天的月色，观察着这个可爱的世界，周围的一切很美，好像都充满了感情。

1775 年 9 月 18 日

午饭后，又见到了丽莉，眼睛红红的，显然，她是刚刚哭过。两人对坐着，仍旧哑默无声。当然，并不是无话可说，每人心中恐怕都满盛着一缸苦水。只是，一种近乎绝望的理智与清醒，觉察到在这种情态下，话语是无济于事的。

唉，多么想立刻就从这种尴尬状态下摆脱出来……但是，这种念头刚一闪现，我便感到通身战栗。

激浪！狂风！我被抛过来，抛出去，只有紧紧抓住舵轮，好使自己不至于搁浅。可还是搁浅了，我没有力量离开我的丽莉——今大，我的心里重又装满了她。那过往的轰轰烈烈的恋情，那满是血痕泪渍的绵绵心路，那浓得化不开的经年积愫，毕竟令人没齿难忘。

我这个可怜的人哪，正在歧路上徘徊着。

1775 年 9 月 20 日

将近九个月的情爱之旅，终于走到了尽头。

在春风骀荡的露台上，两人一起忘情地朗诵过我的剧本《艾尔温和埃尔米勒》。当时绝没有料到，我们也会遭遇类似的命运："你们凋谢了，甜蜜的玫瑰，／我的爱不能将你们托负；重开吧，／为绝望的人儿，／我的心灵破碎，无比痛苦。"

婚约解除了，丽莉说，也许应该把写给她的那些诗奉还给我。我说，不必了，它们已经带着我们的情感和泪血，连同那段永生难忘的岁月，融入了苍茫的历史，镌刻在两人伤恸的心版上。即使再锋利的刀斧也无法砍掉它。说完这句话，我立刻觉察到，应该立刻走开，不然，也许会反悔"解约"的。于是，我头也不回地跑开了，背后，传来丽莉痛苦的啜泣声。

这令人肝肠寸断的哭声，分明是在宣布：这部人生的盛装大戏已经落幕了。它的两个主角——当日纵情于花前月下、倜傥风流的青年歌者已然离开了人世，而在除夕之夜风骚绝代的抚琴少女也早就溘然长逝了，剩下来的唯有周围那些行尸走肉般的配角，还在痛痛快快地活着。

1775 年 10 月 26 日

天色已经完全暗淡下来，街灯把斑驳的树影投到我的身上。秋天的法兰克福，晚风送过来丝丝凉意，向着灼热的前额漫漫地扑来，我打了个寒噤，顿时感到脑袋清醒了许多。裹紧了披在身上的宽大的外套，匆匆地穿行在故乡城市的街头。我这样踯躅街头，显然，并非抛舍不下这个古老而拥挤的城市，也并不是特别偏爱这座带着金色屋顶的豪宅，所不忍割弃的只是那位曾经令人意乱神迷散发着清新气味的少女。有几户人家的窗子里射出刺眼的光芒，间或夹杂着喧腾的笑语，我全都顾不上去听，径直地奔向红十字广场拐角处，在那过分稔熟的豪华住宅前停下了脚步。如果是在从前，我会急促地闯进楼去，然而此刻，却像一个陌生人、一个被放逐者、一个幽灵那样，在楼前的法国梧桐树下往复踱着步，目不转瞬地向楼内那间屋子搜索着。

绿色的百叶窗垂下来，但我还看得清楚，灯仍放在往常的地方。隐约映现出丽莉苗条、娇小的身影。此刻，她在做什么？她在想什么？望着想着，心中不禁感伤起来。时光仅仅过去几个月，往日的亲密情侣于今竟形同陌路，世事纷歧，真是不可思议。

伴着刷啦啦的桐叶的摆动，寂静的房间里突然传出钢琴弹唱的声响。那细细的充满忧伤的吟唱，如泣如诉，如怨如慕。我把耳朵尽可能地贴着那向外弯曲的窗格子上，一字一字地听得清楚，这是在唱当日我献给她的情诗："呵，为什么你牵着我毫无抵抗，到那繁华之场？难道年轻善良的我没有欢乐，在这孤寂的晚上？"唱完之后，灯光下身影慢慢地移动着，影子印在百叶窗上，知道她已经站起来了。她在屋里走来走去，无论如何也不会想到此刻我就在窗子外面，只隔咫尺之遥。我觉得眼睛一热，滚出来两滴清泪。

明天，我就要离开这里，到意大利去，归来不知何日。如果奥

　　　　　　　　　　未了情

古斯特公爵的邀请付诸实施，前往魏玛公国任职，那更是相见无期了。

1775 年 12 月 24 日

今天是圣诞节。辗转反侧，夜不成眠，一直沉浸在痛苦的思念中。一想到已经失去了丽莉，我便心如刀割。随手写下了四行诗："可爱的丽莉，你曾一度是我全部的欢愉、全部的歌。唉，而今你成了我全部的痛苦，但仍是我全部的歌。"

编者附注：遭到这场沉重打击之后，一生憧憬着爱情幸福的丽莉再也未曾赢得真正的爱情，尔后的两次婚姻都很不幸，始终都在扮演着悲剧角色。下面摘录歌德日记中有关丽莉的两段记述：

［1794 年 12 月 17 日］ 承一位与我有过交往的将军夫人相告，最近她见过了丽莉。丽莉满怀深情地说，自己是"歌德的创造物"，"直到生命的最后一刻，我都对歌德怀着宗教般的崇敬"。她请这位夫人向她的"永生忘不了的朋友"转达她的心意。

［1830 年 3 月 27 日］ 丽莉离开这个世界已经十三年了。今天，她的一位亲戚来魏玛访问，触动了我的往日情怀。我告诉她，我像当年那样，清清楚楚地看到丽莉站在我的眼前，接近她的气息。事实上，她是我真心深爱的第一个女性，也是我一生中唯一爱过并且永生不忘的女人。我从来没有像跟丽莉相爱时那样，接近真正的幸福。当然，在尽享欢乐的同时，我也吞尽了苦水，饱尝了忧伤。正是那一次次激动，一次次热恋，一次次失望，一次次裂肺摧肝的痛苦，触发了创作的激情，把我这个日耳曼少年送上文学的圣

在法兰克福访歌德故居

殿。其实，这世上本没有什么沃尔夫冈·歌德，有的只是夏绿蒂、丽莉，只是斯泰因夫人、乌尔丽克，一头棕褐色的鬈发，一双湛蓝的迷人的眼睛，一腔浸着浓情蜜意的缱绻情怀……所以说，歌德本身就是女人的产品。"永恒的女性，引领我们飞升！"我准备把这两句话写进诗剧《浮士德》的结尾。

（2010 年）

读 三 峡

一

"船窗低亚小栏干，竟日青山画里看。"我满怀着四十余年的渴慕，放舟江上，畅游三峡，饱览着山川胜景。

伴着船行激起的"沙沙、嘶嘶"的水声，迎来又送走那峥嵘、嶙峋的山影。江轮在危岩绝壁间宛转穿行，眼看要撞在迎面横过来的陡壁上，却灵巧地一闪，辟出一片生面别开的天地。真是"山塞疑无路，湾回别有天"，不能不由衷地佩服古诗用字的贴切。

老杜笔力的雄健更是令人心折，群山万壑，的确像无数匹高高低低的骏马，脱缰解辔，挤挤撞撞，奔赴荆门。谪仙作诗，惯用夸张手法，但他刻画三峡之险巇，"上有六龙回日之高标，下有冲波逆折之回川。黄鹤之飞尚不得过，猿猱欲度愁攀援"，则全是写实。

峡中景色变化无常，适才还是"高江急峡雷霆斗"，令人目骇神摇，霎时烟云浮荡，一变而为惝恍迷离，幻成一幅绝妙的米家山水。游人也随之从现时的有限形象转入绵邈无际的心灵境域，玲珑相见，灵犀互通，开掘出融心理境界、生活体验、艺术创造的第二自然于一体的多维向度。

一些峭拔的石壁，由于亿万斯年风雨剥蚀，岩石现出许许多多的层次和异常分明的轮廓，或竖向排列，或重叠摆放，或向两侧摊开，使人想起"书似青山常乱叠"的诗句。船过兵书宝剑峡，这种"书"的概念就更加浓重了。相传诸葛亮入川时，路过三峡，曾把神人赐予的兵书藏在峭壁之上。清代诗人张船山煞有介事地咏叹道："天上阴符定不同，山川终古傲英雄。奇书未许人间读，我驾云梯欲仰攻。"而另一位诗人则从另一个角度去作文章："兵法在一心，兵书言总固。弃置大峡中，恐怕后人误。"

平日嗜书如命的我，座前、案边、眼中、心上，无往而不是书卷。孤寂时，有书相伴，会觉得"书卷多情似故人"；夜阑人静，手倦抛书，也习惯于"三更有梦书当枕"。此刻，面对着峡江胜境，"书痴"自然要把它捧起来当书读了。

二

三峡，这部上接苍冥、下临江底、近四百里长的硕大无朋的典籍，是异常古老的。早在语言文字出现之前，不，应该说早在"混沌初开，乾坤始奠"之际，它就已经摊开在这里了。它的每一叠岩页，都是历史老人留下的回音壁、记事珠和备忘录。里面镂刻着岁月的履痕，律动着乾坤的吐纳，展现着大自然的启示，里面映照着尧时日、秦时月、汉时云，浸透了造化的情思与眼泪。

在这锦山秀水之间，早在五千年前就曾闪烁着大溪文化的异彩。两千年前，扁舟一叶从那条唤作香溪的小河里，载出一位绝代佳姝。"昭君自有千秋在，胡汉和亲识见高"，不独闾里之荣，也是邦家之光。两汉之交，公孙述枭踞白帝城，跃马称帝。过了三周甲子，这里又成了吴蜀争雄的战场。年轻的陆逊创建了"火烧连营七百里"的赫赫战功；刘先主永安宫一病不起，将他的嗣子以及未竟的事业，连同未来的千般险阻，一股脑儿托付给他的军师；

诸葛公神机妙算，在鱼腹浦摆下了"八阵图"。"自从归顺了皇叔爷的驾，匹马单刀取过巫峡"。老将黄忠的行迹，至今还留在《定军山》的戏文里。但是，"卧龙跃马终黄土，人事音书漫寂寥"。今日舟行访古，不仅史迹久湮，而江山亦不可复识矣。

假如三峡中壁立的群峰是一排历史的录音机，它一定会录下历代诗人一颗颗敏感心灵的摧肝折骨的呐喊和豪情似火的朗吟。"屈平词赋悬日月"，船过秭归，人们面对着万树丹橘，总要联想起那以物拟人的不朽名篇《橘颂》；而当朝辞白帝，放舟三峡，又必然记诵起李白的流传千古的佳什。

在这里，杜少陵经历了创作的极盛时期，二年时间写诗四百三十七首，占了他全部诗作的三分之一以上。刘禹锡出守夔州，在当地民歌的基础上，首创了文人笔下的充满浓郁生活气息和地方特色的竹枝词。前后相隔二百余年，白氏兄弟与苏家父子的诗章，使三游洞四壁增辉，名闻遐迩。

洎乎现代，"江山仍画里，人物已超前"。陈毅元帅的三峡诗，蕴藉沉雄；毛泽东主席"高峡出平湖"的雄词，堪称千古绝唱。面对着意念中的历代诗屏和眼前的山川形胜，我也情不自禁地写下一首七绝："轻舟如箭下江陵，高峡急江一水争。短梦未成千嶂过，巫山何处听猿声？"布鼓雷门，非敢附骥，也不是要作谪仙的翻案文字，纪实而已。

三

就诗而言，巫山十二峰可以说是一部不是靠语言文字而是由境界氛围酿成的朦胧诗卷。两岸诸峰时隐时现，忽近忽远，笼罩在云

在黄河上游

气氤氲、雨意迷离的万古空蒙之中，透出一种"悠然心会，妙处难与君说"的朦胧意态。"一自高唐赋成后，楚天云雨尽堪疑。""神女生涯"为人们留下了无穷的想象空间，成了所谓"象外之象，景外之景"。

也许这样远远望着那万古烟云，谛听着她的模糊的默示，更富迷人的魅力；如果有谁过于刻板、认真，率性攀到峰头去睨视一番神女的芳姿，恐怕那风化的巉岩会令人意兴索然、大失所望的。

比之于绘画，巫山十二峰无疑是整个三峡风景线上一条最为雄奇秀美的山水画廊。在这里，勾皴点染、浓淡干湿、阴阳向背、疏密虚实等各种表现手法兼备毕具。那群峰竞秀、断岸千尺的高峡奇观，宛如刀锋峻劲、层次分明的版画；而云封雾障中的似有若无、令人神凝意远的万叠青峦，则与水墨画同其韵致。

整个三峡，也并不都是怡情悦性的画境诗笺，它还是一部描绘奋斗人生、满布着坎坷与风浪的惊险之作。我看到过一幅题为《巴船下峡图》的古画：在狭窄湍急的滩口中，船工们全神贯注、高度紧张地使篙撑船，同无情的礁石、激流做殊死的决斗。际此"天下至险之地，行路极危之时"，"摇橹者皆汗手死心，面无人色"。白帝城中一幢古碑上，也有"瞿塘峡口波涛汹涌，奔腾万状，舟行至此，靡不动魄惊心"的记载。

至于流传在峡江两岸世代人民口头上、记忆中的，更是举不胜举。今日舟行江上，耳畔还仿佛鼓荡着古老的黄牛峡歌和滟滪堆谣。在这种生死系于顷刻、战战兢兢、提心在口的情势下，赏玩江峡奇景，根本无从谈起。正如《水经注》引袁山松所述："峡中水疾，书记及口传悉以临惧相戒，曾无称有山水之美也。"

新中国成立后，三峡航段经过了彻底整治，出川入川，流缓波平，从容稳渡，再不用"愁水又愁风"了。但事物总是复杂的，有人却又感到划尽崎岖，平淡寡味，怅然若有所失。这从审美的角度来说，也自有他的道理。

四

清末民初著名学者王国维有过"古今之成大事业、大学问者必经三种之境界"的说法，还有人把绘画分为写实、传神、妙悟三个层次。我以为，读三峡可能也有三种灵境：

始读之，止于心灵对自然美的直接感悟，目注神驰，怦然心动。这种灵境，大体上，像是晋人袁山松对于三峡的观赏："仰瞩俯映，弥习弥佳，流连信宿，不觉忘返。"

再读之，就会感到主观的生命情调与客观景物交融互渗，物我融成了一体，亦即辛弃疾词中所说的："我见青山多妩媚，料青山见我应如是。情与貌，略相似。"

卒读之，则身入化境，浓酣忘我，"冲然而澹，翛然而远"，进入《易经》上讲的那种"天地氤氲，万物化醇"的灵境，此刻该是"此中有真意，欲辩已忘言"了。

读三峡，有乘上、下水船两种读法。乘上水船，虽然体味不到"轻舟飞过万重山"的酣畅淋漓的快感，但颇有利于从容玩味，沉思遐想。"读书切忌太匆忙，涵泳工夫意味长"。读三峡，也是如此，不能心浮气躁，囫囵吞枣。下水船疾飞似箭，过眼烟云，留不下深刻的印象，其弊正在于此。

但是，下水船又有其独特的美学效应。本来两岸的青松、丹橘、翠峦、粉蝶，彼此相距甚远，但由于船行疾速，拉近了它们的距离，造成眼前多种物象重合叠印的错觉，从而，丰富和充实了视觉形象，即使物象渐渐消失，也能留下一种雄奇的意境与奋发的情思。鉴于两种读法各有得失，我们通过双程往返，兼取了二者之长。

人说大宁河上的小三峡是三峡的聚珍版和缩印本，景色绝佳，而且，由于滩险岩奇，还可以补偿由于三峡惊险场面的消除所造成的失落。可惜，因为时间有限，交臂失之，说来也是一桩憾事。

但是，我用另一面的道理宽慰自己：美学上讲究逸韵悠然，有余不尽，忌讳一览无余，因而有"不到顶点"的说法。怕的是到达顶点就到了止境，捆住了想象的翅膀。龚自珍有诗云："未济终焉心缥缈，万事都从缺处好。吟到夕阳山外山，世间难免余情绕。"踏不上的泥土，总被认为是最香甜的。何妨留下一片充满期待与想象的天地，付诸余生忆念，纵使他日无缘踏上，也尽可神驰万里，向往于无穷了。

（1991 年）

祁 连 雪

真是"一处不到一处迷"。千里河西走廊，在我身临其境之前，总以为那里是黄尘弥漫、阒寂荒凉的。显然，是受了古诗的浸染："千山空皓雪，万里尽黄沙""青海戍头空有月，黄沙碛里本无春"之类的诗句，已经在脑海里扎下了根基。这次实地一看，才了解到事物的真相。

原来，河西走廊竟是甘肃省最富庶的地区。这片铁马金戈的古战场，这条沟通古代中国与欧亚大陆的重要交通孔道，于今已被国家划定为重要的商品粮基地。当你驻足武威、张掖，一定会为那里的依依垂杨、森森苇帐、富饶的粮田、丰硕的果园所构成的江南秀色所倾倒。

当然也不是说，整个河西走廊尽是良畴沃野。它的精华所在，只是石羊河流域的武威、永昌平原，黑河、弱水流域的张掖、酒泉平原，疏勒河流域的玉门、敦煌平原。这片膏腴之地是仰仗着祁连山的冰川雪水来维系其绿色生命体系的。祁连雪以其丰美、清冽的乳汁，汇成了几十条大大小小的河流，灌溉着农田、牧场、果园、林带，哺育着河西走廊的子孙，一代又一代。

祁连山古称天山，西汉时匈奴人呼"天"为"祁连"。一过乌鞘岭，那静绝人世、复列天南的一脉层峦叠嶂，就投影在我们游骋的深眸里。映着淡青色的天光，云峰雪岭的素洁的脊线蜿蜒起伏，一直延伸到天际，一块块咬缺了完整的晴空。面对着这雪擎穹宇、云幻古今的高山丽景，领略着空际琼瑶的素影清氛，顿觉情愫高洁，凉生襟腋。它使人的内心境界，趋向于宁静、明朗、净化。

大自然的魅力固然使人动情，但平心而论，祁连山的驰名，确也沾了神话和历史的光。这里的难以计数的神话传闻和层层叠叠的历史积淀，压低了祁连山，涂饰了祁连山，丰富了祁连山。

在那看云做梦的少年时代，一部《穆天子传》曾使我如醉如痴，晓夜神驰于荒山瀚海，景慕周天子驾八骏马巡行西北三万五千里，也向往着要去西王母那里做客，醉饮酣歌。当时，我是把这一切都当成了信史的；真正知道它"恍惚无征，夸言寡实"，是后来的事。但祁连山、大西北的吸引力，并未因之而削减，反而益发强化了。四十余年的渴慕，今朝终于得偿，其欢忭之情是难以形容的。

旅途中，我喜欢把记忆中的有关故实与眼前的自然景观加以复合、联想。车过山丹河（即古弱水）时，我想到了周穆王曾渡弱水会西王母于酒泉南山；《淮南子》里也有后羿过弱水向西王母"请不死之药"的记载。在张掖市西面的镇夷峡，当地群众还给我们讲了大禹治水的故事：

传说，禹王凿开了镇夷峡，导弱水入流沙河，玉帝闻讯后加以干预，命寒龙镇守祁连山，把河水全部冻结成冰雪，河西走廊从此变成了戈壁荒滩。后来，李老君骑青牛赶到，与山祇、土神计议，到寒龙那里偷水，就这样，从南山开下来一条黑河。山神牵牛引路，李老君扶犁耕田，土地爷撒播种子。寒龙发觉后，怒吼道："你们三个合伙做贼，我就叫这里每年三个月不得安生！"结果，黑河每到六、七、八月，就要暴发洪水，为害甚烈。

这里，本来就够惝恍迷离的了，偏偏沙市蜃楼又来凑趣、助兴。我们驰车戈壁滩上，突然发现右前方有一片清波荡漾，烟水云岚中楼台掩映，绿树葱茏，渔村樵舍，倒影历历，不啻桃源仙境。

祁连雪

但是，无论汽车怎样疾驰，却总也踏不上这片洞天福地。原来，这就是著名的戈壁蜃景。

据说，整个河西走廊，包括祁连山脉，上古时都是西海，与大洋相通，后来经过喜马拉雅造山运动，隔断了印度洋，南山拱出海面，其余地带留下了无量数的沙荒砾石。也许这沙洲蜃景，正是古海的精魂寄形于那些海底沉积物，仍在做着昔日的清波残梦吧？

人类史前时期相当长的一段，是在幻想和神话中度过的。作为丰富的人文遗产宝库，神话传说汇集着一个民族关于远古的一切记忆：它的历史性变迁，它的吉凶祸福、递嬗兴亡，它对于自然、社会、人生的独特认知和体验。我们可以通过这种思维、情感、体验以及行动的载体，深入地窥察一个民族以至人类史前的发展轨迹。

观山如读史。驰车河西走廊，眺望那笼罩南山的一派空蒙，仿佛能够谛听到自然、社会、历史的无声的倾诉。一种源远流长的历史的激动和沉甸甸的时间感、沧桑感被呼唤出来，觉得有许多世事已经倏然远逝，又有无涯过客正向我们匆匆走来。

这时，祁连山上一团云雾渐渐逸去，露出来一个深陷的豁口，我猜想它就是历史上著名的大斗拔谷。两千一百年前，骠骑将军霍去病从这里穿越祁连山，进入河西走廊，以迅雷不及掩耳之势，攻占了匈奴的单于城，在焉支山前展开了一场震天撼地的大拼杀，终于赶走了匈奴，巩固了西汉王朝在河西的统治。霍去病死后，汉武帝为了纪念他的赫赫战功，特意在自己的陵墓旁为他堆起了一座象形祁连山的坟墓。

时光流驶了七百三十年，隋炀帝率兵西征，再次穿过大斗拔谷。不过，他没有碰上霍去病那样的好运气，当时"山路险险，鱼贯而出，风雪晦冥，文武饥馁沾湿，夜久不逮前营，士卒冻死者大半"（见《资治通鉴》）。但是，由于他在张掖会见了西域二十七国君主，实际是举行了一次中原王朝与西域诸国的和平友好会议，也是一次首创的国际经贸洽谈、物资交流会，使此行毫无逊色地与骠骑将军的武功一同载入史册。

祁连山下，河西走廊，不仅有叱咤风云的过去，而且，有无比辉煌的现在与将来。勘探工作者的辛勤劳动，使祁连山更高地昂起了头颅：

——这里并不贫乏，而是一座矿藏极为丰富的百宝神山。继往昔的"金张掖、银武威"的盛名之后，今天又博得了"油玉门、镍金昌、钢酒泉"的美誉。

——始建于西汉时期的山丹军马场，现已发展成为亚洲第二大马场。

——祁连山继续向世界人民奉献着"葡萄美酒夜光杯"。

——驰名中外的敦煌莫高窟，这名副其实的艺术圣殿、神话王国，像一颗璀璨的明珠，在古丝路上散发着夺目的光彩。

——坐落于祁连主峰北面的我国建设最早、规模最大的卫星发射中心，创造了许多"中国的第一"：发射第一颗人造地球卫星，第一颗返回式卫星，第一枚"一箭三星"运载火箭，第一枚中程导弹，第一枚洲际弹道导弹……被誉为中国航天工业的摇篮，巍然屹立于世界先进科技之林。

正是这些风尘颂洞、异彩纷呈的历史人文之美，伴随着甘霖玉乳般的高山雪水所带来的丰饶、富庶，使十里祁连从蒙昧、原始的往昔跨进了繁昌、文明的今天。我们这些河西走廊的过客，与祁连雪岭朝夕相对，自然就把它当作了热门话题。

有人形容它像一位仪表堂堂、银发飘萧的将军，俯视着苍茫的大地，守护着千里沃野；有人说，祁连雪岭像一尊圣洁的神祇，壁

祁 连 雪

立千寻，高悬天半，与羁旅劳人总是保持着一种难以逾越的距离，给人一种可望而不可即的隔膜感。可是，在我的心目中，它却是恋人、挚友般的亲切。千里长行，依依相伴，神之所游，意之所注，无往而不是灵山圣雪，目力虽穷而情脉不断。一种相通相化、相亲相契的温情，使造化与心源合一，客观的自然景物与主观的生命情调交融互渗，一切形象都化作了象征世界。

也许正是这种类似的情感使然，一百五十年前的秋日，爱国政治家林则徐充军西北，路过河西走廊时，曾与祁连雪岭风趣地调侃："我与山灵相对笑，满头晴雪共难消。"我的一位祁姓学友，西出阳关，竟和祁连山攀了同宗："西行莫道无朋侣，亘古名山也姓祁。"甘、青路上，我也即兴写了四首七绝，寄情于祁连雪：

> 断续长城断续情，蜃楼堪赏不堪凭。
> 依依只有祁连雪，千里相随照眼明。

> 邂逅河西似水萍，青衿白首共峥嵘，
> 相将且作同心侣，一段人天未了情。

> 皎皎天南烛客程，阳关分手尚萦情。
> 何期别去三千里，青海湖边又远迎！

> 轻车斜日下西宁，日断遥山一脉青。
> 我欲因之梦寥廓，寒云古雪不分明。

（1992 年）

清风白水

一

诗文讲究风格，古人形容苏东坡的词风豪放，说是像关西大汉执铜琶铁板，唱"大江东去"，而柳永的词则是缠绵悱恻，如二八女郎手执红牙玉板，唱"杨柳岸晓风残月"。

其实，风景区何独不然！它们的风格特征也是极其鲜明的，泰山的威严肃穆，迥然不同于黄山的瑰奇峭美；"山色如娥，花光如颊，温风如酒，波纹如绫"的西子湖，与"气蒸云梦泽，波撼岳阳城"的八百里洞庭悬同霄壤；同是天池，长白天池与天山天池也是风格各异的。

川西北岷山丛林中的九寨沟的特色，是朦胧、神秘、奇丽、自然，充满荒情野趣，全无雕琢痕迹。如果说，泰山具有老年人那种饱经风雨、阅尽繁华的成熟与镇定，那么，九寨沟就是少男少女般的活泼、烂漫，清风白水，一片童真。以言艺术美、人文美，或许不及其他许多风景名胜；以言自然美，则是各地难以比驾的。

说它绮丽，首先要从水谈起。这里有三沟、二滩、四瀑、十八群湖、一百零八个海子。水是九寨沟景观的主旋律，真个是"江湖满地"。我十分艳羡这里的天空，竟有那么多面镜子黑天白日为它鉴形照影。

天涯何处无清水？难得的是，这里的原始生态保持得很好，因

清风白水

而水质绝少污染，清澈异常，透明度达到二三十米。空气清新甜美，天空蔚蓝如拭，没有一丝浮尘雾霭。大自然的神功，将泉湖溪瀑聚炼为一体，组成一个和谐的世界。

清晨，镜海上映出一幅幅"山林全息图"的倒影。人们站在湖边，连嘴角的笑涡、睫毛的飞动都照得一清二楚，更不要说天上疾飞的翠鸟、眷恋的白云，四周峭拔的层峦、肃穆的丛林，无一不被它收入澄澈的波心。面对着"鱼在天上游，鸟在水底飞"这颠倒迷离、虚实莫辨的奇观，人们都赞不绝口。可惜，胜景不长，一阵微风掠过，湖面上便荡起一层细微的涟漪，像是尚未凝固的玻璃浆液，倏忽间里面的一切景象都变得模糊起来。

遍游世界的旅行家，常常赞美苏联巴伦支海基里奇岛的五层湖的奇观：湖水分为五个层次，水质、水色和生物群各不相同而又互不混淆，构成一个绚丽多彩的湖中世界。也有人称誉印度尼西亚的努沙登加拉群岛上左湖艳红、右湖碧绿、后湖淡青的三色湖胜景。

但我相信，当他们看到九寨沟的融五光十色于一湖的五花海后，定会叹为观止。五花海的水与四周丛林组成一个以翠蓝色为基调的色库，湖水因深浅和沉积物的不同，而呈橙红、鹅黄、墨绿、翠蓝、绀紫等多彩的色膜版，在阳光照射下，清澈的涟漪闪烁着层层光环，构成无数的不规则的几何形色区，相互浸淫，加上湖底沉积的珊瑚、琼花般的海藻的映衬，其色泽之绚美、变幻之神奇，堪令天惊地叹。

瀑布之奇，常在于天半高悬，飞流直下，恍如银河倾泻。而九寨沟的瀑布，却是由四十多个首尾相衔的群海构成，以其平地上陡起波澜而引人入胜。由于水碛物在河谷中沉积，形成了弯月形的凸堤，随着时间推移，钙华层层堆高，便出现了首尾衔接、翠湖叠瀑的特异景观。又兼堤埂遍生林木，气势恢宏的水流从婀娜多姿的花树丛中兵分几路冲杀出来，大有"六龙卷海，万马呼风"之势。不仅绿波掩映，白浪滚翻，爆炸出生命的光华声色，而且，瀑从树中出、树在瀑中长的奇观，也洵属世间罕见。

二

九寨沟与其他许多著名风景区不同，亘古以来，"隐在深山人未识"，是一片与世隔绝的典型的处女地。这里除了世世代代散居着为数不多的藏族同胞，那些性耽山水、情系烟霞的文人墨客从未涉足，因此，过去"名不见经传"，人文景观相对缺乏。

此间，多的是古艳动人的神话传说，它们以原始思维的想象和幻想、虚构的形式，曲折地反映出藏族劳动人民在征服自然的劳动、斗争、爱情生活中的经验、理想、感情和愿望。这种特异的历史文化积淀的形成，当然和它长期处于封闭式的环境，脱离原始状态较晚有直接关系。

作为民族远古的梦、文化的根、精神活动的智慧之果、口头传承的原始文化结晶和无意识的集体信仰，神话传说在九寨沟可说是满坑满谷，俯拾即是，几乎所有的景观都和神话传说，特别是和挚诚相恋的男神达戈、女神沃诺色嫫的爱情故事相联系。他们赋形于沟内两座最高的山峰，既是神，也是同自然作斗争、从事劳动生产的强者，是半人半神、人性多于神性的偶像。而另一座险怪的峭岩，则是一个插足其间的魔鬼化身的第三者。

许多景物都围绕着这根主线被赋予神奇的来历。比如，色嫫失手打碎了达戈赠给的梳妆宝镜，碎成一百零八块，就成了今天九寨

317　　　　　　　清风白水

沟一百零八个晶莹澄澈、光可鉴影的海子；那跳玉溅珠的珍珠滩，则是色姆项链上光洁圆润的珍珠汇成的溪海奇观；那一片片一条条银绸素练般的奔流急瀑，来自神女的纺织台；那长海岸边的苍劲挺拔、枝丫侧向一旁的古柏，乃是为民除害，折断左臂的沃秀老人的化身。

这里的山，因那些神话传说而更加瑰奇神秘；这里的水，因那些美丽的传说而益发富有魅力。晨昏相对，令人想象其中必有帝子天神驾螭乘虬，驰骋其间。它使素以"童话世界"著称的九寨沟，又罩上了一层神话世界的色彩。

神话传说在各民族的古代生活中，并不是一堆无机物的沉积，而是经常发挥着弥补生活中的不足的积极作用。有人说，梦是一个受压抑的愿望的满足。那么，神话则是贫弱民族的财产，——现实生活中迫切需要却又无力实现的事情，就以代偿的形式付诸余生梦想，久而成为神话。因此，透过这些神话传说，不仅可以捕捉到历史的影像，而且，能够窥见远古先民的世界观、宇宙观、价值观，察知他们的真实感情和精神世界。

这些神话传说反映了早期人类智力活动的一个显著特点，就是喜欢在各种自然现象或社会现象中寻求一种因果关系。可以说，许多神话都是对因果关系做出的某一类解答。而且，人类原始思维虽然具体、形象，联想力非常丰富，但是，根据事物本身的性质做出逻辑推理的能力却十分低下。因此，只能借助"拟人化"即万物有灵的思维方式，来理解和解释世界。

当看到满山火红的秋叶，便想到贪杯醉酒的壮汉，或脸罩红纱的倩女；把由碳酸盐聚集而成的水中凸堤想象成为民造福、鳞甲飞动的戏水蛟龙。正是这种恍恍迷离的意象与传说，造成一种朦胧的意境、"人化的自然",从而,赋予各种自然景观以诗情、理趣,使九寨沟原本就瑰丽迷人的景观更加富有魅力,筑成连接过去、现在、未来的一座虹桥,沟通梦境、现实、希望的一条彩路。

我访九寨沟时,正当知命之年,已经是告别童话与神话的时期了,但置身其间,又仿佛找回了飞驰已久的童年,重温和白雪公主、美人鱼为伴的幻想世界,恢复了清风白水般的童真。同这种雾气氤氲缠绕在一起,幻者似真,真者疑幻,怕是几个清宵好梦也难以遣散的了。

三

当然,这种感觉的形成,不仅仅是因为这里富有恍兮惚兮的神话传说,而且,同九寨沟的自然天籁、荒情野趣有关。

那淙淙飞瀑、飒飒松风、关关鸟语、唧唧虫鸣,那水中五光十色、迷离扑朔、绚丽多姿的碧波,山上宛如娇羞不语、情窦初开的少女的笑靥的杜鹃花萼,那隐现在水雾氤氲的瀑面上、酷似七彩神龙夭矫天半的虹彩,那原始森林中绿茵茵、暄蓬蓬、绒毛地毯般的地衣和悬挂在枝头的一丝丝一缕缕随风飘荡、如新娘头上轻柔的婚纱的长松萝,那五角枫、高山栎、黄栌木、青榨槭的如霞似火、燃遍大际的醉叶,那充盈着质朴的美、粗犷的美、宁静的美的梦之谷、画之廊,都在人类感情的琴弦上奏起美妙的和声,不期而然地浸入了你的性灵。

在这里度过一个假日,真像裸体的婴孩扑入母亲的怀抱,生发出一种重葆童真、宠辱皆忘、挣脱小我牢笼、返回精神家园、与壮

319　　　　　　　清风白水

美清新的自然融为一体的感觉。

据鸟类专家调查，九寨沟有鸟类一百四十多种。这些天才的音乐家、优雅的舞仙，诸如亭亭玉立、单足点地的鹭鸶，"贞姿自耿介""白雪耻容颜"的白鹇，翱翔于芦苇海上、盘旋飞舞的苍鹰，通体蓝灰、头侧绯红、宛如头戴京剧武将脸谱、尾翘三尺龙泉的我国独有的蓝马鸡，在箭岩景区次生林设擂赛歌的百灵鸟，终朝奏着凄婉的森林咏叹调的子规，扬着花腔高音的山噪眉，以"笃笃笃"的击木声为林中交响乐团敲着定音鼓的啄木鸟，都给神奇的九寨沟布下一层浓烈的原始古朴的荒情野趣。

这里应该大书一笔的，是被誉为"九寨一宝"的大熊猫。游人在长海一带，常常会碰到它们在溪边喝水，那种娇憨痴笨、悠然自得之态，令人忍俊不禁。熊猫饮水，颇似酒徒贪杯，一边喝着，一边侧耳聆听水声，细细品尝其中滋味，流露一种忘机出世的神情。如果没有外来事物干扰，它总是喝得肚皮隆起，一"醉"方休，而后，便若无其事地拖着笨拙的身躯，一摇一摆地向箭竹林蹒跚走去。有的撑得不省"人事"，倒卧溪边，忘却了昏晓。

四

应该说，我们欣赏九寨沟的自然天籁，并不意味着赞赏它的与世隔绝，或不加分析地提倡保持原始状态。现代化与对外开放，是历史发展的必然趋势。隔绝世事，毕竟是社会进步的致命障碍。生活的环境越是隔绝，文化便越发落后、脆弱、单调，缺乏必要的应变能力。而且，处于原始状态的自然事物，也很难说它具有什么美的属性。

试想，在混沌初开、洪荒未辟之时，洪水泛滥，疫疠流行，毒蛇猛兽到处伤人，长林古木自生自灭，又有什么美之可言！只有当劳动人民成为大地的主宰，不断地改造客观世界，同时也发展了自身的认识与能力，这样，大自然在人们的心目中才具有了美感。

寻访九寨沟，我的心情常常处于矛盾状态。面对那醉人的湖山秀色，我曾深深为之惋惜：长期僻处深山密林之中，鲜为人知，空度了无涯岁月，辜负了天生丽质。但是，当我看到坐落在海拔二千六百米的湖山胜境的日则招待所门前，一群吃罢山禽盛宴、喝得烂醉如泥的年轻人，乱掷罐头、酒瓶，随处便溺、呕吐的丑态百出的情景，又觉得开发得晚也未必不是它的幸运。在工业文明的物欲满足往往是以破坏生态平衡为其代价的现代社会里，如果九寨沟早几十年面世，恐怕今天再也见不着这块净土了。

自然界有其自身合法的权利和独立的价值。我们每个生活在地球母亲怀抱中的现代人，都应该对生态环境有一种深沉的眷恋意识和自觉的责任感。遗憾的是，在这方面，人们常常忘本。人是自然的产儿，但在成为文明人以后，便一天天远离自然，掉头不顾了。

在这红尘十丈的喧嚣世界里，人们对于自然环境，应该去掉那种极为近视、极为功利的价值取向和审美情趣，多为人类、多为子孙着想，重视保护生态环境——这地球上一切生命的根基，珍惜这新鲜的空气，净洁的水源，明媚的阳光和未经污染的土地。

应该认真汲取西方工业国家先征服自然、破坏自然，而后才想到爱护自然、恢复自然，结果事倍功半、百难偿一的沉痛教训，设法超越人与自然分裂、对立的历史阶段，从现代化进程伊始，便早自为计，尽力保护自然生态平衡，莫待那些最珍贵的东西一去不复返时，再来哀叹、悔恨和痛惜。

愿你永在，九寨沟的清风白水！

（1989 年）

山灵有语

一

这里地处流光溢彩、堆金洒银的河套平原。贺兰山绵亘数百里，宛若一列壁立千仞的天然屏障，拦阻了西面蒙古高原的卷地风沙和凛冽寒流；东面是亿万斯年滔滔滚滚的黄河，连同开凿于一两千年前的秦渠、汉渠、唐徕渠，为浩瀚无垠的田畴草野输送了充足的水源。所以，自古就有"天下黄河富宁夏"的民谚。

早在数千年前，祖国西北部的众多少数民族就在这一带繁衍生息，游牧射猎。见诸史籍的，商周至春秋战国时期，贺兰山下主要游动着猃狁、羌、戎等部族；秦、汉至南北朝时期，先后有匈奴、鲜卑、氐、羯等族活跃其间；隋唐两代，突厥、回鹘、吐蕃等族聚居于此；迨至两宋、辽金、西夏时期，这里在党项族的治下；元代则为蒙古族所领有。他们一个跟着一个，联翩接踵地进入这个游牧民族的天堂，相继成为历史舞台上的主角，演出了一幕幕威武雄壮的历史活剧，传承着社会文明的熊熊爝火，为建构整个中华民族的伟大文明传统做出了应有的贡献。

随着时序的推移，他们有的迁徙了，有的演化了，有的消亡了，像翱翔于万里晴空的成群结队的候鸟一般，呼剌剌地飞来，又急匆匆地逸去，许多重大活动，文字都没有记载下来，甚至皇皇正史上也尽付阙如。就中，以相对晚近一些的党项族建立的大夏国留下的历史遗迹较多。他们在近二百年时段里，仿照中原王朝的模式，在都城和林峦佳处建起了金碧辉煌的楼台宫馆，还在贺兰山下选定五十平方公里的地面，为历代君王夜台长眠之地，营造了数百座金字塔形的陵墓。世事如棋，沧桑迭变。于今，当日的千般绮丽、万种豪华，都付与荒烟蔓草，只剩下一些萧条破败的枯冢，见证着往昔的繁荣。

我对贺兰山的关注，倒无关乎这些西夏王陵，而是肇因于早年记诵的一首著名的宋词。不过，当时我也不知道，遍布于贺兰山东麓多处山口，刻有数以万计的岩画，尤其是"贺兰山缺"的人面画最为精彩，堪称岩画艺术荟萃之地；否则，我这个憨直的少年，一定会急着嚷叫："长车"可要换个地方"踏破"呀！

近日听说，公务员考试有一道试题："历史与文化的记载靠什么？"答案为："文字与建筑是两条并行的主线。"作为历史与文化的载体，建筑是直观的，比如万里长城与帝王陵寝都是举目可见的；而刻写在竹简、甲骨、金石、丝帛、皮革、纸张上的文字，则是抽象的，具有符号性质。既曰主线，必然还有辅线，其中应该包括语言——神话传说、民间故事、说书讲古、里巷轶闻等口头传承方式；再就是被称为"人类早期艺术的活化石""古代游牧民族形象的史书"，形成于混沌初开时期的岩画，同样不应忽视，而且它还独具特色。

历史，亦即人类的活动史，是一次性的，它是所有一切"存在"中独一以当下不再为条件的。当历史成其为历史，它作为曾在，即意味着不复存在，包括特定的环境、当事人及其活动场景、般般情事，在整体上已经永远消逝了。在这种情况下，不在场的后人——史学家选择、整理史料，进行文本化处理，必然存在着主观性的深度介入。古今中外，不存在没有经过处理的史料。而岩画的独特性在于它是由当事人亲手制作的，无论其为写实造型，还是采取象征寓意风格，抑或是运用抽象符号手法，所展现的都是当时当地情景。

岩画的制作，需要精巧的构思、娴熟的技艺。专家分析认为，大多出自猎人之手，有一些可能还有巫师的参与策划。作为远古先民创造性的自我表述形式，岩画不仅形象地记录了族群自狩猎时代经原始部落到驻牧定居生存方式的连续性进程，而且，折射出古代人群的哲学观念、宗教信仰、审美意识、向往追求等精神信息。

此刻，当我们面对这些"粤自盘古，生于太初"的远古游牧时代的文化遗存，人类史前时期的艺术珍品，想到它们阅千古而长新，历万劫而不磨，神奇地存留到今天，又怎能不动心动容、感发兴起，为之惊奇、为之庆幸、为之振奋呢！

二

此间面对黄河，山势巍峨，空间闳阔。进入山口，举头望去，但见沟谷两侧的石壁上，随处凿刻着一幅幅形象奇异、耐人寻味的人面像。

其中最为醒眼的是那幅名闻遐迩、被封为"镇山之宝"的太阳神像。原始先民把人丁的繁衍、畜群的兴旺、水草的丰茂，统统归功于上天的恩典、神灵的赐福。出于由衷的感戴，他们对于心目中的图腾以及各种崇拜对象，都要画影图形，加以膜拜。那么，最为感恩、敬仰的，无疑就是天天露面、朗照人寰的日轮了。于是，便在岩石上绘制、凿刻出太阳的形象，并将其人格化，然后通过一定的仪式进行拜祭。鉴于太阳起自东方，光芒四射，形象浑圆，画像便也面朝正东，头上刻有放射形线条，面部呈滚圆形；双眼重环，睫毛耸动；鼻子、嘴巴连接成半圆形。整个面部神情威严、峻烈，令人心生敬畏。太阳是高悬天上的，画像也刻在四十多米的高处，充分显现其应有的尊严。

与这种特写式的岩刻头像形成鲜明的对照，我还看到一幅蕴含复杂、赋形奇特的画面：左右两旁各有一个左手印，左边手印下刻着一只低头的山羊和一只前腿下跪的牦牛，右边手印的上下方各有一个人面像。两只手印的中间站着一个双臂扬起的人，上面的显著位置刻有一个环眼圆睁的桃形人面像。画图十分生动有趣，可是，它所彰显的内容是什么呢？端详了半晌也不得其解。经过请教陪同的专家，才弄清楚原来这是一份具有契约性质的文件——以岩画形式确认古代两个部落之间的隶属关系。手印象征着权力。左边那个部落已为右边部落所征服，随之它的人口与牲畜也全部划归右方部落所有。桃形人面像象征着神祇。有神、人共鉴，石画为凭，这份契约自然具备了无可置疑的效力。

在向阳的山崖斜坡上，还有一幅凿刻得很精致的射猎图。画面上，一个人正在弯弓射猎，七只硕壮的山羊惊惶逃窜，其中五只向东奔跑，两只向西逃逸，而猎犬却回头伫望着主人。猎人形象凿刻得很小，表明他所在的位置距离羊群较远。由此可以看出，那时的先民已经注意到了运用透视关系来进行构图处理。画幅也揭示出，在远古时代，水草丰美的银川平原就已成为各游牧民族繁衍生息、劳动创造、游牧狩猎的理想乐园，也是各种家畜和野生动物的繁殖、栖止之所在。

这组游牧风情画也很是壮观、气派。牦牛、骆驼、花斑马、梅花鹿、北山羊散放在原野里，有的在欢乐地角抵、奔逐，有的静静地低头吃草,有的在悠然闲卧。旁边站着一个牧人,顶上的头发盘结起来,腰间斜插着一根木棍,胯下拖着一条又长又大的尾巴。身后跟随着一只猎犬,懒洋洋地呆望着主人。画图的右边,聚集着一队歌舞腾欢的人群,男人头上有的装饰着兽角,有的斜插着羽毛,有的戴着尖顶或圆顶的帽子;女性则长发下垂,也有绾着发髻、装着头饰的。场上,翩翩的舞影,忘情的啸歌,衬着多姿多彩的穿戴和装饰,渲染出原始艺术粗犷、质朴、率真的特色。

陶醉于浓郁的生活气息之中,此刻,我竟然产生了幻觉,仿佛化身其间,成了欢乐人群中的一员,也跟着手之舞之、足之蹈之,尽情尽兴,和先民们一起发出欢腾的吼声。丛林掩映中,一些平生未曾寓目、而今多已灭绝的动物蹿跃其间。一队前额低平、眉骨粗大、目光迷惘的人群,正在咿唔呼啸着追奔射猎。回望山崖,发现那里还有几个人在紧张地劳作着,他们手持石刀、铁錾,或凿或刻,正全神贯注地制作着各种人面和动物的图像……

我正在忘情地观赏着这一切,不料,稍微一愣神,忽然发觉山崖上的人形已经淡出、隐没了,逐渐地幻化成山垭口处一伙凿石垒渠的人群。伴随着各种敲击的繁响,一道清溪从山坳里冲出,顺着渠道滔滔汩汩地流淌下来,顿觉遍体生凉,神清气爽。于是,我也憬然惊寤了。心头的意念一收,时间的潮水,哗——哗——哗——一下子流过了几千年,我也随之而返回到现实生活里。

三

黄河,这祖国的母亲河,历史之河,文明之河,在她的身边,岩画与神话并存。它们作为人类精神活动、艺术实践的智慧之果,深深植根于民族文化本原的沃壤之中。"在人的思维发展过程中，神话起着十分重要的作用"，它"并不满足于描述事物的本来面目，而且还力图追溯到事物的根源"（德国哲学家卡西尔语）。那些借助于想象与幻想，把自然力加以拟人化，反映远古先民对于世界起源、自然现象、社会生活的原始理解的神话传说，在贺兰山岩画中有着充分的展现。

关于伏羲、女娲这两位始祖神的传说，散见于《山海经》《楚辞》《淮南子》等古籍，同时广泛流传于黄河流域一带的民间。与两位始祖神"本为兄妹""蛇身人首、尾部相交"等传说内容相呼应，贺兰山口一幅极为古老的岩画上也有他们的造像——人面蛇身，共同交尾于一条长蛇之上。岩刻简单、原始，早于伏羲、女娲其他画像，料应不止一两千年。

从一定意义上说，神话原是某种风俗、习惯、信仰和宗教的反映；而岩画则是从艺术的角度予以形象的记述与描绘。二者相辅相成，相得益彰。《山海经》中有关"戎，其为人，人首三角"的记述，实际上，指的是人的头顶上的兽角装饰，贺兰山口的人面形岩画中就有这种头戴三角的装饰形象。岩画与神话互为印证，表明古代一个时期西戎族的先民曾在这一带生活过。

除了神话，巫术与岩画的关系也十分密切。原来，原始人的思维处于人类思维的童年形态，带有巫术性的成分。他们所处的文化环境，是一个相信"万物有灵"、凡事皆有前兆的世界。在他们看来，世界上的一切都受着超自然的力量支配，诸如日月的升沉，四时的更替，草木的荣枯，动物的存亡，人世的生老病死、穷达休咎，背后都有一种超自然的力量在操纵着。他们既满怀畏惧，却又不甘于任其摆布，总想通过一种特殊的行为来影响它、利用它，于是，便产生了巫术。

此间，巫术氛围浓郁，许多岩画是在巫术观念支配下凿刻出来的。专家指出，巫术孕育了绘画。文字产生之前，原始人总是通过凿刻在岩石上的画面来表达其思想、情感、愿望；岩画成为他们施行交感巫术的一种方式。而原始足印则是典型神话母题与巫术艺术相结合的产物。《史记》和《竹书纪年》中都有关于"感生神话"的记载，如说周朝始祖后稷的母亲在野外见到巨人的足迹，"心忻然悦，践之，遂有身孕，及期生子"。这在岩画中亦有所反映。据专家解释，所谓"践巨人足迹"云云，原生状态乃是一种生育舞蹈动作：男女相伴而舞，踏着轻盈的脚步，然后野合做爱，从而得怀身孕。贺兰山的岩画就是这样表现的：在一对脚印旁边，一双男女在纵情地狂欢、跳舞、拥抱，集中反映了原始先民对于生育的崇拜与渴望，通过艺术形式给予"感生神话"以生动的图解和形象的印证。

在先民的心目中，岩画中的动物就是生活中的实物。因此，只要在山崖上凿刻出交媾与生殖的画面，就能实现生生不已、人畜兴旺的愿望。同样，为了扩大狩猎的战果，便在岩石上不厌其烦地制作着大量的动物图形和游猎场面。他们确信，只要把动物的形象画在山石上，有的还要用箭镞射中它，就会产生游猎预期的效果。

当事人在凿刻这些"活动变人形"之际，无比虔诚地把信仰、意志、追求一一熔铸其间。他们绝对地相信：这些画像，人物也好，动物也好，都是灵魂贯注、灵光焕发、灵气所钟的。山是灵山，人是山灵，一切都凝聚着精华，充盈着生命，饱含着祈望、寄托、情感、心血。

大块无声，山灵有语。看着这些千奇百怪的画面，也许有人会觉得它们过于粗糙、简单，甚至荒诞无稽；可是，远古的先民正是凭借着这些普通至极的线条与符号，描绘出了整个的万有世界。一如乐曲的七个音符，可说是再简单不过了，靠着它们却能谱写出情动三军、绕梁终日的万曲千歌。

四

贺兰山岩画属于北方草原文化类型。经"地衣测年法"鉴定，其制作时间始于远古狩猎时代，多数形成于春秋战国时期，下迄宋辽西夏末叶；系由不同的游牧人群在不同年代、按照不同的心理意向，历经近万年时间陆续刻成的。岩刻个体形象多达两万幅，最大的长十余米，最小的不过一二厘米。穷形尽相，含蕴无穷，组成了一座造型艺术的长廊。

早在公元六世纪初，北魏地理学家郦道元就在《水经注》卷三中记载："（黄）河水又东北，历石崖山西"，"山石之上，自然有文，尽若虎马之状，粲然成著，类似图焉，故亦谓之画石山也"。时至今日，近一千五百年过去了，人类社会已经进入了现代、后现代，但在面对这古老的艺术珍品时，我仍然会由衷地感佩——正是那些无名的民间艺术家，以其独特的创造性劳动，为后世人民留存了形象鲜明、信息丰富的精神宝藏，提供了极其珍贵的研究古代文明史的第一手资料。

高尔基说得好："人，按其本性来说，就是艺术家。他无论如何，处处力求给自己的生活带来美。"原始先民置身于苍苍莽莽的荒原，在同大自然的艰苦拼搏中，培植了粗犷豪放的性格，也播下了真的信念、善的热望、美的追求。他们在呼啸奔逐、游牧射猎之余，当情感需要宣泄、意愿冀求表达、信息急待传递时，便一一借助形象，诉诸岩画，从而获取心理上的满足与快感，达到寄托怀抱、充实生活、愉悦身心、消解疲劳的作用。

从诞生之日起，岩画就紧密地同人们的社会生活、经济活动、宗教信仰、风俗习惯交织在一起。它开创了人类艺术的先河，成为一部融汇着理智与野性、现实与幻想、宗教与艺术的心灵交响乐；同时，又是一个鲜活的解释系统，不啻一部古代游牧民族的百科全书，向后人昭示着先民对于自然、社会与人类自身的认识，彰显着热切的期求、朦胧的遐想，以至于七情六欲、感奋忧思等深层次的意蕴。原始氏族部落的自然崇拜、生殖崇拜、图腾崇拜、祖先崇拜等文化内涵，以及牧猎、祭祀、争战、械斗、娱舞、交媾等生活实景，都通过这一人类精神生活的载体予以形象地映现。作为古人类文化史、宗教史、心灵史的艺术宝藏，可以说，每一组岩画，都闪耀着远古先民智慧的灵光，承载着他们在大自然面前既无能为力又顽强应对的痛苦抉择，记录着他们筚路蓝缕、与时共进的艰辛历程。

岩画的意蕴及其历史价值远未发掘穷尽，仍然存在着巨大的解释空间。就目前所能掌握的，其生命启示、生存教益与艺术滋养，已经堪资后人永生玩味。可以说，解读岩画就是在叩启鸿蒙，等于翻检一部已经失传了的史前典籍。拨开重重的迷蒙烟雾，可以重温人类蒙昧时期的宿梦，聆听远古历史微弱的回声，探寻原始先民的生活方式、精神世界以及民族文化传统根脉，透视他们与生物环境同生共存的真实景象，进而悟解人类在自然生态系统链中的恰当位置，克服诛求无限、为所欲为的狂妄心态，真正实现回归家园、认清本源的觉醒。

人生易老，年寿有时而尽，对于时间的飞逝，现代人总是特别敏感的。几度花飞叶落，一番齿豁头秃，常使人蓦然惊悚，感慨重重。——时间峻厉无情，却也万分公正，它善于选择，并没有吞噬一切。时间，时间，在岩画面前，我们真正感受到了时间。

（2015 年）

火把节之歌

　　这是一个火的民族，它的历史就是一条火的长河。

　　一年一度最隆重的节日——火把节，实际上是彝家古老的祭火节。

　　在凉山彝族群众心目中，火是圣物，它能够净化一切。年节祭品要一一在火上转三圈，或将一块石头烧过，经淬火冒出蒸汽，再将祭品在上面绕三圈以除掉一切污浊。他们视火为神物，视锅庄、火塘为神之所在，严禁人畜践踏与跨越。猎人、牧人常用的引火绳，在家要挂在屋壁上方，用后只能用手压灭而不许用唾沫淹灭。火是中心，哪里有了火，哪里便会围上一圈人，火成了凝聚人们的轴心。

　　人类最初一代的文明，是被火焰照亮的。世界上许多民族都有关于火的崇拜、火的禁忌的习俗。然而，像我国彝族那样，把火的崇拜神圣化，并以节日形式固定下来，同预祝丰收相结合，却是不多见的。

　　关于火把节，当地流传着这样一个传说：很久很久以前的一个夏天，旱情十分严重，庄稼长得瘦弱不堪。可是，天神仍然派出差役，下界催租逼债。人们苦苦求饶，还是颗粒不留，统统被收走。这激怒了英雄惹地豪星，决心把这个恶差除掉。结果在六月二十四这天，在比赛摔跤时，把他摔死了。正当人们欢庆胜利的时候，天神放出天虫，遮天蔽日的天虫转眼之间便把一片片庄稼吞噬净尽。豪星看了心痛如焚，情急生智，动员男女老幼采来蒿秆扎成火把，漫山遍野燃烧起来，经过九天九夜的激战，终于消灭了天虫，保住了即将收获的庄稼。后来，人们为了纪念这位英雄，也为了祈祷丰收，年年都点燃火把，久而久之，就形成了火把节。

我们来到凉山时，恰好赶上了农历六月二十四的彝族火把节。吃过早饭，大家就乘车来到普格县五道箐乡拖木沟的一处非常开阔的草坪，四周天然隆起，形似看台，上上下下已经坐满了人，据说达三万之多。彝家有一句谚语：过年是嘴巴的节日，火把节是眼睛的节日。意思是，过年讲究吃好喝好，而火把节讲究的是穿戴打扮，好玩耐看。放眼望去，尽是姑娘们的七彩裙、花头帕、绣花坎肩和小伙子们的白披毡、蓝披毡、花腰带，好像一个硕大无朋的五彩花环罩在青苍的碧野上。

最先出场表演的是彝家女儿，她们打着黄油伞，相互牵着三角彩巾，围成一个又一个圆圈，唱起了优美动人的"朵乐荷"。歌声美，舞步轻，织成了一条情韵绵绵的女儿河，又好似一朵朵太阳花在蓝天下缓缓滚动。最能充分展示这种美的姿彩的，是已有千年历史的选美活动。选美，既看姑娘们的身材容貌、穿着打扮，又要看她们的仪态丰采，还要看平时的道德品行，包括对待父母长辈的表现。评委们都是山寨中德高望重的老人，他们一整天在过节人群中寻觅、拣选、反复比较、协商，评判意见颇具权威性，没有人会怀疑、指责。每次火把节，每个场地只选三名，一经评出，便成为姑娘们心仪的目标、小伙子心中的偶像。哪家出了美女，哪家的瓦板房四周，晚间便口弦声不断，清晨背水路上的脚印最多。

过去我总以为，处于比较封闭状态下的民族，未必会追求强度的刺激、激烈的变换和一定程度的紧张。可是，来到凉山之后，却发现这里的精神生活，更适应那种紧张、热烈的现代生活方式。这从场上观众对于摔跤、赛马、斗牛、斗羊是那样的投入，那样的兴致勃勃、全神贯注，便可以看得出来。它说明广大彝族地区较之追求宁静、安适，以农业文明为主的汉族地区，更具活力，更为开放，"生命之光"发射得更充分。这也许由于彝族地区长久以来，生产、生活的流动性大，获取生活资料艰难，自然条件恶劣等情况，促成了其生命力旺盛，神经系统一直保持较高的激活与兴奋水平。

天色暗了下来，人们在街前广场上，点燃起干蒿扎成的火把，排成长长的队伍，高声唱着火把节祝歌，走向田野，走向山岗。于是，漫山遍野都唱响起："朵乐荷，朵乐荷，烧死猪羊牛马瘟，烧死吃庄稼的害虫，烧那穿不暖的鬼，烧那吃不饱的魔。朵乐荷，朵乐荷！"

由于火把节适值盛夏，田里秧苗正处于旺盛的生长期，也正是各种危害庄稼的昆虫繁殖的高峰期。当火把在四野燃起，那些害虫便迅速攒聚趋光，一齐葬身火海。所以火把确有除害保苗的实效。时间已到深夜，登高四望，但见漫山遍野，到处都有金龙飞舞，起伏游动，浩荡奔腾，人们仿佛置身于火的世界。城市里也同时施放礼花，把光明送到天上，让暗淡的长天也大放异彩。古人有诗云："云披红日恰含山，列炬参差竞往还。万朵莲花开海市，一天星斗下人间。"可说是真实而确切的写照。

山在燃烧，水在燃烧，天空在燃烧。与此相应和，人们的情绪也在燃烧，激扬、纵放，沉浸在极度的兴奋之中。面对着星河火海，我也不禁手之舞之，足之蹈之，高声朗诵起郭沫若的《凤凰涅槃》中的诗句："我们生动，我们自由，我们雄浑，我们悠久。一切的一，悠久。一的一切，悠久……火便是你。火便是我。火便是

　　　　　　　　　　火把节之歌

他。火便是火。翱翔！翱翔！欢唱！欢唱！"

火把节自始至终体现了一种狂欢精神，但更重要的是反映了现代人的一种精神需求。从更广泛的集体心理来说，人们都愿意借助这个节日，营造一种规模盛大的、自己也参与其中的欢乐氛围，使身心放松、亢奋，一反平日那种循规蹈矩、按部就班的生活秩序，而同时又不被他人认为是出格离谱、荡检逾闲。

(1999 年)

冰原上的盛事

　　夕阳恬静地悬浮在昏黄的天际，看去颇似一面铜锣。仿佛听得"喤"地响了一声，这一天的冬捕会战，便在查干湖的万顷冰原上暂告收场了。它使人联想起古代战场上的"鸣金收兵"。

　　无疑，这是一个盛大而欢腾的节日，而我更倾向于把它看作一出货真价实的野台大戏，唯一的理由是它彰显了典型的劳动艺术，而且带有规范化的程式。在冰原的大舞台上，全副毛皮装束、英风飒飒的渔夫们是戏剧的主角，身旁两千米长的拉网便成了道具，而数以万计的游人则是名副其实的观众。现在，无论是演员、道具还是观众，连同上千台的车辆，已经潮水般地退去了；寒光四射的冰面上，只留下无数个下网的冰窟，当然，最显眼也最令人心旌振奋的，还是那盐堆、柴垛一般的捕获品，那光鲜鲜的几万公斤鲜鱼。

　　散场，一般地说，总是带有一种感伤的意味，古人说的"游人去后无歌鼓，白水青山生晚寒"，"日暮笙歌收拾去，万株杨柳属流莺"，就是显例。可是，这种冰原盛事的收场，留给游人的却是猎获的丰厚、心灵的充实，是洋溢于身心耳目的欢乐，是同开场一样"鲜花着锦，烈火烹油"般的振奋，是原汁原味、饱蕴着民族风情的传统文化意象，是沉甸甸的记忆。

　　这种冬捕活动，源于史前，盛于辽、金时代，复活于当下。不仅民俗观念、祭拜仪式，就连它的采捕手段、捕鱼工具、操作规程，也都是沿袭了原始的风习，各种传统的民族文化精神在冬捕活动中得到了系统的传承。这是一种东方古老文化的复苏与再现，人们置身其间，有一种回归传统的奇异感觉，仿佛亲炙原色的远古人类生存状态的遗存，体验到现代人久违了的生产、生活情趣。

冰原盛事的序幕，是基于"万物有灵"观念的原始而神秘的"祭湖""醒网"仪式。闷声闷气的法号响彻冷冽的晴空；披着紫色袈裟的妙因寺的喇嘛咏诵着经文，祈祷湖神保佑渔民的富庶安康和水下精灵的永续繁衍。手擎皮鼓不停地敲打着的萨满舞者刚刚过去，戴着鹿、牛、鹰、虎等原始图腾面具、跳着查玛舞的又结队登场。"网啊，该醒醒啦，到了大显身手的时日啦，走吧，我们一起出发！""醒网"仪式过后，头戴披肩帽、身着蒙古长袍的德高望重、经验丰富的"渔把头"，为整装待发的渔夫们醉酒壮行。四面围观的人山人海，也都一道尽情地倾洒着喷薄的狂热和忘我的虔诚，被一种神秘、静寂、苍凉的氛围带进了宗教的情境。

作为原始渔猎部落的孑遗，查干淖尔渔民生就了一副钢筋铁骨和抗寒蹈险的性格。当太阳被冻得发出奶黄的光泽，千里冰原作天青色，大雪罩满茫茫草野的时候，他们便成群结伙地集结在"渔把头"的身旁，策划着一年一度的冰下捕鱼活动。回到家里，一边哼唱着"有心想把大湖离，舍不得一碗干饭一碗鱼"的旧日民谣，一边翻腾着衣柜，找出老羊皮袄和狗皮帽子，备足土作坊烧制的"二锅头"，一种抑制不住的期待与守望燃烧在胸膛里。

开创新的前程，自应由衷地赞美；然而，保护我们所由来的固有传统包括文化形态、生存方式，不使它随风而逝，同样也不容忽视。人们的习惯是"待到无时想有时"。一种事物，常常是在它永远消失之时，才会追怀它、珍视它。查干淖尔的蒙古族兄弟，对于传统的尊重是感人的，他们在满腔热忱地接受现代化所赐予的科技成果的同时，把已经融入生命的那种原生态的古老渔猎文化，视为灵性之根、民生之源、族群之魂，视为人类久远的生存智慧，一代代地传承下来。

冬季捕鱼仍然保持着固有的集体劳作方式。所有的捕鱼工具都是传统的，那长长的拖网，笔直的带网杆，用于摆动和矫正冰下拖网运行的扭矛，锋利而沉重的凿冰锛，还有那运载沉重网具的大马车，都属于原生态。尤其是用马匹来转动绞盘以拖拉冰下大网的"马轮"，大概在其他地方早已绝迹了。渔民们，也包括当地政府官员，未必熟悉古代先哲"数罟（细眼的网）不入洿池"和"鼋鼍鱼鳖鳅鳝孕别之时，网罟毒药不入泽，不夭其生，不绝其长"（捕获以时）的规则，但他们凭借智慧的祖先传授下来的符合"可持续发展"的经验，严格控制网孔，坚持每年集中冬捕一个月，保证鱼类充分繁殖，不搞"竭泽而渔"；湖区禁止上工业项目，绝对制止环境污染，全力打造生态、绿色品牌。他们说，这样重视对资源、生态的保护，说到底还是出于对自身发展与安全的需要。

查干湖坐落于吉林松原前郭尔罗斯蒙古族自治县。这里历史悠久，蒙、满、汉等多民族和睦共处，渔猎、游牧、农耕多元文化融合。看似荒凉、静寂，却到处张扬着迷人的风致和特殊的文化魅力，随便走进一个地方，就会有民族艺术瑰宝展现在眼前；无分男女老少，都热情奔放，能歌善舞，他们俭于物质，而丰于自然，富于诗性。令我感触尤深的是，当下城乡伴随着大规模的资源开发和高强度的人为干预，经济与文化、物质与精神的矛盾日益加剧，人们远离自然、告别传统，生命正逐渐失去光泽，心灵中充满现代性的焦虑。反映在生活中，所凭借的机械愈多，同自然的接触就越少，诗意的存在也就愈益稀薄。而查干湖的醒眼之处，正在于他们仍然保持着对自然、生灵的敬畏，体现出素朴而神秘的东方古老文化中人与自然的和谐性，引发出人们对于大自然、原生态的基本价值的遥远而温馨的记忆。这种记忆的表述，可以借用《红楼梦》中贾宝玉的一句话："看着面善，心里倒像是旧时相识，恍若远别重逢的一般。"

这里是一个完全感性的世界，声音和色彩的世界，欢呼笑语、歌鼓喧阗的世界。这种劳动中歌舞、丰收时庆祝的美学意义，是在浩大的时空中，通过一个个劳动者的体温与脉搏展现了自古迄今的无穷的生命活力。这里多的是粗犷而真实的历史遗存，无须借助于深邃、高超的理念，也用不着附加什么猎奇的视角和矫情的浪漫。表面上看，这荒寒的角落，似乎是被诗意与哲学遗忘了，其实质却蕴涵着真正意义上的灵魂回归与生命还乡，攒集了太多的心理文化和哲学命题。

（2009 年）

泸沽寻梦

一

夙愿终于得偿，近日与几位文友结伴，访问了泸沽湖。

我们从丽江出发，乘坐公共汽车上路。但路况较差，烟尘弥漫，上坡下岭，曲曲弯弯，颠簸了五六个小时，才遥遥地望见左前方摊开一泓碧水，司机师傅说，那就是泸沽湖。"那么，格姆女神山呢？"师傅没有答问，只是摆了摆手，意思是说不清楚。

又过了半个时辰，汽车戛然而止，原来前方横亘着一条大岭。师傅说，汽车要从一个豁口处穿出，俗称"钻洞"。怎么叫这个名字呢？我猜想，是就地形而言，路自天开，双峰对峙，岂不是钻洞一般！但有的文友解释：这是告诉来客，你已经过了门卡，从此不必严装盛服，道貌岸然；你可以放开手脚，作兴地游玩一番。但马上就有一位滇籍作家予以驳正：即便是有这层含义，也只限于游玩，绝不意味着任谁都可以随便"走婚"，充当"阿夏"。

这时，有的文友说了，尽管无缘成为"阿夏"，但旅行在外，放松放松，开开玩笑，当无大碍。记得过去看到过由鲁迅先生翻译的日本政论家鹤见祐辅的一段话：

> 旅行者，是解放；是求自由的人间性的奔腾。旅行者，是冒险；是追究未知之境的往古猎人时代的本能的复活。旅行者，是进步；是要从旧环境所拥抱的颓废气氛中脱出，人类的

无意识的自己保存底努力。而且旅行者，是诗。一切的人，将在拘谨的世故中，秘藏胸底的罗曼底的情性，尽情发露出来的。这些种种的心情，就将我们送到山和海和湖的旁边去，赶到新的未知的都市去。日日迎送着异样的眼前的风物，弄着"旅愁"呀，"客愁"呀，"孤独"呀这些字眼，但其实是统统异样地幸福的。

按照"入乡问俗"的要求，旅伴们请这位滇籍作家就"走婚"的风俗作些介绍——

原来，世代生活在泸沽湖畔的摩梭人，至今仍保留着"男不婚，女不嫁，自愿结合，离散自由"的母系氏族婚姻制度。在摩梭人看来，男女相爱，自由平等，这是至高无上的，感情在"走婚"中起着决定作用。就是说，他们的"走婚"完全建立在相互欣赏、双方自愿的基础之上。人们都恪守着民族固有传统，因而不会发生奸杀之类的违法事件。

作为"母系"家庭中的重要组成部分，摩梭人"走婚"的成年男子(称为阿夏)，同花房中的女子，经过约会，夜晚相聚，拂晓回归母家。这种"暮往晨归"的婚恋方式，同样承载着传宗接代、繁衍后裔的义务，但与其他民族夫妇长年生活在一起迥然有异。子女由女方家庭抚养，姓氏随从母亲，当然，父亲对自己的子女也承担着一定的责任。相比较而言，男人爱姐妹的子女要胜过爱自己的子女，他们认为，姐妹与自己是同胞，属于骨肉深情；而父子之间只是血缘关系。血缘可换，骨肉难分。

二

晚上入住"湖畔摩梭人家"。这是一座四合院，楼高三层，客人住在北楼、南楼的正房，主人曹姓，住在西厢，东面是仓库、杂屋以及厕所。

吃过晚饭，登楼远眺，望得见后面几栋楼舍，闪着昏暗的灯火，似乎隐含着点点神秘。想象着有些家庭中的成年男子已经出去了，而对方的知心人，正在家中静静地等候着心中的"白马王子"。据说，小伙子们"走婚"时，有"三件宝"必不可少：帽子用来挂在门上，表示这家已经有人了；刀是用来拨门的；还有狗食，是用来同狗狗拉关系的，让它给予关照，不要乱叫。

楼前的广场上，正响震着砰砰的鼓点，伴着欢快的歌声，来自全国各地、穿着不同服装的男女青年，正在热情投入地跳舞、对歌。细听下去，原来，除了共同合唱当地流行的摩梭民歌，广东青年唱的是客家民歌《绣荷包》，云南青年唱着《康定民歌》，还有不知来自哪里的唱的是藏族民歌《白塔》，有的唱《在北京的金山上》。但最令我动情的，还是女高音唱的《泸沽寻梦》。曲调悠扬宛转，歌词也十分优美：

> 梦里
> 一碗青稞酒接过
> 辗转欲寻梦外的篝火
> 听不真切
> 此刻

343

你是因谁而歌

行囊不多

只为解惑

船家停泊靠岸那一刻

仿佛前世江湖我来过

白裙红衣的姑娘

桥上婀娜

这一方风土名曰摩梭

日出而作

岁月如梭

那传说本不属于我

⋯⋯

世上原有许多因果

都来不及一一道破

我应是

泸沽烟水里的过客

孑然弹铗

划天地开阔邂逅过的

梦醒之余

却忘了该如何洒脱

三

早饭过后，便到湖上出游。我发现这一天游客特别多，便问为我们划船的姑娘小马：

"在你看来，这么多的游人，好不好？"

她说："也好也不好。收入多了，腰包鼓了，这是好；但是，带来了各种疾病——这里过去根本没发生过传染病，现在不行了，外面有的这里全都有。"

"有那么严重吗？"我问。

"有一种说法，"同行的一位作家接上说，"当年哥伦布在征服世界过程中，历经了千辛万苦，最后于 1493 年把梅毒带回到欧洲大陆，贻祸无穷。直到 1943 年成功地运用青霉素治疗为止，这种说不得、听不得、问不得、治不得的痼疾，足足折腾了欧洲大陆四百五十年。到了 20 世纪初，竟有五分之一到四分之一的欧洲人患上了梅毒。"

这终究是鲜见的特例。但一些常见的传染性病毒传播进来确是事实。其实，何止是带来了疾病，丧失了往昔的健康环境；潮涌的人流，刺耳的喧嚣，也惊扰了这里的古老而质朴的酣梦，使千百年安宁、静谧的古朴生活宣告中止。像一块巨石投进映着天光鸟影、波澜不兴的宁静湖泊中，激起了重重波浪。但愿此间不要过早告别那真淳而特异的生活方式。

游客中文化人不少，有的吟诗，有的作画，他们都想把这世外桃源，永久地刻进记忆中去。当然，意义恐怕并不止此。一位女作家告诉我，过去文化人来，是寻求安定、恬静、素朴，一句话：诗意人生；现在人们来此，更看重的是这里的高度自由的婚恋方式，具有充分的选择余地，也可以说是"诗意婚恋"。人们向往这里的自由、和谐而充满"罗曼蒂克"的婚恋方式和两性生活。她说，你看，这里的女性风姿绰约，无忧无虑，多么令人神往！由于男欢女爱，生下的子女也聪明、活泼、美丽；家庭生活自然也就和谐、幸福。

就是说，人们之所以纷纷寻访泸沽湖，不单是因为这里的风光绮丽，景色清明，也不单是因为这里有什么神秘的风情、特异的民俗，而主要的是体现一种向往、一种追求，人们向往与追求那种自由和谐、具有充分选择余地的两性生活。

已经实现的可能是唯一的，而没有实现的可能却是无限的。陶渊明的高明，在于他在兵荒马乱、民不聊生、避逃无地的乱世，以美妙的诗文为人们描绘一个"人人心中所有，人人笔下所无"的理想化的田园。在那里，人们完全按照原生态的自然本色来生活："春蚕收长丝，秋熟靡王税"，"俎豆犹古法，衣裳无新制"，"童孺纵行歌，班白欢游诣"，"虽无纪历志，四时自成岁"，古朴、宁静、纯真、自然，处于未被人类智慧所开凿、礼法所雕琢、刀兵所蹂躏的混沌状态，且又和谐愉悦，丰衣足食。这样，诗人笔下的桃花源，不仅在当时，尔后千余年间，一直成为人们心中"理想国"的最大公约数。

诗本身就是为填补实有世界的空缺而存在的，以之写桃源、写幻梦，自然更是寄意于愿望的达成。它们共同的追求，都在于理想的现实化和现实的理想化。应该说，游人之向往泸沽湖，很大程度上是在寻觅理想的现实化的梦境，寻觅久已失落或者现实中未曾出现过的梦境，也就是企盼着像梦一样的愿望的达成。他们发现，这里由于长期与世隔绝，固然匮乏一般意义上的文化追怀与历史记忆，但环境幽雅，水碧山青，白云成阵，泥土芳香，而且，不乏由情的花朵、爱的果实编织而成的现实风景。智者安时，达人处顺。客居尽管是暂时的，最后总要离开，酣梦也终将寤醒，但情怀的惬

泸沽湖晨望

意、诗意的满足却将永存心版，不是有一句时髦的话——"只要曾经拥有"吗？其实，梦本身也是生活，它与现实的差异，不过是虚实、久暂而已。

（2009 年）

黄　昏

　　黄昏、夕照，景象是迷人的。自从人类把自然风物作为自己的审美对象，宇宙间的各种景观有了独立的美学意义之后，便有无数诗文咏赞它、描绘它。

　　南北朝诗人谢朓的"余霞散成绮，澄江净如练"，成了传诵千古的吟咏江南春晚的华章；而唐代画家兼诗人王维的"大漠孤烟直，长河落日圆"，则是一幅典型的北方风景画。

　　在现代作家的笔下，夕照、黄昏更是多彩多姿，它具有美的形象。泰戈尔说："黄昏时候的天空好像穿上了一件红袍，那沿河丛生的小树，看起来更像是镶在红袍上的黑色花边。"

　　它又是富有音乐感的。高尔基说，当太阳走到大地里面之后许久，"天空中还轻轻地奏着晚霞的色彩绚烂的音乐"。

　　而且，还有性格，有情感。在莫泊桑笔下，"那是一个温和而软化的黄昏，一个使人灵肉两方面都觉得舒服的黄昏"。凡尔纳写道："太阳在向西边的地平线下沉之前，还利用云层忽然开朗的机会射出它最后的光芒"，"这仿佛是对人们行着一个匆匆的敬礼"。

　　赫尔岑写得更是富有良知，"这美丽的黄昏，过一个钟头便会消失了。因此，更其值得留恋。它为了保护自己的声誉，在别人还没有厌倦之前叫他们珍惜自己，便在恰当的时候转变成黑夜"。

　　原来，黄昏竟是这样的充满情趣，难怪夏洛蒂·勃朗特称许它是"二十四小时中最可爱的一个小时"。

　　也许是因为从小就接受了这些教养与熏陶，所以，几十年来，我对于夕照、黄昏，一直保持着浓厚的兴趣。小时候，每年夏天都跟随父亲去牧场割草，那炎炎烈日烤得草原在呼呼地喘气，简直到了燎肌炙肤的程度，但我却百去不厌。一是为了到河沟旁掏洞捉蟹；再就是傍晚时分欣赏草原落日的奇景——

滚圆的夕阳酷似过年时檐头挂着的红灯笼，看去似近实远，似静实动。下面衬托着绿绒毯一样的芊芊茂草，成就一幅天造地设的风景画。晚霞像彩带一样横亘天际，风沉淀下来，草浪平息了，荒原寂静无声。牧归的羊群从远方游来，一团团，一片片，简直分辨不清是翠绿的"魔毯"收敛了白云、彩带，还是白云、彩带飘落在草地上。

我也曾沉醉于海上的黄昏。在水天相接处，耀眼的夕阳像正在爆发的火山一样，喷射出万道光焰，把天际烧得通红。海面上，滚滚惊涛犹如万马奔腾，比赛着向落日驰去，闯进那红宝石和炉火般的蒸腾滚动的霞辉里。

然而，最使我难忘的还是在万米高空之上看到的天上黄昏的景观。

那是在上海飞往北京的客机上。飞机起飞后，我习惯地透过舷窗玻璃向远方眺望。呀！一幅绚美的图画简直使我惊呆了。在苍茫的天地交接处，映现出类似日光七色的横亘西天的宽阔彩带。紧贴黛青色天穹的是翠蓝和绀紫，下面是一层碧绿，再下面是一色的橘黄，再下面呈淡金、橙红色，靠近地平线的是一抹丹红，彩带下面是暗黑的大地。

过去在茫茫的戈壁滩和一千八百米高程的黄山光明顶，在号称黄昏景色之最的"日本第一斜阳"——北海道留萌市海滨，我都欣赏过黄昏景色，但像这样瑰奇伟丽，还是第一次看到。

宇宙实在太广袤了，尽管波音客机以九百公里的时速飞行，但视线内的景观几乎没有什么变化。二十分钟以后，天空开始变暗，七色不甚分明，而后，红色逐渐转暗，彩带全呈暗黄色。最后，与大地融合在一起。看去像薄暮中大片成熟的谷物，这使我想起了那句"如果说朝阳是一种创造，那么，黄昏便是一种丰收与成熟"的名言。

我陷入了沉思。

面对着如此壮美的黄昏景色，为什么古代诗人竟会吟出"日暮秋风起，萧萧枫树林"，"夕阳西下，断肠人在天涯"一类充满萧瑟、悲凉之感的诗句呢？我想，也许与他们所处的社会环境有关。在按门阀取士、靠恩荫选官、凭年资进阶的制度下，无数被褐怀玉之士难以酬其夙志，加上临风落泪、对月伤怀的旧知识分子特有的情感，于是，逢着友朋离别、世路艰辛、流离颠沛等复杂感情宣泄的机会，自然就要迁景于情，产生悲凉之感了。

北宋词人晁无咎说得直白："夕阳芳草本无恨，才子佳人空自悲。"也可以说，这种悲凉意绪是旧时代读书人普遍而深刻的失落心态的折射，反映了理想与现实不可调和的深层矛盾。

当然，也不应一概而论。同是古代诗人，旷达、乐观的刘禹锡，就吟出"莫道桑榆晚，为霞尚满天"的充满豪情的丽句。归根结蒂，与本人的精神境界或者说世界观紧密联系着。朱自清先生在五十一岁那年，特意反李商隐的诗意而用之，属就一副励志奋进的中堂对："但得夕阳无限好，何须惆怅近黄昏！"

陈老总的诗句："花信迟迟春有脚，夕阳满眼是桃红"，反映了伟大革命家在艰险环境中的革命乐观主义精神。叶帅"老夫喜作黄昏颂，满目青山夕照明"的佳什，更是振古励今，令人感发奋起。

夕阳也好，黄昏也好，在革命者眼中，原是同朝阳、晨曦一样清新可爱的。卢森堡的《狱中书简》告诉我们，这位伟大的革命家当透过铁窗玻璃看到玫瑰色的夕晖返照时，竟然"如释重负地长吁了一口气，不由自主地把双手伸向这幅富有魅力的图画"。认为，"有了这样的颜色，这样的形象，然后生活才美妙，才有价值"，"不论我到哪儿，只要我活着，天空、霞彩和生命的美便会跟我同在"。书简通篇透出思想的开拓和胸襟的博大，哪里有半点衰飒气氛！

捷克斯洛伐克革命者、著名作家伏契克被德国法西斯关进集中营。为了摧毁他的意志，秘密警察将他带到郊外去看夏日黄昏、红日西沉的景色，意在诱使他逐渐颓丧、沉沦下去。结果，这种阴险的居心遭到了伏契克的痛斥，他的斗争意志更加坚定了。

社会因素在这里固然起主导作用，但是，同时还有个对自然界事物的认识问题。在古代人眼里，日出日落，像人由少而壮、由壮而老一样，或者和花开花落相似。实际上，太阳除了自转而外，并未曾移动半步，倒是人们"坐地日行八万里"，跟随着地球以每秒四百六十五米的速度，由西向东不停地自转。人们每天傍晚，都同那位"兀坐不动"的太阳爷告别一次，到了第二天清早又见面了。日出、日落的概念，如同我们坐在疾驰的列车上，看铁路两旁的村庄、树木似乎在一齐后退一样，不过是一种错觉。认清这一点，再去看落日、黄昏，也就不会产生迟暮、萧瑟之感了。

科学地说，旭日东升与夕阳西下，原是同一事物的两种景象，只是观察的角度不同而已。记得一位著名作家在一篇散文中，叙述飞机上看日出的情景：当飞机起飞时，下面还是黑沉沉的浓夜，上空却已呈现微明，看去像一条暗红色长带。红带上面露出清冷的淡蓝色晨曦，逐渐变为瓷蓝色，再上面簇拥着成堆的墨蓝色云霞，通体看去，有如七色日光那样绚丽。这种日出前的景象，竟与日落后的景观非常相似，证明了二者原本是同一的。

我常想，如果没有那次万米高空上的游目骋怀，我对于黄昏、夕照的印象，大概不会超出草原与海上的所见，自然也就不会产生上述新的认识。看来，人类要想不断认识更新更美的事物，就须不断地扩展自己的视野，开拓新的境界，进行新的探索。

今后，随着科学技术的飞速进步，人和自然的关系也将不断地发展。据说，当科学工作者观察微观世界时，无不为原子世界绝妙的排列而惊叹。在登上月球的宇航员的眼中，表面温度高达六千度的烈焰蒸腾的太阳，竟像金盘一样美丽、柔和、光亮。

但不知月球上的黄昏、夕照是怎样的景观。

（1985 年）

涅瓦大街闲步

一

自从车尔尼雪夫斯基那句"历史的道路并不是涅瓦大街的人行道"的名言在本世纪二十年代初被列宁引用以来，涅瓦大街一下子就飞向了全世界。其实，早在 1835 年果戈理就曾以《涅瓦大街》为题，创作了中篇小说。

不同的是，车氏与列宁是借用这条笔直、宽阔、平坦的大街来说明事物曲折发展、不可能一帆风顺的哲理；而果戈理则是通过这个车马络绎不绝、行人接踵联袂的煊赫、繁华的"首都之花"，揭露它后面掩藏着的上流社会惊人的矛盾。他富有讽刺意味地称涅瓦大街为"人间一切最优秀的作品的展览会"，可是在这个展览会上，一切都是欺骗，一切都是幻影，一切都和表面看到的截然不同，"涅瓦大街老是在撒谎"。

涅瓦大街，自 18 世纪初辟建以来，经过二百余年的踵事增华，于今已经成为世界建筑史上最有特色的街道之一。尽管它所在的列宁格勒市，已经恢复了彼得大帝建城时的名字，但是，时代的飚轮毕竟飞弄向前，当年大街上那些花花公子、男女豪商以及"经常在羽毛褥子和枕头上过日子"的贵妇人和穿制服、挂十字章、派头十足的小官吏不见了，果戈理笔下的形象猥琐、姓名逗趣、沉默寡言、"谁也看不起他"的小公务员阿卡基·阿卡基维奇·巴什马奇金之流也都无影无踪了。

变化不大的是，涅瓦大街留给人们的印象，依旧是那种类似陀思妥耶夫斯基作品的晦暗、沉闷的情调。时当岁杪，气温并不甚低，湿度却比较大，日影匿黯，风色凄迷，天空灰蒙蒙的，是一种典型的酿雪天气。

涅瓦大街仍旧弥漫着浓郁的艺术氛围。放眼望去，两旁建筑呈现出极其鲜明的艺术特色，整体上看，属于18世纪的建筑风格。高超的艺术技巧，朴素的表现手法，没有缤纷的色彩，没有奇突的错落，庄重、谨严的俄罗斯古典建筑形式与奢华、隽美的巴洛克式的装饰艺术交相辉映。楼房多为三四层，米黄色，大量使用石料，壮美、古雅的圆柱、回廊、雕塑、高凸浮雕，随处可见。风致、情调、格局达到了高度的和谐统一，而各个建筑却又互争奇巧，富于变化，有着丰富的艺术表现力。

二

正是这种浓重的艺术氛围，使我漫步涅瓦大街时，忽然产生一种幻觉：仿佛19世纪上半叶活跃在这里的俄国作家群，今天又陆续地复现在大街上——

看，那位体态发胖、步履蹒跚的老人，不正是大作家克雷洛夫吗？他是从华西里岛上走过来的。他喜欢花岗岩铺就的涅瓦河岸，喜欢笔直的涅瓦大街和开阔的皇宫广场。

在克雷洛夫的后面，著名的浪漫主义诗人茹科夫斯基不紧不慢地踱着方步，仿佛正在吟咏他那把感情和心绪加以人格化的诗章："这里，有着忧郁的回忆；/这里，向尘埃低垂着深思的头颅。/回忆带着永不改变的幻想，/谈论着业已不复存在的往事。"

涅瓦大街闲步

那个匆匆走过来的穿着军装的青年，该是优秀的年轻诗人莱蒙托夫吧？是的，正是。他出身贵族，担任军职，自幼受过良好的教育，经常出入于上流社会的沙龙和舞场，但他同沙皇、贵族却始终格格不入。

1840 年新年这天，他出席彼得堡的一个有沙皇的女儿、爵爷的贵妇和公主参加的假面跳舞会。在那红红绿绿的人群的包围、追逐下，诗人感到十分疲惫，极度厌恶。他找个借口离开了舞厅，急速地穿过涅瓦大街逃回家去，悲愤中写下了那首题为《常常，我被包围在红红绿绿的人群中》的著名诗篇，以犀利的笔触尖刻地嘲笑了那班昏庸的权贵，把他们讥讽为"没有灵魂的""晃来晃去的人样的东西"；对那些胁肩谄笑、假意虚情的女士，同样投以无比的蔑视。

他的灵魂离开了令人窒息的舞厅，翱翔于大自然的广阔天宇。他眷恋着池塘的浮萍、远村的炊烟、田野的黄叶和幻想中的美丽女郎，感到无限的温馨和亲切。无奈，梦幻毕竟是虚空的，最后要落脚于丑恶的现实，诗人无奈地叹着气。唯一的报复，是向那"可憎的人群"射出一颗"注满悲痛与憎恨的诗的铁弹"。

别林斯基也是涅瓦大街上的常客。他个头不高，背显微驼，略带羞涩的面孔上闪着一双浅蓝色的美丽的眼睛，瞳孔深处迸发出金色的光芒。他是君主、教会、农奴制的无情的轰击者，他激情澎湃地为反对社会不平等而奋争。在给友人的信中，他写道：当在涅瓦大街上，看到"玩趾骨游戏的赤脚孩子、衣衫褴褛的乞丐、醉酒的马车夫——悲哀，沉痛的悲哀就占有了我"。

当然，最了解"彼得堡角落"里下层民众疾苦的，能够用"阁楼和地下室居住者"的眼睛，用饥饿者的眼睛来观察涅瓦大街的，还要首推革命民主主义诗人涅克拉索夫。他亲身经历过城市贫民的悲惨生活，在寒风凛冽的涅瓦大街上，他穿不上大衣，只在上衣外面围了一条旧围巾。为了不致饿死，他在街头干过各种小工、杂活。

1847年，涅克拉索夫写了一首描写城市生活的著名诗篇：《夜里，我奔驰在黑暗的大街上》。以一个丈夫沉痛回忆的方式，叙述一个妇女的悲惨遭遇——她在独生子死去、丈夫奄奄一息的困境中，为了给儿子买一口小棺材，给丈夫买药治病，不得不走向涅瓦大街，出卖自己的肉体。诗人满腔悲愤地控诉了农奴制度社会的黑暗，对被损害、被蹂躏的妇女寄予了深切同情。他的诗具有震撼人心的强大的感染力。

在这些年龄各异、时代不同的作家群中，偶尔也插进一些穿着学生服装和华贵制服的青年人，目的只是为了找个机会，向某一位心爱的诗人鞠上一躬，或者掏出记事本来，请作家们签名留念。

三

在涅瓦大街旁，矗立着一列庞大的建筑，背后却是一个个拥挤不堪的小院落、小客栈。清晨，小公务员、小手艺人、小商贩们鱼贯而出，向涅瓦大街走来。就中有一个二十岁开外的青年，脸刮得净光，头发剪得很齐，穿着一件短短的燕尾服，看去颇像一只翘着尾巴的小公鸡。这就是果戈理。

1828年底，他满怀着对于未来的憧憬，从故乡乌克兰来到了彼得堡。但是，不久，他便发现原来的美妙的理想浪花已被现实的礁石撞得粉碎。故乡的森林、原野、河流、阳光耀眼的白昼和温煦晴和的黑夜，经常像图画一样闪现在眼前。而彼得堡却经常飘洒着令人烦闷的霏霏雨雪，泥泞的地面和潮湿的空气，特别是大都市中的各种社会矛盾现象，常常使他心绪不宁，抑郁苦闷。

他浏览着涅瓦大街的繁华市面，仔细地观察着过往的行人，情绪在不断地变化着，时而消沉，时而忧伤，时而兴奋。而最令他欢愉的，莫过于在涅瓦大街上邂逅普希金了。他们谈得十分投机，有时，竟忽视了饥肠辘辘。

果戈理比普希金整整小了十岁。自 1831 年相识之后，二人便结成了莫逆之交。他常说，"我的一切优良的东西，都应该归功于普希金。是他帮助我驱散了晦暗，迎来了光明。"

普希金对果戈理在《狄康卡近乡夜话》中把现实主义的世态描摹和浪漫主义的神话渲染加以巧妙的结合，给予很高的评价；也很欣赏《伊凡·伊凡诺维奇和伊凡·尼基福罗维奇吵架的故事》语言的清丽、华美，比喻的奇突、恰当。同时，尖锐地提出："难道乌克兰就没有其他更勇敢、更强有力的人吗？难道拥有那么多关于自由、幸福、爱情的奇妙传说的乌克兰民族，就从来也没有为另外一种生活——光明、美好的生活奋斗过吗？难道果戈理就不能讲讲这种人的故事吗？"

果戈理深受触动，开始细心研究乌克兰的民族历史。这些史料把他带回到两个世纪前的查波罗什，那些"高傲、雄壮得像狮子一样的战士，时时从这个光荣的策源地冲出来，勇敢地保卫着自己的土地，抗击外国侵略者"。于是，塔拉斯·布尔巴这个光辉的形象诞生了。普希金创办《现代人》杂志后，果戈理立即把他的小说《马车》寄去，诗人非常高兴，说："《现代人》坐在果戈理的《马车》上，就可以负重致远了。"

果戈理想把彼得堡的对上逢迎、对下鄙吝、营私舞弊、贿赂公行的官场狠狠地曝一下光，但是，苦于凭空结撰、全无依傍，便求助于普希金，说："请给我提供一些题材吧。我将迎合目前的风气，写出一部五幕喜剧，而且，保证写得比什么都更滑稽。"普希金满足了他的要求。

　　有一次，诗人普希金去奥伦堡，原是为撰写普加乔夫的传记收集素材，却被当地官员误认为彼得堡派来私访的钦差大臣，结果，闹出了很多笑话。果戈理以此为依据，两个月就写成了讽刺剧《钦差大臣》，并于 1836 年 4 月正式在亚历山大剧院公演。普希金观看之后，满意地说，任何人都不能像果戈理这样出色地运用他的馈赠。

　　诗人还帮助果戈理构想了《死魂灵》的某些情节，并读过这部小说的开头几章。过去，他听果戈理诵读新作时，总是面带微笑，从容玩味；这次却神情忧郁地说："天哪，我们的祖国多么可忧虑啊！"

　　不久，便传来了伟大诗人普希金去世的噩耗。果戈理为失去一位最崇敬、最亲近的良师益友而感到绝望，从此，他进入了一个痛苦的忧伤时期。涅瓦大街的人行道上，再也见不到果戈理的身影了，他离开了祖国，寄身罗马。在那里，他把无尽的哀思写进了《死魂灵》，并在小说中浓重地加以点染："我们的国家被我们自己毁坏了"，应该用艺术力量来拯救它。

四

　　我多次漫步在涅瓦大街的人行道上。我为这里留下过优秀作家

　　　　　　　　　　　　王充闾散文

群的珍贵足迹，为俄罗斯伟大建筑艺术传统的弘扬，感到骄傲，感到兴奋；然而，心情却常常是抑郁的。

早在1840年，别林斯基就曾预言："我们羡慕我们的孙子和曾孙们，他们在1940年一定会看见俄罗斯站在文明世界的先端，接受全体文明人类的顶礼、崇敬。"列宁在十月革命后的艰难岁月里，也曾爱抚地看着孩子们，深情地说："这些孩子将来一定会比我们生活得好些；我们生活中遭遇过的很多东西，他们是不会经历了。"

这些先哲的预言，有的已经付诸实现，有的难免要打折扣。这也没有什么，因为"历史的道路并不是涅瓦大街的人行道"，它总是在曲折中前进的。

（1992年）